MvS

Linda Davies

DIE DRACHENHÖHLE

Aus dem Englischen
von Pociao und Jean Paul Ziller

Marion von Schröder

Titel der englischen Originalausgabe: Wilderness of Mirrors.
Originalverlag: Orion Books Ltd, London
Übersetzt von: Pociao und Jean Paul Ziller

Die Deutsche Bibliothek – CIP-Einheitsaufnahme

Davies, Linda:
Die Drachenhöhle / Linda Davies. Aus dem Engl. von Pociao
und Jean Paul Ziller. – Düsseldorf : Marion von Schröder, 1997
ISBN 3-547-72039-7

Veröffentlicht im Marion von Schröder Verlag.

Lektorat: Heike Peppel.
Gesetzt aus der Sabon und ITC Mona Lisa, Linotype.
Satz: Graphische Werkstätten Lehne GmbH, Grevenbroich.
Druck und Bindearbeiten: Grafischer Großbetrieb Pößneck.
Printed in Germany.
ISBN 3-547-72039-7

Meinem Mann Rupert für so viel

Danksagung

Ich bin vielen Menschen zu Dank verpflichtet, die ich zum Teil nicht öffentlich erwähnen kann; hier also mein Dank an jene, die anonym bleiben müssen.

Von meinem Mann Rupert lernte ich viele nützliche Dinge, die ihren Weg in dieses Buch fanden. Meine Eltern Glyn und Grethe unterstützten mich enthusiastisch wie immer. Andrew Lamont und Andrew Bone von De Beers vermittelten mir wertvolle Erkenntnisse über Diamanten, ebenso Thomas Helsby und Ed Epstein. Richard Garnet und Professor Peter Nixon steuerten technische Daten über die Suche nach Diamanten und deren Gewinnung bei. Amber Rudd und Andrew Hyslop lehrten mich, wie Geschäfte mit Diamanten finanziert werden, und gaben zahlreiche Hinweise über die Börse von Vancouver.

Rupert Allason und Andrew Hyslop in anderen Rollen waren wie immer eine große Hilfe an der nachrichtendienstlichen Front. Mark Broadley gewährte mir freundlicherweise Gastfreundschaft, als ich in Hongkong recherchierte, und erlaubte mir, seine Wohnung als Stützpunkt zu benutzen, von dem aus ich Vietnam erforschen konnte.

Meine wunderbaren Agenten Toby Eady und David Black waren liebenswürdig und aufmerksam wie immer. Und ein letztes Dankeschön an die Unantastbaren.

Prolog

April 1991

Sie hatte nie ernsthaft darüber nachgedacht, wie einfach er war, dieser eine falsche Schritt – zur falschen Zeit, am falschen Ort, die Hand auf der Schulter, der Tod. Eine simple, unausweichliche Folge. Es war ein sonniger Nachmittag. Heiß wie üblich.

Sie wußte, daß dies in Wirklichkeit nicht ihr erster falscher Schritt war, sondern der letzte einer langen Reise, die vier Jahre zuvor begonnen hatte. Trotzdem hatte sie das Gefühl, daß alles anders gekommen wäre, wenn es nur zehn Minuten früher oder später passiert wäre. Daß sie gerade an diesem Nachmittag erwischt wurde, erschien ihr keineswegs als Konsequenz der vier Jahre zuvor, sondern mehr als Zufall, als sei sie Opfer eines schrecklichen Unfalls geworden.

Sie waren sich des Risikos bewußt gewesen. Es war nicht einmal so, daß sie den Zufall herausgefordert hätten, in der Annahme, daß die Chancen durchzukommen zehn zu eins standen. Sie waren davon ausgegangen, daß sie niemals auffallen würden, daß die Gesetze der Wahrscheinlichkeit nicht ihnen galten, daß sie irgendwie immun waren. Und das war fast das Schlimmste, die Erkenntnis, daß man nicht gefeit war, daß Gott, Schicksal oder Glück, die einen immer geschützt hatten, einen plötzlich im Stich ließen, daß man sein ganzes Leben auf einem Irrtum aufgebaut hatte und jetzt dafür bezahlen mußte. Und zwar mit dem Leben.

Sie waren zu zweit, eine Engländerin und eine Thai, die mit ihrer Ladung Heroin am Changi-Flughafen in Singapur landeten. Sie wurden gefaßt. Es war ein abgekartetes Spiel. Der Mann hinter der Operation hieß Robie Frazer. Er hatte erfahren, daß einer seiner weiblichen Drogenkuriere für den Geheimdienst arbeitete und wollte sich Gewißheit verschaffen. Wenn sie ins Netz ging und freikam, hieß es, daß sie für den Geheimdienst arbeitete. Wurde sie gefaßt und hingerichtet, war sie keine Agentin. So einfach war das. Doch seine Taktik ging nicht auf. Frazer wußte nicht, daß die Verdächtige, Sun Yi Sim, ihre beste Freundin Eva Cunningham gebeten hatte, sie bei diesem Kurierdienst zu begleiten. Beide wurden vom Zoll aufgegriffen.

Als sie vor dem Laufband der Gepäckausgabe auf ihre Koffer warteten, las Eva das Schild, das von der Decke hing: *Auf Drogenschmuggel steht die Todesstrafe.*

Sie wandte den Blick ab, nahm ihren Koffer vom Band und ging mit dem Gepäckwagen langsam neben Sun Yi auf den Ausgang zu. Sie unterhielt sich ruhig mit ihr und verbarg die Angst hinter einem Lächeln.

Das Flughafengebäude war kühl. Die Klimaanlage ließ sie frösteln, und als sie zu der langen Schlange von Zollbeamten gelangte, die mit Argusaugen nach verdächtigen Hinweisen Ausschau hielten, hatte sie bereits eine Gänsehaut. Diesmal lief alles anders. Eva spürte von Anfang an, daß etwas faul war.

Wie üblich traten Sun Yi und sie selbstbewußt auf, gewappnet mit einem Flair falscher Unschuld, doch heute half es nicht. Sobald sie in Sichtweite kamen, näherten sich zwei Männer und zwei Frauen – dann spürte sie eine Hand auf der Schulter, sah die ernsten Augen, die fensterlose Zelle, ließ die Leibesvisitation über sich ergehen. Der Schock war so groß, daß sie sofort wie gelähmt war. Eine seltsame Teilnahmslosigkeit packte sie, als passiere das alles jemand anders.

Eva sah, wie man Sun Yi fortbrachte. Sie sah die kleine schlanke Frau verschwinden, sah ihren Rücken zum letzten Mal, das wußte sie, als sie selbst abgeführt wurde. Obwohl sie während der Duchsuchung versuchte, ihr Bewußtsein vom Körper zu trennen, ging ihr das Bild einer Frau, die zum Schafott geführt wurde, nicht aus dem Kopf.

Man erlaubte ihr ein Telefongespräch. Sie wählte die Nummer für Notfälle, die sie auswendig kannte. »Ich bin's, Eva. Ich spreche vom Changi-Flughafen. Bin aufgeflogen.«

Vier Stunden allein in einer winzigen Zelle. Niemand durfte zu ihr, und sie durfte niemanden sehen. Ein gutes Zeichen, dachte sie, man schützte sie, war schon auf dem Weg zu ihr. Aber was, wenn niemand kam? Lebenslänglich, fünfundzwanzig Jahre? In Singapur wurden Westler selten hingerichtet, aber gelegentlich kam es doch vor. Möglich war alles. Sun Yi würde gehängt. Sie war verloren, keine gerechte Sache, die hinter ihr stand. Die gerechte Sache würde Eva retten und sie irgendwo in Sicherheit bringen.

Sie fragte sich, ob sie sich dasselbe Schicksal wünschen sollte wie Sun Yi. Doch alles in ihr sträubte sich dagegen. Nicht eine Sekunde verspürte sie den Wunsch zu sterben. Die Schuld, überlebt zu haben, würde sie nie mehr loswerden; sie hatte bereits eingesetzt, als sie die Angst vor dem unausweichlichen Tod in den Augen ihrer Freundin gesehen hatte. Und doch verspürte sie etwas, das stärker war als alles, was sie je empfunden hatte, als sie jetzt in der fensterlosen Zelle saß und merkte, wie sich der Schweiß mit den Tränen vermischte, die auf den ersten angenehm betäubenden Schock folgten. Es war ein überwältigender Drang zu leben.

Sich auf einen vermeidbaren Tod zuzubewegen ist das Schlimmste, was es gibt. Es ist, als würge man sein eigenes Herz aus. Sie wollte nicht sterben. Der Secret Intelligence Service MI6 hatte ihr nie ein Sicherheitsnetz versprochen, aber daß es keins gab, konnte sie auch nicht glauben. Natürlich war sie nur eine freie Mitarbeiterin, die man leicht verleugnen konnte. Es gab keinen Vertrag, sie waren nicht verpflichtet, ihr zu helfen. Trotzdem spürte sie mit einer aus Verzweiflung geborenen Gewißheit, daß sie sie rausboxen würden. Und im Geiste wußte sie auch schon, daß sie einen hohen Preis dafür zahlen müßte.

Andrew Stormont, ihr Leitoffizier, kam am Abend mit einer Hercules C130 aus Hongkong. Er wurde an der Gangway von

Vertretern der Zollbehörde empfangen und direkt zu Eva gebracht.

Stormont betrat die Zelle und hörte, wie die Tür hinter ihm ins Schloß fiel. Er blieb stehen und sah auf Eva herab. Wären die Augen nicht gewesen, die Kraft und das Leben, die noch darin schimmerten, er hätte sie nicht wiedererkannt. Die Kleider hingen ihr in Fetzen vom ausgemergelten Körper. Er sah ein hageres und angespanntes Gesicht. Die Haut war blaß und gelblich, das lange blonde Haar spröde und glanzlos. Sie trug den unverwechselbaren Stempel einer Heroinabhängigen.

Er ging auf sie zu. Sie stand vom Boden auf. Keiner von beiden sagte ein Wort. Er nahm sie am Arm und klopfte an die Tür. Die Beamten führten sie durch einen Seitenausgang und eine Reihe von Fluren auf die Rollbahn, wo die Hercules startbereit auf sie wartete. Die Beamten wandten sich ab, und Eva und Stormont stiegen in die Maschine, die wenig später abhob.

Eva beobachtete, wie Stormont ihre Sachen einem Beamten in Zivil übergab, der ruhig im hinteren Teil der Maschine saß. Er würde alles vernichten, und damit auch ihre Existenz der letzten vier Jahre.

»Wohin fliegen wir?«

»Zurück nach England. In eine Klinik.« Er strich mit der Hand über ihren knochigen Unterarm.

Seit vier Jahren war sie als verdeckte Rauschgiftermittlerin in Südostasien für den SIS im Einsatz. Stormont hatte regelmäßig telefonischen Kontakt zu ihr gehalten, doch niemand vom SIS bekam sie je zu Gesicht. Sie spielte ihre Rolle so gut, daß kein Mensch auf die Idee kam, daß sie selbst süchtig geworden war.

»Warum hast du uns nichts gesagt?«

»Was hätte es gebracht? Ich hatte keine andere Wahl. Irgendwann kam der Punkt, an dem ich es nehmen mußte. Ich wußte genau, daß es keinen Weg zurück gibt, wenn man erst einmal drinsteckt. Aber sonst wäre ich aufgeflogen. Sie hatten mich von Anfang an in Verdacht. Es war der einzige Weg, sie zu überzeugen.«

»Sie müssen dich weiterhin verdächtigt haben.«
»Das Ganze war ein abgekartetes Spiel, daran besteht kein Zweifel, aber ich war nicht die Zielscheibe. Niemand wußte von mir, es war reiner Zufall. Ich mußte sowieso eine Fahrt machen, und als ich erfuhr, daß Sun Yi heute unterwegs war, habe ich mich in letzter Minute entschlossen, mitzufliegen. Die Beamten sind direkt auf sie zugegangen, mich nahmen sie nur fest, weil ich bei ihr war. Wäre ich allein gewesen, hätte mich kein Mensch verdächtigt. Es heißt, daß Frazer seit Wochen einen seiner Topkuriere in Verdacht hat, ein Informant zu sein. So ganz falsch lag er nicht. Nur bin ich jetzt hier, und Sun Yi ist tot.«
Stormont wollte etwas sagen, aber sie unterbrach ihn.
»Sie ist so gut wie tot. Ich würde lieber heute sterben als noch sechs Monate warten.«
Sie saß neben ihm mit ihrem ausgemergelten Gesicht, dessen Haut sich über den Backenknochen spannte. Ihre ganze Schönheit war verschwunden, nur die leere Hülle geblieben.
»Seit wann bist du drauf?«
»Fast von Anfang an.«
»Eva!«
Ein Hauch von Junkie-Stolz blitzte auf, als sie sagte: »Ich bin stark.«
Steif und in sich gekehrt saß sie da. Er fragte sich, wann sie ihren letzten Schuß gehabt hatte und wann das Zittern und die Krämpfe einsetzen würden. Sie hatte bereits angefangen zu schwitzen. Er sah sie an und überlegte, ob die Sache es wert war. Rational wußte er, daß es einen Sinn hatte, aber als sie jetzt neben ihm saß, ein Opfer seines Kampfes, wogen seine Emotionen stärker als die Vernunft. Er fragte sich, wie sie das alles vor sich selbst rechtfertigen mochte.
Als hätte sie seine Gedanken gelesen, sagte sie: »Es fällt mir schwer, mich zu orientieren. Jetzt fliege ich nach Hause und mache den Entzug, aber was dann?«
»Was hast du dir gedacht?«

»Ich kann nicht weiter denken als bis zum nächsten Schuß.«
»Dann wird es höchste Zeit, daß du es lernst, denn es wird keinen nächsten Schuß mehr geben.« Seine Worte waren bar jeden Gefühls, scharf und hart. »Wenn dir nichts Besseres einfällt, hätte ich dich genausogut mit deiner Freundin sterben lassen können.«
»Schon gut.« Ihre Worte klangen wie heiserer Husten. »Du willst irgendein Statement, ein Versprechen. Ich geb's dir. Versprechen gegen Versprechen. Der Grund, warum ich hier bin, heißt Robie Frazer. Robie Frazer und seine Drogen.«
Stormont hob die Hand, um sie zu unterbrechen. »Vergiß Frazer. Er hat dich um ein Haar umgebracht. Deine Tarnung ist so gut wie hin. Du kannst irgendwo anders neu anfangen.«
»Nein. Frazer hat mich nicht zerstört. Meine Tarnung war die Sucht. Nun, ich werde nicht mehr abhängig sein. Und ich werde warten. Egal wie lange – drei, vier, zehn Jahre. Und dann werde ich mir Frazer vornehmen. Das ist es, was ich will.«
Sie beugte sich zu ihm, bis der Sicherheitsgurt spannte.
»Gib mir ein Ziel. Ich brauche irgendwas. Frazer wird nicht weglaufen. Du wirst ihn nicht kriegen, aber du wirst ihn auch nicht aufgeben.« Sie hielt inne, und in ihren Augen blitzte ein Funke von Ironie auf.
»Du kennst doch diese Entziehungskliniken. Es heißt, sie geben einem ein spezielles Wort, wie ein Mantra, das man sich ständig wiederholen muß, um durchzuhalten. Meines könnte Frazer heißen.«
Stomont schwieg eine ganze Weile. In diesem Zustand mit ihr über die Probleme zu diskutieren, die Versprechen mit sich brachten, war zwecklos.
»Na schön, Eva. Mach dir keine Gedanken mehr. Werd wieder gesund, und dann kriegst du deinen Frazer.«
Sie lehnte sich zurück und schloß die Augen.
Sechzehn Stunden später landete die Hercules auf dem RAF-Flughafen von Brize Norton. Mittlerweile saß sie zitternd und zusammengesunken auf ihrem leinenbezogenen Sitz, während

der Schweiß an ihrem Körper herunterfloß und sie hemmungslos schluchzte.
Ein Krankenwagen erwartete die Maschine. Stormont sah, wie man sie auf eine Tragbare legte und wegbrachte. Er fragte sich, ob er sie je wiedersehen würde
Sechs Monte später las sie in einer Entziehungsklinik im Westen Schottlands von Sun Yi Sims Hinrichtung.

1

7. März 1995

Vier Jahre lang hatte Andrew Stormont versucht, Eva Cunningham und sein Versprechen zu vergessen. Mittlerweile hatte er innerhalb der SIS oder der »Firma«, wie sie von Insidern genannt wurde, seinen Posten gewechselt. Er hatte die Rauschgiftabteilung verlassen und war nun Leiter einer Sonderabteilung der Counter Proliferation, die weltweit die Verbreitung von militärischer Technologie und Nuklearwaffen überwachte.

Viele Staaten, auch jene, die den Vertrag über die Nichtverbreitung von Atomwaffen unterzeichnet hatten, handelten auf dem internationalen Schwarzmarkt mit nuklearen Komponenten und entsprechendem Know-how. Der unkontrollierte Handel mit Plutonium war nach dem Zusammenbruch der ehemaligen Sowjetunion sprunghaft angestiegen und hatte einer ganzen Reihe neuer Staaten den Zugang zur Atomkraft verschafft. Dazu kam die Bedrohung durch die zunehmende Verbreitung von chemischen und biologischen Waffen.

Neue Einsatzgebiete, neue Ziele, neues Personal. Doch Eva ging Stormont nicht aus dem Kopf. Hin und wieder tauchte sie plötzlich in seiner Erinnerung auf, so wie sie gewesen war, als er sie rekrutierte. Eine zweiundzwanzigjährige Oxford-Absolventin, die vor Schönheit, Energie und Neugier platzte. Doch schon damals hatte sie einen Hauch jenes Makels, der bei anderen erst nach Jahren in der Firma kam – eine ausgeprägte Vorsicht und das Wissen, daß sich von einer Sekunde auf die andere alles verändern kann.

Doch nun erschien sie allmählich auch in seinen Träumen, und das war beunruhigend. Ungebeten und losgelöst von jeder Logik tauchte sie einfach auf, als wolle sie ihn an sein Versprechen erinnern. Nachdem das mehrmals passiert war, kam er auf die Idee, daß vielleicht doch eine verborgene Logik dahintersteckte, denn er merkte, daß er auch wieder an Robie Frazer dachte. Eva hatte recht, als sie fast wie in einem Fluch prophezeit hatte, daß er ihn nie aufgeben würde.

Es war Frazer gewesen, ein verschwommenes, bewegliches Ziel, das ihn jetzt nach Hongkong gelockt hatte. Er hatte den Verdacht, daß Robie Frazer auch im Waffengeschäft mitmischte, aber beweisen konnte er es nicht. Er hatte die Bruchstücke nachrichtendienstlicher Informationen zusammengefügt wie ein Puzzle und sie durch Intuition ergänzt. Der Waffenhandel mit seinen riesigen Profiten, so seine Kalkulation, war wie geschaffen, um Frazers Habsucht zu wecken, und die Aura des *haut criminal* entsprach ganz seiner schmutzigen Moral. Aber selbst wenn er falsch lag und Frazer nicht direkt mit Waffen handelte, war er von denen, die es taten, nicht sehr weit entfernt.

Nach jahrelangen komplizierten Geschäften mit der chinesischen Führung pflegte Frazer außerordentlich gute Beziehungen zu den chinesischen Militärs. China war stark ins Waffengeschäft verwickelt und verkaufte seit Jahren Nukleartechnologie an Länder der Dritten Welt. Hinter einem Großteil dieser unerlaubten Geschäfte steckte ein hoher chinesischer Politiker namens Ha Chin. Die Vermutung, daß Robie Frazer diesen Mann kannte, war keineswegs abwegig. Nun versuchte Stormont, eine Verbindung zwischen beiden herzustellen. Er wollte Frazer zu einer wertvollen Informationsquelle für den Geheimdienst umpolen.

Stormont war etwa drei Viertel der Magazine Gap Road zum Peak hinaufgestiegen und blieb jetzt in der sanften Märzhitze stehen. Der Peak war die feinste Wohngegend Hongkongs, wo der alte Geldadel residierte und sich in letzter Zeit auch die Neureichen niederließen. Die meisten Taipans der alten Kaufmannsfamilien von Hongkong wohnten hier. Auch Robie Fra-

zer, ein neuer Taipan, hatte sich auf dem Peak ein Haus gebaut.
Stormonts Blick wanderte von der Straße zu der unübersichtlichen Hügelspitze und erkannte in einer Entfernung von etwa einer Viertelmeile Frazers Besitz. Es war ein großes weißes Haus, das sich strahlend von dem grünen Hintergrund abhob. Es schien wie durch ein Wunder der Architektur an dem dichtbewachsenen Berghang zu kleben. Man munkelte, das Haus sei sechsundzwanzig Millionen Pfund wert, und offensichtlich war es sich dessen bewußt. Selbstzufrieden lag es in der Nachmittagssonne, leuchtend wie die verschwenderische Pracht der rosafarbenen, roten und gelben Blumen entlang der Pfade, die sich über den Hügel zogen. Für den Betrachter war das Haus ein Symbol; es zeugte von Geld, Macht und Status seines Besitzers.
Robie Frazer war vierzig Jahre alt, schlank, hatte dunkles Haar und blaue Augen, ein Glückskind, das allmählich in die Jahre kam. Leben und Erfahrung, die er wie alles andere leichtnahm, hatten ihre Spuren hinterlassen. Männer und Frauen liebten und bewunderten ihn gleichermaßen, und daß er zwangsläufig auch die Eifersucht beider Seiten erweckte, bereitete ihm heimliches Vergnügen.
Was er tat, wie er sein Geld verdiente, wußte niemand so genau. Doch allein der Umfang seines Reichtums und seine untadelige englische Abstammung machten ihn über jeden Zweifel erhaben und verliehen ihm eine Aura der Ehrbarkeit. Gut möglich, daß er ein integrer Mann war. Die Öffentlichkeit hatte jedenfalls nicht den geringsten Grund, daran zu zweifeln.
Stormont starrte auf das Haus, als suche er in dem schimmernden Gebäude nach irgendwelchen Hinweisen. Er wußte, daß Frazer korrupt war, nicht bloß bestechlich oder vom Reichtum verdorben, sondern durch und durch gesinnungslos. Die Fäulnis wucherte in ihm so üppig wie die Pilze im Dschungel, genauso ungehemmt und genauso unsichtbar für jene, die in den feineren Gegenden wohnten. Stormont jedoch konnte sie sehen,

er witterte sie wie Eva Cunningham vor vielen Jahren. Er mußte sie nur ans Tageslicht bringen.
Unbeeindruckt von der Hitze beobachtete Stormont eine ganze Weile das Haus, bevor er kehrtmachte und wieder zurückging.
Eine Viertelstunde später hatte er das Zentrum der Stadt erreicht, wo er sich mit einem alten Freund von der Uni auf einen Drink verabredet hatte. Douglas Bairns war eine ausgezeichnete Informationsquelle, obwohl er nur gelegentlich für den MI6 arbeitete. Er war im Diamantengeschäft tätig und für alle asiatischen Abwicklungen seiner Gesellschaft, des größten Diamantenkonsortiums der Welt, verantwortlich. Bairns wartete im Foreign Correspondent's Club auf der Lower Albert Road.
Stormont trat von der Hitze der Straße in das klimatisierte Foyer. Er fand Bairns an der Bar. Die alten Freunde begrüßten sich mit Handschlag, suchten sich einen Platz und bestellten etwas zu trinken. Eine Weile plauderten sie angeregt über Stormonts Flug, die Gesundheit und das Wetter. Wie das Ambiente war auch ihre Unterhaltung auf lässige Art diskret. Genausogut hätten sie über Cricket oder Frauen reden können. Nach einer Weile kam Bairns zur Sache.
»Ich habe ein kleines Problem in Vietnam.« Er lächelte, weil ihm klar war, wie ermüdend das alles sein mußte. »Offensichtlich gibt es einen größeren Diamantenfund, der von Bedeutung sein könnte. Es handelt sich um größtenteils noch nicht abgestecktes Gebiet.« Er hob die Hände. »Wer weiß? Wenn wir Glück haben, spuckt er Zehntausende von Karat pro Jahr aus.«
»Klingt vielversprechend. Und wo liegt das Problem?«
»Bei einem gewissen Granger McAdam, der sich die Gegend unter den Nagel gerissen hat. Seiner Gesellschaft gehört nun die Mine. Sie ist in der Börse von Vancouver eingetragen. McAdam ist Vorsitzender der Gesellschaft und besitzt fünfundzwanzig Prozent der Aktien; praktisch kontrolliert er das Unternehmen. Er ist Amerikaner und ein unkooperativer Mistkerl. Das paßt

uns natürlich gar nicht, ein neuer Diamatenfund in der Hand eines widerspenstigen Außenseiters.«
»Verstehe.« Stormont kannte die nächste Frage. Bairns wußte das, und Stormont wußte, daß er es wußte, trotzdem machte er es ihm nicht leichter. Er wollte, daß Bairns offen fragte, damit die Bitte auf den Tisch kam, die er dann erfüllen und bei zukünftigen Verhandlungen mit Bairns ins Spiel bringen konnte.
»Ich brauche dir nicht zu sagen, daß es uns sehr gelegen käme, wenn McAdam durch jemanden ersetzt würde, der uns freundlicher gesinnt ist«, erklärte Bairns schließlich. »Das Problem ist, daß er sich mit Händen und Füßen dagegen wehren würde, wenn wir versuchten oder irgendwer versuchte, auf normalem Wege seine Gesellschaft zu übernehmen. Sie ist sein einundalles. Er würde niemals freiwillig seine Anteile verkaufen. Egal wie viele Anteile wir zusammenkriegen, wir müßten uns letztendlich mit ihm auseinandersetzen. Und er kann uns das Leben in vielerlei Hinsicht schwer machen.«
»Ja, das sehe ich ein. Ich lasse mir die Sache durch den Kopf gehen. Möglich, daß es eine Lösung gibt. So auf die Schnelle fällt mir jetzt nichts ein«, log Stormont, »aber ich werde drüber nachdenken. Und da wir sowieso dabei sind, kannst du mir ja auch gleich ein bißchen mehr über diesen McAdam erzählen.«
Bairns hörte eine Viertelstunde nicht mehr auf zu reden. Schließlich streckte sich Stormont im Sessel aus, als langweile er sich. Dann sah er auf die Uhr.
»Ich muß gehen, Douglas. Mach's gut. Du hörst von mir.«
Stormont trat hinaus, winkte einem Taxi und fuhr in die geheime Wohnung, die er in den Mid Levels gemietet hatte, auf halbem Weg zum Gipfel des Peak.
Er ging ins Wohnzimmer, schenkte sich einen Whisky ein und setzte sich auf das Sofa, die Ellbogen auf die Knie gestützt, während er aus dem großen Fenster auf die von Wolkenkratzern gebrochene Skyline schaute, hinter der das friedliche Blau des Südchinesischen Meers schimmerte.
Schnell und instinktiv traf er eine Entscheidung. Anschließend

unterzog er sie, den Dienstvorschriften entsprechend, mechanisch einer rationalen Analyse, die ebensosehr auf Beobachtung wie auf Fakten basierte und ihn zum gleichen Ergebnis führte. Doch kalter Rationalismus war reine Zeitverschwendung. Besser war es, sich seine Befangenheit einzugestehen und die daraus resultierenden Schwachpunkte vorwegzunehmen.
Stormont griff zum Hörer und rief seinen Stellvertreter Giles Aden in London an.
»Nehmen Sie Kontakt zu Eva auf. Sie soll herkommen. Ich warte auf sie.«
Es folgte ein langes Schweigen, bis Adens Stimme durch die Leitung jagte.
»Meinen Sie denn, daß sie kommen wird?«
»Ja.«
»Sind Sie sicher, daß das klug ist?«
»Das wird sich rausstellen.«

2

Fünfzehn Stunden brauchten sie, um Eva ausfindig zu machen. Nach sechs Monaten hatte sie die Entziehungsklinik in Schottland verlassen und war von der Bildfläche verschwunden. Laut Auskunft der Firma befand sie sich zur Zeit nicht in Aktion. Sie war nach Vietnam gegangen und genoß dort ihre Freiheit. Sie reiste im Land herum, machte in kleinen Dörfern Halt und brachte den Kindern Englisch bei. Für ihre Arbeit nahm sie kein Geld. Das Leben war billig, außerdem hatte sie noch Ersparnisse. Sie arbeitete aus Freude und um sich zu erholen. Doch diese Erholung blieb in ihren Augen unvollkommen, bis der Anruf kam und Stormont sein Versprechen einlöste. Sie wartete, seit vier Jahren.

Um zehn Uhr morgens vietnamesischer Zeit hatte Aden sie an der Strippe. Sie war gerade vom Schwimmen im ostvietnamesischen Halong Bay zurückgekommen. Aden begrüßte sie nicht und gab ihr auch keinerlei Erklärung. Er sagte nur: »Stormont will, daß Sie nach Hongkong kommen, sofort.«

Eva verspürte eine Welle von Schwindel, Schmerz, Aufregung, die über sie hinwegspülte und sie wachrüttelte. So lange hatte sie auf diesen Augenblick gewartet. Sie sah sich um, versuchte, sich zu orientieren und die Erinnerung an diesen Augenblick zu verlängern.

»Wo soll ich ihn treffen?«

Aden gab ihr eine Anschrift durch.

»Bin schon unterwegs.«

Alles, was sie brauchte, packte sie in eine kleine Tasche aus Segeltuch und verließ dann ihr schönes, halb verfallenes, knarrendes Holzhaus mit Blick auf das Meer und riesige Felsen, an denen sich die Wellen brachen; ihre geliebte Landschaft. Die Tür schloß sie nicht ab, den Schlüssel legte sie auf den Tisch im Wohnzimmer, für den nächsten Bewohner.

Mit dem Bus fuhr sie nach Hanoi und flog von dort aus weiter nach Hongkong. Meile um Meile fand sie ihre abgeschnittene Vergangenheit wieder. Je mehr Kräfte sie sammelte, um so mehr schmolz ihre Sanftmut dahin. Sie schloß einen Teil in sich ab, um einen anderen zu öffnen.

Die Maschine glitt über die dichte Wand aus Wolkenkratzern und landete in Kowloon. Sie stieg aus und ging rasch durch den Flughafen, eine wilde Schönheit mit anmutigem Gang und wachsamen Augen. Männer und Frauen sahen sich nach ihr um. Sie hatte ein ausdrucksvolles Gesicht mit tiefblauen Augen und einem sinnlichen Mund, die Haut war weich und gebräunt. Das schulterlange, von der Sonne goldgefärbte Haar hatte sie zu einem Pferdeschwanz gebunden. Sie war groß und besaß den schlanken, sehnigen Körper einer Athletin, die Energie und Selbstvertrauen ausstrahlt, doch ruhig und mühelos, so als hätte sie noch viel zu vergeben. Ihre zerfetzten Jeans, das verblichene Baumwollhemd und die alte Segeltuchtasche verrieten die ewige Reisende, doch in ihren Augen lag keine Spur von träger Neugier. Blick und Gang waren so zielbewußt, als kehrte sie nach Hause zurück.

Sie ging zum Taxihalteplatz. Die Sonne versank, der Himmel leuchtete tiefgrau unter dichten Wolken. Eva stieg in ein Taxi und fuhr in die geheime Wohnung, die Stormont gemietet hatte. Als das Taxi aus dem Tunnel kam, der Kowloon und das Festland mit Hongkong Island verbindet, explodierten die Wolken. Blitze jagten über den flüssigen Himmel. Eva lehnte sich an die Fensterscheibe und beobachtete fasziniert das Gewitter.

Es donnerte noch immer, als sie eine halbe Stunde später das Haus am Peak erreichte. Sie klopfte zweimal an die Tür. Andrew Stormont machte auf. Sie trat ein, und dann standen sich beide gegenüber und musterten sich wortlos. Schließlich nahm er ihre Hände.

»Du siehst wundervoll aus.«
Sie schaute ihn an und verglich ihn mit der Erinnerung, die sie an ihn hatte. Er war großgewachsen, schlank, aber kräftig. Das Haar war metallgrau, die Augen dunkelblau, wachsam, verschleiert und fast immer kalt. Sie verrieten wenig von den Emotionen, die sich dahinter verbargen. Er war ein leidenschaftlicher Mann, der sich notgedrungen zusammennahm, doch gelegentlich flackerte die Leidenschaft auf, in seinen Augen, in der Art und Weise, wie er sich bewegte oder Dinge berührte, und in seiner Liebe für alles Schöne.
Sie kannte sein Haus, seine Autos, seine Gemälde und sah in ihnen das, was in ihm verborgen blieb – eine starke Sinnlichkeit. Sie wußte auch, daß er gerne Bergwanderungen unternahm, im Freien schlief oder im Zelt im Schnee, und daß er sich mit Luxus und bescheidenen Verhältnissen gleichermaßen arrangieren konnte. Als sie ihn jetzt ansah, war sie wie üblich von seinem Gesicht überrascht. Sie hatte ein gutes Gedächtnis, doch an sein Gesicht konnte sie sich niemals ganz genau erinnern. Sie schwor sich, daß es daran lag, daß es sich ständig veränderte, sogar die Konturen, zwar nur geringfügig, aber doch genug, um ihm jedesmal ein völlig anderes Aussehen zu verleihen. Manchmal wirkten seine Züge fein und ebenmäßig, dann wieder hart und grob.
Heute spiegelte alles an ihm Gefühl, sein Ausdruck, sein Lächeln, seine Augen, die sie aufmerksam und abschätzend beobachteten. Sie entdeckte eine Bewunderung darin, die nie in Frage gestellt worden war, auch nicht am Changi Airport. Damals hatte sie Schmerz und Mitleid in seinem Blick gelesen, nicht aber die Verachtung, die sie befürchtet hatte.
Sie ließ ihre Tasche auf den Boden fallen.
»Als erstes muß ich unbedingt duschen. Kannst du mir eine Jeans und ein T-Shirt leihen?«
Auf dem Weg durchs Zimmer knöpfte sie sich das Hemd auf. Vor dem Bad blieb sie stehen, zog sich völlig aus und warf ihre Kleider auf einen Haufen. Stormont betrachtete ihre weiche

braune Haut, die Muskeln und Kurven, ihre starke weibliche Sexualität. Keine Spur mehr von einem Junkie. Eva hatte es geschafft und war immer noch clean. Sie hatte auf umwerfende Art bewiesen, wozu sie fähig war.

Stormont öffnete seinen Koffer und nahm eine Jeans und ein Hemd heraus. Er legte sie vor dem Bad auf den Boden, dann ging er in die Küche, nahm eine Flasche erstklassigen Veuve Clicquot aus dem Kühlschrank und schenkte zwei Gläser ein. Er trat ans Fenster und schaute hinaus.

Minuten später tauchte Eva auf und rubbelte sich das Haar mit einem Handtuch trocken. Stormont wandte sich um und beobachtete sie. Seine Jeans saßen ihr auf der Hüfte, gaben ihren Nabel und einen Teil ihres straffen muskulösen Bauches frei. Sie hatte das Hemd über der Brust geknotet und nur ein paar Knöpfe geschlossen. Auf dem sonnengebräunten Hals schimmerten noch ein paar Tropfen. Sie kam auf ihn zu. Er umklammerte sein Glas und nahm einen Schluck, während er den Blick über den Rand hob und sie ansah. Unter seinen Sachen trug sie nichts weiter. Ihre Augen waren wachsam, doch arglos. Bei jeder anderen Frau hätte er ein sexuelles Motiv vermutet, nicht aber bei Eva. Sex mit ihr kam ohnehin nicht in Frage, auch wenn er es gewollt hätte. Er war ihr Leitoffizier. Es gab ungeschriebene Gesetze, die ihr Verhältnis regelten. Keiner von ihnen neigte dazu, Gesetze zu befolgen, doch in diesem Fall hielten sich beide – aus jeweils eigenen Gründen – daran. Vielleicht weil die latente Anziehungskraft, die sie spürten, zu stark und bedrohlich war.

Eva griff nach dem Glas, das er ihr anbot, und setzte sich auf das Sofa. Er nahm in einem Sessel ihr gegenüber Platz.

»Was macht Vietnam? Ich habe gehört, daß du in entlegenen Dörfern Englisch unterrichtest.«

»Es ist wunderbar, hektisch, ruhig, aufregend, alles. Ich war viel unterwegs, aber jetzt habe ich ein kleines Häuschen in Halong Bay. Ich unterrichte an der dortigen Dorfschule.«

»Du hast dir ein schönes Leben aufgebaut.«

»Es ist ein einfaches, glückliches Leben. Ein schöner Zeitvertreib.«
»Du weißt, warum ich dich gerufen habe?«
»Wegen deines Versprechens.«
»Du bist zu nichts verpflichtet. Es ist deine Entscheidung. Du kannst nach Vietnam zurück und vergessen, daß wir uns je getroffen haben, du kannst alles vergessen.«
Sie nippte an ihrem Champagner und stellte das Glas vorsichtig auf den Marmortisch zurück.
»Alles vergessen? Unmöglich. Egal was du vorhast, ich bin dabei. Seit vier Jahren ist die Antwort klar. Und sie wird es immer bleiben.«
Er sah sie wortlos an, bis die letzte Spur von Sanftheit aus seinen Augen gewichen und die Maske komplett war.
»Ich habe mein Arbeitsgebiet verändert. Jetzt arbeite ich für die Counter Proliferation. Die Chinesen sind meine Hauptsorge. Wir nehmen an, daß sie Plutonium, Waffensysteme und technologisches Know-how an alle möglichen unerwünschten Personen verkaufen. Hochrangige Politiker und ein paar auserwählte Geschäftsleute sind die Drahtzieher. In China blüht die freie Marktwirtschaft. Nach außen sind diese Figuren ehrbare Geschäftsleute, aber sie sollen nur kaschieren, was hinter den Kulissen abläuft: Drogen- und Waffenhandel, auch mit Nuklearwaffen. Ich will herausfinden, was da verkauft wird und an wen. Die Saudis haben große Mengen an Waffen gekauft. Ich will hinter ihre Kanäle kommen. Wir haben zwar schon ein paar Agenten vor Ort, aber ich will mehr. Ich brauche jemand, der bis in die höchste Spitze vordringt und eine perfekte Tarnung hat. Ein Geschäftsmann zum Beispiel. Jemand, der mit hohen Tieren und Politikern zu tun hat.«
»Robie Frazer.« Evas Stimme klang gleichgültig. Stormont nickte.
»Niemand hat bessere Kontakte zu den Chinesen als Frazer. Sie mögen ihn und vertrauen ihm. Sie verstehen sich. Er ist fast ein Ehrenchinese.«

»Weil sie noch nie einem *guelin* begegnet sind, der Geld genauso liebt wie sie. Neben Frazer wirken sie beinahe wie Asketen.« Sie nahm einen weiteren Schluck. »Ich sehe die Logik darin. Frazer wäre der perfekte Mann. Aber warum sollte er mit uns zusammenarbeiten? Er hätte eine Menge zu verlieren und nichts zu gewinnen. Wenn er auffliegt, ist er den lukrativsten Teil seiner Geschäfte los. Er wäre hier in Asien erledigt. Und er lebt vom Vertrauen und der gesellschaftlichen Anerkennung, die er genießt.« Daß sie ihn für seinen Verrat wahrscheinlich umbringen würden, behielt sie für sich.

»Wie gehen wir in einem solchen Fall normalerweise vor?« fragte Stormont. »Wir setzen auf Geld, Loyalität oder Erpressung. Geld würde Frazer ansprechen, aber er ist bereits vielfacher Millionär. Was wir ihm anbieten könnten, käme einer Beleidigung gleich. Queen und Vaterland haben keinerlei Bedeutung für ihn. Bleibt also nur noch Erpressung. Du hast selbst gesagt, wie wichtig ihm sein sozialer Status ist. Er genießt es, den reichen, aristokratischen Engländer zu spielen, er liebt den leicht verkommenen Ruf, den sein Geld und seine Asiengeschäfte ihm verschaffen. Doch die ganze Zeit umgibt er sich mit dem Nimbus des ehrbaren Mannes und macht sich einen Spaß daraus. Er haut die Leute gleich doppelt übers Ohr. Einmal macht er sein Geld mit schmutzigen Geschäften, und dann redet er ihnen ein, welches Vorbild er ist.«

»Nicht allen.«

»Nein, aber du hast auch mehr gesehen als andere.«

»Man muß gar nicht soviel sehen wie ich, um ihn für korrupt zu halten. Niemand kann soviel Geld in so kurzer Zeit auf ehrlichem Weg verdienen. Das müßte doch jedem einleuchten, oder?«

»Aber es interessiert keinen. Er ist ein Held, der Schutzheilige aller Ehrgeizigen.«

»Und wie willst du ihn dann erpressen?« fragte Eva.

»Wir werden ihn weichkochen. Es ist eine lange Geschichte, schön umständlich, die perfekte Falle.«

»Dann erzähl sie mir und erklär mir, welche Rolle ich darin spiele.«
Stormont lächelte. Diese Phase, wenn er seine Pläne erläuterte und sein Gegenüber zustimmte, kam ihm immer vor wie der Beginn einer Verführung, einer Kette von Verführungen, alle gerechtfertigt durch den Zweck, den er damit verfolgte.
»Du wirst sofort wieder nach Hanoi zurückfliegen und dich an einen Kerl namens Granger McAdam ranmachen. Ihm gehören fünfundzwanzig Prozent einer Diamantenmine in Nordvietnam. Es käme uns sehr gelegen, wenn wir ihn um einige Anteile erleichtern könnten.«
»Was genau wollen wir mit McAdam und seinen Diamanten?« fragte Eva und hob elegant eine Augenbraue. »Erspar mir den üblichen Schmu. Wenn du mir nicht die ganze Story erzählen willst, erklär mir wenigstens, was ich zu tun habe.«
Er sah sie seltsam zärtlich an. Am liebsten hätte er »O Eva«, gesagt und ihr übers Gesicht gestrichen. Statt dessen gab er ihr die formelle Antwort, die sie hören wollte.
»Wir haben nichts gegen McAdam persönlich. Er ist nur der falsche Mann am falschen Ort. Offensichtlich kontrolliert er einen bedeutenden neuen Diamantenfund. Das macht ihn in zweierlei Hinsicht suspekt. Erstens ist er nach allem, was man hört, ein unkooperativer Mistkerl und zweitens Amerikaner.«
Als sie ihn unterbrechen wollte, hob er die Stimme.
»Hör zu. Es geht vorwiegend um das Diamentenkartell und die Kontrolle des Diamantenhandels. Das Kartell kontrolliert nach öffentlichen Schätzungen etwa achtzig Prozent der Diamantenherstellung. Die achtzig Prozent werden durch den zentralen Vertrieb des Kartells gehandelt. In Wirklichkeit sind es keine achtzig Prozent, sondern bedeutend weniger. Trotzdem übt das Kartell die Kontrolle über die Preise aus. Es hat keinerlei Interesse an neuen Quellen, die von unabhängigen Gesellschaften oder Individuen kontrolliert werden, vor allem wenn diese nicht bereit sind, sich den Bedingungen des Kartells zu unterwerfen.« Er hielt inne, beugte sich vor und musterte sie auf-

merksam. »Die Amerikaner sind für das Kartell ein ernstes Problem, weil der Sherman Act monopolistische Kartelle in Amerika für illegal erklärt. Das ist nicht weiter gravierend, denn das Kartell hat verschiedene Möglichkeiten, den Sherman Act zu umgehen, aber es engt gelegentlich seinen Aktionsradius ein. Es geht um eine Menge Geld. Wer unabhängig vom Kartell Diamanten auf den Markt bringt, drückt die Preise. Und es gibt viele, die sich keine niedrigen Preise wünschen.«

»Praktisch alle, die einen Diamantenring oder anderen Diamantenschmuck besitzen,« sagte Eva.

»Genau. Diamonds are forever. Abgesehen von ihrem romantischen Wert sollen sie eine Investition fürs Leben sein. Ihr Wert kann steigen, aber niemals fallen. Die Banken, die die Diamantenminen finanzieren, wollen sichergehen, daß sich ihre Investitionen lohnen. Händler mit großen Beständen wollen sichergehen, daß der Wert ihrer Ware erhalten bleibt. Alle, die einen Diamanten besitzen, würden darunter leiden, und es gibt viele Diamantenbesitzer, vom Kartell angefangen bis hin zu all jenen, die eine geheime, bewegliche und sichere Anlage suchen. Der Vorrat an unbekannten Diamanten ist beträchtlich, Milliarden wert. Ein Verfall des Wertes würde einer Katastrophe gleichkommen.«

»Und dieser McAdam stellt eine Gefahr dar, weil er Amerikaner ist, nicht mit dem Kartell zusammenarbeitet und obendrein möglicherweise eine wichtige neue Fundstelle kontrolliert.«

»So ist es. Niemand weiß, wie groß die Bedrohung tatsächlich ist, weil es noch zu früh ist, um Schätzungen vorzunehmen. Möglich, daß man nicht mal Diamanten findet. Aber wie du weißt, ist es einfacher, eine kleine Bedrohung zu neutralisieren als später eine große. Das Kartell könnte ihn einfach ignorieren. Es könnte versuchen, neue Quellen außerhalb seines Einflußbereiches zu neutralisieren, indem es die Preise in dem von ihm kontrollierten Teil der Welt anhebt, aber das wäre nur eine Maßnahme für den äußersten Notfall. Sie ist teuer und höchstens die zweitbeste Lösung. Es könnte auch versuchen,

McAdams Gesellschaft zu übernehmen. Die Aktien werden an der Börse von Vancouver gehandelt. Aber wahrscheinlich würde er sich mit Händen und Füßen wehren. Wenn aber das Kartell sich in McAdams Gesellschaft einkauft und er seinen Aktienanteil behält, wären dem Kartell in vieler Hinsicht die Hände gebunden, und obendrein hätte es einen feindlichen Aktienbesitzer in seinen Reihen.«

»Also ist es die beste Lösung, diese neue Diamantenquelle so schnell wie möglich ganz in den Besitz des Kartells zu schleusen«, folgerte Eva. »Indem man McAdam beseitigt und ihn durch einen dem Kartell freundlich gesinnten Nachfolger ersetzt. Soweit habe ich verstanden. Aber was hat das Ganze mit Robie Frazer zu tun? Und was kümmern uns die Probleme des Kartells?«

Stormont nahm einen Schluck und sah Eva dabei über den Rand seines Glases hinweg an.

»Es handelt sich um einen Gefallen, bei dem auch für uns etwas herausspringt. Eine perfekte Falle.«

Er stand auf, um sich Champagner nachzuschenken, und hielt ihr die Flasche hin, doch sie schüttelte den Kopf Er setzte sich wieder und stellte das Glas auf den Tisch.

»Mit der Diamantenmine werden wir Frazer anlocken. Er soll McAdam ersetzen. Diamanten müßten ihm zusagen, vor allem, wenn die Mine in Vietnam liegt. Damit könnte er einen Fuß in das Land kriegen. Ich bin sicher, daß er Kapital daraus zu schlagen weiß.«

»Und wie willst du das Ganze einfädeln?« fragte Eva rasch.

»Alles steckt noch im Anfangsstadium. Es sind einige vorläufige Bohrungen durchgeführt worden, und die Tests waren vielversprechend. Jetzt braucht McAdam Kapital, um Probebohrungen durchzuführen. Du wirst ihm dabei behilflich sein.«

»Warum sollte er meine Hilfe brauchen? Ich habe doch keine Ahnung, wie Diamantenringe finanziert werden.«

»Wir werden dir alles beibringen, was du brauchst, und noch viel mehr. McAdam wird deine Hilfe benötigen. Mach dich an ihn ran. Das ist der erste Schritt. Dann wirst du Kontakt zu Frazer suchen müssen und ihm einen Deal vorschlagen. Das wäre der zweite Schritt. Die Einzelheiten werde ich noch ausarbeiten. Ziel ist es, ihn als Hauptinvestoren oder Vorsitzenden des Diamantenprojekts in die Gesellschaft zu bugsieren. Er wird nur Augen für die Diamanten haben und was er damit anstellen kann.« Stormont zögerte und sagte dann vorsichtig: »Wenn du schlau bist, wird er nie merken, was du vorhast. Das ist die Chance, in seine Nähe zu kommen. Alles über ihn rauszufinden, Eva. Dinge, die wir gebrauchen können, um ihn zu erpressen, damit er uns verrät, was seine chinesischen Kontakte im Schilde führen.« Er sah sie ernst an. »Allerdings wirst du verdammt nah an ihn ranmüssen.«

Seine Worte waren bewußt hart und kompromißlos, bar jeder Regung.

Eva rührte sich nicht. Der einzige Hinweis auf ihre innere Zerrissenheit, die Stormont ahnte, war ein leichtes Zucken der Muskeln um die Wangenknochen. Nach einer Weile zeigte ihr Gesicht nur noch ruhige Bereitschaft.

»Du mußt sicher sein, daß du es schaffst«, beharrte Stormont. »Du kennst das Risiko, wenn deine Tarnung auffliegt und wir dir nicht rechtzeitig helfen können. Frazer hat Sun Yi auf eine bloße Vermutung hin in den Tod geschickt, dasselbe könnte dir auch passieren.«

»Ich habe Sun Yi nicht vergessen. Ich bin sicher, daß ich es schaffe. Ich kann meine Rolle genausogut spielen wie jeder andere, obendrein bin ich höchst motiviert.«

»Vielleicht zu sehr.«

»Warum hast du mich dann gerufen?«

»Weil ich es dir versprochen habe und du im Grunde genommen die geeignetste Kandidatin für den Job bist. Trotzdem gibt es ein paar Probleme. Du kennst dich in Asien gut aus, du hast schon mal da gearbeitet. Und das ist gleichzeitig ein Nachteil, weil du kein unbeschriebenes Blatt mehr bist. Du hast für Frazers Organisation gearbeitet, du weißt einiges über ihn und seine Methoden, aber es gibt auch Leute in der Organisation, die dich von früher kennen. Deine Stärken sind auch Schwächen. Du bist eine doppelschneidige Klinge im Jargon der Firma.«

»Wer weiß in der Firma davon?« fragte Eva scharf.

»Der Chief, mein Stellvertreter Giles Aden und ich.«

»Aden habe ich einmal getroffen. Ich hatte nicht das Gefühl, daß er mich allzusehr mochte.« Ihre Worte klangen bewußt beiläufig.

»Das ist es nicht. Er ist ein geborener Zyniker, ein Pessimist mit einem Anflug von Menschenhaß. Er mag niemanden.«

»Aber du vertraust ihm?«

»Ja.«

Eva dachte darüber nach, speicherte es und ging zum nächsten Punkt über. »Tja, und was meint die Firma zu meinen Stärken und Schwächen . . .?«

»Sie ist bereit, das Risiko einzugehen. Dein Vorteil besteht darin, daß du gut ausgebildet bist und über die notwendige Erfahrung verfügst. Du kennst Vietnam, fühlst dich dort wohl und hast dir als Englischlehrerin eine neue Tarnung zugelegt. Kritisch wird es, wenn dich jemand aus Frazers Organisation von früher her wiedererkennt. Damals hast du ziemlich anders ausgesehen, und du hattest einen anderen Namen. Ferner hast du uns damals beim Debriefing erzählt, daß dich Frazer niemals zu Gesicht bekommen hat. Das kommt dir jetzt zugute. Aber bist du auch sicher, daß dich keins der hohen Tiere in Frazers Organisation gesehen hat? Das sind die Leute, zu denen du jetzt Kontakt haben wirst; sie machen uns Kopfzerbrechen.«

»Du kennst doch ihre Methoden. Die hohen Tiere kriegen die Kuriere nie zu sehen. Es gibt keine Verbindung nach oben für kleine Fische wie mich. Ich habe nie einen der ganz Großen getroffen. Und keiner, der mich kannte, hatte direkten Kontakt zu Frazer.« Noch während sie diese Lüge aussprach, mußte sie an die eine Vertrauensperson denken, die sie kannte: Le Mai, der Frazers dunkle Geschäfte leitete. Doch sie war ihm nur einmal kurz begegnet, vollgepumpt mit Heroin. Er würde sie nie wiedererkennen.

»Na schön. Dann bist du ja clean.«

Sie zupfte ein Haar von ihrem Hemdsärmel und sah ihn forschend an.

»Bin ich das wirklich? Da gibt es noch was, das mir Sorgen macht, und zwar der Tag, an dem Sun Yi und ich in Changi aufgeflogen sind. Frazer hielt sie für die Informantin und stellte ihr die Falle. Daß man sie hingerichtet hat, ist der Beweis, daß sie nichts damit zu tun hatte. Sonst hätte man sie irgendwie verschwinden lassen. Ich war diejenige, die freikam. Was, wenn Frazer davon erfahren hat?«

»Wir haben uns damals was ausgedacht, um dich zu schützen, und das wird dir auch weiterhin nützen. Wir haben die Story verbreitet, daß Sun Yi mit einer Freundin reiste, die aber nichts bei sich hatte. Sie wurde freigelassen. Ende der Geschichte. Du hattest es uns leicht gemacht und alle deine Spuren verwischt. Wir checkten die Passagierlisten. Du hattest ganze Arbeit geleistet. Du hattest deinen Flug nicht unter dem Tarnnamen gebucht, unter dem dich die Frazer-Leute kannten. Du hattest einen anderen Namen und einen anderen Paß benutzt. Frazer hätte dich niemals mit diesem Flug oder mit Sun Yis Verhaftung in Verbindung bringen können. Nur zwei Beamte wußten, was mit dir geschehen war in dieser Nacht, daß du Heroin bei dir hattest und daß du abgeholt wurdest. Aber sie wissen nicht, wer du warst. Und sie haben auch keinen Anlaß, über die Frau zu sprechen, die sie in jener Nacht sahen. Zuckerbrot und Peitsche. Sie werden schweigen wie ein Grab.«

»Und wenn sie doch reden?«

»Das Risiko ist immer da. Aber wer wird die Frau, die damals aufflog, mit dir in Verbindung bringen? Würde jemand, der dich damals als Junkie sah, dich heute wiedererkennen?«

Er stellte immer die richtige Frage. Ob er es diesmal wußte?

»Was glaubst du?«

»Wahrscheinlich nicht.«

»Und was ist mit meinem plötzlichen Verschwinden aus Frazers Kurierdiensten? Was habt ihr euch dazu einfallen lassen?«

»Auch da hast du es uns ziemlich leicht gemacht, ohne es zu wissen. Jeder, der dich damals kannte, wußte, daß du Junkie warst. Wir haben einfach in die Welt gesetzt, daß du eine Überdosis erwischt hast. Wir hatten sogar eine Leiche, in Thailand. Du bist also da gestorben. Die Nachricht erschien in einigen Lokalzeitungen. Frazers Leute müssen sie gelesen haben. Sie glauben, daß die Frau, die sie damals kannten, tot ist.«

»Und wer bin ich jetzt, wenn ich mich an Frazer ranmache?«

»Diesmal wirst du deine eigene Identität benutzen. Das ist die beste Tarnung. Es funktioniert. Du bist die verwöhnte Tochter reicher Eltern, die nach Vietnam kam, um Gutes zu tun, und armen Dorfkindern Englisch beibringt. Über diese Diamantenmine bist du nur zufällig gestolpert. Wenn das klappt, wirst du mit Frazer durch die halbe Welt reisen müssen, wahrscheinlich auch nach London, wo man dich kennt. Dort mußt du unter deiner wahren Identität auftreten.«

Was zum Teufel das auch heißen mag, dachte Eva.

»Und deshalb, meine liebe Eva, darfst du dir keine Fehler leisten oder zu weit gehen. Diesmal wirst du nicht weglaufen und deine Tarnung abstreifen können. Mit allem, was passiert, wirst du später leben müssen.«

Eva wandte den Blick ab. »Na schön, ich kenne jetzt das Risiko.«

»Und du kennst auch die Regeln. Es geht darum, Frazer zu unserem Informanten umzupolen. Deine Rolle besteht darin, dich an ihn ranzumachen, mit Hilfe der Geschichte, die wir gerade besprochen haben. Dann mußt du etwas suchen, irgendwas Unwiderlegbares, womit wir ihn in der Hand haben. Und dann überläßt du ihn uns. Deine Rolle in dem Ganzen ist beendet. Du wirst nichts gegen Frazer unternehmen, hast du das verstanden?« Es gab kaum eine Möglichkeit für Mißverständnisse, egal ob bewußt oder aus Naivität. Stormont beobachtete ihre Reaktion, suchte nach Hinweisen für Unaufrichtigkeit

in ihrer Stimme, ihrer Haltung, in diesem Gesicht, das er so gut kannte.
Sie sah ihn wortlos an. In ihrem Blick spiegelten sich alle möglichen Gefühle.
»Ich wollte eine Zeitlang Frazer töten. In der Klinik, als ich den Entzug durchmachte. Als es mir besser ging und ich über Sun Yis Hinrichtung las, habe ich ihm den Galgen gewünscht. Aber dann folgten die vier Jahre in Vietnam. Vier Jahre Freiheit, in denen ich so lebte, wie ich wollte. Ich mußte Frazer vergessen. Er hätte mich sonst vergiftet. Man kann nicht ewig mit dem Gefühl der Rache leben.«
»Warum willst du dann jetzt den Job?«
»Auch ich habe ein Versprechen gegeben. Auf dem Entzug, als es mir so dreckig ging, daß ich halb wahnsinnig war, hat mich nur der Gedanke an Rache am Leben gehalten. Ich weiß, daß es schizophren klingt. Aber es mußte so sein, ich hatte keine andere Wahl. Ich mußte den Wunsch verspüren, Frazer zu töten, und dann loslassen. Beides hat mich geheilt.«
»Und was empfindest du jetzt?«
Eva antwortete langsam und wählte ihre Worte sorgfältig. Sie war sich bewußt, wieviel von ihrer Aussage abhing.
»Ich werde mich an Frazer ranmachen. Ich werde mein Versprechen halten, aber aus anderen Gründen. Aus deinen Gründen. Ich werde das tun, was du von mir verlangst. Ich werde dir Frazer liefern. Aber ich will keine Gewalt mehr. Wenn jemand mir an den Kragen will, werde ich mich wehren. Aber nur dann.«
Stormont beobachtete sie wortlos.
»Das mußte ich hören«, sagte er schließlich und stand auf. Sie hatte die notwendige Zurückhaltung gezeigt, genau die richtigen Fragen gestellt, sämtliche Risiken gesehen. Sie war nicht blind in ihrem Wunsch, Frazer eins auszuwischen, wie manche, darunter Aden, befürchtet hatten. Sie war maßvoll und ausgeglichen. Er konnte ihr vertrauen, und er konnte sie benutzen.
»Gut, Eva. Du weißt, was du zu tun hast. Der erste Schritt ist

McAdam, der zweite Frazer. Konzentriere dich zunächst auf McAdam, mach dich an ihn ran, finde alles über ihn raus, was du kannst. Und sei bereit, ihm zu helfen, wenn er Ärger kriegt.«

Eva stand auf, stopfte ihre Kleider in die Tasche und ging auf die Tür zu. Plötzlich drehte sie sich noch einmal um.

»Was für Ärger?«

»Mach dir deshalb keine Sorgen«, antwortete Stormont. »Du kümmerst dich um McAdam und ich um den Ärger.«

Sie warf ihm einen langen letzten Blick zu. »Davon bin ich überzeugt.«

Dann fiel die Tür hinter ihr zu, und es klang wie ein Peitschenknall.

3

Eva kehrte nach Hanoi zurück und machte sich daran, Granger McAdam zu suchen. Es war nicht schwer. Jeden Abend ließ er sich in einer seiner drei Lieblingsbars vollaufen. Sie brauchte sich nur allein an einen leeren Tisch zu setzen und zu lächeln. Und er kam wie der Pawlowsche Hund.

In den folgenden Wochen trafen sie sich fast jeden Tag. Beide tranken gern und unterhielten sich gern. Er war ein angenehmer Kumpel, aber das machte die Sache um so schwerer.

Eva mochte ihn. Er war ein tolpatschiger, schwieriger, aber netter Kerl, der Diamanten und Alkohol über alles liebte. Und sie würde ihm übel mitspielen müssen bei dem wahrscheinlich zwecklosen Versuch, mit einem kleineren Übel ein größeres zu bannen. Sie konnte sich wenigstens damit trösten, daß sie einen guten Zweck verfolgte, aber was blieb McAdam? Niemand würde ihm einreden können, daß er aus einem noblen Grund untergehen mußte, daß sein Opfer einen Wert hatte. Warum sollte er den Preis zahlen? Eva behandelte ihn so sanft sie konnte, ohne ihre Arbeit zu gefährden.

Vierundzwanzig Stunden zuvor hatte sie ihr wöchentliches Telefongespräch mit Stormont geführt. Diesmal hatte er ihr zum ersten Mal genaue Anweisungen erteilt. Jetzt saß sie nachts in ihrem Wagen und lauschte dem Verkehrslärm von Hanoi, dem Konzert unzähliger Wagen, Fahrräder und Motorräder, die einen komplizierten Tanz aufführten und dann wie Vögel in alle Himmelsrichtungen ausschwärmten. Ideal für einen Hinterhalt. Ihr war schlecht.

Im Schutz einer Palme versank sie tiefer im Fahrersitz. Auf der anderen Straßenseite konnte sie den kleinen Vietnamesen sehen, der im Schatten zwischen zwei parkenden Autos hockte.

Sie sah hinüber zum Metropole Hotel und wartete auf McAdam. Eine Dreivielstunde später tauchte er auf. Sie sah, wie er aus dem Hoteleingang kam, zu seinem Wagen torkelte und mit dem Schlüssel am Schloß herumfummelte. Er stieg ein, ließ den Motor an und fuhr in Schlangenlinien los. Als der Wagen in Fahrt kam, sah Eva, wie sich der kleine Vietnamese aus dem Schatten löste und in McAdams Wagen lief. Er fing den Schlag mit den Hüften ab, prallte gegen die Haube und fiel zu Boden, wo er sich vor Schmerzen schreiend krümmte. Dann aber wurde er plötzlich ganz still, erschreckend still.
McAdam stürzte aus dem Wagen, rannte zu dem Mann und rief der Menge zu, die sich im Nu um sie versammelte, daß es nicht seine Schuld, daß der Mann in seinen Wagen gelaufen sei, daß er keine Möglichkeit gehabt habe, ihm auszuweichen. Eva beobachtete, wie zwei Polizisten und zwei Soldaten aus einer dunklen Gasse kamen. Alle vier waren bewaffnet. Die Soldaten packten McAdam, während die zwei Polizisten sich den reglos am Boden liegenden Vietnamesen ansahen.
Ein Krankenwagen kam. Das Opfer wurde auf eine Bahre gelegt und abtransportiert. McAdam wurde in einen grünen Militärjeep gezerrt. Selbst aus der Entfernung erkannte Eva die Angst an seiner verkrampften Haltung und seinem stolpernden, unbeholfenen Gang. Sie erinnerte sich an das schreckliche Gefühl, als sie selbst festgenommen worden war, und spürte beinahe die Hand, die sich auf ihre Schulter legte.
Der Jeep fuhr davon. Als er nicht mehr in Sichtweite war, fuhr sie zur Piano Bar in der Hang Vai Street, wo sie sich mit McAdam verabredet hatte.

Der Jeep rauschte durch die schwüle Nacht. McAdam kauerte auf dem Rücksitz, halb erstickt vor Angst. Schweiß lief ihm über das Gesicht. Er hatte keine Ahnung, wohin ihn die schweigsamen Soldaten brachten. Der eine saß am Steuer, der andere hockte neben ihm, mit vorgehaltener Waffe.
Nach einer halben Stunde bog der Wagen in ein Gefangenenla-

ger ein, das von hohen Mauern mit Stacheldraht umsäumt war. Die beiden Soldaten stießen McAdam unsanft in eine Zelle und machten sich an die Arbeit. Er war groß und stark, aber so betrunken und eingeschüchtert, daß er keinen Widerstand leistete. Nach einer weiteren halben Stunde ließen sie ihn in Ruhe.
Er lag blutend auf dem stinkenden Boden und fragte sich durch den Schleier von Schmerz, was als nächstes geschehen würde.
Nach einer Weile, die ihm wie eine Ewigkeit vorkam, aber nur zwei Stunden dauerte, stand plötzlich Eva vor der vergitterten Tür.
»Eva! Gott sei Dank, daß Sie da sind. Sie müssen mich hier rausholen. Es war nicht meine Schuld. Ich kann nichts dafür, es gab nichts, was ich hätte tun ...« Seine Stimme erstarb. Hinter Eva tauchten die Beamten auf. Sie schlossen auf und ließen sie hinein. Sie stand ruhig vor ihm und betrachtete ihn. Er begann zu weinen. Kein Trost, keine aufmunternden Worte. Sie stand einfach nur da, ohne jede Regung.
»Ich habe in der Piano Bar auf Sie gewartet. Als Sie nicht kamen, bin ich zum Metropole gefahren, und dort hat man mir dann erzählt, was passiert ist. Der Mann ist tot. Er hinterläßt eine Frau und sechs Kinder. Sie sind Ausländer, Amerikaner. Und Sie waren betrunken. Sie sagen, Sie hätten zwei Möglichkeiten. Entweder Sie zahlen seiner Familie eine Entschädigung von fünfzigtausend Dollar, die natürlich unter den Angehörigen und verschiedenen Beamten aufgeteilt werden, oder Sie wandern für zwanzig Jahre hinter Gitter.«
Sie beobachtete, wie er weinte und von Sekunde zu Sekunde mutloser wurde. Erst dann berührte sie sanft sein blutiges Gesicht. Er hielt ihre Hand fest.
»Sie müssen mir helfen. Sie müssen mich hier rausholen.«
»Wieviel Geld haben Sie?«
»Nichts«, seine Stimme brach. »Ich bin völlig pleite, das wissen Sie doch. Die Mine, die Bodenanalysen haben alles aufgezehrt.«
Sie sah ihn ruhig und geduldig an. Logisches Denken schien im Augenblick schwierig, aber er würde schon noch drauf kommen. Sie wartete.

Schließlich sagte er: »Ich kann meinen Anteil an der Mine nicht verkaufen.«
»Was wollen Sie dann machen?«
Er antwortete nicht.
»Ich könnte die britische Botschaft um Hilfe bitten«, schlug Eva vor. »Vielleicht erreichen die etwas.«
Er preßte eine Hand auf seine gebrochenen Rippen und holte tief Luft. »Das halte ich für zwecklos. Ich bin dort nicht gerade beliebt. Und jetzt überfahre ich auch noch einen Mann, betrunken, und bin nicht mal Brite ... Nein, die würden keinen Finger für mich rühren. Sie werden sagen, daß ich selbst schuld bin.« Plötzlich hielt er inne und warf ihr einen verschlagenen Blick zu.
»Was ist mit Ihnen? Sie müssen doch Geld haben, Ihre Familie ist bestimmt wohlhabend. Mit Ihrer Ausbildung und allem. Wie könnten Sie sonst hier leben und den Einheimischen Englischunterricht geben, wenn Sie kein Geld hätten?«
»Ja, meine Familie hat Geld, aber sie hält mich auch sehr knapp. Sie glauben doch nicht im Ernst, daß sie fünfzigtausend Dollar locker machen würde, weil ein betrunkener Amerikaner einen Einheimischen überfahren hat?«
»Sie müßten ihnen nicht unbedingt die Wahrheit erzählen. Sie könnten sagen, es sei ein Notfall.«
»Wie steht es denn mit Ihnen, Granger? Haben Sie selbst keine Familie?«
Sie sah, wie er den Kopf senkte. Sie kannte die Antwort auf ihre Frage, kannte auch die Reaktion, die sie hervorbringen würde. McAdam hatte keine Familie. Seine Eltern waren tot, sein Bruder hatte sich von ihm abgewandt. Eigentlich hatte sie ihn das nicht fragen wollen. Nach einer Weile sagte sie:
»Ich könnte es ja bei meiner Familie versuchen. Vielleicht geben sie mir die fünfzig Riesen, wenn sie sich was davon versprechen. Aber sie sind nicht gerade wohltätige Menschen, fürchte ich.«
»Versprechen? Was denn? Was könnte sie überzeugen?« Die Antwort konnte er an ihrem Gesicht ablesen.
»Meine Mine?«

»Einen Anteil an der Mine, ja. Ich würde sie ihnen keinesfalls ganz verkaufen. Aber wenn ich ihnen ein gutes Geschäft vorschlagen könnte – zehn Prozent für die fünfzigtausend Dollar – möglich, daß sie darauf eingehen.«
»Zehn Prozent an der Mine? Haben Sie eine Ahnung, wieviel das wert sein könnte?«
»Nun, bislang noch gar nichts, oder? Noch haben Sie keinen einzigen Diamanten gefunden.«
»Aber wir werden welche finden, das wissen Sie.« Seine Stimme klang fest.
»Granger, ich versuche nur, Ihnen zu helfen. Aber das hängt nicht von mir ab, sondern von meiner Familie.« Sie zuckte die Achseln und wandte ihr Gesicht ab, bis sie sicher war, daß ihre Maske wieder hielt.
Schließlich fragte er: »Wie lange würde das dauern?«
Sie studierte ihre Fingernägel. »Wenn ich sie heute abend noch erreiche, könnten sie das Geld sofort losschicken, die Banken in London haben noch auf. Wahrscheinlich hätten wir morgen die Bestätigung der hiesigen Bank. Dann könnte ich Sie rausholen.«
Er dachte eine ganze Weile nach, wobei sein Blick durch die Zelle und zu den beiden Wärtern wanderte, die an einem Tisch saßen und Karten spielten.
»Versuchen Sie es.«
Eva legte ihm die Hand sanft auf die Schulter.
»Machen Sie sich keine Sorgen, Granger. Ich hole Sie raus.«
Dann wandte sie sich ab und gab den Wärtern ein Zeichen, damit sie ihr die Tür aufschlossen. Granger McAdam sah ihr nach und starrte noch lange vor sich hin, nachdem sie verschwunden war.
Eva fuhr zum Metropole und telefonierte mit ihrer Kreditkarte vom Foyer aus. Sie wählte Stormonts Nummer und sprach nur zwei Worte.
»Es klappt.«
Stormont lächelte und legte auf.
Eva ging zu der kleinen Wohnung, die sie in einem Hinterhof

von Hanoi gemietet hatte. Sie schenkte sich einen Wodka ein und trank dann fast die halbe Flasche, bevor sie das Licht ausmachen und sich auf die Nacht einlassen konnte.

Zwei Wochen später trafen sich Eva und Stormont in der geheimen Wohnung in Hongkong. Eva setzte sich und nahm das Glas Wein, das er ihr anbot.
»Alles läuft wie geschmiert«, erklärte sie. »Dein Ärger war brutal, aber effektiv.« Sie gab sich völlig gleichgültig, denn sie wußte, daß er nach einem Zeichen von Schwäche suchte.
»Es hat McAdam kalt erwischt. Und jetzt gehören mir zehn Prozent des Unternehmens. Alles schön verbrieft.«
»Prima.«
Sie zuckte die Achseln. »Und jetzt?«
»Frazer.« Stormont stand auf, um ihr nachzuschenken. Er nahm sich Zeit, um sie genau zu beobachten. »Wie würdest du am liebsten vorgehen?«
Eva zündete sich eine Zigarette an und machte ein paar Züge.
»Ich würde es am liebsten in London einfädeln. Dort kann ich besser an ihn ran, ohne den ganzen Taipan-Quatsch. Außerdem kenne ich jemand in der City, der uns von Nutzen sein könnte. Als Lockvogel.«
»Ich dachte, du bist der Lockvogel. Du und die Diamanten.«
»Gewiß, aber je größer die Beute ...«
»Ich denke, daß es keine größere Beute gibt als dich.«
»Bleiben wir beim Thema, Stormont, wenn es dir nichts ausmacht.«
Er nickte.
»Dann erzähl mir von deinem Lockvogel.«
»Cassandra Stewart, jeder nennt sie Cassie. Sie arbeitet als Banker bei Case Reed. Ziemlich weit oben. Sie ist attraktiv, intelligent und vertrauenswürdig. War früher meine beste Freundin in Oxford.«
Stormont lächelte. »Dann helfe ihr Gott.«

4

Das Telefon klingelte in dem Moment, als Cassie aus der Dusche kam.

»Kannst du bitte abnehmen, David«, rief sie ihrem Mitbewohner zu, der irgendwo in der Nähe des Apparates saß.

»Nimm selber ab«, erwiderte er gutmütig, ohne sich von der Stelle zu bewegen.

Tropfnaß griff Cassie in ihrem Schlafzimmer nach dem Hörer.

»Hallo.«

»Cassie?«

»Ja.«

»Ich bin's, Eva.«

»Eva!« Cassies Stimme hob sich um eine Oktave. »Mein Gott, was für eine Überraschung. Wo steckst du? Ich habe gehört, daß du dich irgendwo in Asien rumtreibst und von der Bildfläche verschwunden bist.«

Evas Lachen flog durch die Leitung, sie schien entzückt.

»Stimmt. Ich war die letzten acht Jahre in Asien, gleich nach Oxford bin ich los, auf den Spuren der Hippies. Die gute Nachricht ist, daß ich wieder da bin.«

»Großartig. Wo bist du?«

»Langton Street.«

»Das sind nur zehn Minuten von hier. Was machst du gerade?«

Eva wirkte überrumpelt. »Nichts, außer mich mit dir unterhalten.«

»Dann nimm ein Taxi und komm her. Ich muß in einer Stunde weg, aber ich will dich unbedingt sehen. Wir haben uns jede Menge zu erzählen.«

»Das stimmt. Wo wohnst du?«
»Markham Street.« Sie gab ihr die Hausnummer und hielt dann inne. »Und die schlechte Nachricht?«
Eva stockte einen Augenblick. »Ach so. Nun ja, das Alter, die Verantwortung. Ich bin zurückgekommen, um mir einen Job zu suchen.«
»Na ja. Davon geht die Welt nicht unter. Es gibt Schlimmeres.«
Da wäre ich mir nicht so sicher, dachte Eva, als sie sich von ihr verabschiedete.
Cassie trat verwirrt und aufgeregt ins Wohnzimmer.
»Wer war das?« fragte David.
»Eva Cunningham. Wir kennen uns aus Oxford. Ich hatte sie seitdem nicht mehr gesehen. Wir waren sehr eng befreundet, aber dann verschwand sie in Asien. Spurlos.«
»Riecht nach Drogen.«
»Hmm?« murmelte Cassie in Erinnerungen versunken. »Drogen? Nicht sie. Das ist ja das Komische. Ich hätte nie gedacht, daß ausgerechnet sie ein Hippieleben führen würde.«
»Warum nicht?«
»Das mußt du schon selbst rauskriegen. Sie ist in fünf Minuten hier. Natürlich könnte sie sich verändert haben, aber das bezweifle ich.«
»Wieso? Menschen verändern sich.«
Nicht sie, dachte Cassie. Sie ist zu stark.

Eva ging langsam die Straße entlang und schaute sich um. Es gab ein paar neue Gebäude, das Erbe des Baubooms der achtziger Jahre. Die Menschen sahen genauso strahlend oder schäbig aus wie immer. London hatte sich kaum verändert, doch ihr kam es so fremd vor wie die Straßen einer unbekannten Stadt. Es war nicht länger ihr Zuhause. Sie konnte sich nicht mehr mit dem Alltag hier identifizieren, mit dem Rhythmus, den Leuten, die zur Arbeit gingen und wieder nach Hause oder zum Pub, wie sie es immer getan hatten und immer weiter tun würden. Sie hatte sich verändert, sie konnte das Leben nicht mehr mit der

Leichtigkeit einer Zweiundzwanzigjährigen betrachten. Ihre Arbeit in Asien als verdeckte Ermittlerin hatte Spuren hinterlassen, die sie ein Leben lang mit sich rumschleppen würde: Mißtrauen, Lügen, Wachsamkeit, die Nähe zum Tod, Angst und Mut. Hier war sie eine Fremde, die vertraute Markierungen als Hintergrund für ihr Tun benutzte. Sie würde die Rolle der Londonerin spielen, die sie einmal gewesen war.

Sie ging die Straße entlang, wurde eins mit ihr, Teil der Nachbarschaft, eine Frau, die ein festes Ziel vor Augen hat. Sie hatte gelernt, die Desorientierung, die sie im Moment empfand, zu überspielen, obwohl sie an ihr nagte. Sie wünschte, sie wäre wieder in Vietnam, frei vom MI6, frei von Stormont. Doch dann verdrängte sie diese Gedanken und konzentrierte sich auf ihr Wiedersehen mit Cassie Stewart nach acht Jahren.

Zehn Minuten später stand sie vor Cassies Haus. Es war schmal, vier Stockwerke hoch und lag in einer Nebenstraße der King's Road in Chelsea. Es war ein hübsches Haus in einer hübschen Straße, wo alle Häuser in blassen Pastellfarben gestrichen waren: rosa, blau, hellgrün, blaugrau. Es hätte gräßlich sein können, aber das war es nicht. Es sah anders aus, interessant, zart und hübsch, wie seine Besitzerin. Hübsch, dachte Eva. Hübsch ist eine Beleidigung.

Cassie machte ihr auf. Evas Blick blieb an ihrem Gesicht hängen. Sie ist schrecklich schön, dachte sie, wie eine Orchidee: bleich und zart mit durchsichtiger feingeäderter Haut und grünen, leicht schräggestellten Augen, die asiatisch wirkten, wenn sie lächelte. Und dünn war sie, so dünn, dünner als je zuvor.

»Cassie!«

»Eva!« Einen Augenblick sahen sie sich neugierig an, dann fielen sie sich in die Arme.

»Komm rein«, sagte Cassie. »Mein Gott, du siehst fantastisch aus.«

Eva folgte ihr durch einen Flur ins Wohnzimmer. Ein schwarzer Cockerspaniel sprang um Cassies Beine und lief aufgeregt zwischen seiner Besitzerin und dem Gast hin und her. Auf dem Sofa

saß ein Mann. Er stand auf und streckte Eva die Hand entgegen. Er war groß, schlaksig und hatte ein angenehmes Lächeln. Eva spürte ein leichtes Unbehagen, sie war überrascht. Ein Lebensgefährte? Damit hatte sie nicht gerechnet. Zudem schien er kein besonders geeigneter Kandidat. Seine behäbige Art paßte nicht recht zu Cassies Forschheit.
»David Wilson, mein Mitbewohner«, stellte Cassie ihn vor.
Eva erwiderte den festen Händedruck.
»Komm mit ins Schlafzimmer«, sagte Cassie. »Ich muß mir die Haare fönen und mich schminken. Leider habe ich ein langweiliges Geschäftsessen vor mir.«
Eva folgte ihr in ein Zimmer mit hellem Parkettboden, schweren weißen Vorhängen, feinen Schränken aus hellem Naturholz, einem schwarzen vorspringenden Kamin, einem großen Fenster, das auf den Garten herausging, und einem einzigen Bild. Es war eine Zeichnung, Kohle auf Papier, ein paar Striche, eine Tänzerin mit nach hinten geneigtem Kopf und erhobener Handfläche, wie um das Übel abzuwenden.
»Interessant«, sagte Eva und zeigte auf das Bild. »Hat es einen Titel?«
»*Dunkelheit und Licht*. Sie ist das Licht, das gegen die Dunkelheit kämpft. Mein Lieblingsbild.« Cassie griff nach dem Fön, der auf der Kommode lag, und begann, sich vor einem venezianischen Spiegel das lange, kupferfarbene Haar zu trocknen. Eva beobachtete, wie sie es bürstete und wie es im Schein der untergehenden Sonne noch rötlicher aufleuchtete. Nach fünf Minuten legte Cassie den Fön beiseite und fing an, sich zu schminken, wobei sie ihre Freundin aufmerksam im Spiegel beobachtete.
Eva saß hinter ihr auf dem Bett. Ihre Haltung wirkte entspannt, dabei war sie, wie früher auch schon, in Wirklichkeit ein Bündel geballter Energie. Sie schien größer als auf dem College, kräftiger. In Wirklichkeit war es nicht so, es sah nur so aus. Eva war ein wenig kleiner als Cassie, aber ihre Freundin war schlank und zart gebaut, während Eva geschmeidige Muskeln

und den durchtrainierten Körper einer Sportlerin besaß. Die fernöstliche Sonne hatte ihr braunes, auf Schulterlänge geschnittenes Haar vergoldet. Es betonte ihre Gesichtszüge, den vollen Mund, den sanften Schwung der Wangenknochen, den kräftigen Kiefer und die riesigen tiefblauen Augen.
Das Licht in ihren Augen war stärker als je zuvor, das wunderbare Selbstvertrauen, das sie auf Männer wie Frauen gleichermaßen anziehend wirken ließ, ungeschmälert. Hatte sie denn in all diesen Jahren keine Enttäuschungen erlebt, nichts, das sie herausforderte oder ihre Unverwundbarkeit erschütterte? Hatte sie Glück gehabt, oder war sie wie eine Dampfwalze durchs Leben gefahren? Nein, das ist unfair, Eva ist alles andere als eine Dampfwalze, dachte Cassie. Sie läßt nur nichts an sich heran. Alles prallt an ihr ab. Sie hatte immer noch diesen maßvollen Ausdruck im Blick, diese leichte Zurückhaltung. Es war mehr Selbstbeherrschung als Schüchternheit. Sogar in ihren wildesten Tagen in Oxford war Eva nie völlig ungehemmt oder blind gewesen. Sie war bewußt, aufmerksam. Immer noch.
Eva beobachtete, wie Cassie ihr Haar bürstete. Offenbar hatten sich ihre Wärme, ihre Leichtigkeit und ihr natürlicher Charme mit den Jahren noch gesteigert. Ihre ungewöhnliche Schönheit auch. Das Gesicht verriet einen ungebändigten Geist, kantig und unnachgiebig. Es war eine bedrohliche Schönheit, die sie mit Charme und Freundlichkeit zu entschärfen suchte. Ein notwendiges Gegengewicht. Aber in ihrer Schönheit, in ihrer übertriebenen Hagerkeit lag auch etwas Neues. Cassie sah aus wie ein Fotomodell. In ihrer äußeren Erscheinung zeigte sich eine gewisse Künstlichkeit und ein Selbstbewußtsein, die sie in der Zeit in Oxford nicht besessen hatte. Eva kam es beinahe so vor, als erlaube das Make-up Cassie, ihr eigenes Gesicht zu studieren.
Als sich ihre bewundernden Blicke im Spiegel trafen, lächelten beide.
»Und was machst du jetzt so? Immer noch in der City?« fragte Eva.

»Ja, aber ich habe den Job gewechselt. Die Zeit der Übernahmen ist vorbei. Jetzt habe ich mit Risikokapital zu tun und arbeite für Case Reed.« Cassie sprach schnell, wie immer, mit leichter Stimme, beim Singen wäre sie ein Sopran gewesen. Evas Stimme dagegen war mit der Zeit langsamer und tiefer geworden. Rhythmisch und weich, fast ein karibischer Ton.
»Risikokapital, hm. Und was genau?«
»Ach, alles mögliche. Kapitalanlagen in Osteuropa, Gentechnologie, alles, was riskant ist.«
»Und das macht dir Spaß?«
»O ja. Es ist eine intelligente Art des Glückspiels. Man muß sehr geduldig und sehr cool sein. Es kann ganz schön Nerven kosten. Die Chancen stehen eher schlecht. Mehr Deals gehen daneben, als daß sie was einbringen.«
»Und wie verdient ihr dann Geld?«
»Wenn ein Deal klappt, dann richtig. Es kommt vor, daß wir unser Kapital vervierfachen.«
»Es geht dir also gut.«
»Ich kann mich nicht beklagen.«
»Komisch«, sagte Eva. »Ich hätte dir so einen Job nie zugetraut.«
»Warum nicht?«
»Nun, du sagst selber, daß man Geduld und einen kühlen Kopf braucht. Beides waren nicht gerade deine Stärken.«
Cassie lachte. »Stimmt, du hast recht. Deshalb macht mir die Arbeit soviel Spaß. Sie ist eine richtige Herausforderung. Ich lerne dazu.« Dann wechselte sie geschickt das Thema. »Und was ist mit dir? Du bist acht Jahre in Asien gewesen. Was zum Teufel hast du die ganze Zeit gemacht?«
»O je, wo soll ich anfangen? Eigentlich nicht viel. Ich war unterwegs, bin durch Thailand, Hongkong, Vietnam, Kambodscha und Laos gereist und habe den Kindern in den Dörfern Englisch beigebracht. Ich habe einfach nur gelebt. Das allein ist in diesen Gegenden eine Herausforderung: mit sich zu leben und glücklich zu sein. Man ist ganz auf sich gestellt, keine

Freunde, jedenfalls nicht am Anfang, niemand, an den man sich wenden könnte. Man erfindet sich sein eigenes Leben.« Sie zuckte die Achseln. »Es war schön, aber es reicht nicht für einen Lebenslauf.«

»Und jetzt?«

»Keine Ahnung. Ich schau mich um, mal sehen, was sich ergibt.«

Cassie warf ihrer Freundin, die ihr einen Augenblick lang seltsam zurückhaltend erschien, einen forschenden Blick zu. Der Augenblick verging.

Eva sah auf die Uhr. »Mußt du nicht los? Du kommst sonst zu spät.«

»Mein Gott, ja. Verflixt.« Cassie sprang auf.

»Ist der Kunde nett?« fragte Eva beiläufig.

»Keine Ahnung. Ich kenne ihn nicht. Mein Chef hat das Essen arrangiert. Einer von seinen Kumpels hat ihn letzte Woche zu uns geschickt. Er hat eine Menge mit Risikokapital in Asien zu tun, und wir denken daran zu expandieren.«

»Wie heißt er?«

»Robie Frazer.«

Eva lächelte. »Dann viel Spaß.«

»Wieso? Kennst du ihn?«

»Nein, nicht persönlich, aber ich weiß alles über ihn. In Hongkong kannst du keine Zeitung aufschlagen, ohne auf sein Foto zu stoßen oder über seinen letzten Coup zu lesen.«

»Und?«

»Er ist ein notorischer Weiberheld. Sieht gut aus, hat Charme, ist ein fantastischer Liebhaber. Aber ein richtiger Hundesohn.«

»Tatsächlich? Erzähl. Wieso weißt du soviel über ihn? Hast du ihn wirklich nie gesehen?«

Eva lachte. »Nein. Aber Hongkong ist ein Kaff. Die Leute leben vom Klatsch, und Frazer ist bekannt wie ein bunter Hund. Man muß einen Menschen nicht persönlich kennen, um etwas über ihn zu wissen.«

»Was kannst du mir sonst noch über ihn erzählen?«

»Das ist alles, was ich weiß. Daß er ein Weiberheld und ein äußerst erfolgreicher Geschäftsmann sein soll, angeblich mehrere hundert Millionen Pfund schwer, möglicherweise sogar eine Milliarde. Alles weitere mußt du selbst rausfinden.«

»Das habe ich auch vor.«

Cassie begleitete Eva bis zur Tür und fuhr dann zu dem Abendessen mit Robie Frazer. Es war nur ein normales Geschäftsessen wie alle anderen auch. Der Kunde war ungewöhnlich reich, aber was Cassie anging, so war das auch das einzige, was ihn von anderen unterschied. Wenn sie ein wenig auf der Hut war, dann nur wegen Evas Warnung.

Robie Frazer und Cassies Chef, John Richardson, erwarteten sie bei Blakes in South Kensington. Sie kam die Treppe ins Restaurant herunter, scheinbar ohne auf das angenehm leise Stimmengewirr, das plötzliche Aufblicken der männlichen Gäste und die abwechselnd feindseligen und bewundernden Blicke der Frauen zu achten.

Frazer und Richardson erhoben sich. Sie lächelte Richardson zu und gab Frazer die Hand. Er war um die Vierzig und sah außergewöhnlich gut aus, was ihn als Mann wahrscheinlich verdorben hatte. Dichtes, dunkles, sehr kurz geschnittenes Haar. Eine glatte Stirn, aber erste Fältchen um die leicht schrägen Augen, die hinter schweren Lidern halb geschlossen wirkten. Ein belustigter, leicht herablassender Mund – alles in allem zeitlos, unergründlich und in seiner Sinnlichkeit beinahe feminin.

Er sah sie mit unverhohlenem Interesse an, nicht mit der zurückhaltenden Neugier, die sie bei den meisten Männern provozierte, sondern mit dem prüfenden Blick eines Käufers bei einer Versteigerung. Daß er sie haben könnte, stand für ihn außer Frage. Die einzige veränderliche Größe war seine Neigung. Er gab sich keine Mühe, den Hunger oder die Gewißheit aus seinem Blick zu verscheuchen, im Gegenteil, er schien sie zu genießen. Trotz seiner eleganten Erscheinung, dem maßgeschneiderten Anzug und der vollen, beherrschten Stimme machte er auf Cassie den Eindruck eines Mannes, der sich nicht

im geringsten ,um Konventionen scherte. In seinem Verhalten gab es nichts, was ausdrücklich darauf hinwies oder was man ihm hätte vorwerfen können, und trotzdem war die Geringschätzung, die er ausstrahlte, geradezu greifbar.
Cassie ließ sich nichts anmerken und nahm Platz. Frazer beobachtete sie. Als er sie begrüßte, war ihm aufgefallen, wie sehr ihr entblößtes Handgelenk einem Schwanenhals glich: schmal, weiß, genauso verletzlich. Aber war da nicht was mit Schwänen? Hieß es nicht, daß Schwäne einem mit einem einzigen Flügelschlag den Arm brechen können?
Richardson schenkte Cassie Champagner ein, dann studierten sie die Speisekarte und bestellten. Die ersten Gänge wurden serviert.
»Ich frage mich, was Sie hier machen«, sagte Cassie. »Warum sind Sie nicht in der Oper, auf einem Segeltörn im Südpazifik oder in einem Kloster in Ladakh?«
»Sie meinen, warum ich noch im Geschäft bin?«
Sie hatte den Mund voll Sushi und nickte nur.
»Es ist eine Art unblutiger Krieg, finden Sie nicht? Geld ist die Leiche des Feindes.«
John Richardson legte schweigend seine Gabel auf den Tisch und versteckte seinen Anflug von Ekel hinter einem Lachen. Cassie begnügte sich damit, Frazer zu beobachten.
»Na, dann ist es ja gut, daß wir auf derselben Seite stehen«, sagte sie und fragte sich, was es bedeuten mochte, diesen Mann zum Feind zu haben.

Als sie vier Stunden später nach Hause kam, wartete David auf sie.
»Wie war das Essen?« fragte er.
»Hmmm. Sehr aufregend.«
»Ich dachte, es wäre ein langweiliger Kunde.«
»Nicht alle Kunden sind langweilig.«
»Und wie war dieser?«
»Interessant.«

»So wie deine Freundin?«
»Welche Freundin?«
»Eva.«
»Ja, seltsamerweise. Irgendwas haben beide gemeinsam, obwohl ich noch nicht weiß, was.«
»Ich kann es dir sagen.«
»Schieß los.«
»Etwas Unangenehmes, Gefährliches.«
»Ach, sei doch nicht so melodramatisch. Außerdem hast du Frazer nie getroffen.«
»Das brauche ich auch nicht. Ich habe Eva gesehen, und du sagst, daß er ihr ähnlich ist. Als du mit ihr telefoniertest, hattest du denselben Ausdruck im Gesicht wie eben, als du reingekommen bist.«
»Was für einen Ausdruck?«
»Fasziniert, neugierig, einladend, aber auch leicht besorgt, fast aggressiv. Als hättest du einen neuen Sparringpartner gefunden.«
»Wahrscheinlich stimmt das.«
»Jedenfalls mag ich sie nicht.«
»Sei nicht albern. Du kennst sie nicht mal. Ihr wart höchstens dreißig Sekunden im selben Raum.«
»Das reicht.«
»Ich weiß nicht, was in dich gefahren ist. Eva und ich haben in Oxford zusammen gewohnt. Sie ist eine meiner ältesten und besten Freundinnen. Jeder mag sie, außer ein paar eifersüchtigen Typen, und zu denen hatte ich dich bisher nicht gezahlt.«
»Tut mir leid, aber ich mag sie nicht, und damit basta.«
»Warum bist du so sicher, daß du sie nicht magst?«
»Ich weiß es nicht. Intuition. Darauf habt ihr Frauen nicht unbedingt ein Monopol.«
»Weißt du was, ich gehe jetzt schlafen. Vielleicht bist du ja morgen besser gelaunt.«
»Und diesen Frazer mag ich auch nicht«, rief er ihr nach.

5

Vier Meilen entfernt in einer geheimen Wohnung südlich der Themse saßen sich Stormont und Eva in einem abgedunkelten, verstaubten Raum gegenüber.

»Wie war's?« fragte Stormont. Er lehnte sich in dem alten Ledersessel zurück und streckte träge die Beine aus, doch sein Blick war aufmerksam.

Eva wirkte nachdenklich. »Cassie hat sich gemacht, seit ich sie vor acht Jahren zum letzten Mal gesehen habe, aber das ist ja nicht verwunderlich. Sie ist ein bißchen cooler und rationaler geworden. Und mißtrauisch, seltsamerweise. Früher gehörte sie zu den Menschen, die erst mal jedem eine Chance geben. Du weißt schon, eine von denen, die nichts Böses sagen, sehen oder hören. Sie muß irgendwas erlebt haben, jedenfalls scheint sie dieses Arglose verloren zu haben. Ich habe gemerkt, daß sie mich hin und wieder ansah, und fühlte mich ziemlich schutzlos. Aber mach dir keine Sorgen, sie hat nichts gemerkt. Das ist es nicht. Nur blitzte gelegentlich ein Funken Ironie in ihren Augen auf, so als könne sie durch einen hindurchsehen.«

»Sie ist Banker, mein Gott! Was hast du denn erwartet? Es ist doch klar, daß man in so einem Beruf zum Zyniker wird.«

»Zynisch ist sie nicht. Sie wirkt keineswegs von der Welt enttäuscht oder abgebrüht. Sie ist einfach sehr sensibel.«

»Dann solltest du aufpassen.«

Eva lachte. »Sie sollte aufpassen.«

Cassie träumte. Immer wieder tauchten Eva und Robie Frazer auf, manchmal gemeinsam, manchmal getrennt. Als sie am

nächsten Morgen aufwachte, versuchte sie, sich an die Träume zu erinnern, aber vergeblich.
Sie ging unter die Dusche und zog sich hastig an, ein sandfarbenes Baumwolljackett, einen schmalen Rock, weiße Baumwollbluse, braune Schuhe, und trug Gesichtscreme, Lippenstift und Parfum auf. Vor dem Spiegel bürstete sie sich das lange Haar und verließ dann auf Zehenspitzen das Haus, um David nicht aufzuwecken, der normalerweise bis gegen elf schlief.
Sein Verhalten gestern abend war wirklich komisch gewesen. Erstaunlich heftig. Es war nicht, daß er getrunken hätte, er machte jedenfalls nicht den Eindruck. Seltsam. Sie verdrängte die Gedanken an ihn, bog in die King's Road ein und winkte einem Taxi.
Vor der Espressobar an der Clifford Street im West End stieg sie aus. Dort kaufte sie einen großen Cappuccino und ein Schinkenbrötchen und ging weiter zu ihrem Büro an der Kreuzung Saville Road und Burlington Street.
Seit vier Jahren arbeitete Cassie bei Case Reed. Davor hatte sie genauso lange für eine große Bank in der City gearbeitet mit über tausend Beschäftigten in der Londoner Zentrale. Ihre Arbeit, die Finanzierung von kapitalträchtigen Transaktionen, Übernahmen und Management-Abfindungen, hatte ihr gefallen, nicht aber die Atmosphäre. Sie war ihr zu aggressiv, zu unpersönlich und zu wenig anspruchsvoll. Obwohl sie eine Bilderbuchkarriere hinter sich hatte und im Alter von fünfundzwanzig bereits zur stellvertretenden Leiterin ihrer Abteilung aufgestiegen war, hatte sie gekündigt und beträchtliche finanzielle Einbußen in Kauf genommen, als sie zu dem kleineren, angesehenen Unternehmen Case Reed wechselte. Hier hatte sie sich auf die Organisierung von Kapital für neue Risikoanlagen spezialisiert und half brillanten Wissenschaftlern oder Unternehmern, die aufregende Ideen hatten, aber nicht das Kapital, sie in die Tat umzusetzen. Case Reed bearbeitete Dutzende von Anträgen pro Woche, finanzierte aber nur etwa vier Projekte im Jahr. Seine Mitarbeiter hatten einen Riecher und verfügten über

Marktkenntnis, Urteilsvermögen und Geduld. Manchmal vergingen Jahre, bis sich etwas amortisierte, aber wenn es klappte, waren riesige Gewinne zu erwarten.
Gelegentlich konnten sie ihre Investitionen in fünf Jahren verzehnfachen. Ein Drittel der Nettoverdienste wurde zwischen den zwanzig Geschäftsführern aufgeteilt. Die verbleibenden zwei Drittel flossen wieder in das Firmenkapital zurück und wurden neu investiert. Seit Gründung des Unternehmens Anfang der achtziger Jahre durch John Richardson hatte es den vier Partnern und mehreren Angestellten gleich unter ihnen Millionen von Pfund eingebracht. Man arbeitete hart, wurde dafür aber auch sehr fair behandelt.
Richardson duldete Rivalität unter Mitarbeitern, innere Konflikte oder Geldgier nicht, die in den meisten Geldinstituten die Arbeitsatmosphäre vergifteten. Er war gerissen, aber freundlich. Zwar verdiente er mit seinem Unternehmen viel Geld, doch das bereitete ihm keinerlei Sorgen. Richardson war ausschlaggebend dafür gewesen, daß Cassie den Job bei Case Reed angenommen hatte. Er gab ihr Verantwortung und ließ ihr freie Hand.
Cassie kam jeden Morgen gegen halb neun ins Büro, kurz bevor es richtig losging. Dann saßen alle noch ruhig an ihren Schreibtischen, aßen Croissants, tranken Kaffee und blätterten in den Zeitungen, während sie sich auf den bevorstehenden Arbeitstag vorbereiteten. Unterhaltungen wurden auf das Notwendigste beschränkt. Ein Nicken, ein »guten Morgen« genügten bis neun, wenn das tägliche Geschäft Zurückgezogenheit und Ruhe zu verdrängen begann. Nicht daß die Mitarbeiter ab neun besonders unhöflich miteinander umgingen, doch die Anforderungen der Arbeit brachten es mit sich, daß man sich gelegentlich anschnauzte, ungebeten in fremden Büros aus- und einging und zur allgemeinen Hektik und Ungeduld beitrug.
Cassie saß ruhig an ihrem Schreibtisch, während die Betriebsamkeit um sie herum immer mehr zunahm. Ihre Sekretärin Emma kam an, Telefone begannen zu klingeln und Faxgeräte

zu piepsen. Cassie las unbeirrt die Zeitung, wobei sie in Gedanken noch halb bei Eva Cunningham, Robie Frazer und David Wilson war, der zwischen beiden hin und her huschte. Robie und Eva hatten einen bleibenden Eindruck hinterlassen, vor allem, weil sie so dicht aufeinander gefolgt waren. Sie fragte sich, wie beide aufeinander reagieren würden, ob sie sich tatsächlich noch nie begegnet waren. Eva hatte diese Frage letzte Nacht nicht ganz zufriedenstellend beantwortet. Sie würde sie gern einmal zusammenbringen, um ihre Reaktion aufeinander zu beobachten. Die Vorstellung war amüsant, und so fuhr sie zusammen, als Richardsons dröhnende Stimme sie aus ihren Gedanken riß.

»Morgen, Cassie.« Er stand an der Tür, und als sie aufsah, trat er ins Büro und setzte sich ihr gegenüber.

»Was halten Sie von Frazer?«

»Ein angenehmer Zeitgenosse: charmant, amüsant und intelligent.« Sie gab sich Mühe, keine voreiligen Urteile zu fällen. »Wie fanden Sie ihn?«

Er wedelte mit der Hand, als müsse er sich Luft machen. »O ja, angenehm, abgesehen von dem Spruch mit den Leichen. Den fand ich sehr unpassend. Ich wollte ihm schon sagen, daß wir Risikoanlagen betreuen und keine Kriegsgewinnler sind. Er klang wie ein verdammter Waffenhändler.«

»Er ist nur ein erwachsener kleiner Junge, der seine niedrigen Instinkte benutzt, um Geld zu verdienen.«

»Seine niedrigen Instinkte haben ihm immerhin mehrere Millionen Pfund eingebracht.«

»Stellen Sie sich mal vor, wozu er fähig wäre, wenn er dieses Ventil nicht hätte.«

»Mir kam es vor, als stachelten Sie ihn auch noch an. Erst die Frage, warum er noch im Geschäft ist, und dann der Spruch, daß wir auf derselben Seite stehen.«

»Jedenfalls besser als andersrum, oder?«

»Ja«, sagte Richardson nachdenklich. »Es würde mir bei Gott keinen Spaß machen, auf der falschen Seite zu stehen.«

»Wissen Sie was? Ich hatte das Gefühl, daß er die ganze Zeit versucht hat, diesen Ausrutscher wiedergutzumachen. Als hätte er gespürt, daß er übers Ziel hinaus geschossen war.«
»Möglicherweise. Was meinen Sie, können wir mit ihm ins Geschäft kommen?«
»Jeder Banker in der Stadt würde sich alle zehn Finger danach lecken.«
»Das beantwortet nicht meine Frage.«
»Nein.« Cassie studierte die bronzene Büste eines Pferdes auf ihrem Schreibtisch. Sie sprach langsam und stockend, als denke sie laut nach. »Ich habe ein komisches Gefühl.«
»Ich auch. Vielleicht liegt es an seiner Undurchschaubarkeit. Man kann nicht so lange in Hongkong leben wie er, ohne daß etwas abfärbt. Trotzdem bin ich daran interessiert, mit ihm ins Geschäft zukommen. Sie nicht?«
»Ja, seltsamerweise ich auch.«

Punkt ein Uhr stieg Robie Frazer die Treppen zum Brooks hinauf, seinem Club in St. James, und betrat die Bar. Vor der Menge dunkler Anzüge hob er sich deutlich ab. Er war etwa eins achtzig groß und trotz seiner neunzig Kilo schlank und sportlich. Kein unansehnlicher Bauch, der sich über dem Hosenbund wölbte, und auch keine Hängebacken. Sein Gesicht war entspannt und zeigte nichts von jener schlichten Selbstzufriedenheit, die so viele seiner Zeitgenossen charakterisierte. Es schien immer irgendwie auf der Hut, als rechne er jeden Augenblick mit der Möglichkeit einer Überraschung.
Obwohl er beiläufig und freundlich, wie es seine Art war, ein paar Bekannte begrüßte, merkte man, daß er nicht richtig dazugehörte. Wären die Clubmitglieder dazu fähig gewesen, hätten sie vielleicht gesagt, daß es an seiner Aura lag. Hätte man sie aber gedrängt und gefragt, warum sie ihm gegenüber eine instinktive Zurückhaltung an den Tag legten, hätten sie geantwortet, daß es das Geld war. Er hatte zuviel, zu leicht und zu offensichtlich verdient; das wurmte, besonders angesichts der

Verluste von Lloyds. Dabei konnte man ihn unmöglich als Emporkömmling bezeichnen. Auch wenn er einen Großteil seines Vermögens selbst verdient hatte, stammte er aus einer alten Familie, und diese Kombination störte viele Vertreter seiner Klasse. Doch falls ihm das bewußt war, ließ er es sich nicht anmerken und begegnete ihnen stets gleich liebenswürdig.
Auf der anderen Seite der Bar erspähte er Angus Fawley, mit dem er zum Essen verabredet war. Die beiden kannten sich seit fast vierzig Jahren.
»Schön, dich zu sehen, Frazer.«
»Finde ich auch. Wie geht's? Du siehst blendend aus.«
»Leider nicht halb so gut wie du. Man wird nicht jünger. Na ja. Sollen wir erst noch was trinken oder gleich essen? Ich habe einen Bärenhunger.«
Frazer trat einen Schritt zurück. »Nach dir.« Wie man auf diesen Fraß Hunger haben konnte, war ihm schleierhaft.
Sie nahmen an einem Ende des langen Tisches Platz und bestellten Sheperd's Pie.
»Wirst du länger in London bleiben?« fragte Fawley.
»Vielleicht. Von Hongkong habe ich die Nase voll. Man kriegt dort allmählich Platzangst. Ich brauche Tapetenwechsel. Auf jeden Fall werde ich einige Monate bleiben.«
»Du willst sagen, es gibt keine Frauen mehr in Hongkong. Du hast sie schon alle durch, und deshalb fällt dir die Decke auf den Kopf.«
Frazer lachte. »Du Mistkerl! Wahrscheinlich hast du recht, aber es geht auch ums Geschäft. Ich versuche zu expandieren. Bislang habe ich mich zu sehr auf Hongkong und China konzentriert. Wenn ich dort bin, engagiere ich mich immer mehr für irgendwelche neuen Projekte. Die einzige Möglichkeit, mich in eine andere Richtung zu orientieren, ist, eine Weile auf Distanz zu gehen.«
»Du könntest auch einfach ›nein‹ sagen. Ach übrigens«, fragte Fawley beiläufig, »hast du meinen Rat befolgt und bei Case Reed angerufen? Als du mir sagtest, daß du nach London

kommst, habe ich an sie gedacht. Sie arbeiten etwas langsamer als die meisten etablierten Häuser. Aber wenn du daran denkst, deine Geschäfte auszuweiten, dann sind sie die richtigen für dich.«

»Stell dir vor, ich habe sofort angerufen und einen Termin gemacht. Gestern abend waren wir zusammen essen.«

Fawley sah neugierig von seinem Teller auf. »Das ging aber schnell.«

»Ich vergeude meine Zeit nicht gern.«

»Und wie ist es gelaufen?«

»Nicht schlecht. Der Knabe, der das Unternehmen leitet, dieser John Richardson, versteht was von seinem Job, ist einigermaßen intelligent und spielt seine Rolle nicht übel. Er ist nicht sonderlich aufregend, aber sein Unternehmen weist gute Bilanzen auf. Offenbar war er ziemlich erfolgreich in den letzten Jahren, also will ich ihm eine Chance geben.«

Fawley beobachtete Frazer eingehend. In seinen lebhaften Augen funkelte ein Interesse, das seine gemäßigten Worte Lügen strafte. »Und?«

»Du kennst mich viel zu gut.«

»Laß mich raten. Eine Frau.«

»Und was für eine!«

»Erzähl.«

»Sie heißt Cassie Stewart. Seltsamer Name.« Frazer sprach mit der beherrschten Lust eines Mannes, der jede Menge Zeit hat und eine ausgemachte Sache auskosten kann, wann er will.

»Ist sie attraktiv?« fragte Fawley.

»O ja, allerdings auf aparte Art. Sie ist bestimmt nicht nach jedermans Geschmack. Kühl, bleich und schlank, ein knochiges Gesicht, sie wirkt zerbrechlich und stark zugleich, wenn du weißt, was ich meine.«

»Ich glaube schon. Ich selbst steh' nicht auf diesen Typ von Frauen, und sie hatten auch nie Interesse an mir. Sie wollten immer was Interessanteres, Komplizierteres als mich. Sie klingt wie für dich geschaffen.«

Frazer nippte an seinem Weinglas. »Nein, besser nicht. Immerhin könnten wir ins Geschäft kommen.«
»Was sollen diese plötzlichen Skrupel?«
»Irgendwas geht von ihr aus. Ich habe das Gefühl, daß ich mich lieber von ihr fernhalten sollte.«
»Nun ja, ich würde mir keine Gedanken machen. Sie ist nicht die einzige, die dir über den Weg laufen wird, oder?«

Um halb vier verabschiedeten sich die beiden. Fawley kehrte wieder zu seiner Arbeit in der City zurück. Bevor er sein Büro betrat, rief er von einer öffentlichen Telefonzelle auf der Old Broad Street aus Stormont an.
»Habe gerade mit Ihrem Mann zu Mittag gegessen. Er scheint sehr angetan von Case Reed, vor allem aber von Cassie Stewart. Ich glaube, er hat angebissen.«
»Gut. Danke, Angus. Auch daß Sie den Kontakt hergestellt haben. Gute Arbeit.«
»War mir ein Vergnügen. Ich helfe Ihnen gern.« Er legte den Hörer auf und ging in sein Büro am Broadgate Circle zurück, wo er als Angestellter einer Handelsbank getarnt arbeitete.

Um vier Uhr kehrte Frazer vom Mittagessen nach Hause zurück. Das miserable Essen hatte ihm die Laune verdorben. Sein fünfstöckiges Haus lag in Wilton Place auf der Grenze zwischen Knightsbridge und Belgravia; es war das letzte in einer Reihe von Backsteingebäuden. Einige der nicht so sorgfältig gepflegten Häuser hatten dunkle Fassaden. Frazers Haus jedoch war kürzlich gereinigt worden und glänzte in einem goldenen Sandton. Alle Häuser besaßen Balkone mit schmiedeeisernen Geländern im ersten Stock, die mit Blumentöpfen geschmückt waren. Manche Pflanzen rankten sich über das Geländer und hingen bis zum Fenster darunter herab. Die Häuser hatten Gärten nach hinten heraus; manche waren gepflastert, andere liebevoll bepflanzt. Frazers Garten war der schönste. Ein schmaler

Streifen sorgfältig geschnittener Rasen war von Azaleen- und Fliederbüschen umgeben. Kletterrosen und Glyzinen wucherten über den Backsteinmauern, ihr Duft erfüllte den Garten und drang bis auf die Straße. In Höhe des vierten Stocks waren sowohl am Vorder- als auch am Hinterhaus jeweils zwei Videokameras angebracht, die die unmittelbare Umgebung des Hauses überwachten.
Die Ausstattung im Inneren war verschwenderisch: dunkles Holz, feine Stoffe und düstere Ölgemälde. Doppelglasfenster dämpften die Geräusche von außen. Schwere, halb geschlossene Vorhänge sorgten für friedliches Halbdunkel. Doch es war keine Ruhe, eher eine bedrückende Stille, die nur gelegentlich vom Schlagen einer Großvateruhr unterbrochen wurde. Ihr Klang hätte von den schweren Möbeln verschluckt werden müssen, hallte jedoch statt dessen durch das ganze Haus, als sei es leer.
Frazer ging über den Steinpfad im Vorgarten ins Haus und betrat sein Arbeitszimmer, dessen Fenster auf den Garten hinausging. Kletterrosen in voller Blüte rankten sich um das Fenster, doch er nahm sie kaum wahr, registrierte nur unbewußt, daß alles so war, wie es sein sollte, und der Gärtner seine Arbeit getan hatte. Er setzte sich an seinen Schreibtisch, stützte die Ellbogen auf die polierte Platte und lächelte, als hätte er einen Bittsteller vor sich. Dann griff er zum Telefon.
Eine halbe Meile entfernt klingelte es bei Xu Nan. Der junge Mann war intelligent und sah gut aus. Außerdem hatte er eine vielversprechende Karriere vor sich. Er stammte aus einer bettelarmen chinesischen Familie in Hongkong und war seit seinem neunten Lebensjahr von Robie Frazer unterstützt worden, der auch seine gesamte Ausbildung finanzierte. Mit dreizehn hatte er ihn auf ein Internat in England geschickt. Anschließend wechselte Nan auf die Loughborough University und studierte Informatik. Später arbeitete er bei einem britischen Militärunternehmen, wo er an der Entwicklung computergesteuerter Lenkwaffensysteme beteiligt war. Bald galt er innerhalb der

Branche als hochqualifizierter und kreativer Mann. Mit siebenundzwanzig war er bereits viermal befördert worden und übte beträchtliche Verantwortung aus. Sein Gehalt war dementsprechend. Dazu kamen weitere Zuwendungen von Frazer, als Anerkennung für seinen Abschluß und den professionellen Erfolg. Nan wollte das Geld nicht annehmen, da er Frazer bereits soviel verdankte, aber sein Mentor hatte darauf bestanden. Nur weil Nan nicht undankbar erscheinen wollte, hatte er schließlich nachgegeben.
Seine Familie war maßlos stolz auf ihn. Er hatte es zu etwas gebracht. Er hatte soviel Glück gehabt. Doch jetzt war der Zahltag gekommen. Nicht daß das Glück ihn verlassen hätte. Was in den letzten sechs Monaten geschehen war, hatte nichts mit Glück oder Zufall zu tun.
Es begann mit einem von Frazers seltenen Besuchen. Im Lauf der Jahre hatte sich Nan an diese Begegnungen gewöhnt. Frazer kam, wickelte ihn mit seinem Charme und seinen interessierten Fragen ein und ging wieder. Nan hatte das Interesse, das der Taipan an ihm zeigte, nie wirklich verstanden. Für Nan gab es nur eine Erklärung, Nächstenliebe, das Bedürfnis eines Mannes, der alles hatte, ein wenig davon weiterzugeben. Doch vor sechs Monaten hatte Frazer sein wahres Gesicht gezeigt. Frazers eine Forderung war die Erklärung für sechzehn Jahre Nächstenliebe.
Nan sollte Frazer alles über seine Arbeit erzählen und möglichst viele waffentechnologische Details preisgeben. Natürlich hatte Frazer es wie eine freundliche Bitte hingestellt, völlig normal. Beiläufig erzählte er, ein Freund von ihm bräuchte diese Informationen. Es sei nur ein Gefallen, um den er Nan bitte, nichts weiter. Nan hatte die aalglatte Stimme gehört und Frazers unnachgiebigen Blick gesehen, der keinen Widerstand duldete. Er schien alle potentiellen Einwände vorauszuahnen und vom Tisch zu fegen. Da wußte Nan, daß er keine Wahl hatte. Frazer hatte unbemerkt sämtliche Notausgänge mit Geld verschlossen und Nan in seine Hand gebracht.

Jetzt forderten sechzehn Jahre ihren Tribut. Nan sah keinen Ausweg und gab Frazers Bitte nach. Er erzählte ihm, was er wußte, und fotokopierte, wann immer er dazu Gelegenheit hatte, wichtige Unterlagen.

Bislang hatte er bei zwei Gelegenheiten Dokumente entwendet. Er hoffte, daß es dabei bliebe, doch bald war ihm klar, daß Frazer auf diesen Informationsfluß nicht freiwillig verzichten würde. Solange Nan in der Lage war, an wichtige Unterlagen ranzukommen, würde Frazer ihn bedrängen. Und schon jetzt war der ständige Druck unerträglich.

Als das Telefon läutete, zuckte Nan zusammen. Es störte ihn bei seiner Lieblingsbeschäftigung, die Pflanzen zu gießen. Er hatte genau einhundert Blumentöpfe, sie waren abgezählt und standen auf den vielen Fensterbänken und Balkonen seines Hauses an der Sloane Avenue in Chelsea. Die unerwartete Unterbrechung brachte ihn aus der Ruhe. Er stellte die Gießkanne ab und griff nach dem Hörer. Als er Frazers Stimme hörte, krampfte sich alles in ihm zusammen.

»Ah, Xu. Ich dachte mir schon, daß ich dich zu Hause antreffe. Bist du wieder krank?«

»Ja, aber ich wollte gerade zur Arbeit fahren. Ich war schon halb zur Tür raus.«

Frazer lachte. »Soll ich dich lieber im Büro anrufen?«

»Nein, nein, das ist nicht nötig. Ich rufe dich an, sobald ich eine Minute Zeit habe.«

»Zeit, hm«, sagte Frazer nachdenklich. »Apropos Zeit. Es ist lange her, daß du dich gemeldet hast. Was macht deine neue Wohnung?«

»Oh, sie ist sehr schön. Vielen Dank. Wirklich wunderbar. Ich habe schon eine Menge Pflanzen.«

»Schön. Freut mich, daß sie dir gefällt. Aber vergiß bitte nicht, wem du sie zu verdanken hast.«

»Das tue ich nicht.« Er sprach mit einem Groll, der Angst, Haß und vergeblichem Aufbegehren entsprang.

»Stimmt. Du hast uns noch nie hängen lassen.« Frazers Stimme war langsam, als dächte er über eine Veränderung des Status Quo nach.

Plötzlich verlor Nan die Nerven. »Hast du eigentlich nie daran gedacht, daß ich die Nase voll haben könnte und aussteigen will?«

»Nein. Und ich bin erstaunt, daß du daran denkst. Das ist doch keine echte Alternative, Xu, oder? Du bist mittendrin, es gibt kein Zurück. Es ist wie ein Pfeil, der im Fleisch steckt. Man kann ihn nicht rausziehen, er hat Widerhaken.«

Frazer lauschte der Stille. »Laß uns nicht warten, Xu.« Dann legte er auf und starrte auf die Pracht der Rosen vor seinem Fenster.

Xu Nan griff nach seinem Schlüsselbund und verließ das Haus, ohne die Pflanzen zu Ende zu gießen. Er stieg in seinen Wagen und fuhr mit zitternden Händen los.

Robie Frazer wählte eine weitere Nummer, diesmal in China. Dort war es nach Mitternacht, doch der Mann, den er erreichen wollte, pflegte nicht vor zwei Uhr früh ins Bett zu gehen. Nach dreimaligem Klingeln nahm er den Hörer ab. Frazer meldete sich.

»Sind Sie es, Ha Chin? Es wird noch etwas dauern, aber nicht lange.«

Es folgte eine kurze Pause, dann antwortete eine gleichgültige, beherrschte Stimme. »Das haben Sie schon vor zwei Wochen behauptet. Wir warten seit sechs Monaten. Wo liegt das Problem?«

»Es gibt kein Problem«, entgegnete Frazer. »Sie müssen nur noch etwas Geduld haben.«

»Glauben Sie, daß er ausgedient hat?«

»O nein. Es ist noch eine Menge Saft in ihm. Er hat immer noch Hunger, und er ist beeinflußbar. Er ist nur etwas fickrig in letzter Zeit, aber das gibt sich wieder.«

»Fickrig?«

»Nervös.«

»Sollte man ihm auf die Sprünge helfen?«

»Oh, das mache ich schon, keine Sorge.«

»Nein, ich mache mir keine Sorgen, Frazer. Ich habe volles Vertrauen zu Ihnen. Schließlich haben Sie uns noch nie hängen lassen.«

Diese Worte kannte er doch. Verdammter chinesischer Hund, dachte er und lachte, um die unausgesprochene Drohung abzuschwächen.

»Gute Nacht, Ha Chin. Schlafen Sie gut.«

6

Gegen vier verließ Cassie das Büro. Normalerweise arbeitete sie an Wochentagen bis sieben oder acht, aber freitags ging sie immer etwas früher. Überstunden machten ihr nichts aus, denn sie liebte ihre Arbeit. Sie war aufregend, herausfordernd und beflügelte ihren Geist. Sie wurde gut bezahlt und hatte etwas, das ihrem Leben Orientierung und Sinn gab.

Cassie verließ das Bürogebäude und bog in die Savile Row ein. Es war Ende April, seit letzter Woche sandte die Sonne die ersten vielversprechenden warmen Strahlen aus, die nun auf ihr Gesicht fielen und ihr ein Lächeln entlockten. Auf dem Weg zur Park Lane und zum Hyde Park kam sie durch die Clifford Street, die Bond Street und schließlich durch die Bruton Street. Sie ging langsam, als mache sie einen Spaziergang durch den Garten. Ein schlanker, braungebrannter Mann Anfang Vierzig fiel ihr auf, und sie lächelte ihm zu. Gegenseitige Anziehung, gegenseitiges Wissen. Das war alles. Die Männer in diesem Land waren so passiv. In Amerika, Skandinavien, Frankreich oder Italien wären sie stehengeblieben und hätten sie angesprochen, vielleicht um nur einen Augenblick zu flirten, manchmal auch, um ein Rendezvous rauszuschinden. Hier sahen sie einen nur an, lächelten und gingen irgendwie verlegen weiter; charmant, aber passiv.

Mittlerweile hatte sie sich daran gewöhnt. Männer und Frauen gleichermaßen sahen ihr fast immer nach, wenn sie an ihnen vorbeiging, aber das war nicht immer so gewesen. In der Schule hatte sie als Freak gegolten mit ihrem aufgeschossenen Körper und dem kleinen Kopf. Ihre intellektuellen Fähigkeiten machten sie noch mehr zum Außenseiter, und so wuchs sie in dem

Gefühl auf, anders zu sein als andere, und das sollte sie niemals wieder loswerden. Sie konnte ihre Schönheit noch immer nicht fassen, obwohl sie langsam begann, sie zu genießen. Ihre Leichtigkeit verzauberte die Menschen und brachte ihre besten Seiten zum Vorschein. Sie hatte nie hinter die Fassade des Lebens blicken müssen und seine grundsätzliche Schönheit niemals in Frage gestellt.
Trotzdem bemerkte sie seit ein paar Monaten eine leichte Veränderung an sich, eine zunehmende Objektivität. Ob sie es wollte oder nicht, sie hatte begonnen, die Dinge zu hinterfragen, ehe sie leichtfertig Urteile traf. Sie saß in den Konferenzen bei Case Reed und analysierte ihre Kollegen. Sie stellte sich vor, wie die biederen Geschäftsleute, die vor ihr saßen, ein zweites, geheimes Leben führten. Vielleicht war es Langeweile, die sie dazu trieb, die tägliche Routine der Arbeit.
Sie war überrascht, wie leicht ihr solche Analysen fielen, und wenn sie nachforschte, um ihre Hypothesen zu überprüfen, stellte sie jedesmal fest, daß sie beunruhigend richtig gelegen hatte.
Sie fand dieses neuentdeckte Talent verwirrend und wußte noch nicht, ob es ihr gefiel oder nicht. An den Zustand der Unschuld hatte sie sich gewöhnt, auch wenn dieser sich zum Teil auf den bewußten Wunsch gründete, nicht allzu tief unter die Oberfläche zu blicken. Wissen zog Verantwortung nach sich, erforderte eine spezifische Reaktion und schränkte ihre Freiheit ein.
Sie ging weiter. Die Kraft der Sonne nahm ab; schon hatte sie eine Gänsehaut. Sie rieb sich die nackten Arme und und lief eilig zwischen den Autos auf der Park Lane hindurch zum Hyde Park.
Sie ging unter den blühenden Kirschbäumen hindurch. Der leichte Wind wirbelte die Blüten durch die Luft und ließ sie auf Cassie niederregnen. Ein paar fing sie auf und fand dabei ihr Lächeln wieder.
Eine halbe Stunde später stand sie vor ihrem Haus. Es ging nach Westen hinaus, so daß die untergehende Sonne es mit Licht

überflutete. Lange schmale Blumenkästen mit Geranien und Veilchen zierten die Fensterbänke. An den Wänden kletterten Glyzinen hoch, deren dicke knorrige Ausläufer schon bis zum ersten Stock reichten. Sie hatten gerade zu blühen begonnen, ihr Duft hing in der Luft. Cassie blieb stehen und atmete tief ein, dann schloß sie auf.

Als sie ins Wohnzimmer kam, sprang David Wilson auf. »Wie geht's, Kleines? Du siehst fröhlich aus. Hattest du einen erfolgreichen Tag?«

Sie ließ sich aufs Sofa fallen und streifte die Schuhe ab.

»Hmm, es lief nicht übel. Ich habe gerade einen wunderbaren Spaziergang durch den Park gemacht. Alle Bäume blühen, und ich habe einen ziemlich interessanten Mann gesehen.«

Davis lachte. »Interessant? So bezeichnen wir häßliche Frauen, wenn man uns drängt, einen Kommentar über sie abzugeben. Interessant. Oder nett.«

»Von political correctness hast du wohl noch nie was gehört, wie? Gott sei Dank arbeitest du nicht in einem Büro. Man würde dir wahrscheinlich schon am ersten Tag ein Verfahren wegen sexueller Belästigung am Arbeitsplatz anhängen.«

»Wär' das nicht lustig?« David griff nach einer Whiskyflasche, die auf dem Fußboden stand. »Und was steht heute abend auf dem Programm?«

Cassie sah ihn an und wandte dann den Blick ab.

»Ich habe Eva zum Abendessen eingeladen.«

Er nahm einen Schluck aus der Flasche und stand auf.

»Na, dann sehe dich später. Ich bin im Pub.« Er griff nach seiner zerknitterten Jacke, die über der Rückenlehne eines Stuhls lag, griff nach dem Schlüssel auf einem Tisch in der Diele und ging hinaus. Cassie schüttelte den Kopf und streckte sich auf dem Sofa aus. Sie schloß die Augen und dachte an Eva.

Sie hatten sich vor elf Jahren in Oxford kennengelernt, bei Magdalen. Cassie saß, auf die Ellbogen gestützt, den Kopf nach hinten gelehnt, auf dem Rasen vor dem Fellows-Gebäude und genoß die letzten Strahlen der Nachmittagssonne. Geblendet sah sie eine Frau auf sich zukommen, geheimnisvoll wie eine Fotografie von Man Ray. Sie blieb stehen, unterhielt sich mit einem vorbeikommenden Paar und ging dann weiter. Jetzt konnte Cassie sie besser erkennen. Sie war braungebrannt, hatte langes dunkles Haar und eine mittelgroße Figur. Ihre Bewegungen waren anmutig und geschmeidig wie die einer Katze. Sie ging rasch, zuversichtlich, mit lang ausgreifenden Schritten. Sie strahlte eine wunderbare Unabhängigkeit aus und wirkte ihrer Umgebung gegenüber völlig immun. Sie hätte sonst irgendwo sein können. Als sie Cassie erblickte, leuchteten ihre Augen plötzlich auf. Sie kam auf sie zu und blieb vor ihr stehen.

»Du bist neu hier, was?«

Cassie nickte. Eva setzte sich neben sie auf den Rasen.

»Ich bin Eva.«

Cassie schüttelte ihre ausgetreckte Hand. »Cassie.«

»Ah, Kassandra. Tochter des Königs von Troja, die Apollo zurückgewiesen hat. Die große Seherin, der man nie glaubt.« Sie lächelte.

»Welche mythologische Gestalt würdest du denn am liebsten sein, wenn du es dir aussuchen könntest?«

»Eine Sirene, was sonst?« Sie hielt inne, neigte den Kopf und musterte Cassie. »Allerdings glaube ich, daß du dich besser dafür eignen würdest. Du bist die schrecklich schönste Frau, die ich je gesehen habe.«

Cassie lachte entzückt. In Evas Ton lag nichts als Bewunderung, sie war wirklich entwaffnend.

»Das bezweifle ich. Trotzdem danke. Jedenfalls könnte ich dasselbe von dir sagen.«

Eva zuckte die Achseln.

»Ich weiß nicht, wen ich in die Felsen locken könnte«, fuhr Cassie fort. »Ich wette, daß du weit mehr Verehrer hast als ich.«

»Schon möglich. Wahrscheinlich schlägt sie deine Erscheinung in die Flucht. Ich sehe irdischer aus. Sie halten mich für nett.«

»Und bist du es?«

Eva lächelte nur.

Innerhalb von einer Woche hatten sie sich angefreundet. Evas Energie und Kraft zogen Cassie unwiderstehlich an. Sie war nicht kleinzukriegen. Cassie hatte das Gefühl, daß nichts, was sie je sagen oder tun würde, Eva je schockieren könnte. Endlich konnte sie ganz sie selbst sein und das Gefühl genießen, verstanden zu werden, ohne sich verstellen zu müssen. Zugleich wußte sie, daß man Eva nicht hintergehen konnte. Tat man es doch, dann ließ sie einen einfach fallen. Doch es war nicht Kälte oder Gefühllosigkeit, von der sie sich leiten ließ. Cassie empfand sie immer als enorm warm und mitfühlend. Doch sie war schwer zu durchschauen und zu verstehen. Was Cassie an Eva am meisten auffiel, war ihr Selbsterhaltungstrieb, der stärker ausgeprägt war als bei allen anderen Menschen, die sie kannte.

Eva dagegen wurde von Cassies Unbekümmertheit angezogen. Sie war lustig und so außergewöhnlich intelligent und schön, daß sie sich von Eva, die nach Ansicht vieler Menschen mit Talenten überreichlich beschenkt worden war, nie bedroht fühlte.

Cassie wurde von Bekannten hinter vorgehaltener Hand regelmäßig gewarnt, Eva gegenüber vorsichtig zu sein. Angeblich hatte alles in Evas Leben einen Zweck, sogar Freundschaften. Cassie lachte. Sie besaß die Offenheit, Geschmeidigkeit und Sicherheit einer fallenden Katze. Beim Aufprall war sie entspannt, während andere sich vor Angst verkrampften und zerschmettert wurden. Ob sie tatsächlich wie eine Katze stets unverletzt davongekommen war, wußte sie nicht. Sie glaubte nicht, daß sie verletzt worden war, jedenfalls nicht von Eva. Daß Eva fähig war, Menschen zu verletzen, stand außer Frage. Sie hatte in der gemeinsamen Zeit in Oxford eine ganze Menge Liebhaber betrogen. Cassie wußte, daß Eva das nicht als Verbrechen empfand, sondern als unausweichliche Begleiterscheinung, eine Lücke im Gesetz von Angebot und Nachfrage. Es gab nun einmal kaum Frauen, die so waren wie sie.

Die Warnungen von damals kamen Cassie wieder in den Sinn und auch das, was David Wilson gesagt hatte. Damals wie heute gleich falsch, dachte sie.
Zwei Stunden später stand Eva vor der Tür. Cassie machte ihr auf und führte sie ins Wohnzimmer.
Eva folgte ihr langsam und achtete auf alles, was sie wahrnahm. Die Atmosphäre der Wärme im Haus fiel ihr auf. Sie war lebendig, glomm still vor sich hin. Die Wände hingen voller Bilder: Landschaften, Porträts, düstere Gesichter, Pferdestudien, oberflächlich und anatomisch, fliegende Vögel, Akte, Skulpturen. Es waren viele, aber dennoch war eine gewisse Ordnung in ihrer Vielfalt, eine sichere Hand zu erkennen. Die Einrichtung spielte eine untergeordnete Rolle. Sie war warm, bequem, auf schlichte Art elegant und reichte von Ambertönen über Gelb bis Blau, je nach Raum. Keine Modeartikel oder der übliche Firlefanz, der heutzutage in so vielen Häuser Einzug gehalten hat. In allen Zimmern lagen herrliche Teppiche, alte Perser aus Seide und Wolle in vollen, kräftigen Farben.
Alles schien in Bewegung zu sein, die Augen wanderten von Bild zu Bild, der Cockerspaniel lief aufgeregt seinem Frauchen hinterher, zwei Katzen, die auf der Armlehne des Sofas ein sonniges Plätzchen gefunden hatten, schlugen träge mit dem Schwanz. Es fühlte sich an wie ein Zuhause: nicht wie ein unantastbares Heiligtum, sondern wie ein Hort der Kraft.
Eva beobachtete, wie Cassie herumwuselte, Drinks servierte, den Salat wusch, innehielt, sich lächelnd an den Tisch setzte, und verspürte zu ihrem Erstaunen und Unmut eine schmerzliche Sehnsucht nach etwas, das sie nicht beschreiben konnte. Sie griff nach ihrem Glas mit eisgekühltem Weißwein und trank es aus.
Die beiden Frauen saßen sich am Tisch gegenüber.
»Wo ist dein Mitbewohner?« fragte Eva.
»Im Pub. Wie immer.«
»Und was macht er sonst? Außer in den Pub gehen?«

»Er schreibt Drehbücher.« Cassie streckte die Beine aus und lehnte sich zurück.
»Hat er irgendwas produziert?«
»Er hat einen ganzen Haufen Drehbücher geschrieben. Du meinst sicher, ob schon mal was von ihm verfilmt worden ist. Bisher noch nicht. Das ist schwierig und braucht seine Zeit. Aber er ist enorm begabt.«
»Und wovon lebt er?«
»Er ist ein Freund. Ich bin froh, ihn hier zu haben.«
»Du warst noch nie gerne allein, stimmt's?«
»Im Gegensatz zu dir, meinst du. In Asien. Nein, aber warum sollte ich auch gern allein leben? Ich bin lieber in Gesellschaft, also sorge ich dafür, daß ich sie habe.«
»Ist er dein Liebhaber?«
»Wer? David?«
»Hmm.«
»Nein, wieso kommst du darauf?«
»Ach nichts, ich hatte nur das Gefühl, daß ihr vielleicht mal ein Paar wart. Er schien ein bißchen eifersüchtig.«
»Auf dich?«
»Na ja; ich hatte das Gefühl.«
»Das hast du dir eingebildet.«
»Du willst nur höflich sein. Er mochte mich von Anfang an nicht.«
»Jeder mag dich, Eva, das weißt du. Und David mag jeden. Er ist viel zu faul, um jemanden wirklich abzulehnen.«
»Er scheint mir ein ziemlicher Leichtfuß zu sein.«
»Das glauben viele Leute, aber es stimmt nicht.«
Cassie stand auf und begann das Hauptgericht vorzubereiten, Pasta mit Hummer. Eva folgte ihr in die Küche, setzte sich auf einen Hocker und sah ihr zu.
»Ach übrigens, wie war dein Essen mit Robie Frazer?«
Cassie legte den Löffel weg, mit dem sie die Mayonnaise gerührt hatte, und schenkte Eva ein bedeutungsvolles Lächeln.
»Ein interessanter Typ, wie du gesagt hast, und sehr charmant.

Intelligent und sexy. Auf jeden Fall jemand, mit dem man einen Nachmittag im Bett verbringen könnte.«

Eva schrie auf: »Was? Das hast du doch wohl nicht getan, oder?«

»Nein«, sagte Cassie und lachte. »Nein, hab' ich nicht. Es ist nur ein Ausdruck, den ich irgendwo aufgeschnappt habe. Männer kann man in zwei Kategorien aufteilen, diejenigen, mit denen man könnte, und die, mit denen man nicht könnte – einen Nachmittag im Bett verbringen, meine ich. Es ist ganz lustig, sie so zu klassifizieren. Es löst alle Grenzen auf. Leider qualifizieren sich die wenigsten Männer in unserer Umgebung. O ja, die eine oder andere Qualität haben sie alle. Aber wie viele sind wirklich sexy? Möglich, daß wir sie mit der Zeit attraktiv finden, wenn wir uns in sie verlieben und sie anfangen, uns etwas zu bedeuten, aber wie viele sind schon durch und durch sexy? Das ist das Problem mit britischen Männern einer bestimmten Klasse. Sie sehen schrecklich aus, sie sind viel zu fett, sie ziehen sich an wie ihre eigenen Großväter, und was das Schlimmste ist, sie haben nicht die geringste Ahnung von Sex. Es fehlt ihnen einfach das gewisse Etwas, es gibt keinerlei Hinweis darauf, daß sie tatsächlich Spaß dran haben könnten.« Cassie leckte den Mayonnaiselöffel ab.

»Hmm. Köstlich. Probier mal«, sagte sie und steckte der überraschten Eva den Löffel in den Mund. Eva schluckte, und ihre Augen weiteten sich vor Vergnügen. Sie nickte.

»Hmm. Sehr gut. Aber hör mal. Was zum Teufel ist in dich gefahren? In Oxford warst du so tolerant, so großzügig, du fandest britische Männer süß.« Eva grinste. »Wer hat dich eines Besseren belehrt?«

»Ich selbst. Findest du nicht, daß ich recht habe?«

»Mein Gott, ja. Die Männer in unserer Umgebung, wie du sagst, sind alles andere als sexy. Ich hatte ganz vergessen, wie langweilig und einschläfernd britische Männer sind, bis ich zurückkam. Natürlich gibt es die eine oder andere überraschende Ausnahme, aber sie bestätigen nur die Regel.«

»Hm. Und Robie Frazer ist eine dieser Ausnahmen.«
»Hast du schon irgendwelche Pläne?«
»Nein, er ist ein Kunde.« Cassie hielt inne und nahm noch einen Löffel Mayonnaise. »Aber für dich wäre er genau das richtige.«
»Nach allem, was ich über ihn gehört habe, ist er mir ein bißchen zu glatt.«
»Du solltest ihn kennenlernen. Unter der Oberfläche ist er alles andere als glatt. Er gibt sich zwar alle Mühe, aber seine Stachel gucken trotzdem hervor. Daran kann man sich leicht pieksen.«
Eva lächelte abwesend und naschte mit dem Finger von der Mayonnaise, während Cassie die Pasta auf den Tellern verteilte.
»So, wir können anfangen.« Sie gingen mit den Tellern ins Eßzimmer und setzten sich an den großen Eßtisch. Eva erzählte Cassie von den Abenteuern, die sie auf ihren Reisen durch Asien erlebt hatte, von den Orten, die sie gesehen, und Menschen, die sie kennengelernt hatte. Wenn Eva anfing zu erzählen, konnte sich niemand ihrem Zauber entziehen. Augen und Tonfall sprachen für sich. Als sie zu Ende gegessen hatten, legte Eva die Gabel auf den Teller.
»Meine Hochachtung, Cassie. Das Essen war vorzüglich. Du hast ein wunderbares Haus, schöne Möbel, einen herrlichen Garten, Teppiche. Alles.«
Cassie zuckte die Achseln. »Das habe ich acht Jahren City und der Hilfe meines Mitbewohners zu verdanken.«
»Nach acht Jahren wieder hier zu sein ist ein kleiner Schock. London hat sich ganz schön verändert, und auch die Menschen, die ich kannte.«
Für Cassie war es unvorstellbar, daß Eva irgend etwas schockieren könnte.
»So sehr haben wir uns nun auch wieder nicht verändert. Wir haben uns einfach von der Strömung treiben lassen. Das ist ganz leicht. Wir waren träge, im Gegensatz zu dir.«
Eva zögerte. »Was ich gemacht habe, war wunderbar, aber weitergebracht hat es mich nicht.«

»Und was hast du jetzt vor?« fragte Cassie leichthin.
»Tja ...« Eva zögerte. »Eine verrückte Sache, die ich schon seit Wochen mit mir rumschleppe. Ich wollte eigentlich nichts davon erzählen, aber wenn du nicht diejenige bist, mit der ich reden kann, dann weiß ich auch nicht.«
»Das klingt ja sehr geheimnisvoll.«
»Was würdest du sagen, wenn ich dir erzähle, daß ich eine Diamantenmine in Vietnam aufgetan habe?«

7

Am Montag morgen erschien Cassie ziemlich aufgeregt zur Arbeit. Sie ließ die halbe Stunde mit der Zeitung sausen und marschierte geradewegs in Richardsons Büro. Er sah überrascht auf.

»Was verschafft mir dieses frühe Vergnügen?«

»Möglich, daß ich etwas habe, das für Frazer und uns interessant sein könnte.«

»Erzählen Sie.«

»Ein Diamantenfund in Vietnam.«

Richardson lachte. »Raus mit der Sprache.«

»Nun, es scheint ganz vernünftig. Vietnam ist dabei, sich zu öffnen. Die Amerikaner investieren, das Land verfügt über große Reserven an Bodenschätzen, die Wirtschaft wächst rapide, die ganze Region boomt. Frazer will expandieren. Ich glaube, daß Diamanten ihm zusagen würden. Sie würden seine Leidenschaft wecken, meinen Sie nicht? Oder glauben Sie, daß er sich für eine Textilfabrik begeistern könnte?«

»Ich kann mir nicht vorstellen, daß er sich überhaupt für irgendwas begeistern könnte, aber ich stimme Ihnen zu. Und woher wissen Sie von diesem Diamantenfund?«

»Von einer Freundin. Und ehe Sie irgendwas sagen, möchte ich genau aus diesem Grund, daß Sie sich um die Sache kümmern. Ich will selbst nicht direkt damit zu tun haben. Dazu bin ich viel zu befangen.«

»Was soll ich Ihrer Meinung nach tun?«

»Treffen Sie sich mit ihr. Sie heißt Eva Cunningham. Und danach verabreden Sie sich mit Frazer. Wenn es Ihnen zusagt, was sie sagt, können Sie immer noch entscheiden, ob sie dabeibleiben soll oder ob wir uns einfach mit Frazer allein treffen und das Gespräch von neulich vertiefen.«

»Freut mich, das Sie nicht sentimental sind. Wenn sie gut ist, bleibt sie. Ansonsten setzen wir sie vor die Tür.«

»Sie entscheiden.«

»Nein. *Sie* entscheiden. Es ist *Ihr* Deal, egal ob Freundin oder nicht. Wir machen alle Deals mit Freunden. Das ist schließlich nichts Neues in der City. Und Sie haben ein viel besseres Gespür als ich, wie Sie in letzter Zeit bewiesen haben. Ach, da fällt mir was ein. Was war denn letzte Woche mit dem Tugwell-Deal? Ich habe gehört, daß Sie sich ihn angesehen und das Ganze dann abgeblasen haben. Alle hielten sein Projekt für vielversprechend.«

»Das Projekt war vielversprechend, er aber nicht. Ein Windei, nichts weiter, fürchte ich. Ich will gar nicht wissen, was rauskommen würde, wenn man einen Detektiv auf ihn ansetzt.«

»Sie meinen, Sie würden es gern darauf ankommen lassen, weil Sie sich ziemlich sicher sind? Ich weiß Bescheid über Ihren neuen Sport. Diesem McDonald, den wir vor drei Wochen hier hatten, haben Sie unterstellt, daß er an der Grenze zum Alkoholiker ist. Außerdem vermuteten Sie eine kriminelle Vergangenheit und daß er sich von seiner Geliebten den letzten Heller aus der Tasche ziehen läßt. Sie hatten von A bis Z recht. Sie haben drei unserer Privatdetektive völlig verwirrt. Der, den wir auf MacDonald angesetzt hatten, kam zu mir und behauptete, Sie machten ihm Konkurrenz, um ihn einzuschüchtern und zu beweisen, daß Sie besser seien als er. Er wollte mir nicht abnehmen, daß es eine Art Spiel ist, daß sie bei Konferenzen gern Ihrer Phantasie freien Lauf lassen und Erstaunliches dabei rauskommt. Wir zahlen ihm ein verdammtes Vermögen, und Sie machen es einfach so aus Intuition.« Richardson streckte das Kinn vor, um seinen Worten Nachdruck zu verleihen. »Vielleicht warten Sie nächstes Mal, nur aus Höflichkeit, bis er seinen Bericht vorgetragen hat, statt ihm schon vorab zu sagen,

was er rausgefunden hat und wo er sich irrt. Und der andere, dieser Owen Quaid, ich weiß, Sie beide halten zusammen wie Pech und Schwefel, aber sein Ego ist so groß wie der Nat West Tower. Er kann es vertragen, für ihn ist das alles ein Riesenspaß. Wahrscheinlich versucht er, Sie abzuwerben ...«
Cassie unterdrückte ein Lachen. Richardson sah sie verwirrt an. Sie hatte sich in den letzten sechs Monaten deutlich verändert, sie war bedeutend boshafter. Das zeigte sich an ihrem Zwinkern, hin und wieder einem unpassenden Wort, dem extravaganteren Stil ihrer Garderobe, dem gelegentlichen Fernbleiben von der Arbeit, vor allem aber und am beunruhigendsten an ihrer intuitiven Wahrnehmung. Er war froh darüber. Mit der Boshaftigkeit wuchs auch ihre Robustheit. Er hatte immer befürchtet, daß Cassie seelisch genauso verletzlich war, wie sie es körperlich zu sein schien. Doch jetzt gab es Anzeichen dafür, daß irgend etwas darum kämpfte, ans Licht zu kommen, eine lange verdrängte Keckheit vielleicht, in der sie beinahe schwelgte.
»Sie wissen ja, daß wir einen Detektiv auf Ihre Freundin ansetzen müssen, wenn wir uns entschließen, mit ihr weiterzumachen. Wahrscheinlich wird es Quaid sein.«
Cassie nickte wortlos.
»Was haben Sie bei ihr für ein Gefühl?«
Cassie lehnte sich im Stuhl zurück und starrte an die weißgetünchte Decke, ehe sie antwortete.
»Ich bin mir nicht sicher. Ich habe das Gefühl, vor einer sorgfältig konstruierten Fassade zu stehen. Es ist nicht einfach, wenn man sie kennt. Man verliert die kritische Distanz. Macken sind einem vertaut, Warnzeichen werden zu harmlosen Eigenheiten. Am besten tue ich morgen so, als sähe ich sie zum ersten Mal. Der Sitzungssaal ist wie geschaffen, nett und ruhig, nichts, was einen ablenken kann. Vielleicht fällt mir etwas auf. Schließlich will ich Owen nicht enttäuschen.«
Richardson warf ihr einen verzweifelten Blick zu, als sie aufstand und Anstalten machte, sein Büro zu verlassen. Nett und

ruhig, nichts, was einen ablenken kann . . . .. Nein. Nichts weiter als ein paar millionenschwere Investitionen.

»Rufen Sie Ihre Freundin an und bestellen Sie sie für zehn Uhr ins Büro. Ich mache einen Termin mit Frazer für halb zwölf.«

Cassie hob zustimmend die Hand, ohne sich umzudrehen, ging in ihr Büro und griff zum Hörer. Nach dem dritten Klingeln meldete sich Eva.

»Eva, ich bin's, Cassie. Hast du morgen früh gegen zehn Zeit? Prima. Im Büro. Und bring etwas Zeit mit.« Sie gab ihr die Adresse von Case Reeds und legte auf, ehe Eva ihr irgendwelche Fragen stellen konnte. Sie würde sie keinesfalls auf das Treffen vorbereiten. Wenn jemand auf sich selbst aufpassen konnte, dann Eva.

Eva legte auf und runzelte die Stirn in dem unbehaglichen Gefühl, daß Cassie sie abgewimmelt hatte. Sie zuckte die Achseln. Sie würde sie später zu Hause anrufen und sie über das Treffen befragen. Jetzt wählte sie Stormonts Nummer.

»Cassie hat mich gerade angerufen. Sie hat ein Treffen für mich vereinbart, morgen früh. Ich brauche neue Kleider. Ich sollte nach etwas aussehen.«

»Klar. Ich kümmere mich drum. Du bekommst es später. Ich würde gern noch ein paar Fragen mit dir durchgehen. Du kannst ja vorher einkaufen gehen, aber übertreib nicht, sonst kriege ich einen Anschiß.«

»Hmm. Dann macht es noch mehr Spaß.«

»Komm gegen neun in die geheime Wohnung.«

Eigentlich brauchte er sie gar nicht zu treffen. Er hätte ihr das Geld auch per Kurier schicken können. Aber er wollte sie sehen. Um sie zu überwachen, ihr auf den Zahn zu fühlen, redete er sich ein.

Abends gegen halb neun rief Eva bei Cassie an.

»Eva, Süße, wie geht's?«

»Gut. Ich wollte nur . . .«

»O Eva, hier hat es gerade geklingelt. Tut mir leid, ich kann jetzt nicht. Wir sehen uns ja morgen früh. Bis dann.«

»Mist!« Eva knallte den Hörer auf, halb verärgert, halb belustigt. Hätte sie Cassie nicht gekannt, hätte sie sich vor den Kopf gestoßen gefühlt, aber die Vorstellung einer kopflosen Cassie, die vom Telefon hastig zur Tür lief, zerstreute alle Zweifel.

Eva dachte über das bevorstehende Treffen mit Stormont nach. Sie zündete sich eine Zigarette an und rauchte sie bis zum Filter. Dann stand sie auf, kämmte sich, legte Lippenstift auf und tupfte Parfum auf ihre Handgelenke. Gerade als sie das Haus verlassen wollte, klingelte das Telefon, es war Stormont. »Eva, es gibt ein kleines Problem. Ich schaffe es nicht bis neun in die geheime Wohnung.«

Eva zögerte und unterdrückte einen Anflug von Enttäuschung, bevor sie allzu deutlich wurde.

»Ich könnte ja zu dir kommen.«

Stormont zögerte. »Hierher? Zu mir nach Hause?«

»Na ja, es wäre nur ein Mal. Ich weiß, daß es gegen die Regeln verstößt, wenn sich Agenten und Leitoffiziere zu Hause treffen, aber ich werde aufpassen, daß mir niemand folgt.«

»Ach, was soll's. Komm rüber.« Sein Verlangen, sie zu sehen, war so groß, daß er ohne nachzudenken die Regeln mißachtete.

8

Cassie saß geistesabwesend vor dem Fernseher. Plötzlich sprang sie auf.
»Wo willst du hin?« fragte David.
»Zu Eva. Ich war nicht besonders nett zu ihr am Telefon. Sie wollte ein paar Tips für das Treffen haben, und ich habe sie abblitzen lassen.« Sie zuckte die Achseln. »Übertriebenes Pflichtbewußtsein, du weißt schon, ich darf ihr nicht helfen, ihr keinen unfairen Vorteil verschaffen. Das übliche Blabla.« Sie griff nach ihrer Jacke.
»Bestimmt kommt sie auch allein ganz gut zurecht. Ich würde mir an deiner Stelle keine allzu großen Sorgen um sie machen.«
Cassie ignorierte ihn und ging zur Tür, gefolgt von Nesta. Sie lächelte beim Anblick des Hundes und streichelte sein schwarzes Fell. »Gassi? Willst du Gassi gehen?« Nesta sprang an ihr hoch und bellte, als hätte das magische Wort sie verzaubert. Ungeduldig tanzte sie um Cassie herum, während sie sich die Schuhe anzog und etwas Geld einsteckte. Dann nahm sie ihre Schlüssel vom Tisch in der Diele und verließ mit Nesta das Haus.
Es war Viertel vor neun, das Tageslicht war verblaßt. Die Vögel piepsten leise und huschten zwischen den Bäumen umher, auf der Suche nach einem ruhigen Schlafplatz. Leute kamen und gingen zum Pub oder nach Hause, einige führten ihre Hunde aus, andere rauchten eine Zigarette in der warmen Abendbrise. Alles wirkte sehr entspannt. Cassie ging rasch. Einmal lächelte sie einer Gruppe zu, die ihr auffiel, als sie die King's Road überquerte. Sie war eine Viertelmeile gegangen, als sie plötzlich

Eva entdeckte, oder jemand, der Eva sehr ähnlich sah und auf der Höhe der Old Church Street in die King's Road einbog. Da sie nicht sicher war, ob es wirklich Eva war, denn Entfernung und Passanten versperrten ihr den Blick, beschleunigte sie ihren Gang, um sie einzuholen. Als sie zur Old Church Street kam, sah sie, wie die Frau vor einem weißen Haus stehenblieb. Es war Eva, jetzt konnte sie sie deutlich erkennen. Sie ging weiter und rief ihren Namen, gerade als die Tür aufging und Eva eintreten wollte. Eva zögerte, runzelte die Stirn und drehte sich um. In der Tür erschien das Gesicht eines Mannes. Eva flüsterte ihm etwas zu, ehe sie sich lächelnd zu Cassie umwandte.
»Cassie! Was um Himmels willen suchst du denn hier? Ich dachte, du hättest Besuch?«
Cassie ging auf das Haus zu.
»Nein, nein, es war nur einer von Davids Freunden. Ich war gerade auf dem Weg zu dir, um dir noch was zu dem Treffen morgen früh zu erzählen.« Sie drehte sich zu dem Mann um, der sie schweigend beobachtete.
Stormont beugte sich herab und reichte ihr die Hand.
»Ich bin Andrew Stormont.«
»Cassie Stewart.«
Eva stand träge an den Türrahmen gelehnt, als ob sie sich langweile.
Stormont ließ Cassies Hand los, ohne die Augen von ihr zu nehmen. Sie erwiderte seinen Blick, sah Eva an und wartete, daß sie etwas sagte. Eva beobachtete Stormont gleichgültig. Der blickte auf Nesta herunter, die brav neben Cassie saß.
»Ein schöner Hund.« Er bückte sich und kraulte Nestas Fell, die mit dem Schwanz zu wedeln begann.
»Eine schnelle Eroberung«, sagte Cassie. Stormont sah auf, und sie entdeckte Bewunderung in seinem Blick.
»Eva kam gerade auf einen Drink vorbei. Hätten Sie Lust, uns Gesellschaft zu leisten? Dann könnten Sie loswerden, was Sie ihr erzählen wollten.«
»Oh, nein. Ich will nicht stören.«

»Sie stören nicht im geringsten«, fiel ihr Stormont ins Wort und bat sie mit einer Geste, einzutreten. Eva folgte ihr und schloß die Tür.

»Muß doch schrecklich wichtig sein, wenn Sie sich diese Mühe gemacht haben«, erklärte Stormont.

»Oh, ja. Schrecklich wichtig.« Cassie hob das Kinn und musterte ihn unverhohlen forschend. Er hielt ihrem Blick stand, sagte jedoch nichts. Dann drehte er sich um und ging ins Wohnzimmer vor. Er bat die beiden, Platz zu nehmen, und ließ sich selbst in einen alten Ledersessel fallen. Eva machte es sich auf dem Sofa gemütlich, und Cassie setzte sich kerzengerade auf einen gepolsterten Stuhl. Nesta kuschelte sich zu ihren Füßen.

»Was wollen Sie trinken?« fragte Stormont.

»Whisky ohne Eis, Wasser nehme ich mir selbst.«

»Und du, Eva?«

»Ich nehme das gleiche. Mit der üblichen Menge Wasser.«

Cassie verkniff sich ein Lächeln. Die offenkundige Vertrautheit, die »übliche Menge« – beides ließ auf eine lange gemeinsame Geschichte schließen. Und sie mußte zugeben, daß Stormont zu der Sorte von Mann gehörte, mit dem man durchaus einen Nachmittag im Bett verbringen könnte. Mühelos. Er sah gut aus und war sich seiner Anziehungskraft bewußt. Zudem verfügte er über ein unausgesprochenes sexuelles Selbstvertrauen, das um so machtvoller schien, weil es so hintergründig war. Sein Blick war wissend, spöttisch, leicht herausfordernd, als wünsche er sich, daß man ihn überraschte. Er rechnete nicht damit, daß es einem gelingen könnte, aber einen Versuch war es immerhin wert. Paßt zu ihm, dachte Cassie, er hat zu viele Frauen ausprobiert. Eine vage Aura von Sättigung und Ekel vor sich selbst ging von ihm aus, die alles, was sie erreichte, mit einem Hauch von Geringschätzung streifte. Nur Nesta schien davon ausgenommen. Jedesmal, wenn er sie ansah und lächelte, leuchtete echte Wärme in seinen Augen. Oh ja. Er wäre wunderbar im Bett, bloß emotional unerreichbar.

Sie warf Eva einen Blick zu, die sie mit einem seltsamen Aus-

druck beobachtete. Das perfekte Paar, dachte Cassie, beide gutaussehend, hart, offensichtlich träge, was in Evas Fall eine sehr unenglische Leidenschaft verbergen sollte. Aber was war mit Stormont? Verbarg er auch etwas oder war er wirklich der wohlhabende, verwöhnte und abgestumpfte Mann, für den er sich ausgab? Sie trank den Whisky aus.
»Du wolltest mir noch etwas zu dem Treffen morgen sagen«, erinnerte sie Eva.
»Ach, nicht so wichtig.« Sie stand auf. Nesta sprang um ihre Beine. »Bestimmt habt ihr euch eine Menge zu erzählen nach so langer Zeit.« Sie ging auf die Tür zu. Eva stand auf und folgte ihr.
»Du hast den ganzen Weg doch nicht umsonst gemacht ...«
»Ich wohne doch gleich um die Ecke. Außerdem mußte ich noch mal mit Nesta raus. Ich wollte dir eigentlich bloß sagen, daß du dir das Mittagessen freihalten sollst.« Sie drehte sich zu Stormont um.
»Danke für den Whisky.« Er nickte und erhob sich. Cassie und Eva verabschiedeten sich mit einem Kuß. »Bis morgen dann«, sagte Cassie. Sie nickte und setzte sich wieder, während Stormont Cassie zur Tür begleitete. Seine Hand streifte ihren Unterarm, es war eng im Eingang. Sie sah ihn an und ging an ihm vorbei. Dann reichten sie sich zum Abschied die Hand. Cassie drehte sich nicht mehr um, als sie die Straße entlangging, spürte aber noch eine ganze Weile seinen warmen Händedruck.
»Verdammt noch mal. Wie konnte das passieren?«
Eva war aufgestanden und schenkte sich gerade einen neuen Whisky ein, als Stormont zurückkam.
»Hast du denn nicht aufgepaßt, ob dir jemand folgt?«
»Natürlich.«
»Fragt sich nur wie. Wenn ich mich recht erinnere, stand in deinem Bericht, daß Cassie Stewarts Haus etwa eine Viertelmeile die King's Road runter entfernt liegt. Wenn sie von sich zu dir will, muß sie also die King's Road entlanggehen, und dann kann sie dich leicht sehen, wenn du gerade auf dem Weg hierher bist. Das muß dir doch klar gewesen sein.«

»Ich bin einen Umweg gegangen, keiner ist mir gefolgt. Sie muß mich gesehen haben, als ich zum zweiten Mal in die Old Church Street einbog. Da habe ich mich nicht mehr umgesehen.« Ihre Stimme war kalt und pragmatisch. »Was machen wir jetzt?«
Stormont schwieg eine Weile.
»Du hast deine Tarnung. Ich habe meine. Unsere Familien kennen sich. Es ist also nichts Ungewöhnliches dabei, wenn wir uns kennen und hin und wieder sehen.« Stormont schwieg, als ihm ein Gedanke kam. Doch er ließ sich nichts anmerken. »Wir dürfen uns nur noch in der geheimen Wohnung treffen. Und du mußt besser aufpassen. Vielleicht bist du ein bißchen eingerostet.«
»Ich war unvorsichtig. Du hast recht. Es wird nicht wieder vorkommen.«
Er nippte an seinem Glas und schwieg.
»Aber wieso ist sie hinter mir her?« fragte Eva und brach die Stille. »Schon seltsam, sie läuft mir den ganzen Weg nach, bloß um mir zu sagen, daß ich mir das Mittagessen freihalten soll.«
»Wenn sie dir etwas hätte mitteilen wollen, das nur annähernd wichtig ist, hätte sie es bestimmt nicht vor mir getan. Immerhin gilt sie als Profi. Und die Atmosphäre hier glich einer Schlangengrube. Kein Wunder, daß sie bei der erstbesten Gelegenheit das Weite gesucht hat.«
»Nun mach aber mal halblang, Stormont. Ich war total nervös. Sie hatte mich zweimal am Telefon abblitzen lassen, und dann taucht sie plötzlich hier auf. Was hast du erwartet?«
»Jedenfalls keine Eifersüchteleien.«
»Sei nicht albern. Ich habe dich schon hundert Frauen so anschauen sehen. Allmählich habe ich die Nase voll davon, Zuschauer bei deinen Verführungsversuchen zu sein.«
»Ich glaube kaum, daß sich deine Freundin mit einem Blick verführen läßt.«
»Halt sie bloß nicht für eine Heilige. Sie mag Sex genauso wie wir alle.«
Stormont stand auf, schenkte sich einen weiteren Whisky ein und setzte sich wieder.

»Wie ist sie mit Frazer zurechtgekommen?«
»Sie meinte, er wäre der Typ von Mann, mit dem sie einen Nachmittag im Bett verbringen könnte.«
Stormont lachte. »Und hat sie's getan?«
»Sie sagt nein. Und hat es wohl auch nicht vor, weil er ein Kunde ist. Kunden sind tabu.«
Um ein Haar hätte Stormont »um so besser« gesagt, besann sich aber eines besseren, als er Eva zusammengekuschelt auf dem Sofa sitzen sah. Es hatte keinen Zweck, eine vielleicht bereits vorhandene Rivalität noch mehr anzuheizen.
»Es läuft also alles nach Plan?«
»Wir sind dem Plan etwas voraus, was Cassies Treffen mit Frazer anbelangt. Das hast du sehr geschickt eingefädelt.«
»Die richtigen Worte ins richtige Ohr. Hätte gar nicht einfacher sein können.«
»Und das Netzwerk alter Freundschaften tut seinen Dienst.«
»Es hat seine guten Seiten.«
»Hab' nie das Gegenteil behauptet.«
»Aber du hältst nicht viel davon, nicht wahr?«
»Ich finde es amüsant.«
»Deine Familie ist auch nicht gerade ein Wohltätigkeitsverein.«
»Das ist ihr Problem.«
»Du scheinst ja ziemlich darüber zu stehen.«
»Nun, wie du vielleicht gesehen hast, haben Frauen darin nichts zu suchen.«
»Und was ist mit dir und Cassie? Was, wenn sie deinen Deal finanziert?«
»Das entscheidet sich auf rein geschäftlicher Basis.«
»Möglich. Aber da spielt doch noch was anderes eine Rolle, wenn sich zwei Frauen in einer solchen Position gegenseitig helfen, meinst du nicht? Eine Hand wäscht die andere.«
»Darauf würde ich an deiner Stelle nicht wetten.«
»Was verbindet dich dann mit Cassie? Ihr seid angeblich Freundinnen, aber da ist noch was zwischen euch. Irgendeine Spannung.«

»Wach auf, Stormont. Wir sind enge Freundinnen, das ist immer so, wenn zwei Menschen sich sehr nah sind. Wenn wir nur flüchtige Bekannte wären, wäre alles viel einfacher.«
»Hauptsache, es wird nicht zu einem Problem.«
»Keine Sorge.«
Stormont griff in seine Jackentasche und reichte Eva einen Umschlag.
»Die Spesen für deine Garderobe. Zweitausend Pfund.«
Sie stand auf, und er küßte sie auf die Wange.
»Wickel sie ein, Eva.«
»Ja, ich wickel' sie ein. Wie immer.«
Stormont zögerte, überrascht von ihrem Tonfall.
»Hast du was?«
»Es wäre leichter gewesen, Schauspielerin zu werden, meinst du nicht? Und genauso befriedigend.«
»Vergiß nicht, worum es geht.«
»Wie könnte ich das?« Sie zuckte die Achseln, um die Spannung zu brechen. »Ich habe nur meine Probleme mit dieser nach hinten verschobenen Genugtuung.«
»Niemand, der acht Jahre auf sich allein gestellt im Busch verbracht hat, kann damit Probleme haben.«
»Nein, aber es ist schon was anderes, wenn man hier ist.«
»Du willst zurück.«
»Und wie.«
Stormont blickte in Evas Gesicht. Noch vor fünf Minuten war es so stark, so trotzig gewesen, nun spiegelte es unverhohlene Sehnsucht wider. Er strich ihr über die Wange, doch sie bog den Kopf zur Seite.
»Hör damit auf, Andrew. So gern du es auch anders darstellen willst, ich habe es nicht vergessen. Du bist mein Leitoffizier, nicht mein Tröster.« Einen Augenblick stand sie mit erhobenem Kopf und angespanntem Körper da, dann ging sie.
Stormont blieb mitten im Raum stehen, wo sie ihn verlassen hatte, und starrte vor sich hin. Er sah noch immer ihr Gesicht.

9

Um halb acht riß der Wecker Eva aus dem Schlaf. Sie schaltete ihn aus und blieb noch ein paar Minuten liegen. Ihr Blick glitt über die kahlen weißen Wände zum Fenster. Die Sonne schien. Das Fenster war von dicken Efeuranken umrahmt, die in stürmischen Nächten gegen das Glas schlugen, als wollten sie um Einlaß bitten. Jetzt schwankten sie nur leicht in der Morgenbrise.

Sie betrachtete sie und ließ ihren Gedanken freien Lauf. Während dieses allmählichen Wachwerdens konnten sie noch unbekümmert wandern. Sie führten sie zu einem sonnendurchfluteten, verfallenen Haus in Saigon, wo der nackte Kachelfußboden schon morgens um acht unter den Füßen brannte. Der Geruch nach glühendheißem Staub kam durchs offene Fenster und vermischte sich mit dem kräftigen Duft nach frischem französischem Kaffee. Eine Viertelmeile entfernt erreichte das quietschende und dröhnende Konzert von Fahrrädern, Autos und Motorrädern im Gewirr der breiten Boulevards, die von Bäumen gesäumt waren, seinen Höhepunkt. Wie ein Echo drang der durch Staub und Entfernung gefilterte Lärm zu ihr. Hier in London dagegen war es still, kühl, fast antiseptisch. Kein Geräusch von der Straße forderte ihre Aufmerksamkeit. Sich wieder an London zu gewöhnen war ihr schwerer gefallen, als sie gedacht hatte. In ihrem Haus fühlte sie sich wie in einem hübschen Kokon, der eine unwirkliche und trügerische Sicherheit versprach. Manchmal hatte sie das Gefühl, daß es ganz einfach wäre, sich umzudrehen und unter der Decke zu vergraben, wenn der Wecker klingelte.

Sie zwang sich aus dem Bett und dachte an den bevorstehenden Tag, an London, an die Arbeit.
Über den nackten Körper streifte sie ein langes T-Shirt und stieg die Treppe zum Wohnzimmer hinunter. Sie schaltete den CD-Player ein und entschied sich für eine Aufnahme von Maria Callas in der Rolle der Tosca. Sie spürte, wie die Stimme sie durchströmte und ihr die Kehle einschnürte. Welche Kraft, welche ekstatische Klage in dieser Stimme lagen! Ergriffen hörte sie ein paar Minuten still zu, dann trat sie in die Küche, füllte die Espressokanne und stellte sie auf die Herdplatte. Um das Warten zu verkürzen, zündete sie sich eine Zigarette an, legte sie jedoch nach wenigen Zügen auf den Rand des Aschenbechers. Langsam rieb sie sich die Arme, fuhr mit den Handflächen über die braune Haut, fühlte die Knochen und wie sich die Muskeln darunter spannten. Dann fuhr sie mit der Hand über Brust und Bauch bis zu den Schenkeln. Ihr Blick fiel auf die Unterarme, auf die kleinen Kerben und verblassenden Narben, Spuren ihres früheren Daseins.
Ihr Körper war so oft mißhandelt worden, aber er war immer noch voller Spannkraft, nicht perfekt, aber kräftig. Sie drückte die Zigarette aus, stellte die Herdplatte auf die kleinste Stufe und ging ins Wohnzimmer. Sie konzentrierte sich auf die Musik und absolvierte ihre tägliche halbe Stunde rigoroser Gymnastik, bevor sie schweißgebadet in die Küche zurückkehrte, um ein Glas Leitungswasser und eine Tasse schwarzen Espresso zu trinken. Anschließend ging sie ins Bad.
Nach der Dusche entschied sie sich für eins der neuen Kostüme, die sie am Tag zuvor gekauft hatte. Einen schwarzen Faltenrock, der knapp bis zu den Knien reichte, dazu eine blaue Bluse und eine passende schwarze Jacke. Dünne Seidenstrümpfe und schwarze Lederschuhe mit Riemchen und einem dezenten Absatz. Schließlich nahm sie die Diamantohrringe ihrer Mutter aus dem Versteck im Bücherschrank. Einen Moment lagen sie glitzernd auf ihrer Handfläche, bevor sie sie ansteckte. Auf dem Weg nach draußen blieb sie vor dem Spiegel stehen und be-

trachtete die Diamanten. Sie sah das Gesicht ihrer Mutter, die mit den Ohrringen geschmückt war, und wandte sich ab.
Als sie in die King's Road einbog, spürte sie die Wärme der Sonne auf ihrem Gesicht. Sie nahm die 22 bis Piccadilly und ging dann die Regent Street entlang. Unterwegs betrachtete sie die Schaufenster und die angespannten und sorgenvollen Gesichter der Passanten auf ihrem eiligen Weg zur Arbeit.
Zu dieser frühen Morgenstunde nahm eigentlich niemand etwas richtig wahr oder bemühte sich auch nur darum. Die Gesichter der Menschen waren verschlossen; abgesehen von oberflächlichsten Eindrücken war alles nach innen gekehrt. Bei Eva verhielt es sich genau umgekehrt. Sie leerte ihr Bewußtsein, konzentrierte sich nach außen, nahm alles auf, was sie umgab. Sie wollte völlig unbelastet zu dem Treffen mit Richardson gehen. Instinkt und Intuition würden ihr helfen rauszukriegen, was sie wollten, und einen Dreh zu finden, wie sie an sie herankam. Es war besser, daß sie nicht vorher mit Cassie darüber gesprochen hatte. Informationen waren nützlich, enthielten aber allzuoft die vorgefaßten Meinungen anderer.
Fünf vor zehn kam sie bei Case Reed an. Sie drückte auf die Taste der Sprechanlage und meldete sich an. Eine blecherne Stimme bat sie herein. Die Tür sprang auf, und Eva betrat eine kleine Empfangshalle mit Bildern an den Wänden und ein paar verstreuten kleinen Skulpturen. Sie ging auf die Empfangsdame zu.
»Eva Cunningham, ich habe eine Verabredung mit Cassie Stewart.«
»Bitte nehmen Sie Platz.«
Sie deutete auf ein niedriges weiches Sofa, eins von denen, die einen nicht mehr freigeben, wenn man einmal darin versunken ist. Eva setzte sich vorsichtig auf die Kante, griff nach der *Financial Times*, die auf dem Tisch lag, und blätterte darin.
Derweil saß Cassie mit John Richardson oben in ihrem Büro.
»Frazer kommt also um halb zwölf?«
Richardson nickte. »Ja, und er murmelte auch was von Mittag-

essen. Für einen vielbeschäftigten Businessman scheint er eine Menge Zeit für Sie zu haben.«

»Sie meinen für Case Reed. Außerdem ist er nicht allzu beschäftigt. Mag sein, daß er eine Menge Dinge am Laufen hat, aber er ist der Typ, der nur die Fäden spinnt. Er sitzt mit einem Whisky in einem seiner zweifellos prächtigen Häuser und schmiedet geniale Pläne. Für die Drecksarbeit hat er seine Vasallen. Jedenfalls gehört er nicht zur Gattung der Schreibtischhengste.«

Richardson fing an zu lachen und schüttelte halbwegs anerkennend den Kopf. »Sehr treffend beschrieben. Natürlich haben Sie vollkommen recht.«

Cassies Sekretärin Emma erschien an der Tür. »Eva Cunningham wartet unten.«

»Ich komme gleich«, antwortete Cassie.

An Richardson gewandt sagte sie: »Übrigens hab' ich sie vor ein paar Tagen getroffen und zum Essen eingeladen.«

»War das ein Vertrauensvorschuß?«

»Ja und nein. Mir blieb keine andere Wahl, aber ich bin sicher, daß sie uns nicht enttäuschen wird. Sie ist sehr überzeugend.«

»Viele Leute sind überzeugend.«

Cassie zögerte. »Sie hat sich beruflich nie beweisen müssen. Sie war immer enorm intelligent. In Oxford hat sie sich nie richtig anstrengen müssen, zumindest schien es so. Hatte immer die besten Noten. Aber seitdem hat sie nichts Handfestes geleistet, ich meine beruflich. Zugegeben, um sich acht Jahre in Vietnam, Kambodscha und Laos durchzuschlagen, muß man schon was drauf haben, aber soweit ich weiß, ist es jetzt das erste Mal, daß sie etwas Professionelles anpackt. Deshalb bin ich mindestens so gespannt wie Sie. Es gibt eine Seite an ihr, die ich nicht kenne. Ich weiß nur, daß sie eine ungeheure Willenskraft hat. In Oxford hat sie sie immer versteckt und sich als Partygirl ausgegeben, aber unter der Oberfläche verbarg sich eine ruhige Entschlossenheit, fast so was wie Wut.«

»Ist das Ihre professionelle Analyse? Ist Owen Quaid überflüssig?«

»Oh nein, keineswegs. Ich weiß nicht mal, wo ich bei Eva beginnen soll. Und es würde mich wundern, wenn Owen auch nur einen einzigen Blick hinter ihre Fassade werfen kann. Ich bezweifle, daß sie sich von irgendwem auf der Welt in die Karten gucken läßt.« Sie sah auf die Uhr. »Ich geh' sie holen.« Sie verließ ihr Büro, ging den Gang entlang und die Treppe hinunter.

Als sie Eva sah, stockte sie: maßgeschneidertes Kostüm, Make-up, Schmuck, dieselbe Art von Outfit, die auch Cassie trug. Sie wirkte tadellos gestylt. Niemals hätte Cassie gedacht, daß sie so leicht von einem T-Shirt zu der eleganten Kleidung wechseln könnte, die sie selbst trug. Sie dachte an gestern abend. Eva hatte einfache Jeans getragen. Sie erinnerte sich an die Intimität, die sie zwischen Eva und Stormont gespürt hatte. Und als sie sich vorstellte, wie Eva in seinen Armen lag, spürte sie einen leichten Anflug von Eifersucht. Sie ging auf sie zu und küßte sie auf die Wangen.

»Hallo, Eva. Hast du uns gleich gefunden?« Sie ging nicht auf Evas Verwandlung ein, so als sei sie selbstverständlich.

Eva lächelte leicht. »Das war nicht schwer.«

Cassie ging zu einer Treppe am Ende der Halle vor und sprach über die Schulter.

»John Richardson, einer der Gründer von Case Reed, wartet auf dich. Vielleicht gesellt sich der eine oder andere Partner später noch dazu.«

Eva zuckte die Achseln. »Ist mir recht.« Cassie war freundlich, aber etwas reserviert, sie gab sich professionell. Prima. Das machte die Sache einfacher.

Sie folgte Cassie den schmalen Gang im zweiten Stock entlang zu einem großen hellen Konferenzraum mit Blick auf die Savile Row. Cassie setzte sich an den langen glänzenden Tisch, und Eva nahm ihr gegenüber Platz. Emma erschien in der Tür.

»Hätten Sie gerne Kaffee, Tee oder Mineralwasser?«

»Einen Kaffee, bitte«, sagte Eva, und Emma verschwand. Dann

betrat ein großer schlanker Mann Anfang Fünfzig den Raum, und Cassie erhob sich.
»John Richardson, Eva Cunningham.«
Sie reichten sich die Hand. Cassie nahm wieder Platz. Richardson setzte sich neben Cassie, Eva gegenüber.
»Sie waren also mit Cassie in Oxford?«
»Ja, ich war einen Jahrgang über ihr. Aber da ich wie sie Greats-Seminare besuchte, haben wir drei Jahre zusammen studiert.«
»Keine schlechte Wahl, Greats«, betonte Richardson nachdrücklich. »Besser als Russisch. Das ist zu exotisch und außerdem ideologisch verdächtig.« Er lächelte Cassie zu; offenbar hatte er Erfahrung im Umgang mit abgedroschenen Sprüchen. Eva sagte wenig, beobachtete ihn und ließ ihn die Rolle des liebenswürdigen Komikers spielen, in der er zu überzeugen versuchte. Kein allzugroßes Ego für einen Banker. Viele erfolgreiche Geschäftsleute stellten sich dumm, um ihre Gegenspieler in trügerischer Sicherheit zu wiegen. Die meisten waren nicht besonders gut darin, da sie der Versuchung erlagen, hin und wieder einen Geistesblitz zu produzieren, und sich nicht vorstellen konnten, daß der andere sie vielleicht tatsächlich für den Dummkopf hielt, für den sie sich ausgaben. Nur die besten konnten ihr Ego unterdrücken oder gar völlig ignorieren, aber das waren meistens Männer um die Sechzig oder Siebzig, deren Leistungen ihr künstliches Image Lügen straften. Es war also eine List, die nur selten gelang, und so auch jetzt nicht.
Eva langweilte das Theater, doch in seiner Vorausberechenbarkeit war es ganz nützlich. Richardson spielte bloß die übliche Rolle als Geschäftsmann, und genau das wollte sie. Sie hätte lieber auf das Geplänkel verzichtet und wäre sofort zur Sache gekommen. In Amerika wäre das völlig normal gewesen, aber britische Banker betrachteten ein solches Vorgehen als Taktlosigkeit und Zeichen von übertriebenem Ehrgeiz. Sie hätten geglaubt, daß sie die Spielregeln nicht beherrschte, also lächelte sie und plauderte mit ihnen.

Richardson würde mißtrauisch werden, wenn sie sich allzu informiert gab. Seine gelegentlichen Blicke in Cassies Richtung, die Art, wie er zuhörte, wenn sie sprach, und seine allgemeine Haltung verrieten, wie sehr er ihre Intelligenz schätzte.

»Cassie hat mir gesagt, daß Sie ein äußerst interessantes Angebot haben. Erzählen Sie mir mehr. Ich weiß nicht, wie weit Cassie informiert ist, ich jedenfalls würde gerne alles wissen. Über das Geschäft, das Land, alles.«

»Na ja, Sie wissen natürlich viel mehr über Vietnam und Diamanten, als Sie zugeben, aber ich will trotzdem von ganz vorne anfangen, wenn es Ihnen nichts ausmacht.«

Er hörte Evas flüssigem und selbstbewußtem Bericht aufmerksam zu.

»Wie Sie vielleicht schon wissen, habe ich acht Jahre im Fernen Osten verbracht, ohne irgendwas Besonderes zu tun, ich bin gereist und habe Englischunterricht gegeben ... aber ich habe viele interessante Menschen kennengelernt. Seit zwei Jahren lebe ich in Halong Bay und fahre gelegentlich nach Saigon oder Hanoi, wenn mir die Decke auf den Kopf fällt und ich etwas Unterhaltung und Abwechslung brauche.

Manchmal trinke ich ein, zwei Gläser im Hotel Metropole in Hanoi. Dort kommt man sich vor wie in einer Oase, alles ist sauber und geschniegelt, es gibt sogar eine Klimaanlage. Eine Art Zuflucht, wenn man Ruhe und Bequemlichkeit sucht und einen gut gemixten Cocktail. Seit die Amerikaner das Handelsembargo aufgehoben haben, ist Vietnam zu einem neuen El Dorado geworden. Man trifft dort Europäer, Australier und Amerikaner, und fast alle wollen Geschäfte machen. Wie auch immer, eines Abends habe ich im Metropole einen amerikanischen Geologen kennengelernt. Er hatte fünfzehn Jahre als Diamantenexperte für de Beers gearbeitet und ist in der ganzen Welt herumgekommen. Er hat ein Alkoholproblem, und als er es übertrieb, hat man ihn gefeuert. Obwohl er eine Weile ziemlich am Boden war, hielt er an seiner Überzeugung fest, daß es in Vietnam Diamanten gibt, und machte sich auf die Suche.

Zu Ihrer Information, es gibt zwei Arten von Diamanten, die fluviatilen Ablagerungen alluvialen Alters und diejenigen, die in einem Füllgestein namens Kimberlit vorkommen. Beide Arten entstanden durch Explosionen, die das diamanthaltige Kimberlit durch die Erde nach oben jagten, auf etwa hundertfünfzig bis zweihundert Meter unter der Erdoberfläche. Das passierte vor ungefähr zweihundert Millionen Jahren. Mittlerweile hat sich natürlich einiges getan. Zum Teil wurden Erdschichten durch Erosion abgetragen, und die Diamanten gelangten an die Oberfläche. Sie wurden vom Regen und von Flüssen weggespült, manchmal Hunderte von Meilen von ihrem ursprünglichen Herkunftsort entfernt, und tauchten dann häufig an Meeresküsten auf. Das war zum Beispiel in Namibia der Fall. Ich habe Filme gesehen, in denen Diamantensucher mit Harken bewaffnet den Sand nach Steinen absuchen. Sie brauchen sie praktisch nur aufzusammeln. Das sind die sogenannten fluviatilen Ablagerungen. Und dann gibt es die im Kimberlit enthaltenen Arten. Diese kommen in tieferen Schichten vor. In zweihundert Meter Tiefe erodiert Kimberlit natürlich nicht, vielleicht war es zur Zeit der Explosion von einem Meer geschützt. Zwar können sich auch hier die obersten Erdschichten mit der Zeit abtragen, aber man wird dennoch bohren müssen, um an das Füllgestein heranzukommen. Kimberlit kommt in großen trichterähnlichen Formen vor, die man Pipes nennt. Diese Röhren können Hunderte von Metern tief und bis zu einer halben Meile breit werden. Es gibt große und kleine. Die ergiebigsten kommen auf eine Diamantenproduktion im Wert von mehreren hundert Millionen Pfund im Jahr.« Eva lächelte. »Etwa achtzig Kilometer nördlich von Hanoi, in der Nähe eines Ortes namens Bac Giang, hat ein gewisser McAdam möglicherweise eine solche Pipe gefunden.«

»Wie hat er sie gefunden?« fragte Richardson und beugte sich vor.

»Nun, er wußte, wonach er suchte. Granger hat zunächst auf der Oberfläche nach Mineralien gesucht, die auf Diamanten unter der Erde hinweisen können. An einer bestimmten Stelle in Nordvietnam fand er diese Indikatoren: rote Kimberlitgranate und grüne Kristalle von Chromdiopsid. Er ging also zur vietnamesischen Regierung, verhandelte mit ihr und steckte sein Gebiet ab. Dann verbrauchte er sein gesamtes Kapital für Bodenuntersuchungen, die er von einem unabhängigen Labor in Australien durchführen ließ. Die Ergebnisse waren vielversprechend – das Gestein wies eine hohe Konzentration an Mineralien auf, die auf mögliche Diamantenvorkommen hindeuteten. Jetzt brauchte er eine ziemliche Menge Geld für Probebohrungen, die in einem Winkel von fünfundvierzig Grad bis zu mehreren hundert Metern Tiefe durchgeführt werden. Also gründete er eine Gesellschaft und brachte sie an die Börse von Vancouver. Auf diese Weise kratzte er ein paar Millionen kanadischer Dollar zusammen, baute eine einfache Bohrstation auf und führte erste Probebohrungen durch. Auch die fielen positiv aus. Und an der Stelle sind wir jetzt. Das nächste Stadium wären größere Bohrungen, um herauszukriegen, ob sich genügend Diamanten von hoher Qualität dort befinden und ob sich der Abbau ökonomisch lohnt. Wir brauchen genug Geld, um etwa fünf-, vielleicht sogar zehntausend Tonnen Erde umzugraben und rauszufinden, wie groß das Vorkommen tatsächlich ist.«

Eva hielt inne, und ihr Blick war abwesend, so sehr hatte sie sich in ihrer eigenen Geschichte verloren. Trotzdem nahm sie jede Nuance in Richardsons und Cassies Ausdruck wahr. Zuerst hatten sie bloß höfliches Bankerinteresse gezeigt, das vielleicht etwas tiefer ging, weil sie eine Frau war, schön, und eine Verbindung zu ihrer eigenen Welt hatte. Doch jetzt waren sie ganz offen fasziniert. Sie fuhr fort.

»Das war vor einem Monat. Granger war drauf und dran, nach Vancouver zu fahren, um die Gelder aufzutreiben, die für die Probebohrungen notwendig waren. Ich wollte ihm dabei helfen.« Eva zuckte die Achseln. »Irgend etwas hat mich an ihm und seiner Geschichte gefesselt . . . seine Ehrlichkeit, sein fester Glaube. Vielleicht sind alle Diamantensucher so. Ich weiß es

nicht. Ich jedenfalls habe ihm geglaubt und fand seine Geschichte faszinierend. Diamanten strahlen einen romantischen Zauber aus, sie haben große Anziehungskraft auf Menschen. Ich selbst hatte sie nie gespürt. Funkelnde Diamantenringe haben mich nie besonders angesprochen, im Gegenteil, ich fand sie eher vulgär. Aber ein Rohdiamant in der Hand ist unglaublich schön, selbst wenn er unbehandelt ist. Und seine Geschichte, dieser Mythos, seine Bedeutung als Talisman, der Gutes und Böses mit sich bringen kann, die Tatsache, daß er das Ergebnis einer Explosion und die härteste uns bekannte Substanz der Welt ist, Hunderte von Millionen Jahren alt – all das hat mich gefesselt. Also habe ich mich eines Abend mit Granger verabredet, um die Reise nach Vancouver mit ihm zu besprechen. Aber er tauchte nicht auf.« Eva machte eine Pause. Cassie und Richardson spürten ihre plötzliche Unruhe. »Ich suchte ihn im Metropole. Dort erfuhr ich, daß man ihn verhaftet hatte. Er steckte im Gefängnis. Ich fuhr hin. Man hatte ihn furchtbar zugerichtet und in eine dunkle Zelle gesperrt. Er hatte im angetrunkenen Zustand einen Unfall verursacht. Ein Vietnamese war dabei umgekommen. Granger war ein Häufchen Elend.
Die Vietnamesen verhängen deftige Strafen, vor allem wenn es sich um Westler handelt, es sei denn, sie finden eine andere Möglichkeit, sich freizukaufen, mit Cash natürlich. Granger brauchte fünfzigtausend Dollar. Und er hatte keinen Cent, nichts außer seinen fünfundzwanzig Prozent an der Mine. Ich habe ihm das Geld für einen zehnprozentigen Anteil an seinem Projekt gegeben.«

»Das war ein Schnäppchen«, unterbrach Richardson.

»Ein Schnäppchen? Das weiß man noch nicht. Die Tests sehen nicht schlecht aus, aber genau wissen werden wir es erst, wenn wir richtig mit der Arbeit anfangen und erfahren, ob es überhaupt Diamanten gibt und ob sich das Vorkommen wirtschaftlich lohnt. Das könnte Jahre dauern. Es könnte ein Schnäppchen werden, aber deshalb habe ich mich nicht darauf eingelassen. Fünfzigtausend Dollar waren alles, was ich hatte.

Ich habe mich auf mein Gefühl verlassen und bin das Risiko eingegangen.
Ich weiß nicht, ob Sie jemals ein Gefängnis von innen gesehen haben, irgendein Gefängnis, ganz zu schweigen von einem vietnamesischen.« Eva zögerte einen Augenblick. Erinnerungen kamen hoch, die mit Granger McAdam nichts zu tun, sich jedoch tief in ihr Bewußtsein eingebrannt hatten. »Vietnamesische Gefängnisse sind kein Zuckerschlecken, vor allem, wenn man Ausländer ist. Granger machte einen entsetzlichen Eindruck auf mich. Ich fürchtete schon, er würde sich umbringen. Dabei war er nicht etwa melodramatisch oder so was, nur zu Tode erschrocken. Alles Leben, jeder Funken Hoffnung schienen ihn verlassen zu haben. Also zahlte ich fünfzigtausend Dollar an die Hinterbliebenen und die Polizei, und Granger kam frei.« Evas Stimme nahm wieder einen geschäftlichen Ton an. »Jetzt brauchen wir das Geld für die Probebohrungen. Entweder sehen wir uns an der Börse von Vancouver nach neuen Investoren um, oder aber wir finden jemand, der die ganze Gesellschaft kauft und dann Kapital reinsteckt.«
Richardson sprach als erster.
»Ich habe im Leben schon viele Angebote gehört, aber so was ist mir noch nie vorgekommen.«
Eva lächelte. »Ich weiß, daß es seltsam klingt. Ich habe selbst Probleme damit. Es scheint so verrückt . . . Außerdem weiß ich, daß man Gefühle und Geschäfte trennen sollte, und hier ist alles miteinander verflochten. Ich gebe zu, daß ich das Ganze nicht gerade kalt und geschäftsmäßig sehe. Ich würde nichts lieber tun als nach Vietnam zurückgehen, dieses Projekt durchziehen und zusehen, wie die Diamanten praktisch aus dem Boden wachsen.« Wieder ließ sie ihren Gedanken freien Lauf. »Es ist so schön dort, das können Sie sich nicht vorstellen. Keine Menschenmengen, nur grüner Dschungel, Berge, rote Erde und das Meer. Vögel und Schlangen und Flüsse und Fischer in kleinen versprengten Dörfern. Ochsenkarren und Motorräder. Keine Zeitungen, keine Außenwelt. Man fühlt sich lebendig. Man lebt

in den Tag hinein, genießt das Leben und besinnt sich auf sich selbst, denn abgesehen von der Natur und einigen wenigen Menschen gibt es nichts, was einen ablenken könnte, kein Kino, keine Läden, keine Bücher. Zumindest nicht auf dem Land. Saigon und Hanoi sind natürlich anders, aber sie scheinen Lichtjahre entfernt, wenn man auf dem Land lebt. Man kann sich kaum vorstellen, daß es so was wie Städte überhaupt gibt. Sie sehen, ich habe ein großes persönliches Interesse daran, daß der Deal zustande kommt und Granger und ich Geld zum Weitermachen bekommen. Es ist Grangers Lebenstraum, und es ist wahnsinnig aufregend. Ich glaube, daß es klappen kann, und außerdem wird es Zeit, daß ich endlich was Vernünftiges mache.« Sie hielt inne. »Ich weiß, daß es nicht besonders professionell ist, seine wahren Beweggründe preiszugeben. Es tut mir leid, aber ich wollte Ihnen nichts vormachen.«

»Ich verstehe Sie vollkommen. Eine faszinierende Geschichte«, erklärte Richardson. »Aber ich muß Ihnen ein paar langweilige Fragen stellen. Die Gesellschaft wird an der Börse von Vancouver gehandelt, ist das richtig?«

»Ja«, antwortete Eva mit einem scharfen, anerkennenden Blick. »Ich weiß, daß eine Menge dubioser Gesellschaften an der Börse von Vancouver gehandelt werden. Es wimmelt nur so von Cowboys und Hochstaplern, aber Granger gehört nicht zu dieser Sorte von Leuten. Er sieht vielleicht so aus wie ein Cowboy, aber er ist keiner.«

»Granger hat Ihnen zehn Prozent seines Anteils an der Gesellschaft abgetreten, damit Sie ihn aus dem Gefängnis holen?«

»Richtig.«

»Wie wurde dieser Handel abgeschlossen? War es eine Eigentumsübertragung oder so was?«

»Nicht ganz. Wir konnten die Börse nicht fristgemäß informieren. Solche materiellen Veränderungen müssen den Gesellschaftern im voraus mitgeteilt werden. Wir konnten es nicht, aber als wir ihnen die Umstände erklärt haben, haben sie es im nachhinein gebilligt.«

»Wie ist der Name der Gesellschaft?« fragte Cassie.
»Genius«, sagte Eva mit einem Anflug von Verlegenheit.
Cassie lachte. »Wenn McAdam so ein Genie ist, wozu braucht ihr uns dann? Warum versucht ihr nicht, das Geld an der Börse von Vancouver aufzutreiben?«
»Ich sollte vielleicht eines klarstellen. McAdam ist ein Genie. Er hat eine Diamantenmine in einem so gut wie unerforschten Land aufgetan, wo niemals zuvor Diamanten gefunden worden sind. Er hat als Diamantenexperte bei de Beers gute Arbeit geleistet. Ich stehe zu ihm. Schließlich habe ich ihm all mein Geld anvertraut. Grangers Problem«, und damit warf sie den anderen einen Blick zu, als wolle sie sagen, wir haben alle welche, »ist der Alkohol. Der Unfall in Vietnam, der Tod des Fußgängers und die Mißhandlung im Gefängnis haben ihm sehr zugesetzt. Natürlich ist die Börse von Vancouver leicht beunruhigt, man überlegt, ob er seinen Posten als Vorsitzender weiter ausüben sollte, und ich weiß nicht mal, ob er dazu in der Lage wäre. Er steckt in einer echten Krise und bräuchte unbedingt jemanden, der das Ruder übernimmt. Ich fungiere als Direktorin, dann haben wir noch eine Sekretärin und einen Buchhalter, aber das genügt nicht. Deshalb bin ich zu Ihnen gekommen. Das Beste für Genius, für Granger und für mich wäre, daß jemand anders die Gesellschaft übernimmt und die Bohrungen finanziert. Bei entsprechenden Ergebnissen können wir entweder verkaufen oder einen Joint-Venture-Partner suchen, um die Mine auszubeuten. Das wäre mein Vorschlag. Natürlich ist es keine todsichere Sache, im Gegenteil, sie ist mit einem großen Risiko verbunden. Aber die Profite im Diamantenhandel sind auch enorm. Wenn es klappt, könnten wir alle ein Vermögen machen.«
Schweigend betrachteten John Richardson und Cassie Eva über den Tisch hinweg.
»Wie wird die Aktie gehandelt?« fragte Cassie. »Wie sieht der Trend aus?«
»Da hat sich nicht viel getan. Die Aktie wurde zuerst mit einem

Dollar gehandelt, stieg dann auf fünf, fiel auf drei, stieg wieder auf vier. Aber wenn wir bei den Bohrungen tatsächlich Diamanten finden, dann könnte sie auf zehn, zwanzig, dreißig Dollar steigen, wer weiß.«

»Das glaubt Granger, nicht wahr?« fragte Richardson.

»Er und ich und ein paar Broker in Vancouver.«

Richardson wirkte belustigt.

»Ich würde mich nicht allzusehr auf die Broker in Vancouver verlassen. Ihre Methoden sind nicht gerade koscher. Die sehen das Ganze als eine Art olympische Disziplin.«

»Das habe ich auch gehört«, sagte Eva unbeeindruckt und zuckte die Achseln. »Wie gesagt, es ist ein großes Risiko dabei.«

Richardson und Cassie warfen sich einen Blick zu und beschlossen, ihr vorerst eine Verschnaufpause zu gönnen.

»Ein interessantes Projekt«, schloß Richardson. »Könnte vielversprechend sein.« Er sah Cassie an, die kaum merklich nickte.

»Eva, wir erwarten in Kürze jemanden, den Sie unbedingt treffen sollten. Er könnte sich für Ihr Projekt interessieren. Sein Name ist Robie Frazer.«

Eva gab sich Mühe, ihre Aufregung zu verbergen.

»Robie Frazer«, sagte sie und warf Cassie einen Blick zu. »Der große Taipan.«

»Richtig«, antwortete Richardson. »Ihr Angebot wäre genau das, was er sucht. Würde es Ihnen etwas ausmachen, Ihre Ausführungen vor ihm zu wiederholen?«

»Selbstverständlich nicht. Ich könnte endlos darüber reden.«

Richardson stand auf. »Bitte entschuldigen Sie mich für ein paar Minuten.«

Cassie stand ebenfalls auf und setzte sich neben Eva.

»Das war eine der unglaublichsten Geschichten, die ich je gehört habe. Das aufregendste Angebot meiner bisherigen Karriere.«

»Meiner auch.«

Cassie verfiel wieder in Schweigen und erinnerte sich an manche Nächte in Oxford, als Eva und sie mit einer Flasche Whisky zusammen saßen und Eva ihre Geschichten zusammenspann. Niemand wußte, ob sie Dichtung oder Wahrheit waren, aber das spielte damals auch keine Rolle. Ihre leidenschaftlich vorgetragenen Schilderungen menschlicher Schwächen und menschlichen Mitgefühls waren ungeheuer bewegend. Und das war wieder so eine Geschichte. Doch auch die geologischen Berichte, die kalten, harten Fakten würden für sich sprechen. Im übrigen leben und sterben Geschäfte mit Leidenschaft, Überzeugung und Engagement. Diese Qualitäten waren mindestens ebenso entscheidend wie geologische Analysen. Um eine Diamantenmine in der sozialistischen Republik Vietnam zu finanzieren, mußten tausend und eine Hürde genommen werden, und dazu wäre eine unbändige Willenskraft nötig. Engagement und Überzeugung würden eine wichtige Rolle spielen. Aber die wenigen Menschen, die ihre Vision und ihr Engagement anderen vermitteln und obendrein mit harten Fakten untermauern können, sind unbezahlbar. Ob Eva es wußte oder nicht, sie war selbst eine Goldmine. Mit der praktischen Unterstützung von Case Reed und der unternehmerischen Risikobereitschaft Robie Frazers wäre sie unschlagbar.

10

Robie Frazer ging zu Fuß von seinem Haus in Knightsbrigde zu dem Treffen bei Case Reed. Es war ein sonniger, aber kühler Tag, angenehm und zivilisiert. In der sengenden Sommerhitze Hongkongs ging man nirgendwohin zu Fuß. Frazer liebte die erbarmungslose Wucht der bleiernen Hitze. Sie verkörperte Hongkong, so wie das milde Klima London. Hier war alles einfach, die Elemente gebändigt. Er erwartete keine allzugroßen Überraschungen und erst recht keinen Hinterhalt. Als er durch die belaubte Stille des Green Park ging, spiegelte sein entspanntes Gesicht träge Selbstzufriedenheit.

Seine Gedanken waren bei Case Reed und Cassie Stewart. Eine interessante Frau. Trotzdem glaubte er nicht, daß sie ihm etwas wirklich Aufregendes vorzuschlagen hätte. Die britischen Banken und Spekulationsfirmen waren viel zu zahm und behäbig. Viele Jahre lang hatte er seinen Appetit an den lukrativeren Angeboten des chinesischen Festlands gestillt. Doch dann fiel ihm zu seiner Überraschung plötzlich ein Gespräch mit einem alteingesessenen Banker aus der City ein, der ihm gesagt hatte: »Wenn es auf der Rennbahn von Brighton genauso zuginge wie hier in der City, hätte man sie schon längst geschlossen.« Frazer bog in die Savile Row ein und läutete bei Case Reed.

John Richardson persönlich holte ihn ab und brachte ihn zum Konferenzraum. Ein freundlicher, weltgewandter Mann. Unterwegs unterhielten sie sich über das Wetter, den Green Park und ihr gegenseitiges Wohlbefinden, es war das übliche, gut einstudierte Ritual. Wie oft hatte man Frazer schon so durch die marmorne Halle einer Bank geführt, ihn, den Geldmagnaten, Unternehmer und Draufgänger. Genau das brauchten sie, einen

modernen Midas. Sie breiteten Optionen vor ihm aus, und er traf seine Entscheidung, hier eine Übernahme, dort ein Joint Venture und so weiter, und sorgte dafür, daß alle dabei reich wurden. Das war die Realität. Sie brauchten ihn, er hatte das Sagen, aber jetzt, als beide in ihren Nadelstreifenanzügen nebeneinander hergingen, wirkten sie wie ebenbürtige Gegner, und Frazer spielte das Spiel mit. Nur die Regeln waren hier etwas anders. Unverstelltes Talent, Ehrgeiz und Überlegenheit, alles, was in China Punkte einbrachte, wurde hier als anstößig empfunden. Das höfliche Getue langweilte ihn, aber in Gesellschaft wohlgenährter und kaum ausgelasteter britischer Banker wäre alles andere tollkühn gewesen, also lächelte er höflich und schaltete auf Autopilot. Dann betrat er den Konferenzsaal.
Der erste Blickfang war eine Frau, die mit dem Rücken zu ihm stand. Sie sah reglos aus dem Fenster. Konzentriert wie eine Sprinterin kurz vor dem Start, aber trotzdem völlig entspannt und beherrscht. Sie drehte sich langsam um, völlig unbefangen und dennoch in dem Bewußtsein, daß man sie genau beobachtete, so wie sie es gewollt hatte. Eine Sekunde lang sah sie ihn ausdruckslos an, und er hatte das Gefühl, fachmännisch unter die Lupe genommen zu werden. Dann lächelte sie, fast befriedigt, als hätten sich ihre Erwartungen bestätigt.
Frazer machte sich selten die Mühe, sich mit Leuten in seiner Umgebung näher zu beschäftigen, so sehr war ihm die große Masse der Menschen vertraut und überdrüssig. Um so mehr überraschten ihn jetzt die Gedanken, die ihm durch den Kopf schossen. Genaue Prüfung war normalerweise sein Monopol, und doch stand sie jetzt vor ihm, diese Frau, kühl und direkt, und musterte ihn mit einem leicht belustigten und verächtlichen Blick. Als sie auf ihn zuging, um sich vorstellen zu lassen, war nichts von dem zu spüren, was die meisten Frauen ihm entgegenbrachten, weder Wärme noch professioneller Respekt oder unbewußte Unterwerfung als Zeichen der Anerkennung für seinen überlegenen Status. Als sie Platz nahm und mit ihren Ausführungen begann, war sie so gleichgültig und professio-

nell, ihre Stimme und Sprache so bewußt und gewählt, daß er um ein Haar vergessen hätte, wie unglaublich attraktiv sie war. Es war, als hätte sie ihm einen kurzen Blick in ihr Inneres gewährt, nur um ihren Charme dann bewußt in einem Wust von Fakten, Zahlen und Prognosen zu ersticken. Was sie sagte, war schlicht unwiderstehlich.

Sie saß ihm gegenüber und sprach so nüchtern und logisch wie ein Banker.

Auch Cassie beobachtete sie. Sie hatte vergessen, wie schön Eva war. In Oxford war ihr ihre wilde, natürliche Schönheit zum ersten Mal aufgefallen. Acht Jahre später war sie ein wenig verblaßt, trotzdem paßte Evas Ungezähmtheit immer noch nicht so recht in Cassies Welt aus Aerobic, maßgeschneiderten Kleidern und Make-up. Evas Natürlichkeit schien völlig fehl am Platz inmitten all dieser künstlichen Schönheit. Doch in der jetzigen Aufmachung begegnete sie ihnen als ebenbürtige Partnerin. Cassie war nicht entgangen, wie Eva Frazer gemustert und einen Augenblick ihre Schönheit hatte aufleuchten lassen, wie sie sie benutzt hatte, nur um sie dann abrupt wieder zurückzunehmen. Jetzt aber wirkte sie völlig konzentriert; alles, was zählte, waren ihre Worte.

Cassie sah diskret von Eva zu Frazer. Zwischen den beiden herrschte eine fast greifbare Spannung. Während sie sprach, beugte er sich vor, ohne den Blick von ihr zu nehmen. Sie dagegen lehnte sich mit angezogenem Kinn zurück. Der ganze Körper schien angespannt, als müßte er ihm unbewußt Widerstand bieten.

Richardson und Cassie saßen schweigend daneben, fast unsichtbar, als Eva ihre Geschichte wiederholte.

»Ich besitze zehn Prozent einer Gesellschaft, die an der Börse von Vancouver gehandelt wird; ein amerikanischer Geologe namens Granger McAdam besitzt fünfzehn Prozent, und die übrigen Anteile sind auf viele Anleger verstreut. Diese Gesellschaft, sie heißt übrigens Genius, ist Eigentümer eines abgesteckten Gebiets in Nordvietnam. Analysen zufolge könnte es sich um eine diamantenhaltige Kimberlit-Pipe handeln. Weltweit existieren etwa zweitausendfünfhundert solcher Minen, die sehr schwer zu finden sind. Nur eine von zehn enthält Diamanten, und nur eine von hundert enthält sie in solchen Mengen, daß sich ihr Abbau lohnt. Weltweit sind bisher etwa dreißig solcher Pipes ausgebeutet worden, acht davon sind noch in Betrieb. Um den Abbau überhaupt möglich zu machen, benötigt man eine Investition von rund dreihundert Millionen Pfund, aber von da an wird die Sache lukrativ. Eine einfache Diamantenmine mit einer durchschnittlichen Produktion von etwa fünfzig Karat, das heißt acht Gramm Diamanten auf hundert Tonnen abgetragener Erde und Gestein, wird im Laufe von fünfzehn bis zwanzig Jahren einen Wert von etwa zwei Milliarden Pfund erreichen. Und Pipes treten nie allein, sondern immer gehäuft auf. Hat man eine gefunden, ist die Wahrscheinlichkeit groß, daß man auch auf andere stößt. Wir glauben, eine gefunden zu haben. Jetzt brauchen wir Kapital, um Probebohrungen zu finanzieren, und wenn diese positive Ergebnisse zeigen, wollen wir anfangen, die Mine auszubeuten. Die Probebohrungen kosten etwa fünfzehn bis zwanzig Millionen; wenn das klappt, brauchen wir noch einmal zweihundertfünfzig Millionen, um eine voll ausgerüstete Diamantenmine aufzubauen.« Eva hielt inne und lehnte sich zurück, ohne Frazer aus den Augen zu lassen. Niemand sagte etwas. Frazer musterte Eva. Die meisten Menschen hätten sich unter seinem prüfenden Blick unwohl gefühlt, doch Eva nicht; im Gegenteil, ihr Gesicht wirkte völlig entspannt.

»Und weshalb sind Sie davon überzeugt, daß es dort Diamanten gibt?«

»Die Tests sind vielversprechend.«

»Tests sind eine Frage der Interpretation.«

»Und das hier?« entgegnete Eva und zog etwas aus der Jackentasche. Dann streckte sie Frazer über den Tisch die Hand entgegen und öffnete sie. Er verfolgte gebannt jede ihrer Bewegungen. Ein roher, ungeschliffener Diamant von etwa vier Karat lag auf ihrer Handfläche. Ein Objekt von unbeschreiblicher, geheimnisvoller Schönheit. Der Nimbus, der Diamanten umgab, verlieh ihm einen Teil seines Glanzes, aber darüber hinaus schien der Stein eine ganz eigene Art von Kraft und Schönheit zu besitzen. Frazer nahm ihn vorsichtig in die Hand, drehte ihn hin und her und fuhr mit dem Finger darüber.

Cassie und Richardson richteten sich auf und bestaunten den Stein.

»Haben Sie den auf Ihrem Gelände gefunden?«

»Ja«, antwortete Eva gleichmütig. »Und alles deutet darauf hin, daß es dort noch mehr davon gibt.«

»Wer weiß alles davon?« fragte Richardson schnell.

»Kaum jemand.«

»Weiß es die Börse von Vancouver?« wollte Frazer wissen.

»Nein«, antwortete Eva, obwohl ihr klar war, was dieses Eingeständnis bedeutete.

»Und wenn es bekannt würde, würde der Kurs in die Höhe schnellen?«

»Sie sagen es.«

»Aber sind Sie denn nicht verpflichtet, die Börse über derartige Funde in Kenntnis zu setzen?« fragte Richardson.

»Innerhalb einer angemessenen Frist, so heißt die Regel«, erwiderte Eva. »Ich werde es bald nachholen.«

»Und in der Zwischenzeit hocken wir hier auf einer ziemlich wertvollen Insiderinformation«, setzte Cassie leise hinzu.

Keiner sagte etwas, jeder war mit seinen eigenen Gedanken beschäftigt. Cassie sah sich um. Frazer saß reglos da, voll konzentriert. Richardson fummelte an seiner Krawatte. Eva war ruhig, scheinbar teilnahmslos, während sie in Wirklichkeit wie Cassie verstohlen die Gesichter der anderen musterte und nach Hinweisen suchte.

Frazer hielt den Diamanten immer noch in der Hand. Zögernd gab er ihn Eva zurück.

»Wunderschön«, sagte er.

Eva steckte den Stein wieder in die Tasche. Dann sah sie auf und sagte langsam: »Ich bin sicher, daß es noch viel mehr davon gibt.«

»Und daß die Aktien an der Börse völlig unter Wert gehandelt werden«, fügte Richardson hinzu.

»Ja, das auch«, gestand Eva.

»Wir haben hier ein Problem«, fuhr Richardson fort. »Jetzt sind wir alle Insider. Aber weder Case Reed noch Robie haben irgendwelche Vertraulichkeitsvereinbarungen getroffen. Wir müssen das auf der Stelle nachholen. Ich werde meine Sekretärin bitten, die entsprechenden Formulare aufzusetzen.«

Robie Frazer unterdrückte ein müdes Gähnen und dachte an China und Hongkong, wo alle Beteiligten sofort ausgeschwärmt wären, um ihren Brokern per Telefon Anweisungen zu erteilen. Er hatte es nicht eilig. Sein Interesse galt nicht dem schnellen Geld. Dieser Deal mußte sorgfältig eingefädelt werden. Er lächelte ausdruckslos.

»Sicher, John, ich unterschreibe, was Sie wollen.« Der scharfe Blick des anderen verriet ihm, daß sein Ton vielleicht ein wenig zu beiläufig gewesen war. »Es liegt auf der Hand, je eher, desto besser«, setzte er ernst hinzu. Richardson nahm den Hörer ab und erteilte seiner Sekretärin Anweisungen. Dann dachte er einen Augenblick nach. Es war ein vielversprechender Start in einem vielversprechenden Geschäft. Warum spürte er dann eine gewisse Zurückhaltung, eine innere Vorsicht, so als mache er sich unbewußt auf eine böse Überraschung gefaßt? Er hätte sich freuen müssen. Statt dessen hatte er ein ungutes Gefühl, die Anspannung eines Glückspielers, nur stärker. Und sein Bankerinstinkt verriet ihm, daß irgendwas faul war an dem Spiel.

Er beruhigte sich mit höflichem Geplauder. Nach einiger Zeit kam seine Sekretärin mit den Vertraulichkeitsvereinbarungen. Richardson las sie durch und unterschrieb seine Kopie, die anderen gab er Cassie, Frazer und Eva. Alle unterzeichneten, behielten jeweils eine Kopie und gaben Richardson eine zurück. Eva stand auf. Nach der Anspannung des Treffens wäre das

Mittagessen ein Antiklimax gewesen. Instinktiv beschloß sie zu gehen und nahm sich das Recht, die Versammlung für beendet zu erklären.
»Vielen Dank, daß Sie mich angehört haben. Ich will Ihre kostbare Zeit nicht länger in Anspruch nehmen.« Sie verabschiedete sich per Handschlag, und als sie gehen wollte, stand Frazer ebenfalls auf.
»Auch ich bedanke mich für diesen denkwürdigen Vormittag. Es war faszinierend. Ich bin sicher, daß wir etwas daraus machen können«, verkündete er, während er sich von Cassie und Richardson verabschiedete.
Wie in Trance drehten sich beide um und gingen gemeinsam hinaus. Eine Zeitlang wechselten sie kein Wort. Jeder war mit seinen eigenen Gedanken beschäftigt. Schließlich brach Frazer das Schweigen.
»Das war ein überzeugender Auftritt.«
»Danke«, sagte Eva und warf ihm einen raschen Blick zu. Sie gingen die Savile Row entlang. An der Ecke winkte Frazer einem Taxi und sah Eva an. Sie hielt seinem Blick stand im Bewußtsein der Frage, die sich darin verbarg. Sie blieb stehen, als dächte sie nach, und neigte dann leicht zustimmend den Kopf, ohne den Blick abzuwenden. Sie spürte, wie sich ihre Brust verkrampfte und ihr Atem stockte. Frazer hielt die Taxitür auf. Sie stieg ein. Sie saßen auf dem Rücksitz, so weit auseinander wie nur möglich. Frazer gab dem Fahrer seine Anschrift. Dann wandte er sich Eva zu:
»Sagen Sie mal, interessieren Sie sich eigentlich wirklich für Diamanten? Ihr Auftritt war sehr überzeugend, sehr professionell, aber irgendwie kann ich mir nicht vorstellen, wie Sie im Dreck wühlen. Im Grunde weiß ich gar nichts über Sie, woher Sie kommen, wer Sie sind. Plötzlich tauchen Sie aus dem Nichts auf und machen einem dieses verlockende Angebot. Und ich frage mich, was in Wirklichkeit dahintersteckt.«
Eva blickte eine Weile schweigend aus dem Fenster, dann auf den Boden. Schließlich hob sie den Blick.

»Ist das wichtig? Urteilen Sie über das Angebot, nicht über mich.«
Frazer lachte. »Na ja, in diesem Fall ist das Angebot eng mit dem Anbieter verbunden. Wie soll ich es trennen?«
»Das ist Ihr Problem, nicht meins. Wägen Sie ab zwischen Gewinn und Risiko und entscheiden Sie.«
»Und Sie sind ein Teil des Risikos?«
»Natürlich«, sagte Eva gelassen. »Der Anbieter eines Deals ist immer ein Risiko.«
»Und wie soll ich Sie einschätzen?«
»Ich glaube, das können Sie gar nicht.«
»Warum nicht? Meinen Sie, ich kenne mich mit Frauen nicht aus?«
Eva lachte. Er glaubte tatsächlich, das sei alles – der Unterschied zwischen Männern und Frauen. »Oh, ich bin davon überzeugt, daß Sie sich mit Frauen auskennen.«
»Also, wo liegt dann das Risiko?«
Sie wandte das Gesicht ab. »Wer weiß?«
Sie verfielen wieder in Schweigen und beobachteten sich aus den Augenwinkeln. Die Körper, die Gesichter, in der Enge des Taxis. Sie begehrten einander. Daß beide im Taxi saßen, war ein stillschweigendes Eingeständnis dieser Tatsache, und keiner von ihnen machte einen Hehl daraus. Doch die Begierde war gepaart mit Kälte. Jeder saß an seine Tür gelehnt, und in ihren Blicken lag keine Wärme, sondern Mißtrauen. Sie waren wie zwei Boxer, die vor dem Kampf versuchen, ihren Feind einzuschätzen.
Er sah eine schöne kühle Frau vor sich, die begehrenswert war, nicht, weil man mit ihr verschmelzen würde, sondern weil man sie erobern mußte. Sie hatte nichts Sanftes, Nachgiebiges oder Großzügiges. Ihr selbstsüchtiges Verlangen wurde durch keinerlei Rücksicht auf ihn gemäßigt. Er wußte es, er erkannte es in ihr ebenso klar wie umgekehrt sie in ihm, aber das war unwichtig. Seine Begierde war genauso egoistisch. Evas Lust wäre reiner Zufall, ein Produkt ihrer eigenen Phantasie und der

Forderungen seines Egos. Er enttäuschte Frauen nicht gern, schon aus eigenem Interesse. Er schaltete seine Gedanken ab, ließ seinen Blick auf ihr ruhen und versuchte, die Lust vorwegzunehmen.

Ihre bloßen Arme waren schlank, muskulös, braungebrannt und von einem feinen blonden Haarflaum bedeckt. Volle Lippen, kühl wartende, forschende Augen. Doch es war der Mangel an Wärme, der ihn am meisten erregte. Er erlaubte ihm, alle Formalitäten außer acht zu lassen und auf Nettigkeiten zu verzichten. Dies verschaffte ihm die seltene Gelegenheit, sich genau so zu geben, wie er war.

Ihre Offenheit verriet ihm alles, was er wissen wollte. Warum sie so war, wußte er nicht, und es interessierte ihn auch nicht. Er wirkte aus vielen Gründen attraktiv auf Frauen: Geld, Status, gutes Aussehen. Manche ließen sich von seinem Ruf als rücksichtsloser, ja grausamer Frauenheld verleiten. Andere wollten ihre Macht testen bei dem vergeblichen Versuch, ihn zu ändern, wieder andere waren schlichtweg selbstzerstörerisch.

Aber es gab auch welche wie die Frau vor ihm, die sich hinter einem Panzer aus Eis versteckten und so taten, als seien sie wie er selbst auf der Suche nach schnellem Sex und einem geistigen Kick. Doch nur wenigen gelang es, diese Fassade aufrechtzuerhalten. Er machte sich einen Spaß daraus, solche Beziehungen auszureizen, bis sie schließlich aufgaben und sich ihm unterwarfen. Die geistige Eroberung war in vieler Hinsicht aufregender als die rein physische Lust, die er verspürte, wenn er sie mit gebrochenem Herzen verließ.

Er fragte sich, wie lange es dauern würde, bis Evas selbstbewußte Gleichgültigkeit zu bröckeln begann und sich in Verlangen und dann in Abhängigkeit verwandelte. Wahrscheinlich würde sie länger durchhalten als die anderen, aber auch sie würde sich schließlich ergeben.

Eva sah, wie er sie anlächelte. Sie nahm alles wahr: seine selbstbewußte Haltung, die entspannte Pose, die halb geschlossenen Augenlider, den gleichgültigen Blick, der sie beobachtete. Er meint, mich schon verführt zu haben, dachte sie. Zu Recht. Sie wollte, daß ihr Gesicht nur Begierde zeigte, und versuchte alle anderen Gefühle zu unterdrücken, die immer wieder an die Oberfläche zu kommen drohten.

Ihre Bereitschaft würde ihn bestimmt nicht überraschen. Viele Frauen schliefen mit ihm aus den unterschiedlichsten Gründen. Keine aus den ihren. Seine Eitelkeit und Selbstgefälligkeit würden ihn diesmal blind machen. Fast hätte sie gelacht. Sie mußte nur schauspielern. Und das fiel ihr nicht sonderlich schwer. Er war durchaus begehrenswert, und dafür war sie dankbar. Doch es gab noch etwas, das sogar sie mit ihrem scharfen Verstand übersah. Eine Anziehung, die über die physische hinausging und mehr mit ihrer eigenen geistigen Verfassung zu tun hatte als mit ihm. Doch das erkannte sie nicht und hätte es auch nicht beim Namen nennen können, wenn sie es bemerkt hätte. Es gibt Dinge, die man besser übersieht, und es gab vieles, das sie aus Not vergessen hatte, wie jemand, der nach einem Schock das Gedächtnis verliert. Und so überließ sie sich ihm in einer Art selbstauferlegter Blindheit, die alles leicht und angenehm machte.

Das Taxi näherte sich dem Ende seiner kurzen Reise. Es verlangsamte die Fahrt und bog in eine kleine Straße namens Wilton Place ein. Eva und Frazer stiegen aus, er zahlte das Taxi und geleitete Eva zu seinem Haus. Sie folgte ihm ins Wohnzimmer. Er setzte sich. Sie zog die Jacke aus und blieb mit dem Rücken zu ihm stehen, während sie durchs Fenster in den Garten schaute. Sie hatte dieselbe Haltung, in der er sie vor ein paar Stunden gesehen hatte: ein Schwebezustand zwischen Ruhe und Flucht. Er sah die eng am Köper anliegende Bluse, die braungebrannten Beine, die schlanken Schenkel, die wohlgeformten Muskeln. Er stand auf und trat zu ihr. Zuerst faßte er sie sanft an den Schultern, dann fuhr er mit den Händen ihre Arme hinab und wieder zurück bis zum Hals. Er spürte, wie sie sich an ihn lehnte, die Brust nach vorn schob und sich mit den Hüften an ihn schmiegte. Seine Hände wanderten hinunter zu ihren Beinen. Er griff nach ihrer Bluse und schob sie hoch. Daraufhin drehte sie sich um, ohne sich von ihm zu lösen. Für den Bruchteil einer Sekunde trafen sich ihre Blicke, dann schloß sie die Augen und bot ihm ihren Mund zum Kuß. Und für diesen Bruchteil einer Sekunde erstarrte er vor Überraschung und Verwirrung.

Einen solchen Blick hatte er noch nie gesehen und konnte ihn auch nicht deuten. Doch als sie sich an ihn preßte, überlagerte das Verlangen alles andere. Als er sie küßte, war er berauscht von Erregung.

Sie lächelte, als sie an seinem Körper entlang zu Boden glitt. Der dünne Seidenteppich preßte sich gegen ihre Hüften, die Schulterblätter und den Kopf. Sie spürte die Sonne im Gesicht, atmete den starken Duft der Blumen, und sie spürte auch ihn, die Konturen seines Körpers, sie roch und schmeckte seine Haut. Eine warme Brise streifte ihre nackte Haut, während er sie auszog, und dann spürte sie ihn, Haut an Haut, Auge an Auge.

Doch hinter den geschlossenen Lidern flackerten ihre Augen vor Ekel, Haß und Begierde. Als sie sich gehenließ, spürte sie selige Flucht, Erleichterung und einen unwiderstehlichen Zwang, süß und schrecklich zugleich. Daß er ihr diese Empfindung geben und sie solche Gefühle von ihm annehmen konnte, obwohl sie spielte, machte das Ganze nur noch aufregender. Auch wenn eine verborgene Seite in ihr genau wußte, daß es nicht gespielt war. Es war eine natürliche und gleichzeitig notwendige Reaktion.

11

Andrew Stormont kehrte in seinem Dienstwagen von einer Sitzung in Whitehall zurück. Als sich der Rover der Vauxhall Bridge näherte, kam das neue SIS-Gebäude in Sicht, das südlich der Themse lag. Im Frühjahr 1994 war es fertiggestellt und vor einem Jahr bezogen worden. Stormont hatte die Entstehung des Gebäudes verfolgt und es einfach nur lächerlich gefunden. Jetzt erinnerte ihn die übertriebene Protzigkeit an eine reichverzierte Torte und entlockte ihm ein Lächeln.

Das Personal des von dem postmodernen Architekten Terry Farrell entworfenen Vauxhall Cross hatte ihm bald den Spitznamen Grüne Göttin verpaßt. Es war ein vielschichtiger Zukkerbäckerturm mit cremefarbener Fassade und pistaziengrünen Fenstern. Mehrere Lichthöfe sorgten für Helligkeit und Weite. Nichts von dem ruhigen Neoklassizismus des Thames House, der neuen Zentrale des MI5. Vauxhall Cross war monolithisch, fast wie eine alte osteuropäische Geheimdienstfestung, nur ein wenig im Zaum gehalten von einem verschämten Demokratieverständnis. Dagegen waren die Sicherheitsmaßnahmen wirklich beeindruckend: stahlverstärkte Fenster und mit Blei abgeschirmte Räume, Wassergräben, das ganze Gebäude angeblich abhör- und bombensicher; also höchst funktionell trotz seiner äußerlichen Verspieltheit.

Stormont sah eine gewisse Ironie darin, daß der Geheimdienst in einem derart exhibitionistischen Gebäude residierte. Eine der dekorativen Neuerungen bestand aus einer Reihe von Eiben im fünften Stock, die eigens aus Italien importiert und, wie man Stormont erzählte, in Schottland akklimatisiert worden waren. Mit dem Gebäude wollte das SIS seinen grandiosen Einzug ins

einundzwanzigste Jahrhundert untermauern. Eine beflissene Demonstration von Macht, Unabhängigkeit und einem gewissen Trotz.
Es gab Leute, die dem Geheimdienstimperium zu Leibe rücken wollten, weil sie es für eine untergehende Kraft hielten, die nach dem Kalten Krieg ihre Berechtigung verloren hatte. Stormont hielt diese bewußte Naivität für rührend. Auf Geheimdienste würde man niemals verzichten können. Die menschliche Natur würde sich niemals ändern, sie würde immer zerstören, vernichten und rücksichtlos Profit machen wollen.
Stormont überflog die letzten Berichte, die auf seinem Schreibtisch lagen, stand dann auf, streckte sich und ging im Büro auf und ab. Es roch nach Espresso und türkischen Davidoff-Zigaretten. Sein Zimmer war spartanisch funktionell, grauer Teppichboden und weiße Wände. Eine kantige Metallfigur, etwa drei Fuß hoch und vage dem menschlichen Körper nachempfunden, war das einzige Schmuckstück im Raum, schön, aber düster. Sollte Stormont jemals das Bedürfnis nach Bequemlichkeit und Gemütlichkeit haben, so ließ in seinem Büro jedenfalls nichts darauf schließen.
In Wirklichkeit wollte er die Grenzen zwischen seinem Privatleben und seiner öffentlichen Existenz nicht noch mehr verwischen, als dies ohnehin schon der Fall war. In seiner Rolle als Geheimdienstler nahm er mehrere Masken an, die sich gelegentlich mit seinem sogenannten wirklichen, äußerlichen Leben überlappten. Manchmal machte er sich in diesem wirklichen Leben, insbesondere in seinem Umgang mit Frauen, seine beträchtliche Gabe zu Geheimhaltung und Täuschung zunutze, einmal um seines Berufes willen, aber auch aus selbstsüchtigen, rein persönlichen Gründen. Doch hatte er diese Überblendungen im allgemeinen ziemlich unter Kontrolle. Deshalb reagierte er ein wenig gereizt auf die Tatsache, daß Eva und Cassie einen seiner Meinung nach überproportionalen Anteil seiner Gedanken beschäftigten.
Er wünschte sich, die beiden Frauen noch einmal zusammen

sehen zu können; alte Freundinnen und möglicherweise Geschäftspartnerinnen, vereint durch praktische Interessen und eine seltsame Rivalität.
Stormont dachte darüber nach. Sie waren gleich alt, gleich schön und gleich ehrgeizig. Berufliche und sexuelle Eifersucht ... das konnte eine explosive Mischung sein.
Plötzlich betrat Giles Aden, der stellvertretende Leiter der Counter Proliferation, den Raum. Er war ein schlanker, eleganter Mann, trug stets tadellose Anzüge, auffallende Krawatten und hielt sich so gerade wie eine Schneiderpuppe. Mit neununddreißig hatte er die Figur eines Schuljungen, die er durch heimliche Besuche im Fitneßcenter pflegte. Sie einzugestehen hätte seine übertriebene Eitelkeit verraten. Die bereits durch Kleidung und Haltung angedeutete Affektiertheit genügte vollauf, um auf sein Selbstwertgefühl schließen zu lassen. Daß dieses immer irgendwie gezwungen wirkte, merkte er selbst jedoch nicht.
Er war ungewöhnlich intelligent, dabei ein Zyniker und Zweckpessimist. Das machte ihn zum perfekten Stellvertreter, ideal, um alle nicht ganz so brauchbaren Ideen seines Vorgesetzten zu kippen. Er hatte eine bremsende, keine kreative Funktion. Die Stelle seines Chefs hätte er nie ausfüllen können.
Jetzt stand er in Stormonts Büro und sah zu ihm auf. Stormont setzte sich und bot Aden einen Platz an.
»Und?« fragte er, als er in Adens Blick eine schüchterne Verschlagenheit entdeckte.
»Gibt es schon was Neues von Eva?«
Stormont lehnte sich zurück, streckte die Beine aus und faltete die Hände hinter dem Kopf. Er sah aus wie eine Schlange, die sich entrollt.
»Nein, nichts, aber ich würde mir keine Sorgen machen, Giles. Sie wird uns eine Weile knapp halten, sie kann's nun mal nicht lassen, aber früher oder später taucht sie wieder auf.«
»Was hat sie bloß vor?«
»Wer weiß? Alles ist möglich. Lassen wir ihr eine lange Leine. Das ist das Beste.«

»Und was meinen Sie zu dem Projekt? Wird Frazer anbeißen?«
»Das glaube ich fest.«
»Was macht Sie so sicher?«
»Die Beute.«
»Und die wäre?«
»Eva Cunningham und Cassie Stewart.«
»Und ein paar lumpige Diamanten, soweit ich informiert bin.«
»Gewiß, als Extrabonus für Eva und die Firma, wenn es tatsächlich welche gibt.«
»Und wenn das Projekt tatsächlich Geld abwerfen sollte. Werden Sie erlauben, daß Eva es behält?«
»Das hängt ganz davon ab.«
»Wovon? Sie wissen doch, daß sie das erwartet.«
»Oh ja, ich weiß, aber das ist nur eine von vielen Variablen, oder?«
»Ich an Ihrer Stelle würde mir Sorgen um sie machen.«
Stormont richtete sich auf, zog die Beine an und warf Aden einen Blick zu. »Sie braucht Kontrolle, nicht jemand, der sich um sie sorgt. Und die haben wir, meinen Sie nicht?«
Aden stand auf und ging auf die Tür zu. Auf halbem Weg blieb er stehen. So leicht gab er sich nicht geschlagen.
»Übrigens. Cassie Stewart ... Ihre Bemerkung von eben. Sie haben doch nichts Besonderes mit ihr vor, oder?«
Stormont zündete sich eine Zigarette an. »Ich weiß nicht. Ich glaube, ich spiele ein wenig mit ihr, mal sehen, wie sie sich macht.«

12

Eva lag in Frazers Bett und nahm die schwachen Geräusche von draußen kaum wahr – von der Hitze gedämpfter Motorenlärm, Vögel, die in den Bäumen nach einem Schlafplatz suchten, leise Musik aus einem Nachbarhaus. Frazer war kurz zuvor leise aufgestanden und hatte auf Zehenspitzen das Zimmer verlassen. Erschöpft von ihrer Lust und der Hitze hatten sie sich einige Stunden zuvor nach oben ins Schlafzimmer verzogen. Frazer war sofort eingeschlafen, offensichtlich an wechselnde Partner in seinem Bett gewöhnt.

Eine Zeitlang hatte Eva so getan, als schliefe sie auch, obwohl ihre rastlosen Gedanken in alle Richtungen strebten, doch schließlich schaltete sie bewußt ab und überließ sich der Ruhe.

Jetzt hatte sie das Gefühl, lange geschlafen zu haben, und warf einen Blick auf die Uhr auf dem Nachttisch. Neun. Eine Weile blieb sie liegen und starrte an die weiße Decke. Ein seltsames Gefühl überkam sie. Sie empfand eine gewisse Befriedigung, einmal körperlich, dann aber auch, weil sie in seinem Bett lag. Sie hatte sich ziemlich schnell in sein Leben geschlichen. Für ihn selbst empfand sie nur Verachtung, gepaart mit einem derart starken Haß, daß er beinahe auf der Haut brannte. Sie wußte, wie rücksichtslos er sein konnte. Sie wußte auch, daß sie ihm als Mittel zum Zweck und zu seinem eigenen Vergnügen diente. Trotzdem war sie weder verängstigt noch verunsichert. Seit damals, als ihr nichts als Zeit und der Wunsch nach Rache geblieben waren, hatte sie auf diesen Augenblick gewartet und von nichts anderem geträumt.

Sie wußte, was Stormont von ihr hielt. Er hatte sie wie eine

Rakete auf Frazer gerichtet, vor Jahren schon. Jetzt hatte er die Lunte gezündet. Es war eine lange Lunte, die langsam brannte, aber unauslöschlich war. Was immer Stormont vorhatte, wie seine versteckten Motivationen auch aussehen mochten – und Eva wußte genau, daß er heimliche Ziele verfolgte –, sie hatte ebenfalls ihre eigenen Pläne. Stormont benutzte sie, und sie benutzte ihn. Im Moment waren beide aufeinander angewiesen. Ihre augenblickliche Rolle war reizvoll, weil sie ihr die Gelegenheit verschaffte, Frazer zu vernichten, wenn sie wollte, und Stormont abzuschütteln. Noch wußte sie nicht genau, wie sich ihr Plan entwickeln würde, doch diese Ungewißheit beflügelte sie. Sie lächelte versonnen und schlüpfte leise aus dem Bett.

Splitternackt durchquerte sie das dämmrige Zimmer und blieb kurz in der Tür stehen, um dann geräuschlos die Treppe hinunterzugehen, bis sie Frazers Stimme hinter einer geschlossenen Eichenholztür vernahm. Sie spitzte die Ohren. Frazer mußte in unmittelbarer Nähe sein, trotzdem konnte man kein Wort verstehen. Er sprach sehr leise. Absichtlich, hatte Eva das Gefühl. Obwohl man die Worte nicht unterscheiden konnte, klang sein Tonfall kalt, unerbittlich und fordernd. Fast schien es, als drohe er jemandem. Dann erstarb die Stimme, und sie hörte das Rücken eines Stuhls. Schnell huschte Eva in die Küche und fand den Kühlschrank. Sie öffnete die Tür, nahm eine Flasche Mineralwasser und trank gierig. Hinter sich hörte sie Schritte. Sie behielt ihre entspannte Haltung und fuhr erst zusammen, als Frazer sie ansprach. Das Wasser floß ihr über die Brust.

»Du bist also wach?« Es klang leichthin gesagt, doch sein Blick war mißtrauisch. Sie blickte auf das Wasser, das ihren Körper hinuntertropfte, und lächelte halb verunsichert, halb beschämt.

»Du hast mich zu Tode erschreckt!«

Er ging auf sie zu und fuhr mit der Hand über ihren nassen Bauch.

»Selbst schuld, wenn du hier rumschleichst.«

»Ich bin nicht rumgeschlichen, ich bin halb verhungert und

völlig ausgetrocknet. Falls es dir entgangen ist, ich habe den ganzen Tag nichts gegessen.«
Sein Gesichtsausdruck entspannte sich nach und nach, bis er seine selbstgefällige Leichtigkeit wiedergefunden hatte.
»Nein, natürlich nicht. Möchtest du jetzt was essen? Wir können irgendwohin gehen, oder soll uns die Haushälterin schnell was machen?«
Eva lächelte und küßte ihn flüchtig. »Sehr nett von dir, aber vielleicht ein andermal.«
Ein schwacher, kaum merklicher Ausdruck von Erstaunen überflog sein Gesicht.
»Natürlich. Am besten gibst du mir deine Telefonnummer.« Er ging in sein Büro und kehrte mit einem schmalen blauen Notiz- und Adressbuch zurück. Arschloch, dachte Eva, mich so offensichtlich der Liste seiner Eroberungen hinzuzufügen.
Er schlug das Büchlein auf. Gleichgültig und ohne Gefühlsregung rasselte sie ihre Nummer runter, drehte sich um und ging ins Wohnzimmer, um ihre verstreuten Kleider einzusammeln. Sie zog sich hastig an, während er sie von der Tür aus beobachtete. Dann hielt sie ihm die Wange zum Kuß hin und verließ das Haus.
Draußen auf der Straße blieb sie einen Augenblick lang stehen, atmete tief durch, zündete sich eine Zigarette an und ging zu Fuß nach Hause.
Die Straßen waren ruhig, in der trägen Stille zwischen Rushhour und der Zeit, wenn Restaurants, Theater und Pubs schließen und die Leute nach Hause strömen. Vereinzelt führte jemand seinen Hund aus oder genoß die Wärme einer ungewöhnlich milden Aprilnacht. Kein Lüftchen regte sich. Es war eine der seltenen südlichen Nächte von London. Ein Duft von Pfeifentabak hing in der Luft. Vor ihr ging ein alter Mann, gebeugt und leicht unsicher, aber mit erhobenem Kopf, die Pfeife in der Hand. Sie überholte ihn und entdeckte einen Ausdruck schlichter Zufriedenheit in seinem Gesicht. Sie atmete tief ein, voller Zärtlichkeit für diesen Duft und diese Wärme. Sie dachte an

Pinienwälder in Südfrankreich vor langer Zeit und hatte das Gefühl, daß sie überall hätte sein können.
So sehr sie auch Engländerin war, sie fühlte sich weder in London noch irgendwo anders zu Hause. Außerdem war sie im Auftrag unterwegs. Die stets aufgehobene Realität schuf eine eigene künstliche Welt, die nur ihr gehörte. Als sie die ruhigen Straßen von Belgravia verließ und in die King's Road einbog, hatte sie das Gefühl, in einem Theaterstück zu spielen. Blicke folgten ihrem geschmeidigen Gang und der stolzen Haltung, trotzdem fühlte sie sich unsichtbar und fragte sich, für welches Publikum sie eigentlich spielte.
Schließlich gelangte sie zu ihrem dunklen Haus. Alle anderen Häuser in der Straße waren hell erleuchtet. Aus geöffneten Fenstern, die auf die Straße hinausgingen, drang Gelächter, und in den Gärten hörte man Musik. Ihr Haus war still. Als sie die Schlüssel aus der Tasche zog und die Tür aufschloß, lächelte sie über dieses Ritual – es war ihr Haus, sie konnte kommen und gehen, wann sie wollte. Sie ging ins Badezimmer und streifte unterwegs die Kleider ab. Sie duschte so lange, bis alle Spuren von Robie Frazer von ihrem Körper gewaschen waren. Dann fiel sie erschöpft ins Bett und träumte unruhig.

In der Sloane Avenue, nur eine Luftmeile entfernt, saß Xu Nan auf dem Bettrand und starrte an die Wand. Sein letztes Gespräch mit Robie Frazer hatte drei Minuten gedauert; nur ein paarhundert Sekunden hatten ein ganzes Leben ausgelöscht, die Vergangenheit neu geschrieben und die Zukunft umrissen. Sanfte Worte, bloß eine Andeutung von Gewalt im Tonfall, schrecklich subtil. Seine Zeit war abgelaufen. Frazer wartete auf die Lieferung. Und wenn er ablehnte? Undenkbar.
Er wünschte, er könnte einfach erstarren, sich in einen Stein verwandeln, und müßte sich nie wieder rühren. Oder er könnte zu der friedlichen Routine zurückkehren, seine schöne Wohnung genießen, seine Arbeit tun, Kaffee trinken und am Telefon plaudern, ohne sich um andere Sachen kümmern zu müssen.

Wie sehnte er sich nach dem Trost des immer gleichen täglichen Kleinkrams – ein bißchen Seelenfrieden, um die Nerven zu beruhigen.
Er konnte nicht stillsitzen. Ruckartig sprang er auf, verließ das Haus und fuhr nach Holborn ins Büro.
Die eintönige Fahrt, die vertrauten Markierungen, das Gefühl der Normalität beruhigten ihn ein wenig. Es war eine ungewöhnliche Zeit, um im Büro zu erscheinen, doch er konnte sich rausreden. Er erzählte den drei Wachmännern, daß er seine Hausschlüssel vergessen hatte, übersah jedoch, daß er den üblichen Anzug, den er bei der Arbeit trug, bereits gegen Freizeitkleidung eingetauscht hatte. Die Männer mochten ihn und ließen ihn ein, ohne Fragen zu stellen. Doch als er im Lift verschwunden war, wechselten sie einen mißtrauischen Blick.
»Betrunken?«
»Vielleicht, schien aber nicht so. Komisch.«
»Geben wir ihm fünf Minuten, wenn er dann nicht wieder da ist . . .«
»Dann geh' ich nachsehen«, sagte Jack, der Dienstälteste.
Nach fünf Minuten machte er sich tatsächlich auf den Weg. Langsam und bedächtig ging er zum Lift und fuhr bis in den dritten Stock, wo er um den Lichthof herum zu Nans Büro schlenderte. Nan saß im Halbdunkel am Schreibtisch. Das Licht der Lampe blendete ihn, doch er schien es nicht zu bemerken, als wären all seine Sinne nach innen gekehrt. Nach einer Weile sah er zögernd zu Jack auf und wandte dann den Blick wieder ab.
»Haben Sie Ihre Schlüssel gefunden?«
»Hatte sie gar nicht verloren.«
»Hab' ich mir gedacht.« Jack setzte sich auf die Tischkante. »Aber arbeiten tun Sie auch nicht gerade.«
»Nein.«
»Was ist es dann?«
Nan drehte sich um und sah ihm in die Augen. Schließlich zuckte er die Achseln, ohnmächtig und hilflos. »Keine Ahnung.

Ich weiß selbst nicht, was ich hier verloren habe.« Er stand auf. »Ich gehe jetzt besser.« Er schlug heftig gegen seine Jacke. »Und ich nehme nichts mit, keine Papiere, nichts. Oder wollen Sie sich selbst überzeugen?«

Jack warf ihm einen abschätzenden Blick zu. »Schon gut, Mr. Nan.« Es war nichts Ungewöhnliches, daß sich Mitarbeiter durchsuchen lassen mußten, vor allem in den Hochsicherheitszonen. Angestellte, die sich verdächtig benahmen, wurden sofort durchsucht, aber irgendwas an Nans Verhalten veranlaßte Jack, ihm zu glauben. Nan hatte den Blick eines Mannes, der etwas verloren, nicht gestohlen hatte.

Draußen stieg er wieder in den Wagen, ließ den Motor an und gab Gas. Er raste rücksichtslos wie ein Roboter und achtete kaum auf den übrigen Verkehr. Er hörte weder das wilde Hupen, noch sah er die verzweifelten Ausweichmanöver der anderen. Daß er unversehrt nach Hause kam, verdankte er nur seinem Glück.

Als erstes ging er in die Küche. Dort füllte er eine Gießkanne und begann seine Pflanzen zu wässern. Sie warteten auf den Fensterbänken wie durstige Kinder. Hin und wieder strich er beim Gießen mit dem Finger über ein Blatt. Anschließend brachte er die Kanne wieder in die Küche und wischte die Tischplatte trokken, bis alles sauber war. Doch dann breitete sich der Lärm, den er mit der mechanischen Aufgabe unterdrückt hatte, erneut in seinem Kopf aus und verdrängte die Vernunft. In diesem Augenblick spürte er, daß es keinen Ausweg gab. Seine Eigenständigkeit war ihm genommen worden, man hatte ihn seiner Freiheit beraubt, und jetzt hatte er nichts mehr zu verlieren. Er griff zum Telefon und rief Frazer an.

Frazer saß mit einem Glas Armagnac in seinem Büro. Er war gut gelaunt, er hatte Glück, alles sah ziemlich rosig aus. Eva und die Diamanten, beides funkelnde Geheimnisse, würden ihm gehören. Doch das Läuten des Telefons brach den Zauber.

Er nahm ab. Die Stimme legte los, bevor er auch nur ein Wort sagen konnte.

»Es ist vorbei, ich mache nicht mehr mit. Du hast mich angelogen, hast mich in eine Falle gelockt, und jetzt drohst du ...«
»Nun sei mal nicht überempfindlich, Xu. Ich ...«
»Überempfindlich! Du kannst mich mal. Ich steige aus. Morgen früh reiche ich die Kündigung ein.« Nans Stimme zitterte vor Aufregung und erstarb plötzlich. Doch er brachte es nicht fertig, einfach aufzulegen. Er erwartete immer noch etwas von Frazer, eine Sanktion, einen Wutanfall, irgendein Zeichen dafür, daß er ihn getroffen hatte. Es folgte eine Weile Schweigen. Als Frazer das Wort ergriff, war sein Tonfall überraschend versöhnlich.
»Ich habe dich zu sehr unter Druck gesetzt, Xu. Das wird mir jetzt klar. Tut mir leid, ich konnte das nicht ahnen. Ich sehe es ein. Du brauchst nicht länger mitzumachen.« Er hielt inne, hörte, wie der andere aufatmete. Seine Worte zeigten Wirkung.
»Du liebst doch deine Arbeit, also vergiß die Kündigung. Du bist von nun an völlig frei.«
Nan zögerte mit der Antwort. Seine Stimme klang verunsichert, und sein Zorn wirkte ziellos nach Frazers erstaunlichem Einlenken. »Ich weiß nicht. Ich kann keinen klaren Gedanken fassen. Ich habe das Gefühl, ich sollte alles liegen lassen, einen echten Schlußstrich ziehen und noch morgen abreisen.«
»Ja, das kann ich verstehen.« Wieder machte Frazer eine Pause. »Aber nach ein paar Tagen sieht alles ganz anders aus. Besser, du triffst keine voreiligen Entscheidungen. Nimm dir ein paar Tage Urlaub, um wieder zu dir zu finden.«
Schlafen. Das war alles, was Nan wollte. Tagelang schlafen. Frazer spürte förmlich, wie er seine Worte abwog. Er wartete gelassen.
»Ja, ich glaube, das mache ich. Ich lasse mich ein paar Tage beurlauben und bleibe zu Hause.«
»Ruh dich aus, das wird dir guttun. Ich lasse dich jetzt in Frieden, aber vergiß nicht, daß ich immer da bin, falls du reden willst.«

Es folgte grollendes Schweigen, aber das war immer noch besser als die offene Wut von vorher. Frazer legte behutsam den Hörer auf, um den zerbrechlichen Frieden nicht zu gefährden, den er mühsam zustande gebracht hatte. Er starrte aus dem Fenster, auf dessen dunklem Glas sich sein Gesicht spiegelte. Es war steif und unbewegt.

Ein paar Minuten saß er reglos da, als müsse er sich erholen, dann griff er nach dem Hörer und rief Le Mai in Hongkong an.

»Komm mit dem ersten Flugzeug.«

»Bin schon unterwegs.«

13

Eva Cunningham trat gegen das Laken und wälzte sich im Schlaf hin und her. Träume und Alpträume plagten sie. Schließlich konnte sie sich aus dem verknäuelten Laken befreien und wachte auf; der Schweiß lief an ihrer nackten Haut herunter. Sie schnappte nach Luft und konzentrierte sich darauf, langsamer zu atmen, bis sie sich beruhigt hatte.

Das Licht fiel gedämpft durch die Vorhänge. Sie warf einen Blick auf den Wecker: acht Uhr. Eine Zeitlang blieb sie reglos im Bett liegen, spürte, wie die Ruhe wiederkehrte, und genoß das Gefühl des Lakens auf der Haut. Sie konnte ihre Glieder bewegen, ohne auf Fleisch oder Knochen zu stoßen. Da war nur die Erinnerung an den Alptraum. Frazer ging ihr nicht aus dem Kopf. Sie versuchte, logisch zu denken und die Angst zu verscheuchen.

Mechanisch ließ sie die Ereignisse des gestrigen Tages Revue passieren. Das Treffen mit Frazer bei Case Reed. Frazers Haus. Sex mit ihm. Hier geriet der ruhige Gedankenfluß ins Stocken. Emotional gesehen war der Sex erträglich. Sie war überrascht, wie leicht ihr Körper sie verraten hatte, als er gestern einfach neben ihm eingeschlafen war. Als sie aufwachte, hatte sie sich gefragt, ob sie sich im Schlaf enttarnt haben könnte. Tag für Tag, Stunde für Stunde filterte sie ihre Worte, aber was war, wenn sie schlief: Funktionierte der Filter dann auch? Redete sie vielleicht im Schlaf?

Seine Augen hatten Mißtrauen widergespiegelt, als er sie in der Küche fand, aber das hatte mehr mit seinem schlechten Gewissen zu tun als mit etwas, das sie im Schlaf gesagt haben könnte, da war sie sicher. Sein leises Telefongespräch im Büro war nicht für ihre Ohren bestimmt gewesen. Hatte er sie im Verdacht, ihn belauscht zu haben? Und wenn schon. Seine Intelligenz und sein Scharfblick würden vor seiner Eitelkeit verschwimmen. Mit verborgenen Zielen kannte er sich aus. Sie war nur gut für Sex. Er würde nicht darüber hinausdenken oder nachforschen. Solange sie vorsichtig war, würde sie unsichtbar bleiben, und sie war aus Erfahrung und von ihrem ganzen Wesen her extrem vorsichtig.

Sie stand auf und ging nach unten, um ihr morgendliches Ritual zu vollziehen: Musik, Gymnastik und Dusche. Vierzig Minuten später kam sie tropfnaß aus dem Bad, streifte ein buntes Strandkleid über die nasse Haut und kehrte ins Wohnzimmer zurück. Es ging nach Osten. Die Morgensonne strömte durch die Fenster und bildete einen großen Lichtfleck auf dem Boden.

Sie setzte sich mit verschränkten Beinen mitten hinein und wählte Stormonts Nummer. Es war viertel vor neun; er saß zu Hause in der Old Church Street beim Frühstück. Er warf einen Blick auf das Telefon, es war die Dienstleitung. Nach einem Augenblick, als wollte er erraten, wer dran war, nahm er ab. Seine Stimme klang rauh, doch schwang in der übertriebenen Gereiztheit auch ein Hauch von Humor.

»Hallo?«

»Ich will dir berichten, Stormont.«

»Ah, Eva.« Seine Stimme wurde plötzlich sanft.

Mit Kaffee und Zigaretten in Reichweite begann Eva ihren sachlichen Bericht.

»Also, ich bin mit ihm nach Hause gegangen. Es war alles, wie du es dir vorgestellt hast. Ein großes ruhiges Haus, er eitel und egozentrisch. Keine Überraschungen, keine Schlitzaugen. Nur ein leises Telefongespräch, das er in seinem Büro führte, als er meinte, ich schliefe. Ich konnte nichts verstehen, aber es klang, als würde er jemandem drohen. Nach dem Gespräch schien er ein wenig gereizt, nicht meinetwegen, sondern allgemein, als wäre er seinen Frust an dem armen Menschen am anderen Ende der Leitung nicht völlig losgeworden.«

»Armen Menschen? Das klingt ja, als hättest du Mitleid.«
»Das sollte man auch, oder?«
»Ich vermute eher, daß er mit einem Komplizen als mit einem Opfer gesprochen hat.«
»Besorg dir eine Abhörgenehmigung.«
»Alles mit der Ruhe. Was meinst du, wird Frazer anbeißen?«
»Das hängt ganz von mir ab, oder? Ich halte dich auf dem laufenden.«

Um zwanzig vor neun kam Cassie zur Arbeit. Auf dem Weg in ihr Büro ging sie an John Richardsons Tür vorbei und nickte ihm leicht zu, als er sie mit wilden Gesten zum Stehenbleiben aufforderte. Sie trat ein und setzte sich. John hatte den Telefonhörer in der Hand und sagte: »Robie? Cassie ist gerade hereingekommen. Ich schalte auf Lautsprecher um, okay?«
»Nur zu«, Frazers Stimme klang kühl und moduliert.
»Guten Morgen, Cassie.«
»Guten Morgen, Robie.«
»Ich habe John gerade erzählt, daß ich Ihren Deal höchst interessant finde. Ich würde gern mehr darüber erfahren. Natürlich kann ich Ihnen noch keine feste Zusage machen, aber wenn er hält, was er verspricht, dann können Sie auf mich zählen.«
»Großartig«, antwortete Richardson und lächelte Cassie zu. »Wir werden sofort alles Notwendige veranlassen.«
»Übrigens, was genau wäre Ihre Rolle bei dem Ganzen und wen würden Sie vertreten?«
Richardson wandte sich Cassie zu, die sich über den Tisch beugte und ins Mikrofon sprach.
»Wir wären Ko-Investoren, zusammen mit Eva und Ihnen. Wir würden festlegen, wie es am besten weitergehen soll, ob per Aktienausgabe oder Verkauf. Wir würden den Deal nach allen Seiten abklopfen, die Verträge aufsetzen, die notwendigen Formalitäten ebnen, Überseeberater anheuern, solche Dinge, obwohl Sie sicher selbst einiges davon in die Hand nehmen könnten.«
»Oh, diesen ganzen Kram würde ich Ihnen überlassen«, log

Frazer. »Wie ich sehe, sind Sie gute, altmodische Handelsbanker und risikobereite Unternehmer in einem. Keine Spur von der übertrieben gesetzestreuen Aufteilung von Interessen, die die großen Banken so lieben.«

»Wir machen alles, nicht wahr, Cass?«

»Wenn es vielversprechend aussieht.«

»Rufen Sie mich bald an«, sagte Frazer. »Ich will die Sache so schnell wie möglich anpacken.«

»So weit, so gut«, sagte Richardson, als er auflegte.

»Hmm.« Cassie wirkte leicht besorgt.

»Was haben Sie?«

»Ach, nichts. Ich habe nur überlegt, ob es Zeit ist, Owen Quaid hinzuzuziehen.«

»Sie haben völlig recht. Wir können nicht weitermachen, ohne Eva gründlich auf den Zahn gefühlt zu haben, stimmt's?«

Cassie spreizte die Hände auf dem Tisch und sah auf ihre Finger. »Nein, können wir nicht.«

»Wie gut kennen Sie sie?« Richardson hatte ihr die Frage schon mehrmals gestellt. Er wollte keine Wiederholung hören. Cassie kannte seine Methode, mit derselben zufälligen Frage unterschiedliche Informationen einzuholen.

»Wie gut kann man jemanden kennen? Ich glaube, daß ich sie kenne. Sie ist tüchtig, intelligent, sie scheint sich auszukennen und ist begeisterungsfähig. Sie kann kühl berechnend und gleichzeitig leidenschaftlich sein. Gestern hat sie uns beide Seiten gezeigt. Die Verwandlung, der abrupte Wechsel – das war schon beeindruckend.«

»Zu Frazer war sie sehr kühl, nicht?«

»Kühl? Haben Sie nicht gemerkt, was ganz zu Anfang des Treffens passierte? Sie schien förmlich für ihn zu strahlen. Jedenfalls hat sie ihre ganze Schönheit in die Waagschale geworfen.«

»Sie ist nun mal eine Schönheit.«

»Aber so habe ich sie noch nie gesehen – mit Make-up, Schmuck und teuren Klamotten.«

»Für ein solches Treffen blieb ihr gar nichts anderes übrig, als sich rauszuputzen.«
»Das war mehr als bloß rausputzen. Und dann das Spielchen mit dem Diamanten.«
»Ja, das stimmt. Da fällt mir noch was ein. Ich hoffe, daß sie wirklich bald die Börse von Vancouver über den Diamantenfund informiert.«
»Keine Sorge, das wird sie schon machen.«
»Es gibt Regeln, Cass.«
»Natürlich. Sie weiß, was sie tut.«
»Wird sie sie befolgen?«
»Nun, es wäre eine von mehreren Möglichkeiten, nicht?« Und als sie sah, wie Richardson mißbilligend die Stirn runzelte, setzte sie schnell hinzu: »Nur die Ruhe. Den perfekten Kunden gibt es nicht. Irgendeinen Makel hat jeder, das wissen Sie doch.«
»Da haben Sie recht«, nickte Richardson nachdenklich und dachte an sich selbst und an Cassie.
»Sie ist schon ein Risikofaktor«, fuhr Cassie fort. »Aber Frazer auch. Die beiden werden ein gutes Gespann sein, solange wir sie unter Kontrolle haben.«
»Und Sie meinen, das schaffen wir?«
»Das werden wir sehen.«
Cassie ging in ihr Büro, schloß die Tür und wählte Owen Quaids Nummer. Dann lehnte sie sich zurück und wartete gespannt auf Owens Stimme.
»Quaid.« Im Hintergrund hörte man das Rauschen des Verkehrs. Er war gerade am Berkeley Square.
»Owen. Case Reed braucht mal wieder deine Dienste. Kannst du vorbeikommen?«
»Wo? In deinem Büro?« fragte er und lächelte der Sonne zu.
»Ein Ort so gut wie jeder andere.«
»Ich könnte mir einen besseren vorstellen.«
»Das glaube ich. Deine muffige Schnüfflerbude. Aber wir treffen uns lieber hier. Heute nachmittag um zwei.«
»Du hast es immer eilig, Cass. Es hat nie Zeit bis morgen oder

nächste Woche. Ich bin überrascht, daß es nicht gleich sein muß.«
»Na schön. Dann komm gleich.«
»Ich bin um zwei da. So leicht mache ich es dir nicht.« Er legte auf, ehe sie das letzte Wort haben konnte.

In seinem Arbeitszimmer in Wilton Place tätigte Robie Frazer einen kurzen Telefonanruf. Er machte sich nicht die Mühe, seinen Namen zu nennen, sondern sagte nur: »Finden Sie alles über eine junge Engländerin namens Eva Cunningham raus, was Sie können. Sie lebt in London. Und über eine Bank namens Case Reed. Konzentrieren Sie sich auf zwei Personen – John Richardson und Cassie Stewart. Ich will täglich informiert werden, bis Ihnen die Munition ausgeht.«
Owen lauschte Frazers Worten mit innerem Grauen. Einen Moment schwieg er, um sich zu sammeln. Alles andere hätte Verdacht geweckt. Jedes Zögern war schlecht, aber er brauchte diesen Bruchteil einer Sekunde, um über seine Loyalität nachzudenken und eine Entscheidung zu fällen. Keine Zeit. Sein Instinkt antwortete für ihn.
»Ich mache mich sofort daran.« Dann verzog er das Gesicht und klappte mit einem unterdrückten Fluch sein Handy zusammen.
Frazer legte auf und wählte sofort eine neue Nummer.
»Guten Morgen, Eva. Wie geht es dir?«
Seine Stimme klang leicht, aufreizend und widerlich selbstbewußt. »Oh, gut, sehr gut«, antwortete sie beiläufig und vertuschte ihren Ekel vor seiner Arroganz und übertriebenen Vertraulichkeit. Er hatte nicht einmal seinen Namen genannt, hatte wohl angenommen, daß sie seine Stimme wiedererkennen, vielleicht sogar auf seinen Anruf warten würde.
»Hast du vielleicht Lust, heute abend mit mir essen zu gehen?«
»Heute abend?« Eva konnte einem Anflug von Hochnäsigkeit nicht widerstehen. Dann lächelte sie und schwieg.

»Ich glaube nicht, daß du zu denen gehörst, die ihre Termine mit Cocktailpartys und Benefizveranstaltungen schon Monate im voraus verplant haben. Du scheinst mir spontaner zu sein.« Das letzte sagte er mit einem Lächeln in der Stimme, und Eva gab sich geschlagen.
»Touché. Dann gehören wir also beide zu den spontanen Typen.«
»Oh, so einer bin ich also?«
»Nicht mehr als ich auch«, antwortete Eva gleichmütig.
»Ah, eine Rüge. Nun, was meinst du, soll ich dich gegen neun abholen?«
»Nein, danke. Ich komme zu dir.« Sie wollte nicht, daß er auch nur in die Nähe ihres Hauses kam.
»Wie du willst. Dann bis neun.« Beim Auflegen murmelte er: »Zickiges Frauenzimmer.«
Eva runzelte die Stirn und zündete sich eine Zigarette an. Sie sog den Rauch tief ein und spürte, wie die Bitterkeit an ihr nagte. Als eine Person würde sie das nicht schaffen. Sie mußte sich spalten, jemand anders werden, eine verborgene Seite von sich zum Vorschein bringen. Sie stand auf und trat zu dem Spiegel in der Diele. Sie strich das Haar aus dem Gesicht, wandte langsam den Kopf von einer Seite auf die andere und musterte sich gleichgültig, wie eine Fremde.

14

Andrew Stormont kam um neun im Vauxhall Cross an. Auf dem Weg in sein Büro begrüßte er seine Sekretärin.
»Morgen, Elsa. Könnten Sie bitte Aden ausrichten, daß ich ihn in meinem Büro erwarte?«
»Morgen, Andrew. Ich sage ihm gleich Bescheid.«
Eine Minute später erschien Aden in Stormonts Büro.
»Neuigkeiten?« fragte er, während er seinem Vorgesetzten gegenüber Platz nahm. Automatisch versuchte er immer, Stormonts knappen Stil zu imitieren, wenn er mit ihm zusammen war. Damit versuchte er, sich gegen dessen etwas rauhe Umgangsformen zur Wehr zu setzen. Stormont konnte redegewandt und charmant sein, er hatte es oft erlebt, doch nie ihm gegenüber.
Stormont nippte an dem Kaffee, den Elsa gerade gebracht hatte, einem bitteren Espresso in einer hauchdünnen Porzellantasse.
»Auch einen?« fragte er und deutete auf seine Tasse.
»Nein danke. Schlechter Magen.«
Stormont verkniff sich ein Lächeln, als er seine Tasse zum Mund führte. Adens Versuche, kurz angebunden zu sein, schienen immer ein wenig gezwungen und zerhackt. Trotzdem, alles war besser als das unaufhörliche diplomatische Geschwafel, das der Mann zu Beginn seiner Arbeit für ihn losgelassen hatte. Stormont mochte Aden nicht besonders, aber er schätzte seine Fähigkeiten. Er war durch und durch pedantisch, eine gute Ergänzung zu seiner eher lässigen Arbeitsweise, die, wie er selbst zugab, manchmal Lücken aufwies.
»Es gibt Neuigkeiten. Eva hat mich heute morgen zu Hause

angerufen. Sie ist gestern nach dem Treffen mit zu ihm gegangen und hat mit ihm geschlafen.«

»Tatsächlich. Das ging ja wie geschmiert.«

Stormont sagte leise, fast drohend: »Passen Sie auf, was Sie sagen. Sie wissen genau, daß es sie einiges gekostet haben muß.«

»Ich glaube nicht, daß sie höhere Gründe geltend gemacht hat.«

»Nein, das würde sie nicht tun. Aber das heißt noch lange nicht, daß sie nicht verdammt gut ist.«

»Oder verdammt schlecht.«

Stormont starrte ihn an, ohne etwas zu sagen. Aden hob schnell die Hand.

»War nur ein Scherz.«

Stormont sprach unbewegt weiter.

»Sie hat es also geschafft, den Kontakt herzustellen und in sein Haus zu kommen, und sie hat gehört, wie er jemandem am Telefon drohte.«

»Kennen wir den Inhalt des Gespräches?«

»Nein, tun wir nicht.«

»Ziemlich spärlich, oder?«

»Ja«, sagte Stormont jetzt distanziert und musterte Aden wie eine Fliege in seinem Whisky. »Mit dem bißchen kriegen wir Carew nie so weit, uns eine Abhörgenehmigung zu erteilen.«

Carew war der Außenminister. Er mußte dem Ersuchen des SIS für eine Fangschaltung zustimmen. Stormont fuhr fort. »Ich will auf keinen Fall mit leeren Händen zu ihm. Das Außenministerium wird nicht gerade erfreut sein, einen Mann in Frazers Stellung abzuhören, diesen Pfeiler der Gesellschaft, Milliardär und großzügigen Förderer der Thatcher Foundation. Dazu brauche ich handfeste Beweise.«

Mit angemessener Zurückhaltung schlug Aden vor: »Wir könnten immer noch den anderen Weg einschlagen. Heuern wir doch einen Privatdetektiv an, der die schmutzige Arbeit erledigt. Auf diese Weise können wir alles abstreiten und geraten nicht ins Zwielicht.«

»Lieber nicht. Wenigstens vorerst nicht. Wir exponieren uns schon genug, wenn wir gegen Frazer antreten. Besser, wir halten uns an die Regeln, falls was schiefgeht.«

»Halten Sie das denn für möglich?«

»Wer weiß? Diese Sache ist derart kompliziert, daß sie in vielerlei Hinsicht nach hinten losgehen könnte. Was wir brauchen, ist Material, aber das wird uns Eva besorgen.«

»Sie haben großes Vertrauen in sie.«

Stormont starrte ein paar Sekunden an ihm vorbei, und Aden wußte, daß er ihn verloren hatte. Vor Stormonts innerem Auge stieg eine Erinnerung auf. Dann wandte er sich wieder Aden zu und sagte in scharfem Ton: »Ja, ich habe großes Vertrauen in sie, und sie wird uns die notwendigen Beweise liefern.«

»Wenn sie nicht vorher durchdreht.«

»Meinen Sie nicht, daß sie das schon längst hätte tun können?«

Aden wandte den Blick ab.

15

Cassie Stewart bückte sich und ließ den Blick über ein Bücherregal voller Akten in Case Reeds umfangreicher Geschäftsbibliothek wandern. Nach fünf Minuten zog sie eine Akte aus dem untersten Regal: Vancouver Stock Exchange, Aufnahmeverfahren und Publizitätsanforderungen.
Volltreffer, dachte sie und schleppte die Akte in ihr Büro wie eine Kriegstrophäe.
Eine Stunde lang vertiefte sie sich aufmerksam in die Unterlagen, dann schlug sie die Akte verschmitzt lächelnd zu und ging in Richardsons Büro.
»John, ich habe einen Plan für Genius ausgearbeitet. Wenn Sie damit einverstanden sind, möchte ich gerne einen Broker in Vancouver suchen und das Ganze ins Rollen bringen.«
»Sie verschwenden ja wirklich keine Zeit. Also raus damit.«
In schweigender Bewunderung lauschte er Cassies Ausführungen.
»Hört sich gut an, aber Sie haben recht. Wir müssen einen Kenner der dortigen Börse zu Rate ziehen. Und ich weiß sogar schon, wen. Der Kerl schuldet mir noch einen Gefallen. Sein Name ist Sam Brimton. Er ist ein richtiger Insider, kennt alle an der Börse und hat dort ein Vermögen gemacht. Ein Schlitzohr. Aber seien Sie ein bißchen vorsichtig.«
»Keine Bange.«
Richardson warf ihr einen kurzen, warnenden Blick zu.
»Ich werde Brimton gleich nach dem Mittagessen anrufen und ihm Ihren Anruf ankündigen.« Er kritzelte eine Nummer auf einen Notizblock und reichte ihr den Zettel. Cassie steckte ihn ein.

»Danke, John.« Dann verzog sie sich, bevor er weitere Warnungen aussprechen konnte.
Von ihrem Büro aus rief sie Eva an.
»Eva? Ich bin's, Cassie. Wie geht's?«
»Hallo, Cass. Mir geht's gut, ich sitze in meinem sonnigen Wohnzimmer und genieße ein riesiges Frühstück. Was könnte schöner sein?«
»Klingt gut. Ich beneide dich. Robie Frazer hat heute morgen angerufen und Dampf gemacht. Er will einsteigen, vorausgesetzt, wir entwickeln eine geeignete Strategie und lassen die erforderliche Sorgfalt walten, du weißt schon, Bodenanalysen, Projektbewertungen, all das. Du mußt einen ganz schönen Eindruck auf ihn gemacht haben.«
Eva lachte und sagte aufrichtig begeistert: »Das ist ja großartig. Und was machen wir jetzt?«
»Wir werden uns eine Strategie ausdenken, einen Plan, du und ich, und dann werde ich mich in eine Expertin für Diamanten verwandeln.«
»Nicht übel.«
»Was machst du gerade?«
»Außer frühstücken nicht viel. Warum?«
»Könntest du heute vormittag in mein Büro kommen? Dann können wir gleich anfangen.«
»Ja, sicher.« Eva warf einen Blick auf ihre Uhr. Viertel nach zehn. »Ich bin in einer Dreiviertelstunde da.«
»Bis dann.«
Komisch, wie es manchmal so geht, dachte Cassie. Eva als Unternehmerin. Fast unglaublich, aber sie war wirklich überzeugend gewesen.
Eva ließ das Frühstück stehen und ging ins Schlafzimmer. Dort zog sie das Strandkleid aus und schlüpfte in ein langes maßgeschneidertes schwarzes Leinenkleid und dazu passende Sandalen. Sie bürstete ihr Haar zu einem Zopf und sammelte alle Bodenanalysen und die übrigen Dokumente ein, die ihr McAdam gegeben hatte, um sie mit zu Case Reed zu nehmen.

Eine halbe Stunde später betrat sie Cassies Büro. Cassie arbeitete konzentriert und sah sie nicht kommen. Eva näherte sich langsam und studierte dabei ihre Freundin. Sie war ernst, konzentriert, und trotzdem wirkte sie irgendwie gelöst und entspannt. Cassie saß über ein paar Blätter auf ihrem Schreibtisch gebeugt, sie war völlig versunken, doch keineswegs angestrengt. Statt dessen spielte ein leichtes Lächeln um ihren Mund und strahlte in den Augen wider. Die Leichtigkeit eines offenen Lebens. Eine Sekunde lang beneidete Eva sie um ihre Reinheit, ihre Freiheit. Doch der Augenblick verflog, und sie trat lächelnd durch die offene Tür.

Als Cassie sie bemerkte, sprang sie auf.

»Hi, Eva!« Sie küßten sich auf die Wange.

»Toll, daß Frazer angebissen hat, was?« sagte Cassie. »Das hast du prima gemacht.«

»Hmm, noch haben wir ihn nicht im Netz.«

»Das kommt schon noch«, sagte Cassie und hielt inne. »Du mußt ihn ganz schon beeindruckt haben.«

Eva entging der forschende Blick nicht; hinter der äußerlichen Unschuld lauerte noch etwas anderes. Sie zuckte die Achseln und ging nicht weiter auf die Bemerkung ein.

»Übrigens«, fuhr Cassie fort. »Tut mir leid, daß ich vor dem Treffen nicht mehr mit dir reden konnte, aber ich hatte das Gefühl, daß ich dich und deinen Freund Stormont störte.«

»Wieso denn?«

»Keine Ahnung. Er ist doch nicht dein Lover, oder?«

»Wenn du schon so direkt fragst, nein. Warum? Sollte er?«

»Er sieht gut aus.«

»Viele Männer sehen gut aus.«

»Nicht wie er.«

»Er hat dir gefallen, was?«

»Na ja, den Schlaf wird er mir nicht rauben.«

Wer könnte dir wohl den Schlaf rauben, dachte Eva und wechselte abrupt das Thema.

»Was machen wir nun mit Frazer? Was ist der nächste Schritt?«

»Wir schnüren ein derart verlockendes Paket, daß er nicht widerstehen kann. Und dann machen wir den Sack zu.« Cassies Stimme klang jetzt energischer, ein bißchen geschäftsmäßig.

»Dann sag mir, was wir brauchen.«

Cassie zog ihren Stuhl um den Tisch und setzte sich neben Eva.

»Wir brauchen einen schönen kurzen Geschäftsplan. Die Geschichte des Projektes, wie es zustande kam, Kopien der Verträge und Genehmigungen der vietnamesischen Regierung, Kopien der Bodenanalysen, Details über die bisherige Finanzierung, was wofür ausgegeben wurde. Wieviel Kapital noch da ist, was Ihr damit tun wollt, wieviel die Probebohrungen kosten werden, das Ausbeuten der Mine und sämtliche weiteren Kosten, die anfallen, wenn das Ganze ins Rollen kommen soll. Dann arbeiten wir eine Strategie aus. Wie wir die Gesellschaft übernehmen wollen und wieviel uns das kosten wird. Anschließend schlagen wir verschiedene Möglichkeiten vor. Wenn die Probebohrungen vielversprechend sind, könnten wir schon in diesem Stadium an eine der großen Diamantengesellschaften verkaufen. Entweder das ganze Unternehmen oder nur Anteile daran. Es gibt mehrere Optionen. Und wir müssen Informationen über die Diamantenindustrie und das Kartell beifügen, Vertriebswege für Diamanten und so weiter.«

Eva wußte genau, was sie alles brauchten, denn in der kurzen Einführung in die Finanzwelt, die Stormont für sie arrangiert hatte, war sie genauestens informiert worden. Trotzdem lehnte sie sich zurück und hörte sich Cassies Ausführungen an, beeindruckt von ihrer Selbstsicherheit.

»Keine Prognosen? Keine Gewinnaussichten? Wieviel Geld wir alle dabei verdienen könnten?«

»Ach was, das machen alle großen Banken, sie produzieren Berge von Papieren mit wertlosen Berechnungen und Schätzungen. Frazer würde sich totlachen. Niemand kann sagen, wie dieses Projekt ausgehen wird. Es könnte uns ein Vermögen einbringen, aber auch ein Vermögen kosten. Wir wissen es nicht. Das liegt in der Natur der Sache. Das Ganze ist ein Glücksspiel, da sollten wir uns nichts vormachen.«

Weder Cassie noch Frazer kennen die wahre Natur dieses Glücksspiels, dachte Eva, aber vielleicht kannte sie selbst sie auch nicht.

»*Caveat emptor*, Käufer, sei wachsam. Also, was kommt als nächstes? Angenommen, Frazer ist mit unserem Plan einverstanden, was dann?«

»Dann übernehmen wir die Gesellschaft.«

»Und wie wollen wir das genau machen?«

»Wir schicken eine Benachrichtigung mit einem Übernahmeangebot an die Börsenzulassungsstelle in Vancouver. Daraufhin wird die Börse eine Untersuchung einleiten, um sicherzugehen, daß alles mit rechten Dingen zugegangen ist.«

»Was könnte denn passiert sein?«

»Nun, Handel mit Insiderwissen zum Beispiel.«

»Also kommt das nicht in Frage.«

»Das ist nicht gesagt. Wenn man krumme Geschäfte machen will, sollte man fertig sein, bevor die Börse benachrichtigt wird.«

»Verstehe«, sagte Eva.

»Das war nur ein Witz«, verkündete Cassie und fuhr dann ernster fort: »Wenn die Börse den Antrag annimmt, hat das Gebot offiziell begonnen.«

»Und wieviel werden wir für die Anteile bieten? Was sind sie deiner Meinung nach wert?«

»Darauf kommt es gar nicht an. Wir werden genug bieten, um die Raffgier der Leute zu befriedigen, aber nicht zuviel, um sie nicht mißtrauisch zu machen. Wenn die Aktie vor dem Gang an die Börse vier wert war, werden wir sechs bieten. Das müßte reichen.«

»Was ist mit anderen Anbietern, die möglicherweise auf den fahrenden Zug springen wollen?«

»Erstens bist du die Direktorin des Unternehmens. Du wirst den anderen Aktieninhabern raten, unser Angebot anzunehmen. Das allein hat schon Gewicht. Und zweitens besitzen McAdam und du zusammen fünfundzwanzig Prozent an dem Unternehmen, das verschafft uns einen beruhigenden Vorsprung.«

»Halt, das stimmt nicht. Ich würde mich nicht darauf verlassen, daß McAdam mitmacht.«

»Warum nicht?«

»Er ist nach Vietnam und nach dem Gefängnis ein bißchen komisch geworden. Wir haben uns zerstritten.«

»Ist das in der Öffentlichkeit bekannt? Wissen die Leute davon?«

Eva nickte.

»Und weiß McAdam von deinen Plänen? Weiß er, daß du zu uns gekommen bist, um über eine Übernahme zu verhandeln?«

»Nein, er hat keine Ahnung.«

»Perfekt«, sagte Cassie zu Evas Überraschung. »Das können wir zu unserem Vorteil ausspielen. Das heißt, daß er kein Partner ist, also jemand, der notwendigerweise mit dir im Einvernehmen handelt. Es macht einen großen Unterschied, denn wenn wir seine Aktien mit deinen in einen Topf werfen, könnten weder du noch wir weitere Aktien erwerben, ohne ein Übernahmeangebot auszulösen. Wenn ein Aktieninhaber oder eine gemeinsam auftretende Gruppe über zwanzig Prozent der Aktien besitzt, werden laut den Regeln die Übernahmeangebots-Richtlinien fällig. Da du aber nur zehn Prozent der Aktien besitzt, heißt das, daß Robie Frazer und wir weitere zehn Prozent erstehen können, ehe das Ganze zu einem Übernahmeangebot führt.«

»Warum müssen wir vor dem Übernahmeangebot überhaupt noch mehr Aktien erwerben?«

»Aus zwei Gründen. Wie bereits gesagt, erstens verschafft uns das einen Vorsprung vor den übrigen Käufern, und zweitens zahlen wir weitaus weniger für die Aktie, wenn wir sie vorher erstehen. Sobald ein Übernahmeangebot im Raum steht, steigt natürlich der Kurs der Aktie.«

»Und wer soll vor dem Übernahmeangebot die Aktien kaufen?«

»Case Reed kauft fünf Prozent und Robie Frazer die restlichen fünf. Dann machen wir mit unseren zwanzig Prozent ein Angebot für die restlichen achtzig Prozent.«

»Wie geht das vor sich?«

»Case Reed und Robie Frazer gründen ein Privatunternehmen, um ein Angebot zu machen. Das Unternehmen wird fünfzig zu fünfzig geteilt. Wenn wir das Angebot gemacht haben, wechselst du deine alten Genius-Aktien in neue um. So werden Case Reed und Frazer jeweils vierzig Prozent besitzen und du zehn. Die Prozente können variieren, je nachdem, wieviel wir von Genius kriegen, aber das wären ungefähr die Verhältnisse.«

»Klingt alles sehr einfach.«

»Ja, aber nur in der Theorie. Es wird wahrscheinlich kompliziert werden und schmutzig obendrein. Das ist immer so. Aber darum kümmern wir uns, wenn es soweit ist. Als erstes müssen wir den Plan schriftlich fixieren und Frazer schicken. Danach sollten wir uns mit ihm treffen, und wenn er zustimmt, können wir anfangen zu kaufen.«

»Übrigens«, fragte Eva. »Wirst du noch jemand mit reinbringen?«

»Lieber nicht. Zu viele Köche verderben den Brei.« Cassie lächelte. »Vielleicht stecke ich etwas von meinem Privatkapital rein, wenn es dir nichts ausmacht, mich als Ko-Investorin zu haben.«

»Solange du mit dem Risiko leben kannst.«

»Wenn Case Reed es kann, dann kann ich es auch.«

»Aber es ist nicht Case Reeds Geld.«

Cassie sah sie an. »Versuchst du gerade, mich davon abzubringen, Geld zu investieren?«

»Natürlich nicht, aber steck nicht mehr rein, als du notfalls verschmerzen könntest.«

»Hör mal, Eva, das klingt aber gar nicht mehr so optimistisch wie gestern.«
»Du bist eine alte Freundin, Cass. Ich glaube dran, aber ich weiß auch, daß es ein enormes Risiko gibt.«
»Ich werde mein Glück versuchen, wenn du mich nicht ausdrücklich davor warnst.«
»Nein, Cass, das tue ich nicht. Nur zu. Steck dein Geld rein.«
»Mach ich.«
Eva lächelte, und Cassie kam es beinah traurig vor.
Cassie sprang auf die Beine. »Ich muß mal. Bin gleich zurück.«
Eva sah sie verschwinden und versuchte, ein neutrales Gesicht zu behalten, um ihre Gedanken nicht zu verraten. Sie sah sich diskret im Zimmer um, da sie wußte, daß Cassies Sekretärin keine drei Meter entfernt im Vorzimmer saß. Nichts, das sie interessierte. Das Telefon klingelte und klingelte. Die Sekretärin nahm das Gespräch schließlich auf ihrem Apparat an, gerade als Cassie zurückkam.
»Ein gewisser Andrew Stormont für Sie.«
Eva erstarrte. Die Sekretärin hatte leise gesprochen, doch Evas Gehör war ohnehin sehr gut und durch Übung noch feiner geworden. Sie merkte, daß Cassie ihr einen verstohlenen Blick zuwarf, als wolle sie sehen, ob sie es mitbekommen hatte, dann nahm sie das Gespräch vom Apparat ihrer Sekretärin aus an. Cassie sprach leise, und trotzdem konnte man ihre Worte verstehen. Sie klang angenehm überrascht. »Oh, hallo.« Sie hörte eine Weile zu, dann sagte sie: »Ich habe leider nicht viel Zeit. Okay, viertel vor eins in meinem Büro, bis dann.« Sie legte auf und kehrte in ihr Büro zurück.
Eva beobachtete Cassies schönes, sonst so argloses Gesicht, das jetzt wachsam schien. So beginnt es, ein Spiel, dem man noch nicht entwachsen ist.

16

Eva und Cassie verbrachten eineinviertel Stunde damit, das Dokument aufzusetzen. Emma tippte die Vorlagen und fotokopierte Genehmigungen und Bodenanalysen. Eva blieb so lange wie möglich bei Cassie, um ihr Gelegenheit zu geben zu erzählen, daß sie mit Stormont zu Mittag essen würde. Doch um halb eins warf Cassie einen Blick auf die Uhr und sagte: »Ich muß noch ein paar Anrufe erledigen. Wir sind so gut wie fertig. Wenn ich noch Fragen habe, melde ich mich bei dir.«

»Sicher«, antwortete Eva und runzelte leicht enttäuscht die Stirn.

Cassie begann, ihre Papiere einzusammeln. Sichtlich zögernd stand Eva auf.

»Okay«, sagte sie und brach die kurze Stille. »Du hast zu tun. Ich lasse dich jetzt allein. Ich glaube, ich gehe ein bißchen spazieren, kaufe mir ein paar neue Klamotten und esse irgendwo eine Kleinigkeit. Wie eine richtige Müßiggängerin.«

»Genieß es«, antwortete Cassie, ohne die Stichelei zu beachten. »Bald ist es mit der Muße vorbei. Und wie findest du meinen Plan?«

»Prima. Bin sehr zufrieden.«

Eva spazierte langsam durch die Savile Row. An einem Kiosk kaufte sie den *Standard* und betrat dann das Café auf der Clifford Street, wo sie sich so hinsetzte, daß sie den Eingang zu Case Reed im Visier hatte.

Sie schlug die Zeitung auf und beobachtete über den Rand hinweg die Straße. Um viertel vor eins kam Stormont mit einer großen Fortnum&Mason-Tüte. Noch nie hatte sie ihn aus der Ferne gesehen, wie einen Fremden.

Die Pförtnerin bei Case Reed informierte Cassie über Stormonts Eintreffen. Cassie nahm ein silbernes Etui mit einem Spiegel aus der Tasche. Sie bürstete sich das lange Haar und zog die Lippen nach. Dann betrachtete sie sich einen Augenblick in dem Spiegel, bevor sie ein paar Tropfen Parfum auf die Schläfen tupfte und die Treppe hinunterging.
Stormont stand mit dem Rücken zu ihr und sah sich ein Bild an der Wand an. Cassie fiel der kräftige Körper und die selbstbewußte Haltung auf. Sie ging leise auf ihn zu und wollte ihm gerade auf die Schulter tippen, als er sie bemerkte und sich in dem Augenblick umdrehte, als sie ihn berührte. Sie trat einen Schritt zurück, sie lächelten. Dann kam er näher und küßte sie auf beide Wangen. Ihr Haar streifte leicht sein Gesicht.
»Schön, Sie zu sehen, Cassie. Freut mich sehr, daß Sie Zeit für mich hatten.«
Sie lächelte, und er deutete auf seine Tüte. »Ich habe ein paar Sachen von Fortnum's mitgebracht. Ich dachte, bei so einem schönen Tag könnten wir ein Picknick machen. Das ist schneller und besser, als ins Restaurant zu gehen. Und Sie haben ohnehin wenig Zeit.«
»Eine wunderbare Idee.«
Sie traten aus dem Haus in die Sonne, die vom Asphalt hell reflektiert wurde. Von der gegenüberliegenden Seite der Straße aus beobachtete Eva, wie sie eilig davongingen und wie ihre Körper sich dabei leicht einander zuneigten. Sie sah sie verschwinden, legte die Zeitung wieder auf den Tisch und verließ das Café rasch in die entgegengesetzte Richtung.
Cassie und Stormont gingen zum Hyde Park und fanden einen großen Baum. Cassie setzte sich und lehnte sich an den Stamm. Stormont lag mit aufgestützten Ellbogen vor ihr. Er hatte das Jackett ausgezogen und die Krawatte gelöst. Sie legte ihre marineblaue Leinenjacke ab. Darunter trug sie ein ärmelloses blaues Kleid, das normalerweise bis zu den Knien reichte, im Sitzen aber bis zu den Schenkeln hochrutschte. Er ließ sie nicht aus den Augen, während sie es sich gemütlich machte.

Cassie schien es nicht zu bemerken, bis sie aufsah und sein Lächeln mit einem erwiderte, das seinen Blick und die darin liegende Anziehung nicht nur akzeptierte, sondern zu sagen schien, nur zu, ich habe nichts dagegen. Eine rasche Erregung durchflog ihn, geistig wie körperlich. Er öffnete die Champagnerflasche, einen ausgezeichneten Taittinger, und füllte zwei große Gläser.

»Sie verwöhnen mich«, sagte Cassie und nippte an ihrem Glas.

»Mal sehen, was wir sonst noch haben«, sagte er und nahm eine Dose *foie gras*, Brioches, geräucherten Lachs und Salat aus der Tüte.

Eine Weile aßen sie zufrieden, kosteten den Augenblick aus und fragten sich, was er bedeuten mochte.

»Interessante Idee«, sagte Cassie plötzlich und hob eine Augenbraue.

»Was denn?«

»Hier draußen zu essen statt in einem dunklen Restaurant.«

Wieder war er angenehm überrascht, daß sie sich nicht verstellte, sondern seinen latenten Verführungsversuch offen anerkannte.

»Wie wär's dann mit Abendessen in einem dunklen Restaurant?« Er beugte sich vor, als er dies sagte, und sah ihr in die Augen.

Sie wandte den Blick ab. »Mal sehen.« Nach einem Moment wandte sie sich wieder zu ihm und fragte: »Seit wann kennen Sie Eva eigentlich?«

»Unsere Familien kennen sich. Ich glaube, ich habe sie zum ersten Mal gesehen, als sie drei war.« Er hielt inne. »Das ist eine Ewigkeit her.«

Cassie schwieg, als sie diese falsche Note bemerkte – Angst vor dem Alter, was für ein banales Klischee. Sie musterte den starken geschmeidigen Körper, die Kraft in seinen Augen, im Moment verborgen, aber dennoch durchscheinend. Die Angst vor der Vergänglichkeit, dem Verlust von Kraft wirkte prosaisch bei einem vierzigjährigen Mann, dessen Alter in Cassies Augen seine Attraktivität nur vergrößerte. Sie war unglaubwürdig und banal, ein bequemer, doch nicht überzeugender Trick. Sie sah auf die Uhr und stand geschmeidig auf.

»Ich muß los. Mein Termin ...«

Stormont sprang auf. »Ja, natürlich.« Er sammelte rasch die Reste des Picknicks ein. »Ich bringe Sie zurück.«

Beim Gehen hatte er das Gefühl, daß ihr seine Gesellschaft irgendwie lästig war. Sie ging gedankenverloren und schnell und sah ihn kaum an. Ihr Ausdruck, ihre Gedanken schienen nach innen gerichtet, aber sie galten auch noch jemand anders. Vielleicht dachte sie an ihren Termin. Wer immer es war, sie freute sich auf ihn. Die Vorfreude war beinahe greifbar, und er war erneut angenehm überrascht, als er einen Anflug von irrationaler Eifersucht verspürte. Beide gingen und taten so, als sei ihr Schweigen das alter Freunde, bis sie den Eingang von Case Reed erreichten.

»So, hier verabschiede ich mich.« Er sah in ihre klaren blauen Augen, so durchsichtig und rein, trotz ihrer Heimlichkeiten, und verspürte eine Begierde, die stärker war als alles, woran er sich erinnern konnte. Aber so war es immer, dieses Verlangen nach einer neuen Eroberung.

Cassie erwiderte seinen Blick, und in ihren Augen flackerten eigene Gedanken. Sie wandte sich ihm zu, als er sie küssen wollte. Er hielt sie an den Schultern fest und flüsterte ihr ins Ohr:

»Und? Hätten Sie Lust auf ein Abendessen?«

Sie lächelte und schien zum ersten Mal, seit sie zurückgingen, die Gedanken abzuschütteln.

»Ja, das hätte ich.«

Er ließ sie los, und sie drehte sich um und ging hinein.

Stormont wartete, bis die Tür hinter ihr ins Schloß schnappte. Er sah mit einem Gefühl größerer Klarheit als zuvor die Straße rauf und runter, überquerte dann die Savile Row und betrat das Café auf der Clifford Street. Er setzte sich an einen Fenstertisch und griff nach dem *Standard*, den jemand dort liegen gelassen hatte. Halb dahinter verborgen spähte er über den Rand.

Die Kellnerin fragte ihn lächelnd: »Was darf es sein?«

Er hob schon die Hand, um sie wegzuschicken, besann sich aber gerade noch rechtzeitig und sah zu ihr auf: »Einen doppelten Espresso.«

Die Kellnerin wollte ihm erklären, daß er auch etwas zu essen bestellen mußte, doch irgend etwas an ihm schreckte sie ab. Sie brachte ihm seinen Kaffee und ließ ihn in Ruhe.

Es war fünf vor zwei. Fünf Minuten vor Cassies Termin. Die Angestellten kamen vom Mittagessen zurück, kleine Grüppchen eilten an dem Gebäude von Case Reed vorbei. Ein paar Sekretärinnen und Angestellte drückten den Sicherheitscode am Eingang und betraten das Gebäude. Stormont beobachtete alles mit gelangweiltem, desinteressiertem Blick.

Um fünf nach zwei entdeckte er einen Mann, der in Jeans und mit offener Jacke die Straße entlangkam. Seine Bewegungen hatten etwas von der Leichtigkeit und dem Selbstbewußtsein einer Katze, keine Spur von der anmaßenden Überheblichkeit anderer Männer um die Dreißig, die in Jeans rumliefen, nur selbstbewußte Eleganz. Als er näherkam, entdeckte Stormont, daß er lächelte. Es war dasselbe halb versteckte Lächeln der Vorfreude, das Cassie zehn Minuten zuvor etwas dezenter zur Schau getragen hatte. Der Mann blieb vor dem Gebäude von Case Reed stehen und drückte auf die Klingel. Er wartete einen Augenblick, sprach in die Fernsprechanlage und drückte dann die Tür auf, ehe er im Innern des Gebäudes verschwand. Stormont stand auf, warf drei Einpfundmünzen auf den Tisch und verließ das Café. Er überquerte die Straße und bog in die Savile Row ein, wo Munro, sein Fahrer, im Wagen auf ihn wartete.

17

Cassie saß im Büro und wartete auf Owen Quaid. Fünf Minuten nach zwei führte Emma ihn herein. Er kam auf sie zu und lächelte über das ganze Gesicht, wie immer. Cassie sah sein Jackett, das weiße Hemd, die Blue Jeans, die den muskulösen und doch so vertrauten Körper verdeckten. Sie sah sein Gesicht, die blauen, grüngefleckten Augen, das dichte braune Haar, nicht kurzgeschoren wie das der Banker, aber auch nicht lang. Irgendwo dazwischen, wie ein rausgewachsener Haarschnitt. Ihr Blick blieb an seinen Lippen hängen.
Sie stand auf, als er das Büro betrat. Emma wandte den Blick ab und runzelte mißbilligend die Stirn, als er sie an sich zog und auf den Mund küßte. Cassie machte sich lachend von ihm los; aber ihr Herz ging schneller.
»Setz dich.« Sie deutete übertrieben formell auf den Stuhl. Er setzte sich mit gespreizten Beinen und beugte sich über den Tisch zu Cassie herüber.
»Du siehst großartig aus.« Seine Stimme verriet die amerikanische Mutter und seine Jugend in New Orleans. Obwohl er seit zehn Jahren Jahren in England lebte und einen britischen Vater hatte, hielt er an seinem amerikanischen Akzent fest, was seinen Worten einen zärtlich schleppenden Ausdruck verlieh.
Cassie dachte kurz an Stormont und seine höfliche Zurückhaltung, die zu ihrer Überraschung im Vergleich dazu gar nicht schlecht abschnitt. Aber Quaid war erfrischend offen in allem, was er sagte oder tat. Eine Erlösung nach der lästigen Unbeholfenheit von Männern wie Stormont, egal ob geistig oder körperlich. Dennoch hatte Stormont mit seinen zusammengeknif-

fenen Augen und seiner ruhigen Förmlichkeit es ihr irgendwie angetan.

»Wie wär's mit einem Spaziergang?« fragte Quaid leise.

»Geht leider nicht.«

Er studierte sie und spielte eine Weile mit ihrem Anblick, so ungewohnt formell in ihrem eleganten Kleid. Schließlich seufzte er.

»Okay, Business. Ich stehe dir zur Verfügung. Was verlangst du von mir?«

»Wir haben da ein neues Geschäft mit einem neuen Kandidaten.«

Er warf ihr einen prüfenden Blick zu. In ihrer Stimme schwang eine unüberhörbare Erregung mit, das war normal bei einem neuen Deal. Aber heute hörte er noch etwas anderes, ein kaum merkliches Zögern, ein ungewohntes Unbehagen.

»Erzähl«, sagte er sanft.

Cassie war von dieser Zärtlichkeit überrascht, die er sonst nur im Bett zeigte.

»Eine Frau, die ich kenne. Wir waren in Oxford. Danach habe ich sie eine Weile aus den Augen verloren. Aber wir sind immer noch befreundet. Sie hat uns einen erstaunlichen Deal vorgeschlagen.«

»Wie heißt sie?«

»Eva Cunningham.«

Quaid nahm eine Packung Zigaretten und sein Feuerzeug aus der Tasche. Sein Gesicht war einen Augenblick verborgen, als er sich vorbeugte, um die Zigarette an der Flamme anzuzünden. Cassie stand auf, um ihm einen Aschenbecher zu holen.

»Was brauchst du?« fragte er.

»Das übliche. Was sie tut. Wen sie trifft. Mit wem sie sich unterhält. Ob sie gefährliche Angewohnheiten hat. Wofür sie ihr Geld ausgibt. Wenn möglich, wieviel Geld sie besitzt. Du weißt schon. Das übliche eben«, sagte sie. Ihre Stimme klang gereizt.

»Es ist dir unangenehm, stimmt's?«

»Klar. Sie ist eine Freundin. Ich hasse es. Aber der Deal ist schon riskant genug, wir müssen uns so weit wie möglich absichern. Ich kenne Eva, aber Case Reed nicht. Und außerdem, wie gut kennt man seine Freunde wirklich? Vor allem, wenn man sie seit acht Jahren nicht mehr gesehen hat. Ich würde mich am liebsten davor drücken, aber es geht nicht.«

Er ließ sie reden und verbarg seine Unruhe hinter der ihren. Nach einer Weile hielt sie inne und fragte: »Was ist los?«

»Nun, das Ganze gefällt mir nicht, und dir auch nicht.«

Sie beugte sich über den Tisch und drückte seine Hand.

»Ich weiß, aber irgendwie müssen wir uns da durchschummeln.«

Er schwieg eine Zeitlang. »Du könntest jemand anders damit beauftragen. Vielleicht ist es besser, wenn jemand völlig Neutrales sich darum kümmert, jemand, der mehr Distanz hat.«

Wenn man es recht besah, war dieser Vorschlag ziemlich vernünftig. Er schöpfte leichte Hoffnung, doch sie schüttelte den Kopf.

»Nein. Wenn überhaupt, dann sollst du es machen.«

Er seufzte tief, ohne es zu wollen.

Cassie sah beunruhigt auf. Keiner von ihnen gab sich Mühe, seine Sorge zu verbergen.

»Was ist los mit dir, Owen? Da ist auch was von deiner Seite, nicht nur von meiner. Was ist es?«

»Gar nichts. Nichts außer dem, was du mir gesagt hast. Das reicht doch wohl, oder?«

Sie schüttelte den Kopf. Was immer es war, wenn überhaupt etwas war, sie würde es nie aus ihm herausbekommen. Sie kannte diese plötzliche Verschlossenheit an ihm. Rasch fuhr er fort: »Am besten erzählst du mir mehr über diesen Deal. Du hast gesagt, er sei riskant. Aber alle deine Deals sind riskant, das wissen wir. Das ist eben so bei deiner Arbeit. Diesmal hast du es besonders unterstrichen, wenn auch nur in einem Nebensatz. Wo liegt das Problem?«

»Du hast recht. In diesem Fall mußt du informiert sein.

Wir planen mit einem Geschäftsmann aus Hongkong eine größere Investition, du hast vielleicht schon von ihm gehört. Er heißt Robie Frazer. Es ist ein Projekt im Fernen Osten, eine Diamantenmine in Vietnam.« Sie hielt inne, um seine Reaktion zu beobachten. Sein Blick ruhte auf ihr, forschend, abwartend. Sie erzählte ihm von dem Deal, von Eva und von Granger McAdam, die ganze Geschichte. Anschließend war er erst mal sprachlos.

»Verdammte Scheiße. Was ist das für ein Deal?« fragte er schließlich.

»Ein vielversprechender. Wahrscheinlich äußerst rentabel. Er könnte alles, was wir in der Vergangenheit gemacht haben, in den Schatten stellen«, antwortete sie unbeirrt.

»Und du willst einer alten Freundin aushelfen. Wie zum Teufel ist sie an die Mine in Vietnam gekommen? Was hat sie da eigentlich gemacht?«

»Das geht dich nichts an, oder?«

»Und ob mich das was angeht, das weißt du ganz genau. Wie soll ich dir einen vernünftigen Bericht liefern, ohne was über ihre Vergangenheit zu wissen? Was willst du eigentlich? Eva Cunningham ist aufgestanden, hat gefrühstückt, ein paar Anrufe gemacht, ein Paar Schuhe gekauft und ist zum Friseur gegangen?«

Sie starrten sich über den Schreibtisch hinweg an, selbst verwundert über die plötzliche Spannung zwischen ihnen. Doch dann gewannen andere Gefühle die Oberhand, und beide mußten lachen.

»Mein Gott, was für ein Durcheinander«, sagte Cassie.

»Kann man wohl sagen.«

Wieder entdeckte Cassie einen Anflug von versteckter Sorge, die rasch über sein Gesicht flackerte. Er schwieg eine Weile.

»Das Ganze ist dir sehr wichtig, was?«

»Ja.«

»Dann werden wir folgendes tun. Ich werde Eva Cunningham unter die Lupe nehmen. Ich werde dir einen schriftlichen und

einen mündlichen Bericht geben. Und ich werde dir irrelevante persönliche Details ersparen, also alles, was peinlich wäre, aber für deine Zwecke unbrauchbar. Einverstanden?«
Sie nickte und wartete auf etwas, das noch zwischen ihnen schwebte.
»Sei vorsichtig. Wir beide müssen vorsichtig sein.«
»Wieso? Was meinst du?«
»Du willst doch nicht, daß sie rauskriegt, daß du sie beschnüffeln läßt, oder?«
»Natürlich nicht.«
»Wir können also nicht das Risiko eingehen, daß sie mich erwischt, wenn ich sie beschatte, und sie uns später irgendwann zusammen sieht.«
Cassie spürte einen Anflug von Verzweiflung. Sie hatte nie daran gedacht, daß Quaid sich von ihr zurückziehen könnte.
»Schon gut«, sagte er und beobachtete sie. »Wir können uns weiterhin treffen, wir müssen nur sehr diskret sein.«
Draußen auf der Straße verfluchte er sich selbst. Ihretwegen und seinetwegen hätte er verschwinden und sie nie wiedersehen sollen. Er hätte ihr einen gefälschten Bericht geben, Evas Image zerstören und den Deal platzen lassen sollen. Doch er konnte Cassie nicht verlassen – die alptraumhafte Mischung von Liebe, Sorge und dem Bedürfnis, sie vor Dingen in Schutz zu nehmen, von denen sie nichts verstand, war zu stark. Plötzlich schoß ihm ein tröstlicher Gedanke durch den Kopf. Vielleicht mußte er gar nichts erfinden, um Evas Bild zu zerstören. Wenn er Glück hatte, war sie sowieso nichts wert. Aber das schien eher unwahrscheinlich. Eva war Cassies Freundin, sie konnte nicht korrupt sein.

Cassie verdrängte ihr Unbehagen und versuchte abzuschalten. Sie konzentrierte sich auf die Arbeit und überließ sich willig der berauschenden Erregung des Deals – ein General mit lackierten Fingernägeln, der in einem Café saß und einen Finanzkrieg ausheckte. Für sie hatte es mehr von einem Spiel.

Meistens siegte derjenige, der die Regeln am erfolgreichsten beugte, ohne nach außen die vom Gesetz aufgestellten Grenzen zu brechen. Es gab eine Menge Spielraum für Phantasie, Kreativität und Tricks. Es ging nicht nur um Zahlen auf dem Papier. Vieles hing davon ab, daß man die Reaktionen der anderen voraussah. Das menschliche Element machte das Ganze unvorhersehbar, erhöhte das Risiko und die Möglichkeiten der Manipulation. Das Spiel bestand zur Hälfte aus dem Kick und zur anderen aus Geld in seinen unterschiedlichen Verkleidungen; doch hinter dem Funkeln der Diamanten verbarg sich das Moment der Bestechlichkeit. Obwohl sie noch im Boden ruhten, glitzerten und blendeten sie.

Cassie rief Sam Brimton an.

Die Sekretärin stellte das Gespräch durch. Brimtons Stimme klang träge und ein wenig ironisch.

»Sie sind also John Richardsons Schützling, was?«

»Hmm.«

»Und Sie wollen an der Börse von Vancouver handeln?«

»So ist es.«

»Wie kann ich Ihnen behilflich sein?«

»Ich brauche einen Broker, der sich dort auskennt. Möglich, daß Case Reed in ein paar Tagen einen kleinen Anteil an einer Gesellschaft übernimmt. Außerdem brauchen wir wahrscheinlich einen Handelsbanker als Berater. Es könnte sein, daß wir ein Übernahmeangebot für diese Gesellschaft machen, wenn es soweit ist.«

»Schön und gut, aber bislang haben Sie mir so gut wie nichts gesagt. Sie haben mir nicht die geringste Insiderinformation gegeben.«

»Genauso ist es. Im übrigen würde ich gern wissen, ob Sie unser Mann sein wollen?«

»Es wäre mir eine Ehre.«

»Na schön, dann wäre das schon mal geregelt. Und jetzt können Sie mir in Ihrer offiziellen Eigenschaft als Broker sagen, ob meine Vorgehensweise koscher ist.«

Cassie legte die Strategie dar, die sie mit Richardson und Eve ausgearbeitet hatte, ohne jedoch den Namen der Gesellschaft zu verraten.
»Scheint mir alles in Ordnung zu sein.«
»In ein paar Tagen werden wir eine Besprechung haben, und wenn alles gutgeht, rufe ich Sie an und gebe Ihnen den Namen der Gesellschaft und Kaufanweisung. Bis dahin sollten wir ein Konto bei Ihnen einrichten. Vielleicht veranlassen Sie, daß Ihre Sekretärin meine anruft, um die Einzelheiten zu besprechen.«
»Yeah, mach' ich.« Er zögerte eine Sekunde. »Hören Sie, Cassie, wenn dann alles in Gang kommt, würde ich sehr vorsichtig sein. Die hiesige Börse ist nicht wie die in London. Hier geht es ganz schön wild zu, und es gibt eine Menge skrupelloser Broker, die gerne manipulieren. Sie wollen sich sicher nicht die Finger verbrennen. Nicht, daß irgendwer anders mehr als Sie weiß und Gerüchte streut, um die Preise zu manipulieren. Dazu braucht man hier keine harten Fakten. Es reicht ein geflüstertes Wort, ohne jede Grundlage, und ehe man es merkt, ist es zu spät. Besser, Sie kriegen alles über Ihr Unternehmen raus, was Sie können, einschließlich der Farbe des Klopapiers.« Er machte eine Pause und sagte dann leichthin: »Natürlich wäre es nicht übel, wenn Sie ein paar schlechte Nachrichten auf Lager hätten, ehe Sie Ihr Übernahmeangebot loslassen.«
»Sie schlagen doch nicht etwa ein Baissemanöver vor, Mr. Brimton?« Bei einem Baissemanöver streuten Spekulanten bewußt Falschmeldungen über eine Gesellschaft, um ihre Anteile billig zu erstehen, nachdem sie sie vorher zu höheren Preisen verkauft hatten. Diese Praxis brach zwar alle internationalen Börsenregeln, doch die Gewinne, die man dabei machen konnte, waren stärker als juristische Skrupel.
Obwohl Brimton lachte, war seine Warnung nicht zu überhören.
»Das habe ich nicht gesagt, ich kläre Sie lediglich über die Risiken auf, nicht mehr. Damit Sie ein Gefühl für die hiesige Börse bekommen. Es gibt einfach zu viele Cowboys hier. Wenn

man die Nase vorn haben will, muß man mit harten Bandagen kämpfen.«

»Danke für den Hinweis.«

»Sie werden Freunde brauchen, Cassie, wenn Sie es ernst meinen. Sie müssen sich gut vorbereiten.«

»Vielen Dank für das Angebot, Sam. Genau das haben wir von Ihnen erwartet.«

»Ich werde mein Bestes tun, aber Sie können trotzdem auf die Schnauze fallen.«

Sie legte auf. Ein Übereinkommen war getroffen, im Moment ruhte es, aber sie konnte jederzeit darauf zurückkommen, wenn sie wollte. Sie war nicht sicher, wie es aussehen würde und welche Kosten damit verbunden waren, aber es würde Vorteile haben, das wußte sie, und auch, daß Sams Warnungen ehrlich gemeint waren. Sie würde einen Freund in Vancouver brauchen. Er hatte recht, an einer Börse, wo alle Dreck am Stecken hatten, konnte man nicht sauber spielen, ohne sich selbst zu schaden. Und wenn sich schon einer die Finger schmutzig machen mußte, dann sollte es Sam Brimton sein und nicht Case Reed, selbst wenn sie jetzt liiert waren.

Sie staunte selbst, wenn sie darüber nachdachte, wie sie sich in acht Jahren von einer naiven Universitätsabsolventin zu einer gerissenen Finanzexpertin gemausert hatte. Sie wußte nicht genau, wie es dazu gekommen war, aber sie spürte eine gewisse Verschiebung, ein Wegfallen von Skrupeln. Vor acht Jahren hätte sie nie ein solches Gespräch führen können. Aber in ihrem Beruf durfte man nicht zimperlich sein. Wenn man Erfolg haben wollte, mußte man sich an die Spielregeln halten, und das hieß häufig genug, sie zu brechen oder durch Dritte brechen zu lassen, während man selbst verschämt den Blick abwandte. Bloß diesmal wollte sie nicht woanders hinschauen. Sie wollte alles sehen, und zwar aus dem Zentrum heraus. Dasselbe Verlangen erkannte sie auch bei Eva, eine unberechenbare Veranlagung, Energie und Erregung mit einem Schuß Angst.

18

Für ihre Verabredung mit Frazer wählte Eva ein blaßblaues Leinenkleid und ein paar dunkelbraune Sandalen, legte Lippenstift auf und griff nach dem Parfüm. Make-up brauchte sie nicht. Sie lächelte ihrem Spiegelbild zu. Ein guter Köder, eine gute Rivalin.

Zehn Minuten nach neun kam sie in Wilton Place an. Frazer begrüßte sie mit einem Kuß und einem Glas Champagner und führte sie in den Garten hinter dem Haus. Sie saßen auf verwitterten Holzstühlen an einem dazugehörigen Tisch. Er nahm ihren Arm und strich mit den Fingern über die Haut. Eva versuchte, sich ihr Unbehagen nicht anmerken zu lassen. Plötzlich hielt er inne und musterte ihren Unterarm bis zum Handgelenk.

»Was ist das? Was hast du dir da angetan?« Seine Fingerspitzen fuhren über die Stellen leicht verfärbter Haut auf beiden Unterarmen.

Eva zuckte nicht mit der Wimper. »Du hast gute Augen.«

»Nun?«

Plötzlich spürte Eva einen Anflug von Ärger, am liebsten hätte sie den Arm zurückgezogen und ihn angeschrien. *Schönheitschirurgie. Hauttransplantation, um die Narben eines Unfalls zu verdecken. Es hat nicht viel gebracht, und obendrein hatte ich ein Jahr später einen Sonnenbrand. Deshalb wird die Haut an den Stellen nicht so braun. Zufrieden?* Doch dann unterdrückte sie ihren Ärger und antwortete beherrscht: »Ein Skiunfall in Val D'Isère. Ich bin auf einer schwierigen Abfahrt gestürzt, der vereiste Schnee hat mir die Kleider zerfetzt und die Haut bis aufs Fleisch abgeschürft.« Sie machte eine Pause.

»Ich hatte Glück, daß ich nicht verblutet bin. Soviel ich weiß, war das eine Woche vor mir jemandem passiert, am gleichen Hang. Das Eis hatte ihm die Pulsader zerfetzt.« Sie zuckte gleichgültig die Achseln, als hätte sie die Geschichte schon tausend Mal erzählt.

Er grinste. »Daher die Narben also?«

»Ja«, antwortete sie unbewegt. »Daher die Narben. Das Ganze ist vor zwei Jahren passiert. Die Narben sind geblieben, aber ich hatte Glück.« Plötzlich sah er Schatten in ihren Augen. Es war, als hätte sie sich in einen düsteren Schleier gehüllt.

Er berührte ihr Gesicht. »Jeder fürchtet den Tod.«

Sie sah woanders hin und schwieg. Plötzlich beugte er sich über sie, küßte ihren Arm und fuhr mit der Zunge über die Narben. Es war ein schockierender Ausdruck von Zärtlichkeit. Das Gewirr einander widersprechender Gefühle drehte ihr den Magen um. Nach einer Weile hielt Frazer inne, ohne den Arm loszulassen und lächelte zu ihr auf. Eva berührte seine Hand und bückte sich dann nach ihrer Handtasche, die auf dem Boden lag. Sie nahm eine Packung Zigaretten heraus und zündete sich eine an.

Sie blies den Rauch an ihm vorbei und wich seinem Blick aus. Was da gerade zwischen ihnen geschehen war, hatte mit Sex und den einfachen, wohlbekannten Regeln, die ihn begleiteten, nichts zu tun, so intim war es.

»Du magst Häßlichkeit, wie?« fragte sie.

»Sie kann sehr aufregend sein, findest du nicht? Perfekte Schönheit dagegen eher fade.«

»Was hältst du dann von Cassie Stewart? Ist sie eine perfekte Schönheit?«

»Sie ist sehr schön«, antwortete Frazer und sah sie an.

»Aber ich hatte keine Gelegenheit, sie zu studieren und zu sehen, ob sie versteckte Narben hat. Fade finde ich sie nicht.«

»Nein. Ihre Schönheit ist mit Klugheit gepaart, fast Unberechenbarkeit. Das ist neu, und seltsam. In Oxford war sie nicht so.«

»Was hat sie so verändert?«
»Wie soll ich das wissen? Acht Jahre sind vergangen. Da kann uns allen vieles geschehen.« Eva wurde bewußt, daß sie sich auf ein gefährliches Glatteis begab, und hellte ihre Stimme auf.
»Wahrscheinlich liegt es an mir. Ich habe mich verändert und sehe die Dinge anders.« Sie beugte sich vor und küßte ihn langsam und zärtlich auf den Mund. Als sie sich von ihm löste, entdeckte sie Hunger und Begierde in seinen Augen. Sie lächelte, als sie sah, daß sie ihn unter Kontrolle hatte.
»Wann essen wir? Ich bin halb verhungert.«
»Wann du willst. Wir bleiben hier, meine Haushälterin hat gekocht.« Er sah auf die Uhr. »Sie müßte uns jeden Augenblick rufen.«
Der Abend verging in einem angenehmen Rausch von Wein und Essen. Keiner von beiden erwähnte den Deal. Eva hatte den Eindruck, daß er sie und das Geschäft trennen wollte.
Sie konnte Geliebte und Geschäftspartnerin sein, aber nicht zur gleichen Zeit. Mit der Frau ging er ins Bett, und mit der Partnerin machte er Geschäfte. Sie war froh darüber.
Frazer war ein guter Gastgeber, er hatte die Leichtigkeit und den Charme eines Liebhabers, der sich in seiner Rolle wohlfühlt und von keinerlei Gefühlen behindern läßt. Die Intimität von vorhin wurde stillschweigend vergessen. Eva kämpfte nicht mehr gegen sich selbst und genoß die Wärme des Abends, den Garten, das gute Essen, den Wein und die amüsanten Geschichten.
Frazer verriet ihr nichts von Bedeutung, sondern erzählte nur harmlose Anekdoten über Hongkong und London. Es war die zynische, gleichgültige Unterhaltung eines Geschäftsmannes. Amüsant, doch bewußt fade, genau die Eigenschaft, die er verabscheute. Er war auf der Hut, wenn auch nicht unbedingt vor ihr. Eva hielt es für die angeborene Wachsamkeit eines Mannes mit Geheimnissen und dem Bedürfnis, der Vertrautheit, die sich aus jeder Art von Selbstenthüllung ergibt, aus dem Weg zu

gehen. Gute Taktik für ein Abendessen; sie hätte viele aus Frazers Kreis befriedigt, die nichts anderes wollten, als daß er den Frazer spielte, den sie kannten und bewunderten. Eva jedoch war frustriert, nervös, sie wollte an der Oberfläche kratzen und traute sich nicht. Noch war sie nicht selbstsicher genug und hatte Angst, daß ihre Fragen sie verraten könnten. Einen Augenblick wünschte sie sich, sie hätte Cassies Leichtigkeit. Aber Cassie war anders, sie mußte sich weder verstellen noch hatte sie was zu verbergen.

Eva spürte, wie sich ihr Körper anspannte, daher verscheuchte sie Cassie aus ihren Gedanken und konzentrierte sich auf Frazer. Er besaß diese Leichtigkeit, war aber so durch und durch falsch, daß jede Faser seines Körpers davon durchdrungen war. Eva studierte ihn. Vielleicht fühlte er sich selbst gar nicht falsch. Möglich, daß er einfach unmoralisch war und pathologisch gewissenlos. Oder ein guter Schauspieler. Eva starrte ins Leere. Sie wußte nicht, was schlimmer war.

Sie fragte sich auch, wie er sie wohl sehen mochte. Glücklich und unbeschwert, als eine Frau, die keine Geheimnisse hatte? Oder vermutete er, daß es noch eine andere Seite gab und daß auch sie schauspielerte, gut oder schlecht? Sie würde ihm etwas hinwerfen müssen, ein Stück Selbstoffenbarung, denn danach suchte er, wenn auch nur aus akademischem Interesse. Er würde ihr nichts von sich selbst anvertrauen, aber er wollte etwas von ihr, irgendeine Art von emotionaler Abhängigkeit. Menschen wie er lebten von der Fähigkeit, sich bei anderen zu holen, was sie sich selbst nicht geben konnten, ein Spiel, ein aussichtsloses Spiel. Sie nahmen, was andere aufgaben. Der Gedanke ernüchterte sie, und sie griff über den Tisch hinweg nach seiner Hand.

»Gehen wir ins Bett.« Da war das Schauspielern leicht und zunehmend überflüssig. Ihr Körper übernahm mit erschreckender Leichtigkeit die Kontrolle.

Sie erwachte am nächsten Morgen um sieben. Leise schlüpfte

sie aus dem Bett und nahm eine Dusche. Als sie wieder ins Schlafzimmer zurückkam, entdeckte sie voller Abscheu das am Boden liegende zerknitterte Leinenkleid. Ihr Blick wanderte zu Frazer, der noch schlief. Auf Zehenspitzen schlich sie in sein Ankleidezimmer. Eingebaute Wandschränke und zwei Kommoden mit Schubladen. Sie öffnete zuerst die Wandschränke. Reihenweise Anzüge, Jacketts und Hosen. In den Regalen lagen Jeans, gefaltete Hemden und Pullover. Nackt wie sie war, stieg sie in eine Jeans und zog den Gürtel so straff es ging. Dann überflog sie noch einmal die Regale auf der Suche nach einem T-Shirt. Als sie Frazer hinter sich hörte, fuhr sie zusammen, setzte jedoch ihre beiläufige Suche fort, ein Bein angewinkelt, den Kopf auf die Seite gelegt, als überlegte sie, was sie anziehen sollte.

»Was machst du da?« fragte er ungewöhnlich scharf. Sie drehte sich um und sah ihn an.

»Ich suche ein verdammtes T-Shirt. Ich habe keine Lust, die Klamotten von gestern abend zu tragen.« Ohne auf seine Gereiztheit zu achten, trat sie halbnackt auf ihn zu und küßte ihn auf den Mund. Er lächelte, aber sein Ton blieb scharf.

»Nächstes Mal fragst du mich. Dann suche ich dir was raus.«

»Ich wollte dich nicht wecken, weil ich Angst hatte, du könntest böse sein. Und ich hatte gar nicht unrecht, wie?« neckte sie ihn.

»Du hast schlechte Laune. Was beunruhigt dich denn so? Hast du Angst, daß ich irgendwelche Frauenkleider finden könnte?«

Als sie die Belustigung in seinen Augen las, entspannte sie sich.

»Mach dir keine Sorgen. So borniert bin ich nicht. Ich weiß genau, daß ich kein Monopol auf dich habe.«

Er lachte, und sie spürte, wie sein Ärger verflog.

»Und? Wo sind die T-Shirts? So kann ich unmöglich nach Hause.«

Er griff in eine Schublade und nahm ein weißes T-Shirt heraus.

Sie streifte es über. »Danke.«

Er beobachtete, wie sie es in die Jeans stopfte. Die Kleider schlotterten um sie herum, doch die Konturen ihres Körpers, die straffen Muskeln waren deutlich erkennbar. Er stellte sich die weiche nackte Haut darunter vor. In seinen viel zu weiten Sachen sah sie umwerfender aus als je zuvor. Er fuhr mit den Händen über ihren Körper, streifte die Jeans herunter und zog sie zu sich auf den Boden.

Eine Stunde später sah er zu, wie sie sich wieder anzog. »Hast du Hunger? Margaret macht uns Frühstück.«

»Rühreier?« fragte sie hoffnungsvoll.

»Die esse ich jeden Morgen. Eine Cholesterinbombe.«

Zehn Minuten später saßen sie am Frühstückstisch. Die Spannung zwischen ihnen war verflogen. Eva stürzte sich auf Speck, Rühreier, Tomaten, Würstchen und Pilze. Margaret hatte den Kaffee gebracht, ohne mit der Wimper zu zucken, offensichtlich war sie an unangemeldete Frauen zum Frühstück gewohnt. Wahrscheinlich geben sie sich die Klinke in die Hand, dachte Eva. Das war ihre beste Tarnung.

Frauen sind neugierig. Wenn sie nicht gerade sehr gewissenhaft oder aber völlig desinteressiert sind, wühlen sie gern in fremden Schränken oder Badezimmern nach irgendwelchen Spuren von anderen Frauen – Gesichtscremes, Parfüms, Schuhe, Kleider. Frazer würde sie deswegen nicht verdächtigen. Außerdem hatte sie mit ihrem Wunsch nach frischen Klamotten eine gute Ausrede gehabt. Zwar hatte sie nichts entdeckt, unter dem Deckmantel weiblicher Neugier jedoch einen akzeptablen Präzedenzfall geschaffen.

Sie warf Frazer, der hinter der *Times* verborgen war, einen Blick zu, konnte aber nur seine Augen sehen. Er wirkte völlig entspannt und schien sein Frühstück zu genießen.

In dem Moment tauchte Margaret auf und blieb in der Tür stehen, bis Frazer sich ihr zuwandte.

»Telefon.«

Er stand auf und verließ den Raum. Als er die Tür des Arbeitszimmers hinter sich geschlossen hatte, nahm er den Hörer ab.

»Ja?«
»Le Mai. Ich bin eben in Heathrow gelandet.«
»Komm sofort her.«
Als Frazer zum Frühstückstisch zurückkam, war die Trägheit des frühen Morgens verflogen. Eva spürte seine Unruhe. Er beendete sein Frühstück mit klapperndem Besteck, schob den Teller von sich und warf Eva, die noch nicht fertig war, einen ungeduldigen Blick zu. Dann stand er nervös auf, trat ans Fenster und sah in den Garten. Eva ließ sich Zeit und blätterte mit gelangweilter Miene im *Daily Telegraph*. Schließlich stand sie auf und küßte ihn auf die Wange. »Wiedersehen.« Dann drehte sie sich um und ging.
Zu ihrer Belustigung wirkte Frazer überrascht, als habe er mit einem derartig raschen Abgang nicht gerechnet.

Owen Quaid saß in einem unauffälligen Mietwagen Marke Mondeo und beobachtete, wie Eva Frazers Haus verließ. Sie wird ein Taxi nehmen, dachte er. Schließlich wohnte sie eine halbe Stunde zu Fuß entfernt und mußte nach der langen Nacht müde sein. Sie ließ Wilton Place hinter sich und ging durch die Wilton Crescent zum Belgrave Square. Er sah, wie sie an der Ecke wartete, fuhr einmal um den Platz und kam rechtzeitig, um zu sehen, wie sie in ein Taxi stieg. Obwohl er instinktiv wußte, daß sie nach Hause fuhr, wollte er sich selbst davon überzeugen. Er ließ drei Wagen vor und heftete sich an ihre Fersen.
Das Taxi hielt vor einem Zeitungskiosk an der King's Road. Quaid parkte im gebührenden Abstand und beobachtete, wie sie den Laden mit einer Plastiktüte voller Zeitungen und ein paar unförmigen Artikeln verließ, die nach einer Milchtüte und einem Brot aussahen. Genau wie erwartet.
Er folgte ihr, bis das Taxi in die Langton Street einbog, dann drehte er ab und fuhr nach Notting Hill in sein Büro. Von dort rief er bei einem kleinen Unternehmen an, das mit den üblichen Informationen handelte: Krankenberichte, Aufschlüsselung

von Telefonanrufen, Kreditkartenabrechnungen, Bankkonten usw.
»Wann?« fragte der Mann am anderen Ende der Leitung.
»Sofort«, erwiderte Quaid.
»Geht klar«, sagte der andere und legte auf.

Zu Hause absolvierte Eva als erstes ihre morgendliche Gymnastikroutine. Eine halbe Stunde später rief sie schwitzend, aber mit klarem Kopf bei Stormont an. Seine Sekretärin nahm ab.
»Er ist gerade in einer Sitzung. Aber Giles Aden ist hier. Er will Sie sprechen.«
Bevor Eva etwas sagen konnte, war Aden schon dran.
»Eva. Ich wollte mit Ihnen sprechen. Was gibt es Neues?«
»Könnten Sie mir bitte Stormont an den Apparat holen, Giles.«
»Würde ich gerne machen, aber er ist ...«
»Interessiert mich nicht, Giles.«
Aden verkniff sich eine Antwort und verschwand, um seinen Chef zu holen.
Eine Minute später war Stormont am Apparat.
»Eva, was ist los?«
»Wir müssen sein Telefon abhören, Stormont. Ich habe das Gefühl, daß er was im Schilde führt. Was ich bislang tue, bringt uns nicht viel weiter. Ein paar Wanzen wären auch nicht schlecht. Wir verschwenden sonst viel zuviel Zeit.«
»Na gut. Bisher habe ich noch gezögert. Es ist nicht so leicht, eine Abhörgenehmigung für einen Mann seines Kalibers zu bekommen. Aber du hast recht. Wir verschwenden Zeit. Noch heute werde ich Carew um eine Genehmigung bitten.«
»Großartig, dann können wir wenigstens eine Sache rauskriegen.«
»Und die wäre?«
»Na, daß Frazer was zu verbergen hat. Ich bezweifle allerdings, daß wir an echte Beweise rankommen, da er sehr vorsichtig ist. Er gibt sich völlig ungezwungen, aber er läßt nichts raus. Wahr

scheinlich rechnet er sowieso damit, daß sein Telefon abgehört wird. Vermutlich kriegen wir nur völlig belanglose Dinge raus, aber vielleicht bekommen wir den einen oder anderen Hinweis dadurch, man kann nie wissen. Wie lange braucht denn so was?«

»Mit Glück könnten wir noch heute die Genehmigung erhalten. Dann müssen wir den geeigneten Zeitpunkt abwarten, um alles zu installieren.«

»Sollte ich das nicht machen? Ich komme problemlos ins Haus.«

Stormont überlegte. »Es ist ein bißchen gefährlich. Wenn man dich erwischt, wäre deine Tarnung hin. Andererseits hast du am leichtesten Zugang ...«

»Besorg mir die Wanzen. Ich mach's.«

»Na gut«, sagte Stormont schließlich. »Ich veranlasse alles. Du kümmerst dich um Frazer. Bring die Diamanten ins Gespräch und paß auf dich auf.«

»Mach dir keine Sorgen.«

»Du mußt wirklich vorsichtig sein, Eva.«

»Mein Gott, Stormont, als wenn ich das nicht wüßte.«

»Ich weiß, ich weiß, du paßt auf dich auf. Es ist nur, daß wir beide wissen, wozu er imstande ist.«

19

Owen Quaid saß in seinem Büro und rauchte eine halbe Packung Zigaretten, ehe er die letzte ausdrückte, aufsprang und ins Büro seines Kompagnons Paul Black marschierte. Black war ein intelligenter, cooler Mittdreißiger mit lockigem schwarzem Haar, einer langen, schmalen Nase mit einer Delle in der Mitte, wachsamen blauen Augen und einem vorzeitig gealterten Gesicht. Unmengen von Whisky, Zigaretten und seine lebenslange Arbeit im Untergrund hatten Spuren hinterlassen.

Die beiden Männer hatten sich vor vier Jahren zusammengetan. Es war teilweise ein Experiment gewesen. Beide waren unabhängige Privatdetektive, denen die Arbeit über den Kopf wuchs. Keiner hatte viel über den anderen gewußt oder hätte dies zugegeben. In ihrer Welt legte man nicht viel Wert auf Lebensläufe und Referenzen. Beide hatten sich auf ihren Instinkt verlassen und das wenige, was sie über den anderen wußten.

Quaid wußte beispielsweise, daß Black mehr als zehn Jahre im Fernen Osten gearbeitet hatte. Was genau er dort gemacht hatte, wußte er nicht, und es interessierte ihn auch nicht. Keiner von beiden hatte das Bedürfnis, dem anderen irgendwelche Geständnisse zu machen. Es war gefährlich, Anekdoten auszutauschen, denn die Konkurrenz untereinander ist stärker als Besonnenheit und Zurückhaltung. Diskretion hat oberste Priorität in ihrem Beruf, und keiner von beiden wollte das mißachten. Es gab aber auch einen weiteren und nach zehnjähriger Berufserfahrung fast natürlichen Grund – Diskretion ging übergangslos in gewohnheitsmäßige Verschwiegenheit über. Damit standen sie nicht allein. Überall wurden Geliebte, Bankkonten

oder Lügen verheimlicht. In ihrem Fall war Verschwiegenheit von Berufs wegen notwendig und obendrein eine gute Tarnung, wobei die Grenzen verschwammen. Innerhalb dieser Vorgaben vertrauten sie einander und waren ein gutes Team.
Sie hatten ein profitables Geschäft und arbeiteten für einen ausgewählten Kundenkreis. Meistens wurden sie von einem Geschäftspartner engagiert, um dessen Gegenspieler auszuspionieren. Sie überprüften finanzielle, aber auch persönliche Daten. Die individuelle Psychologie war mindestens so wichtig wie das Bankkonto, und beides fiel gleich stark ins Gewicht. Bei schwierigen Aufgaben, zum Beispiel, wenn mehrere Leute nötig waren, um jemanden zu beschatten, engagierten sie freie Mitarbeiter. Natürlich verfügten sie nicht über die Möglichkeiten einer weltweit operierenden Organisation wie Kroll, dafür boten sie eine Anonymität, die Kroll trotz aller Diskretion nicht gewährleisten konnte. Kroll war fast eine Institution oder, besser gesagt, eine Gegeninstitution. Quaid und Black wurden von Leuten angeheuert, die es vorzogen, einem riesigen Unternehmen wie Kroll nicht zu zeigen, daß sie derartige Dienste in Anspruch nahmen.
Black und Quaid waren klein genug, um beinahe unsichtbar zu bleiben. Ihre Firma hieß *Black Property Services*. Die Rechnungen sahen völlig harmlos aus, abgesehen von ihrer Höhe. Das Büro in einem Wohnviertel von Notting Hill war luftig und gemütlich eingerichtet, ein ausgezeichneter Hintergrund für den Erfolg seiner Betreiber. Quaid war trotz seiner lässigen Eleganz der geborene Detektiv, der mit Charme und Talent selbst hinter die wohlgehütetsten Informationen kam. Er war ein Eingeweihter im Netzwerk der käuflichen Geheimnisse, wußte, welche Bank- oder Verwaltungsangestellten käuflich waren, und kannte genug ehrgeizige Hacker, die nur darauf warteten, ihre Fähigkeiten unter Beweis zu stellen. Quaid wußte auch, wie man Schwachstellen im Leben anderer Leute ausfindig macht oder wann man hinter eine unauffällige Fassade blicken muß. Er hatte einen Instinkt dafür.

Black sah auf, als Quaid sein Büro betrat, und griff nach der Packung Zigaretten, die auf dem Tisch lag. Jede seiner Bewegungen war entspannt und gelöst. Er lehnte sich lächelnd zurück und wartete auf die schlechte Nachricht, die sich unweigerlich hinter Owens Nervosität verbarg. Was es auch sein mochte, Blacks Verhalten schien zu sagen, daß es kein Problem war, jedenfalls nichts, worüber er sich Sorgen machen mußte.
Quaid setzte sich auf den Schreibtischrand und sagte offen: »Wir stecken in der Scheiße. Und ich hab' mich bereits so weit reingeritten, daß ich jetzt weitermachen muß, wenn ich nicht vom Pferd fallen will.«
Black zog die Augenbrauen hoch, sein Lächeln erstarb, aber er sagte nichts.
»Ein Interessenkonflikt. Zwei Parteien, die sich gegenseitig beschnüffeln wollen. Und ich habe beide Aufträge angenommen.«
»Wer ist es?«
»Robie Frazer und Cassie Stewart.«
»Nicht schlecht, Owen. Bist du von allen guten Geistern verlassen oder einfach nur lebensmüde?«
Quaid mußte zum ersten Mal an diesem Morgen lächeln.
»Worum geht es überhaupt?« fragte Black.
»Um einen Diamantenfund in Vietnam. Cassie hat eine Freundin aus alten Oxford-Zeiten, Eva Cunningham. Sie hat die letzten acht Jahren im Fernen Osten verbracht, offensichtlich auf den Spuren der Hippies.«
In Blacks Augen tauchte eine Frage auf, aber er sagte nichts. Quaid fuhr fort. »Diese Cunningham hat sich also mit einem Amerikaner zusammengetan, der behauptet, eine Mine nördlich von Hanoi entdeckt zu haben. Sie hat ihn aus dem Gefängnis geboxt – er saß wegen eines Unfalls – und sich damit zehn Prozent an dem Unternehmen unter den Nagel gerissen. Jetzt kommt sie mit dem Deal zu Case Reed. Sie braucht mehr Geld für Probebohrungen. Und Case Reed bringt Frazer als Ko-Investor ins Spiel. Cassie hat mich, übrigens sehr gegen ihren

Willen, gebeten, ihre Freundin zu durchleuchten. Offensichtlich glauben sie, Frazer wäre über alle Zweifel erhaben.« Black unterbrach ihn mit einem häßlichen Lachen.
»Ja, verrückt, was?« sagte Quaid. »Könnte aber auch sein, daß Cassie davon ausgegangen ist, daß ein Mann wie Frazer sich keineswegs eine Blöße geben würde, wenn er etwas zu verbergen hätte. Vielleicht hat sie gedacht, die Mühe lohnt sich nicht.«
»Na, und wenn schon. Es gibt tausend Unternehmen, die sich alle zehn Finger danach lecken würden, mit Frazer ins Geschäft zu kommen. Sie interessiert nur sein Prestige und sein Gespür für Geld. Alle wollen ein Stück vom goldenen Kuchen. Und wenn man Frazers Level erreicht hat, dann fragt man nicht, wie er in der Vergangenheit sein Geld verdient hat. Geld stinkt nicht, das ist das Privileg der Reichen. Weiter will sowieso keiner sehen. Alle erliegen ihrer Gier und werden schwindelig vor Respekt.«
»Du hast völlig recht. Cassie ist nicht so, trotzdem würde es ihr nicht in den Sinn kommen, an Frazer zu zweifeln. Sie hat sich auf unbekanntes Terrain begeben, und Case Reed auch. Cassie hat noch nie mit jemandem wie Frazer zu tun gehabt. Sie hat keinerlei Erfahrung mit solchen Typen. Sie meint, sie sei vorsichtig, indem sie Eva durchleuchten läßt. Wie auch immer, ich hab' also zugesagt, Eva zu beschatten. Aber ein paar Stunden zuvor hatte mich Frazer angerufen und gebeten, Case Reed, John Richardson – Cassies Chef –, Cassie und Eva Cunningham unter die Lupe zu nehmen. Und ich habe natürlich automatisch zugesagt.«
»Bei Frazer blieb dir auch nichts anderes übrig.«
»Du sagst es. Sonst hätten wir gleich einpacken können. Es würde dem Geschäft ziemlich schlecht bekommen, sich mit ihm anzulegen.« Er schwieg eine Weile, während Black ihn kritisch beobachtete. »Außerdem muß ich zugeben, daß ich neugierig war. Ich wollte wissen, was da los ist. Vielleicht kann ich Cassie irgendwie beschützen. Und als mir Cassie von der Diamanten-

mine in Vietnam, Eva und Frazer erzählte, konnte ich unmöglich ablehnen. Wie hätte ich es erklären sollen? Daß ich in einen Interessenkonflikt gerate, weil ich bereits dabei war, sie für Frazer auszuspionieren?«

Black drückte seine Zigarette aus und zündete sich eine neue an.

»Du hättest es ihr ruhig sagen können. Es ist doch nichts Ungewöhnliches, daß ein Investor seine Partner bespitzeln läßt.«

»Stimmt, aber es hätte viel über Frazers Mentalität verraten. Und wenn sie schon mit ihm Geschäfte macht, wäre es mir lieber, sie hat keine Ahnung, wie er vorgeht. Sonst fängt sie noch an, komische Fragen zu stellen. Du weißt doch, wie neugierig und intuitiv sie ist. Zu ihrer eigenen Sicherheit wäre es viel besser, wenn sie Frazer für einen stinknormalen, höchstens eben besonders reichen und talentierten Kunden hält.«

»Na gut. Eigentlich verstößt du gegen alle unsere Geschäftsgrundlagen und gegen unsere Berufsethik, indem du persönliche Kriterien einbringst. Aber das ist uns allen schon passiert. Du kannst dir ja denken, was ich davon halte, trotzdem werde ich deine Entscheidung respektieren. Wir sind schließlich keine Maschinen. Wir machen alle mal was Unvernünftiges aus persönlichen Gründen. Deshalb haben du und ich diese Firma aufgebaut – weil Leute wie wir davon profitieren. Trotzdem wird es verdammt schwer sein, alles unter Kontrolle zu behalten. Du willst Cassie schützen, aber wenn Frazer was spitzkriegt, wird es für uns alle brenzlig. Und wenn er dann noch erfährt, daß du ein Verhältnis mit Cassie hast . . .«

»Das ist mir völlig klar«, entgegnete Quaid auf die unausgesprochene Warnung. »Ich hab' ihr gesagt, daß wir höllisch aufpassen müssen. Eva könnte uns in Verbindung bringen und dann entdecken, daß ihre alte Oxfordkollegin sie bespitzeln läßt.«

»Und hat sie es geschluckt?«

»Offensichtlich.«

»Du weißt ja, daß du Cassie am besten schützt, wenn du Case Reed dazu bringst, den Deal aufzugeben.«
»Daran habe ich gedacht, aber Cassie ist schon voll dafür, und Frazer kann ich nicht anschwärzen, sonst wird sie mich fragen, was ich von ihm weiß.«
»Was willst du Frazer über Cassie sagen?«
»Oh, er bekommt einen schönen sterilen harmlosen Bericht, das übliche Blabla. Cassie hat sowieso nichts zu verbergen.«
»Jeder hat was zu verbergen. Ihre Affäre mit dir zum Beispiel. Hast du an ihre Telefonrechnungen gedacht? Deine Nummer wird dutzendfach darin auftauchen.«
»Wenn Frazer sie überhaupt sehen will, nachdem er meinen Bericht gelesen hat, und das bezweifle ich ernsthaft, werde ich ihm sagen, daß Case Reed hin und wieder zu unseren Kunden gehört. Es ist ein Risiko, aber ich glaube nicht, daß Frazer daraus schließen würde, daß wir gegen ihn arbeiten.«
»Nein«, stimmte Black zu. »Für so bescheuert würde er uns nicht halten.« Er zögerte und starrte vor sich hin. »Eva Cunningham macht mir Sorgen. Mal sehen, was du über sie herausfindest. Acht Jahre auf den Spuren der Hippies in Asien, das wirft einige Fragen auf. Und die Sache mit dem Amerikaner, den sie aus dem Knast geboxt hat. Was hat das gekostet? Woher hatte sie das Geld? Was macht sie wirklich? Es ist eine ziemliche Verwandlung vom Hippie zur Unternehmerin. Und sie führt ja nicht gerade einen Tante-Emma-Laden. Sie hat es sofort bis ganz oben gebracht. Na ja, jedenfalls stehe ich hinter dir, Owen, auch wenn mir die ganze Sache nicht gefällt.«

20

Le Mai nahm von Heathrow aus ein Taxi zum Belgrave Square und ging die paar Schritte bis Wilton Place zu Fuß. Er hatte nur eine kleine Reisetasche bei sich, die alles enthielt, was er für den hoffentlich kurzen Aufenthalt brauchte. Was immer er für Frazer erledigen mußte, es würde schnell gehen. Zwar war der Taipan scheinbar genauso desinteressiert wie immer gewesen, doch hatten seine knappen Instruktionen verraten, daß die Sache dringend sein mußte.

Margaret kam zur Tür. Sie nickte, trat einen Schritt zurück und ließ ihn herein.

»Im Arbeitszimmer?« fragte er.

»Ja.«

Le Mai klopfte, wartete auf Frazers Antwort und betrat das Zimmer.

Frazer stand wie gewöhnlich am Fenster und schaute gedankenverloren in die Ferne, ohne wirklich etwas zu sehen, auf der Suche nach weiteren Horizonten. Er drehte sich zu Le Mai um und musterte ihn mit einer Mischung aus Bewunderung und der Gleichgültigkeit des Besitzers.

»Unser Freund Nan macht Ärger.«

»Unzuverlässig?«

»Ja.«

Frazer nahm einen Schlüssel aus der Hosentasche. »Ein Schließfach. Du weißt wo. Pläne, Schlüssel. Nimm dir jemand von Chinatown, wenn du Hilfe brauchst. Und komm her, wenn es erledigt ist. Vorerst steigst du im Hotel ab.«

»Sofort?«

»Sofort.«

Um viertel vor eins verließ Giles Aden das Büro, um sich in einem der Straßencafés im Niemandsland um das Vauxhall Cross ein anständiges Sandwich zu holen. Er wollte nicht in der Kantine essen, sondern zog die Privatsphäre seines Büros vor nach all der Aufregung. Doch dann machte er aus einem Impuls heraus einen Umweg über Andrew Stormonts Büro.

Stormont telefonierte gerade. Als er Aden an der Türschwelle bemerkte, winkte er ihn herein und beendete sein Gespräch.

»Was ist los?«

Aden setzte sich und wartete einen Augenblick, um seine Gedanken zu sammeln.

»Es ist Eva. Ich bin mir nicht sicher, ob sie die Wanzen anbringen sollte. Das Ganze könnte auffliegen.«

Stormont musterte ihn eine Weile, ehe er antwortete. Aden hatte das verschlagene Gesicht eines Pferdediebes, der unter dem Deckmantel aufrichtiger Besorgnis irgendwas im Schilde führe.

»Das Ganze kann nur auffliegen, wenn sie entdeckt wird. Und ich will mehr als nur das Telefon anzapfen. Ich will Wanzen im Haus haben. Irgendwer muß es tun. Sie hat es viel einfacher als wir, weil sie ungehindert ins Haus kommt. Das Risiko, daß unsere Leute entdeckt würden, ist viel größer. Natürlich gehen wir auch mit Eva ein Risiko ein, aber das ist kalkulierbar. Also, was stört Sie wirklich?«

»Als wenn Sie das nicht wüßten. Eva natürlich. Ich weiß, daß Sie sie für sehr gut halten, aber Sie vertrauen viel zu sehr darauf, daß sie sich korrekt verhält, es sei denn, Sie haben noch ein As in der Hand, das Sie mir verschweigen.«

Stormont lachte. Endlich ließ Aden die Katze aus dem Sack.

»Ja, das stimmt, es gibt etwas, das ich Ihnen nicht gesagt habe«, erklärte er und lächelte. Aden verzog das Gesicht über die offensichtliche Demütigung.

»Wahrscheinlich wird Sie das auch nicht beruhigen, wie ich Sie kenne.«

Aden sah überrascht auf und wartete auf eine Erklärung.

»Cassie und Eva sind Freundinnen, und sie werden sich bei der ganzen Sache noch näher kommen. Kluge Frau übrigens, diese Cassie.«

Aden fragte sich, wie Stormont da so sicher sein konnte.

»Aber da ist noch was anderes zwischen den beiden Frauen. Irgendeine Spannung.«

»Was für eine Spannung? Eifersucht?«

»Das wäre die einfachste Erklärung. Aber gegenseitige Eifersucht? Normalerweise geht sie immer nur in eine Richtung.«

»Wenn eine auf die andere eifersüchtig ist, wird diese es merken und irgendwie reagieren.«

»Sehr oft merkt das Objekt der Eifersucht gar nichts davon. Aber zwischen den beiden ist was, kein Zweifel. Sie sind alte Freundinnen und in vielerlei Hinsicht völlig verschiedene Charaktere, die nach der Zeit in Oxford ganz unterschiedlich gelebt haben. Und jetzt führen die Umstände sie wieder in dieselbe Arena. Sie umkreisen einander. Sie beobachten sich gegenseitig sehr aufmerksam und äußern sich nur vorsichtig über die jeweils andere. Ihr Verhältnis ist nicht so leicht und spontan, wie es aussieht. Eva ist in Cassies Revier eingedrungen, und jetzt sind sie Rivalinnen, ob sie es wollen oder nicht.«

»Moment mal! Sie wollen doch nicht sagen, daß Sie die beiden zusammen getroffen haben?«

Die Antwort blitzte in Stormonts lächelnden Augen, einem Blick voll ruhiger Belustigung auf.

»Sie müssen den Verstand verloren haben. Was, wenn Cassie Stewart vor Frazer erwähnt, daß sie Sie kennt und er Sie beschatten läßt und merkt, daß Sie in dieses Gebäude fahren? Ganz London weiß doch, daß es das Hauptquartier der Firma ist. Damit wäre Evas Tarnung in tausend Stücke zerplatzt.«

»Weder Frazer noch irgendwer sonst kann mich bis zu diesem Gebäude verfolgen. Munro fährt Umwege, und wir passen höllisch auf. Würde uns jemand verfolgen, würden wir niemals auch nur in die Nähe von Vauxhall Cross kommen. Und außerdem werde ich für die Dauer dieser Operation eine andere Basis benutzen. Ab morgen bin ich in der Tooley Street.«

»Wie auch immer, Sie sollten Eva nicht treffen, es sei denn, in einer geheimen Wohnung. Und Cassie Stewart sollten sie auf gar keinen Fall sehen.«

»Ich kenne die Regeln, Aden. Aber wenn ich sie nicht immer befolge, dann bestimmt nicht aus Vergeßlichkeit.«

»Warum sonst?«

»Weil ich Eva sehen muß, um zu wissen, daß alles in Ordnung ist.«

»Und das können nur Sie tun?«

»Nur Sie, der Chief und ich wissen von ihrer Rolle in dieser Operation. Mit Ihnen will sie nichts zu tun haben, wie Sie wissen, und daß der Chief eine Agentin führt, wäre sehr unüblich. Bleibe also nur ich. Ich kenne sie und ihre Vergangenheit. Sie würde übrigens auch niemand anders akzeptieren. Sie würde niemandem trauen, und andere würden nicht wissen, wie man mit ihr umgeht oder worauf man achten muß.«

»Sie meinen, falls sie wieder anfängt zu fixen?«

»Ich halte das für äußerst unwahrscheinlich, aber ich muß mich selber davon überzeugen, und ich muß sichergehen, daß sie keine unnötigen Risiken eingeht.«

»Warum sollte sie?«

»Weil sie dazu neigt, sie liebt das Risiko, das wissen wir. Ich muß sie zügeln, und das kann ich nicht aus der Ferne.«

»Was mich wieder auf meine alte Frage bringt. Warum gerade sie, wenn sie doch so ein großes Sicherheitsrisiko ist?«

»Weil ich Frazer haben will und Eva ihn kriegt.«

»Na gut. Ich sehe, Sie werden nie aufgeben. Aber warum Cassie? Wie rechtfertigen Sie ihren Einsatz?«

»Mit ihrer Hilfe habe ich eine bessere Kontrolle über die Operation und über Eva. Cassie ist Eva gegenüber loyal, Eva Cassie gegenüber nicht unbedingt, aber wie könnte sie auch, ohne sich zu spalten? Ich glaube, daß Cassie Eva bald ganz anders sehen wird, sie wird ihr näherkommen und sich gleichzeitig von ihr abwenden. Dann wird sie freier über ihre Freundin reden können. Cassie wird, ohne es zu wissen, für uns arbeiten.«

»Haben Sie mit dem Chief darüber gesprochen?«
»Er weiß, was er wissen muß. Wenn ich gegen die Regeln verstoße, übernehme ich die volle Verantwortung.«
»Dafür, daß Sie Ihre geliebte Eva und Cassie in Gefahr bringen?«
Die Bitterkeit in Adens Stimme überraschte Stormont. Berufliche Bedenken konnte er verstehen, aber das war ein ganz anderer, fast persönlicher Ton. Er löste ein Warnsignal aus, das Stormont registrierte und speicherte. Er sah auch, wie Aden sofort wieder die Maske eines aufmerksamen und respektvollen Zuhörers aufsetzte, als wisse er, daß er zu weit gegangen war.
»Eva und Cassie sind schon genug gefährdet. Meine Intervention dient dazu, das Gesamtrisiko in Grenzen zu halten, auch wenn es neue, kleinere Risiken mit sich bringt. Wir spielen mit dem Zufall, Aden. Man kann weder Operationen noch Menschen nach Handbüchern leiten. So bin ich immer vorgegangen, das wissen Sie doch.«
»Ich weiß.« Und er wußte auch, was Stormont damit hatte sagen wollen – daß er bislang stets ungeheuer erfolgreich damit gewesen war. Aber dieses Mal war es anders. Es gab Risiken, von denen nicht einmal Stormont wußte. Diese Vorstellung verschaffte Aden eine perverse Genugtuung, und er ertappte sich dabei, wie er lächelte. Arrogantes Arschloch, dachte er und stand auf. Fast wünschte er sich, daß der Klugscheißer Stormont, der seine Figuren so selbstsicher und unbekümmert hin und her schob, eines Tages auf die Nase fiel. Dann müßte er endlich zugeben, daß er sich vielleicht getäuscht hatte und sein Blick durch sein persönliches Verlangen getrübt gewesen war.

Stormont beobachtete, wie Aden das Büro verließ. Er würde nie eine Operation leiten können. Er war zu durchsichtig und ließ sich allzu leicht provozieren. Stormont wußte, wie leicht es war, seinen Stellvertreter zu piesacken, aber er konnte einfach nicht widerstehen. Er verdrängte Aden aus seinen Gedanken und rief Cassie an.

»Cassie, Andrew Stormont.«
»Andrew. Wie nett!« Sie schien angenehm überrascht, obwohl er einen Hauch von Spott in ihrer Stimme entdeckte. Sie spielten das alte Spiel. Wer ruft wen an, und wer wartet länger. Stormont war klar, daß es nicht unbedingt cool war, so früh anzurufen, und Cassies gespielte Überraschung bestätigte, daß auch sie es wußte.
»Wir wollten doch zusammen zu Abend essen. Wie wär's mit heute abend?«
»Liebend gerne, aber ich kann nicht.«
»Und morgen?« Stormont wunderte sich selbst, daß er mit seiner unverstellten Beharrlichkeit eine weitere Regel sexueller Verführungskunst brach.
»Ja, morgen wäre wunderbar.«
Hätte auch Cassie die Regeln strikt befolgt, hätte sie behauptet, sie sei auf Wochen ausgebucht, und nie zugegeben, daß sie an einem Freitag abend frei war. Bestenfalls hätte sie irgendwas von einer Verabredung gemurmelt, die sich möglicherweise verschieben ließ, so daß sie es vielleicht doch einrichten könne, ihn zu sehen. Wahrscheinlich hatte sie sogar bereits etwas vor, was sie jetzt absagen würde. Die Tatsache, daß sie seine Einladung ohne viel Aufhebens angenommen hatte, verschaffte ihm eine kurze heftige Befriedigung. »Wann wäre es Ihnen recht?«
»Um neun?«
»Abgemacht. Soll ich Sie abholen?«
»Ja, danke.«
»Wo wohnen Sie?« fragte er, obwohl er es längst wußte. Sie nannte ihm ihre Adresse und legte auf.
Cassie fühlte ein Kribbeln. Es wurde kompliziert. Männer anderer Frauen. Es war, als spiele man mit dem Geld anderer Leute. Man hatte mehr Distanz, und wenn die Rechnung kam, bezahlte jemand anders. Aber Stormont gehörte nicht Eva. Beide hatten die Unschuld ihrer Freundschaft beteuert, vielleicht zu sehr. Cassie erinnerte sich. Sie hatte auch früher mit Evas Männern gespielt, aber es hatte niemals Konsequenzen gegeben. Eva war so verdammt unabhängig. Sie ließ einfach nichts an sich heran.

21

Cassie fand den ganzen Nachmittag keine Ruhe. Sie versuchte, einen vorläufigen Bericht zu Evas Projekt auszuarbeiten, doch ständig schweiften ihre Gedanken ab. Alle halbe Stunde sprang sie auf, um mit Emma zu plaudern oder zum Kaffeeautomaten zu laufen.

Gegen fünf machte sie Feierabend und ging in der warmem Nachmittagssonne zu Fuß bis Knightsbridge. Der Frühling hatte die ersten kurzen Röcke auf die Straße gelockt. Sie sah auf ihr elegantes Kostüm herab, dessen Rock zehn Zentimeter über den Knöcheln endete. Es war zwar modisch, aber irgendwie langweilig. Verstohlen strich sie mit der Hand über ihre straffe Taille und die Hüften, neugierig, als berühre sie einen fremden Körper.

Sie ging an Harvey Nichols vorbei, wo sie sonst einen Großteil ihrer Garderobe kaufte, und weiter, bis sie zu Miss Selfridge kam, das mit dröhnender Musik und Stangen voller Minikleider warb. Cassie suchte sich ein paar aus. In der Gemeinschaftsumkleidekabine zog sie sich bis auf die Unterwäsche aus und beobachtete im Spiegel die diskreten Blicke der anderen Frauen. Lächelnd probierte sie die Sachen an und entschied sich schließlich für drei Kleider, zwei mit kurzen Ärmeln und eins mit schmalen Trägern, alle drei nur schenkellang.

Anschließend stieg sie mit ihren Einkäufen in ein Taxi und fuhr nach Hause.

David Wilson war in der Küche mit dem Abendessen beschäftigt. Sie rief »Hallo«, holte sich ein Glas Weißwein und ließ sich im Wohnzimmer aufs Sofa fallen.

David Wilson kam mit einem Weinglas in der Hand hinterher.

Er setzte sich neben sie. »Ich bin fix und fertig. Ich glaube, mit dem Menü hab' ich mich übernommen. Aber jetzt ist alles im Ofen, und es läßt sich nichts mehr dran ändern.« Er warf ihr einen zweifelnden Blick zu. »Im Notfall müssen wir eine Pizza bestellen.«

»Ach was, es ist bestimmt sehr gut.«

David sagte nichts und nippte gemächlich an seinem Wein. Er beobachtete, wie Cassie aufstand, die Pflanzen goß, sich wieder hinsetzte, das Fernsehen ein- und dann wieder ausschaltete.

»Um Himmels willen, Cass, komm endlich zur Ruhe. Du benimmst dich wie eine Katze auf Speed.«

»Ich weiß, tut mir leid. Aber ich bin schon den ganzen Tag so unruhig.«

David warf ihr einen forschenden Blick zu, und Cassie wich ihm aus. »Raus mit der Sprache. Was gibt's? Ist es die Arbeit oder ein Mann?«

»Manchmal bist du unmöglich.«

»Das stimmt, vor allem, wenn ich recht habe. Also?«

»Na schön, ich sag's dir, sonst hörst du den ganzen Abend nicht mehr auf zu bohren.«

Er verschränkte die Arme und lehnte sich mit einem Ausdruck der Genugtuung zurück.

Cassie holte sich ein neues Glas Wein, und David wußte, daß ihr versonnenes Lächeln nichts mit ihm zu tun hatte.

»Es hängt alles irgendwie mit Eva zusammen.« Da Cassie nachdenklich vor sich hin starrte, konnte sie Davids besorgten Ausdruck nicht sehen.

»Ihr Angebot ist wahnsinnig aufregend. Ich habe ein wirklich gutes Gefühl.«

»Und weiter?«

»Vor ein paar Tagen habe ich einen ihrer Freunde kennengelernt. Gestern haben wir zusammen zu Mittag gegessen. Und morgen abend gehen wir aus.«

»Ich dachte, du wärst schon mit diesem Idioten James wie-hieß-er-noch-gleich verabredet?«

»Ja, stimmt, aber ich habe ihm abgesagt.«

»Das sieht dir aber gar nicht ähnlich. Sonst sagst du nie jemand ab, es sei denn, es ist wichtig.«

»Ja, da hast du recht.«

»Also, wer ist er?«

»Er heißt Andrew Stormont.«

»Und was macht er?« Seine Stimme klang jetzt schärfer. Cassie achtete nicht darauf; sie war seine bohrenden Fragen nach anderen Männern gewohnt.

»Weißt du was, ich habe keine Ahnung, was er macht. Wir haben nicht darüber gesprochen.«

»Und natürlich ist er nett und anständig. Gefällt er dir?«

»Ich weiß nicht, ob er nett oder anständig ist. Er ist attraktiv, intelligent und auf seine etwas rauhe Art integer. Ein interessanter Typ, aber irgendwie schüchtert er mich ein.«

»Wieso?«

»Weil ich glaube, daß eine ganze Menge unter der der Oberfläche verborgen liegt. So als sei er nicht nur integer, als verstecke sich dahinter auch eine Portion Rücksichtslosigkeit. Ich würde ihn nicht gern zum Feind haben.«

»Und du willst dich mit ihm einlassen?«

»Ich glaube nicht, daß er diese andere Seite auch Frauen gegenüber zeigt. Er ist nicht der Typ, der Frauen als Gegner, als Feinde sieht, auch wenn sie sich von ihm angezogen fühlen. Jedenfalls macht er mir nicht den Eindruck eines Playboys.«

»Paß auf dich auf, Cass. Er scheint mit allen Wassern gewaschen zu sein.«

»Könnte sein.«

»Was ist mit deinem Instinkt? Warst du nicht immer im Zweifelsfall gegen den Angeklagten?«

»Ich habe dieses ewige Sicherheitsdenken satt. Außerdem funktioniert es nicht immer. Man läßt sich lange Zeit, um jemanden kennenzulernen, und wiegt sich in Sicherheit, weil man meint, ihn zu kennen. Aber das stimmt nicht. Man lernt einen Menschen erst kennen, wenn eine Katastrophe die Fassade zerplat-

zen läßt und man feststellt, daß er ganz anders ist, als man dachte.«
Sie lächelte sanft, erfüllt von ruhiger Weisheit.
»Es gibt einfach keine Garantien, man spielt und geht das Risiko ein.«
Gerade als David antworten wollte, klingelte das Telefon. Er ging ran.
»Es ist für dich. Owen.«
»Hi, Owen, wie geht's?«
Seine Stimme klang ernst.
»Ich muß dich sprechen. Aber nicht am Telefon. Kann ich vorbeikommen?«
Sie hielt eine Sekunde inne, irritiert durch seinen Ton.
»Ja, klar, komm wann du willst.«
Cassie legte auf und schenkte sich Wein nach, während David sie stirnrunzelnd beobachtete.
»Was geht hier eigentlich vor?«
»Keine Ahnung. Jedenfalls scheint es nicht sehr lustig zu sein.«
»Du hast ihn gebeten, Eva unter die Lupe zu nehmen, stimmt's?«
David wußte, daß Case Reed seine Kunden gelegentlich von Privatdetektiven durchleuchten ließ. Cassie brauchte jemand, dem sie sich anvertrauen konnte, und hatte David schon immer so gut wie alles erzählt. Er wußte von ihrer Freundschaft zu Owen Quaid, hatte ihn mehrmals getroffen und mochte ihn. Hätte er von ihrer Affäre gewußt, hätte er wahrscheinlich andere Gefühle gehabt, deshalb hatte Cassie sie ihm verschwiegen.
Jetzt nickte sie. »Ich hatte keine andere Wahl. Es stinkt mir. Ich gehöre nicht zu den Leuten, die alles über ihre Freunde wissen wollen. Wenn sie etwas zu verbergen haben, dann ist es mir lieber, ich weiß von nichts. Im Zweifelsfall halte ich lieber zu ihnen. Jeder von uns hat eine dunkle Seite. Wenn wir die der anderen alle kennen würden, sähen die Beziehungen unter den

Menschen völlig anders aus. Aber hier kam ich nicht drumherum, es gehört einfach dazu, wenn man Geschäfte machen will, und ich kann keine Ausnahme machen, nur weil Eva meine Freundin ist.«

David nickte. Er sah, wie nah ihr die Sache ging, und hörte einfach zu. Es war und blieb abscheulich, und er hätte nichts sagen können, was sie vom Gegenteil überzeugt hätte.

Als Quaid eintraf, war die Weinflasche leer. Er kam langsam herein, seine übliche Lebhaftigkeit und Zuversicht waren wie weggeblasen. Cassie führte ihn in den Garten.

Er setzte sich neben sie auf den Rasen.

»Was gibt es denn so Dringendes?«

»Ich habe ein paar Sachen über Eva rausgefunden, Cass. Es tut mir leid, das zu sagen, aber offensichtlich war sie heroinabhängig.«

»Eva? Hör auf zu spinnen, das ist doch lächerlich!«

»Es ist eine medizinische Tatsache. Sie hat vor vier Jahren in einer Spezialklinik in Schottland entzogen und ist heute geheilt, soweit solche Leute jemals geheilt sein können.«

»Wie hast du das erfahren?«

»Ich habe ihre medizinischen Unterlagen und Krankenblätter gelesen.«

»Und wie zum Teufel bist du da rangekommen?«

»Über die üblichen Wege, Cassie. Reine Routine. Das weißt du doch.«

»Scheißroutine! Wie ich das hasse! Und du bist hundertprozentig sicher, Owen? Ein Irrtum ist ausgeschlossen?«

»Völlig.«

»Ich will das nicht wissen. Am liebsten hätte ich nie mit dir darüber gesprochen.«

»Du kannst den Kopf nicht in den Sand stecken, Cass. Und ich konnte es dir nicht verschweigen. Auch wenn sie jetzt clean sein sollte, und es sieht ganz so aus, mußt du es wissen.«

»Aber warum ist sie abhängig geworden? Sie hatte doch immer alles, was sie wollte.«

»Soll das ein Witz sein oder was?«
»Überhaupt nicht. Sie ist wohlhabend, intelligent, schön und selbstbewußt. Sie oder besser gesagt ihre Familie besitzt ein prächtiges Haus auf dem Land, und dann hat sie noch einen wirklich umwerfenden Bruder – ich bin mal mit ihm ausgegangen. Wir waren in Oxford im gleichen Seminar. Die beiden standen sich übrigens sehr nah. Eine wunderschöne Mutter, ich habe Fotos von ihr gesehen. Ein absolut perfekter Hintergrund. Möglich, daß es daran lag. Vielleicht war alles zu perfekt. Also mußte sie es zerstören.«
»Ich glaube nicht, daß es ganz so war.«
Cassie sah ihn verwirrt an. Sein Ton war ungewohnt sanft, sein Blick geduldig – er wirkte wie ein nachsichtiger Vater, der seinem Kind etwas erklärt.
»Wie denn?«
»Teilweise hattest du recht. Ihr Leben verlief sehr idyllisch, bis sie zwölf wurde. Dann verließ ihre Mutter die Familie und zog zu einem anderen Mann nach Südafrika. Neun Monate später beging Evas ältester Bruder, der damals zweiundzwanzig war, Selbstmord. Daraufhin zog sich der Vater völlig zurück, sorgte aber dafür, daß Eva und ihr anderer Bruder Johnnie gut versorgt waren, Johnnie übrigens viel besser als Eva. Von ihr wurde eine gute Partie erwartet.«
Cassie starrte zu Boden. »Da hab' ich mich ja ganz schön geirrt, wie? Ich hatte keine Ahnung. Weder sie noch ihr Bruder haben jemals darüber gesprochen. Und wenn du sie gekannt hättest, wärst du nie auf die Idee gekommen. Alles schien so perfekt, sie war so selbstsicher, so unverletzlich, als sei ihr nie etwas zugestoßen.« Sie sah auf, und in ihren Augen spiegelten sich Wut und Trauer. »Wie zum Teufel hast du all das rausgekriegt?«
»Ich bin zu dem Dorf gefahren, wo das Familienanwesen liegt. Habe im Pub zu Mittag gegessen und mich mit der Wirtin unterhalten. Sie liebte Eva, sie hat mir erzählt, daß sie ein wunderbares Kind war, immer fröhlich und zu jedermann freundlich. Aber nachdem das alles passiert war, sah man sie kaum

noch. Johnnie und Eva kamen nicht mehr ins Dorf wie früher. Sie verbrachten die meiste Zeit zurückgezogen zu Hause.«
»Ich kann es immer noch nicht glauben. Als ich sie kennenlernte, war sie so wild, so lebendig und fröhlich. Sie machte die verrücktesten Sachen.« Cassies Blick verlor sich in der Weite. Sie sprach mechanisch, mehr mit sich selbst als mit ihm, so schien es. Quaid saß ruhig da und hörte ihr zu.
»Einmal waren wir zusammen skifahren. Keine Abfahrt war ihr schwierig genug. Wir waren eine Gruppe von zehn Leuten und konnten alle ziemlich gut skifahren. Aber nach einer Weile traute sich keiner von uns mehr, mit ihr zu fahren. Selbst ich konnte nur bis zu einem bestimmten Punkt mithalten. Sie suchte sich die gefährlichsten Routen aus, das waren keine Abfahrten mehr, sondern echte Abgründe. Sie war ganz wild drauf.«
»Scheint mir nicht gerade auf einen Menschen zu passen, der glücklich ist, eher auf jemand, der verzweifelt vergessen will. Meinst du, es war Show?«
»Nein. Jedenfalls nicht alles. Auf diese Art hat sie es geschafft, über sich selbst hinauszuwachsen.«
»Immer noch besser, als sich gehen zu lassen.«
»Aber warum das Heroin? Sie wirkte so stabil, als hätte sie den Schock überwunden.«
»Kann man so was je überwinden? Ich glaube, man kann froh sein, wenn man daran nicht zerbricht.«
»Also war das Heroin eine Flucht und eine Art von Rebellion? Sie hatte diese Veranlagung schon immer. Sie liebte das Risiko, die Spannung, das Gefühl, gegen den Strom zu schwimmen. Es ist sehr aufregend, diesen Seiltanz zu vollführen, Grenzen zu überschreiten, zu sehen, was man aushalten kann. Vielleicht ist sogar ein Hang zu Selbstzerstörung dabei. Das Gefühl hatte ich immer bei ihr. Es gab nie etwas, das es wirklich bewiesen hätte, aber ich wußte es. Ich brauchte sie nur einmal anzuschauen und wußte, daß sie bereit war, jedes Risiko auf sich zu nehmen. Das macht sie ja gerade so anziehend, diese schillernde Vitalität und ihre unbekümmerte Art Gefahren gegenüber.«

Sie hatte einfach vor sich hingesprochen, doch jetzt drehte sie sich zu ihm um.
»Wann fing es an?«
»Soweit ich weiß, vor acht Jahren. Ungefähr sechs Monate, nachdem sie Oxford verlassen hatte.«
»Und seit vier Jahren ist sie clean?«
»Sieht so aus.«
»Dann ging es vermutlich in Asien los. Dort kommt man leicht an das Zeug ran. In manchen Gegenden ist es ein Teil der Kultur«, sinnierte Cassie.
»Was willst du nun machen? Wirst du es Richardson sagen?«
Cassie sog nachdenklich ihre Wangen ein.
»Sie war heroinabhängig, und jetzt ist sie clean. Offenbar versucht sie, ein neues Leben anzufangen. Wie soll ich Richardson davon erzählen? Das kann ich ihr doch nicht antun.«
»Dann willst du Richardson belügen?«
Sie nickte. Damit stand seine Entscheidung fest: Auch er würde Frazer belügen müssen.

22

Eva verbrachte den Donnerstag abend allein. Sie blieb zu Hause und hörte sich *Don Giovanni* an. Um acht bestellte sie bei einem benachbarten indischen Restaurant Chicken Tikka Magsala, trank zwei Dosen Heineken dazu und kehrte anschließend zu schwarzem Kaffee und Zigaretten zurück.
Obwohl das Haus von Musik, dem Duft der Gewürze und Tabakrauch erfüllt war, kam es ihr leer vor. Sie saß reglos da und dachte nach. Sie rief kaum jemanden an, und auch bei ihr klingelte das Telefon nur selten. Sie hatte nur wenigen Freunden erzählt, daß sie wieder in London war. Sie wollte keine Ablenkung, hatte keine Lust auf die obligatorischen Drinks und Begrüßungspartys, die unweigerlich folgen würden. So würde sie ihre Kräfte nur darauf verschwenden, ihre Tarnung vor einem Schwarm neugieriger Freunde und neuer Bekannter aufrechterhalten zu müssen. Die ewige Fragerei. »Wo hast du gesteckt? Was hast du so lange in Asien gemacht? Was machst du jetzt? An der Börse? Wie aufregend, erzähl mal.« Wie alle Undercover Agents wußte auch sie nie genau, wo die Tarnung endete und das echte Leben begann. Alles war ein einziges Kuddelmuddel. Ihr jetziges Leben war eine Tarnung, und ihre Heroinabhängigkeit war eine vergangene Tarnung gewesen, eine, die sie überwältigt und nicht mehr losgelassen hatte. Bei einer guten Tarnung passierte das häufig.
Man wurde sie nicht mehr los, selbst wenn man sie nicht mehr brauchte. Es war unmöglich, ein Leben voller Verstellung zu führen, ohne daß es abfärbte. Die Tarnung aufrechtzuerhalten, wenn man vorgab, langweilig statt intelligent zu sein, traurig statt fröhlich oder schwach statt stark, erforderte eine derartige

Anstrengung, daß es leichter war, die Welt der Masken gar nicht mehr zu verlassen. Und irgendwann kam das Problem, sie nicht mehr verlassen zu *können*. Eva zündete sich eine Zigarette an und spürte, daß sie schwitzte. Plötzlich kam ihr der englische Frühsommer geradezu beklemmend vor.
Sie erinnerte sich an die vier Jahre Abhängigkeit, die Ekstase und die Verzweiflung. Sekunden, nachdem die Droge zum ersten Mal durch ihren Kreislauf gejagt war, wußte sie, daß sie süchtig danach werden würde. Sie hatte es oft genug gesehen, um zu wissen, was auf sie zukam.
Von nun an hatte sie in jedem Moment ihres Daseins, abgesehen von den seligen Stunden, wenn sich das Heroin in ihr ausbreitete und alle Sorgen erstickte, die nahende Katastrophe gespürt, den Kampf geahnt, der ihr bevorstand, und sich mehr oder weniger darauf vorbereitet. Sie hatte weder gewußt, was sie eines Tages dazu bringen würde, wieder clean zu werden, noch geahnt, was es hieß, zwei Katastrophen auf einmal bewältigen zu müssen.
Sie lächelte grimmig. Mit dem Heroin war sie fertiggeworden. Die Schockwellen der anderen Katastrophe breiteten sich noch immer aus. Jetzt kämpfte sie sich wieder zum Epizentrum, zum Ausgangspunkt des Alptraums vor. Nur diesmal war das Gleichgewicht der Kräfte andersherum verteilt. Robie Frazer wußte nichts von ihr, hatte keine Ahnung von der Gefahr, die in seinem Bett schlummerte. Er kannte nur die Maske, die sie für ihn aufgesetzt hatte.
Als das Telefon läutete, fuhr sie zusammen. Sie beugte sich über die Sofalehne und nahm ab.
»Robie.«
»Hallo, Robie!« Sie klang angenehm überrascht.
»Hast du morgen abend schon was vor? Samstag vormittag muß ich aufs Land, aber ich dachte, wir könnten am Freitag zusammen zu Abend essen, über die Diamanten reden und das Wochenende einläuten, wenn du magst.«
»Klingt gut. Ist es dir recht, wenn ich gegen neun bei dir bin?«

»Prima. Bis dann.«
Frazer legte auf, erleichtert über die Aussicht auf Ablenkung. Seit dem Treffen am Morgen hatte er noch nichts von Le Mai gehört. Das Warten fiel ihm schwer. Le Mai hatte ihn noch nie enttäuscht, trotzdem ...
Der Trost reiner Logik war kalt und gefühllos. Er dachte an Eva, an ihren Körper und die Wärme des Vergessens, die von ihm ausging. Der Gedanke an Sex blockierte alle Vernunft, alle irrationalen Sorgen. Allein ihre Anwesenheit verzauberte ihn, und wenn sie nicht da war oder er der Erinnerung an ihre körperliche Lust nachhängen konnte, ertappte er sich dabei, über sie nachzugrübeln. Ihre stille Selbstgenügsamkeit war frustrierend. Von der üblichen Verletzbarkeit anderer Frauen schien sie vollkommen frei zu sein. Sie fragte nie, wann sie sich wiedersehen würden, sie rief ihn weder an noch versuchte sie zu erfahren, was sie ihm bedeutete. Die meisten Frauen wollten solche Sachen wissen, selbst in einem so frühen Stadium der Beziehung wie diesem. Sie nicht. Vordergründig schien sie damit zufrieden, daß er die Bedingungen festsetzte, unter denen sie sich trafen, doch diese Passivität machte ihn nachdenklich bei einer Frau, die soviel Kraft ausstrahlte wie sie.
Er fragte sich, was sie von ihm wollte. Wahrscheinlich Geld für ihre Diamantenmine. Es war die einfachste Erklärung und die plausibelste. Trotzdem konnte er sich damit nicht ganz zufriedengeben. Er würde sie morgen in die Mangel nehmen, mal sehen, was dabei rauskam. Bis dann müßte er auch einen ersten Bericht von Owen haben.

Nach dem kurzen Gespräch mit Frazer machte Eva einen Spaziergang. Es war neun Uhr. Der Himmel verdunkelte sich, aber die Straßen waren hell erleuchtet vom Licht der Schaufenster und Straßenlaternen. Chelsea war warm und angenehm. Eva fühlte sich jetzt wieder mehr als Teil der Menge. Die Distanz und Fremdheit, die sie so lange empfunden hatte, schienen allmählich zu verebben. Und auch der Druck ihrer Tarnung ließ

nach. Jetzt kamen Teile von ihr an die Oberfläche, die wie geschaffen waren für ihre Aufgabe, und sie waren echt. Es ging nicht nur um Frazer. Für Stormont ja, klar, aber für sie war es eine viel persönlichere Sache, und Stormont wußte es. Frazer würde ihre Katharsis sein. Sie würde ihn in die Falle locken und Stormont übergeben, und damit wäre die Sache für sie erledigt. Frazers Ende bedeutete auch für sie ein Ende. Er würde ihre Zukunft nicht länger vergiften, so wie ihre Vergangenheit.
Plötzlich fühlte sie sich rastlos. Sie wünschte, alles würde schneller gehen und sie könnte es selbst in die Hand nehmen. Der Kitzel des Risikos, die Aussicht darauf, was sie gewinnen konnte, rechtfertigte nicht im mindesten, was auf dem Spiel stand, falls etwas schieflief. Trotzdem war sie froh, ihre Wahl getroffen zu haben. Jetzt blieb ihr nichts anderes übrig, als damit zu leben und notfalls auch zu sterben.

23

Am Freitag morgen rief Stormont als erstes Eva an. Beide sprachen von einem Handy aus und benutzten Vodaphone, ein System, das Worte in Zahlen verwandelt, die dann zusätzlich kodiert werden. Wenn jemand versucht, das Gespräch abzuhören, hört er nur Piepstöne. Weder Stormont noch Eva wären das Risiko eingegangen, auf Vodaphone frei zu sprechen, doch zumindest hatten sie damit die Möglichkeit, sich notdürftig zu verständigen.

Eva hatte soeben ihre Morgengymnastik beendet und war ein bißchen außer Puste, als sie den Hörer abnahm.

»Störe ich?« fragte Stormont.

»Nein«, antwortete Eva und atmete tief durch. »Ich mach' nur gerade meine Fitneßübungen.«

Stormont dachte eine Sekunde lang an Eva allein in ihrer Wohnung, an geschmeidige Muskeln und weiche Haut. Doch er verscheuchte die Vorstellung, ehe sie sich verselbständigen konnte.

»Wie läuft es?«

»Nicht schlecht. Meine Freundin hat alles ausgetüftelt. Jetzt warte ich auf das nächste offizielle Treffen. Ich werde sie bearbeiten, damit alles etwas schneller geht.«

»Gut. Mittlerweile kann ich dir mitteilen, daß unser Freund die Abhörgenehmigung erteilt hat, obwohl er nicht gerade erfreut war. Er hat persönlich bei mir angerufen und sich erkundigt, ob wir wirklich stichhaltige Gründe hätten.«

»Aber du hast ihn überzeugt.«

»Ja. Ab heute nachmittag müßte das Telefon abgehört werden. Und wir haben auch die Empfangsgeräte bereit, die auf deine

Wanzen reagieren sollen. Wir werden die Tapes zweimal am Tag abhören.«

»Gut. Ich habe die Dinger gestern erhalten. Hübsche Auswahl übrigens. Wenn alles klappt, werde ich sie heute abend installieren.«

Stormont schwieg ein paar Sekunden, bevor er überraschend sanft antwortete:

»Paß auf dich auf, Eva.«

Kurz vor dem Mittagessen rief Owen Quaid bei Frazer an, um ihm einen ersten Bericht durchzugeben. Er saß in seinem Büro, zusammen mit Paul Black, der das Gespräch von einem Nebenanschluß aus aufmerksam verfolgte.

»Bislang scheint alles in Ordnung zu sein«, fing Owen an. »Nichts Außergewöhnliches. Nichts Anomales. Keine Finanzprobleme. Nikotin, Alkohol, Liebhaber, aber keine Ausschweifungen, alles hält sich im Rahmen.«

»Bitte verzeihen Sie meine Neugier. Aber wer sind die drei eigentlich? Was wissen Sie über ihre Vergangenheit?«

»Cassie Stewart stammt aus einem kleinen Dorf im Westen Schottlands. Bescheidene Familienverhältnisse. Hat nicht schlecht verdient in der City, aber auch nicht überragend. Sie besitzt ein schönes Haus in Chelsea. Ein nettes Mädchen. Die Leute scheinen sie zu mögen, und ich konnte keine Leichen im Keller finden.« Hastig sprach er weiter. »Richardson ist genau das, was man von ihm erwarten würde. Eine Farm auf dem Land, ein Haus in der Trevor Square. Eton, Guards Regiment, dann die City. Auch er scheint keine Feinde zu haben, obwohl er offensichtlich sehr viel gerissener ist, als man vermuten würde. Das kam mehrmals zum Ausdruck.«

Frazer lachte. »Er ist ein Klumpen Schweineschmalz, an dem ein Stück Gehirn klebt. Das einzig Gerissene an ihm sind seine Schnürsenkel. Hören Sie mir auf, Quaid!«

»Ich gebe nur die Einschätzung seiner Kollegen wieder.«

»Die haben doch keine Ahnung. Erzählen Sie mir was über Eva.

Daß Cassie und Richardson nichts hergeben würden, war mir klar, aber Eva ist anders. Ich bin sicher, daß da was zu holen ist.«
Quaid und Black wechselten einen vielsagenden Blick.
»Nun, das Wichtigste scheint die Tatsache zu sein, daß sie sich vor acht Jahren nach Asien verzogen hat, nach einem ausgezeichneten Examen in Oxford übrigens. Sie hat in den Dörfern von Vietnam, Laos und Thailand Kindern Englisch beigebracht und dabei von der Unterstützung durch ihre Familie gelebt. Sie ist wohlhabend. Ihr Vater tut nicht viel außer auf die Jagd gehen, lesen und fischen. Eva und er vertragen sich nicht besonders. Sie haben sich nicht direkt überworfen, aber sie halten Distanz. Die Mutter lebt in Südafrika, nachdem sie vor langer Zeit die Familie verlassen hat. Evas einziger Bruder wird den größten Teil des Vermögens erben. Eva besitzt ein Haus in Chelsea, das auf den Namen ihrer Mutter eingetragen ist. Aber abgesehen davon und von einem kleinen monatlichen Wechsel ihres Vaters muß sie für sich selbst sorgen. Sie trinkt und raucht, aber beides ist kein Problem. Anscheinend lebt sie sehr zurückgezogen.«
»Das ist aber verdammt dürftig.«
»Ich könnte was dazudichten, aber Sie bezahlen mich nicht dafür, daß ich Ihnen Märchen erzähle.«
Frazer schwieg eine Weile. »Ich überlege, ob man sie nicht eine Woche rund um die Uhr beschatten sollte.«
»Wenn Sie es wünschen.«
Frazer lächelte. »Ja, ich wünsche es.« Er legte auf.
»Scheiße«, sagte Quaid. »Jetzt müssen wir uns womöglich noch irgendwas Heißes einfallen lassen.« Er hatte Black nichts von dem Heroin erzählt. Dieser hatte keine Ahnung davon, daß Quaid Frazer soeben von vorn bis hinten belogen hatte.
»Der läßt nicht locker, wie?« sagte Black. »Er will es genau wissen. Das geht weit über das übliche Ausspionieren eines Geschäftspartners hinaus.«
»Die beiden haben eine Affäre.«

»Da hängt mir viel zuviel persönliche Scheiße dran«, sagte Black und sah Quaid scharf an. »Und viel zu viele Lügen. Das Ganze wird immer schlimmer statt besser.«
Black verließ das Büro. Er brauchte frische Luft. Quaid griff zum Hörer und fing an, seine freien Mitarbeiter zusammenzutrommeln. Er stellte ein Team von zwölf Mann auf, die Eva eine Woche lang rund um die Uhr beschatten sollten. Sie würden jeweils zu sechst in zwei Schichten arbeiten und am Montag beginnen.
Frazer saß seltsam enttäuscht in seinem Arbeitszimmer. Eva paßte nicht in ihre konventionelle Vergangenheit. Irgend etwas anderes mußte sie geprägt haben. Das Telefon klingelte und unterbrach seine Gedanken. Le Mai war am Apparat, er gab sich kurz angebunden, aber in seiner Stimme schwang ein Anflug von Sorge.
»Unser Freund ist aufs Land gefahren. Wir haben keine Ahnung, wohin. Montag oder Dienstag soll er angeblich wieder da sein.«
»Versuch ihn zu finden. Und behalte einen Mann hier, falls er doch früher zurückkommt.«
Dann ging Frazer zum Lunch. Doch er trank nichts, weil er seiner Laune nicht traute.

Unterdessen saß Cassie im Büro und überlegte, ob sie Hunger hatte und sich zwingen sollte, ein Sandwich von draußen zu holen. Sie mußte innerlich lachen, als sie daran dachte, wie sie gestern mit einem Haufen neuer Kleider nach Hause gekommen war, fröhlich und unbeschwert. Ihre Aufregung hatte mehr mit den Herausforderungen und Risiken zu tun gehabt, die ihr bei dem Deal und mit Stormont bevorstanden, aber sie waren ihr kontrollierbar erschienen. Sie hatte geglaubt, die Parameter zu kennen und Ereignisse vorausberechnen zu können. Evas Heroinvergangenheit hatte alles verändert. Sie enthüllte eine Heftigkeit in Eva, die weit über alles hinausging, was sie sich hatte vorstellen können. Jedenfalls lag es außerhalb ihrer eigenen Erfahrung. Und diese Situation forderte jetzt eine innere Spaltung von ihr. Sie würde Richardson belügen müssen und wußte ganz genau, daß dies wie alle Lügen Folgen haben würde. Bisher hatte sie ihr Leben geführt, ohne jemals etwas verbergen zu müssen. Ihre Freiheit und Stärke wurzelten in dieser Offenheit. Doch jetzt hatte sie das Gefühl, beides zu verlieren und in etwas hineingezogen zu werden, dem sie bislang instinktiv aus dem Weg gegangen war.

Die klare Einschätzung, die sie von Eva und dem Deal gehabt hatte, war nun getrübt. Sie konnte den Deal hinauszögern, aber das sah ihr nicht ähnlich, und Richardson würde Verdacht schöpfen. Normalerweise ließ sie Deals entweder platzen oder engagierte sich mit Leib und Seele. Es blieb ihr nichts anderes übrig, als ihre Lügen zu kaschieren. Eigentlich war es nur etwas, das sie verschwieg, aber eine Lüge war es trotzdem. Möglich, daß ihre Absichten gut waren, von den Konsequenzen konnte man das nicht unbedingt behaupten. Sie war sich nicht mal mehr sicher, daß sie diese voraussehen oder mit ihnen fertig werden könnte. Doch so sehr sie das alles bedrückte, so sehr erregte es sie auch.

Obendrein fing sie an, Schuldgefühle Eva gegenüber zu entwickeln. Sie hatte sie falsch eingeschätzt, ihr und ihrem Bruder nicht genügend Aufmerksamkeit und Zuneigung entgegengebracht. Da sie nichts von ihrem Drama ahnte, war sie auch nie auf die Idee gekommen, sie zu trösten. Statt dessen hatte sie sich in ihrem aufregenden Glanz gesonnt, ohne sich große Gedanken zu machen.

Cassie betrat Richardsons Büro und setzte sich ihm gegenüber.

»Wir müssen anfangen, den Diamantendeal ins Rollen zu bringen.«

»Was brauchen Sie?«

»Mehr Hintergrundinformationen. Ich muß mich besser über den Diamantenhandel im allgemeinen informieren.«

Richardson dachte eine Weile nach. »Ich kenne jemanden, der Ihnen vielleicht helfen kann. Am besten rufe ich ihn an. Mal sehen, ob er sich dazu bereit erklärt.«

Cassie kehrte in ihr Büro zurück, und Richardson rief seinen Freund Aubrey Goldstein an. Nach den üblichen Floskeln kam er zur Sache.

»Aubrey, ich muß dich um einen Gefallen bitten. Wir prüfen gerade einen Diamantendeal. Meine Kollegin Cassandra Stewart kümmert sich darum. Sie will mehr über Diamanten wissen. Ich dachte, ob du vielleicht . . .« Er ließ die Frage elegant in der Schwebe.

»Du weißt doch, daß ich grundsätzlich nicht über das Geschäft rede. Diskretion geht mir über alles.«

»Ich weiß. Und ich würde dich nicht darum bitten, wenn ich nicht vollstes Vertrauen zu Cassie hätte. Sie ist äußerst verschwiegen.«

»Na schön. Aber nur weil du es bist und ich dir vertraue. Ich kann dir allerdings nicht versprechen, daß ich ihr wirklich helfen kann.«

Warten wir's ab, dachte Richardson.

»Danke vielmals. Du tust mir einen großen Gefallen.«

»Wie ist sie?« fragte Goldstein schnell. »Werde ich sie mögen?«

»Sie ist intelligent und warmherzig. Man muß sie einfach mögen.«

»Hmm«, entgegnete Goldstein unbeeindruckt.

»Außerdem ist sie sehr hübsch.«

»Tatsächlich?« sagte Goldstein und lächelte in sich hinein. »Na, dann gib ihr meine Nummer. Sag, daß ich ihren Anruf erwarte.«

Richardson ging in Cassies Büro.

»Er hat sich bereit erklärt, mit Ihnen zu sprechen, allerdings nur unter dem Siegel der Verschwiegenheit.«

»Mein Gott, das klingt aber geheimnisvoll.«

»Das ist so üblich in dem Geschäft.«

»Wer ist er? Was macht er?«

»Er heißt Aubrey Goldstein und hat mehrere Bücher über den Diamantenhandel geschrieben. Er weiß alles, was Sie brauchen. Mehr kann ich Ihnen nicht sagen.«

»Können Sie nicht oder wollen Sie nicht?«
Richardson tat, als hätte er nichts gehört. Er schlug sein Adreßbuch auf, kritzelte eine Nummer auf einen Zettel und reichte ihn ihr.
»Er erwartet Ihren Anruf.«
Cassie musterte Richardson aufmerksam. Er wirkte gewollt gelassen. Sie steckte den Zettel ein und beschloß, keine weiteren Fragen zu stellen.
»Ich denke an ein Treffen für Montag. Sie, ich, Eva und Frazer. Mit Brimton habe ich bereits gesprochen. Er scheint keine Probleme in meinem Plan zu sehen. Ich habe ihn zu unserem offiziellen Broker ernannt. Er wartet auf meine Kaufanweisungen.«
»Wieviel Geld brauchen wir?« fragte Richardson.
»Für die erste Phase, um also fünf Prozent der Anteile oder einhunderttausend Anteile zu sechs Dollar pro Stück zu erwerben, brauchen wir sechshunderttausend kanadische Dollar. Das Brokerkonto ist bereits eröffnet. Jetzt brauche ich nur noch das Geld.« Cassie lächelte ihn über den Tisch hinweg an.
»Wir müssen also eine Entscheidung treffen.«
»So ist es.«
»Okay. Sagen Sie mir, was Sie für ein Gefühl haben. Erklären Sie mir, warum wir weitermachen sollten, wenn Sie dieser Meinung sind.«
Cassie überlegte einen Augenblick. »Ich bin dafür, den Deal weiter zu verfolgen. Aber wir müssen uns auch völlig im klaren sein, worauf wir uns da einlassen.« Wieder zögerte sie und fragte sich, ob man ihr die Lüge ansehen konnte. Sie sah, daß Richardson sie ohne Regung beobachtete.
»Diamantenminen sind äußerst riskant. Investitionen in Vietnam sind ebenfalls äußerst riskant. Wir haben es also mit zwei unkalkulierbaren Risiken zu tun. Andererseits, wenn es klappt, sind Diamantengeschäfte enorm gewinnträchtig. Dieser Deal könnte alles in den Schatten stellen, was wir bisher gemacht haben. Es ist nicht ausgeschlossen, daß Vietnam zu einem begehrten Investitionsmarkt wird. Eine Menge Geld strömt be-

reits ins Land und wartet nur darauf, investiert zu werden. Wenn unser Deal klappt und Vietnam stabil bleibt, werden sich viele Investoren alle zehn Finger danach lecken. Zudem haben wir Robie Frazer auf unserer Seite, den Mann mit dem Midas-Bonus. Wenn bekannt wird, daß er mitmacht, wird das der Sache einen Riesenauftrieb geben. Wir könnten auf seine Kenntnisse und Kontakte bauen. Er wird jede Menge Geldanleger kennen, die nur darauf warten, ihm zu folgen. Und wir haben Eva, die sich leidenschaftlich einsetzt und alles reinzustecken scheint, was sie hat. Diese Leidenschaft ist unbezahlbar. Das Ganze wird äußerst kompliziert werden. Wir stehen vor unzähligen Problemen, da brauchen wir jemanden wie Eva, die bereit ist, alle Hindernisse aus dem Weg zu räumen. Unter dem Strich überwiegen die positiven Aspekte, aber wir müssen uns trotzdem darüber im klaren sein, daß es ein Roulettespiel ist. Wenn wir damit leben können, sollten wir weitermachen.«

»Ich kann damit leben. Die Bodenuntersuchungen sehen vielversprechend aus. Ich bin, was Eva und Frazer angeht, Ihrer Meinung. Die Probleme sind mir bewußt. Machen Sie weiter. Ich sorge dafür, daß das Geld da ist.«

Cassie grinste. »Wunderbar. Einfach fabelhaft.«

Richardson ließ sich von ihrem Enthusiasmus anstecken. »Ich gehe natürlich davon aus, daß Eva und Frazer Ihrem Plan zustimmen.«

»Das werden sie.«

»Ich würde bei den beiden trotzdem etwas vorsichtig sein, Cass. Verlassen Sie sich nicht blind auf sie.« Richardson stand auf. »Ich gehe jetzt zum Lunch. Vereinbaren Sie ein Treffen für Montag morgen. Ich bin dabei.« Beim Hinausgehen blieb er stehen und sah sie an.

»Es ist doch alles in Ordnung, oder? Eine Sekunde hatte ich den Eindruck, Sie machten ein komisches Gesicht.«

»Ich mache oft ein komisches Gesicht, John. Es ist alles in Ordnung.«

Als er gegangen war, blieb Cassie sitzen und kostete den Augen-

blick aus. Sie hatte das Gefühl, soeben in einem Rennen gestartet zu sein. Innerlich jubilierend und voller Energie rief sie Frazer an, versprach, ihm noch am gleichen Nachmittag per Kurier ihren Plan zu schicken, und vereinbarte ein Treffen für Montag um zehn. Anschließend informierte sie Eva.
Beide hatten angebissen. Trotz ihrer gespielten Gelassenheit konnten sie ihren Hunger nicht verbergen. Schließlich wählte sie Aubrey Goldsteins Nummer.
»Guten Tag, könnte ich bitte mit Aubrey Goldstein sprechen?«
»Wer ist am Apparat?«
»Cassie Stewart von Case Reed.«
»Ah, Miss Stewart. Ich bin's. Sie wollten mit mir über Diamanten reden?« Seine Stimme klang alt, weise und ein bißchen verzerrt.
»Ja, sehr gern.«
Es folgte eine Pause. Cassie hörte das Rascheln von Papier im Hintergrund. »Ich muß am Montag verreisen. Sollte es vorher sein?«
»Das wäre mir sehr recht, wenn irgend möglich...«
»Nun, ich wollte gerade zu Mittag essen. Ich bin sicher, daß meine Haushälterin es so hindeichselt, daß es für zwei reicht. Hätten Sie Lust, mir Gesellschaft zu leisten?«
»Ja, vielen Dank. Das ist sehr nett von Ihnen.«
»Keine Ursache.« Er gab ihr seine Adresse und sagte, er freue sich auf ihren Besuch.
Er freute sich tatsächlich. Wie die meisten schönen Frauen würde sie auf Gefälligkeiten nicht mißtrauisch reagieren, sondern sie ganz einfach als Tribut an ihre Schönheit erwarten.

24

Um viertel nach eins kam Cassie in Holland Park an. Aubrey Goldstein wohnte in einem großen Haus mit Stuckfassade in einer stillen, von Bäumen gesäumten Straße. Seine Bücher müssen sich gut verkaufen, dachte Cassie. Als sie auf die Taste der Sprechanlage drückte, entdeckte sie zwei Videokameras im dritten Stock, die auf die Haustür gerichtet waren. Sie hatte das Gefühl, gemustert zu werden, dann hörte sie eine Stimme durch die Sprechanlage.

»Ja?«

»Cassie Stewart.«

Sekunden später sprang die Tür auf, und sie stand vor einem älteren Mann mit grauem Haar und leuchtenden blauen Augen.

»Miss Stewart? Mein Name ist Goldstein.«

Cassie gab ihm die Hand, und er drückte sie fest.

»Kommen Sie herein. Möchten Sie was trinken? Ich habe Weißwein im Kühlschrank.«

»Ja, sehr gern«, erklärte Cassie.

Goldstein führte sie in die Küche und schenkte ihr ein Glas ein. Er hatte die bezaubernde Unbeholfenheit eines Mannes, der an Butler und Personal gewohnt ist. Dann traten sie auf die gekachelte Terasse, die zu einem sorgfältig gepflegten Garten führte, und setzten sich an einen Tisch, der für zwei Personen gedeckt war. Die Haushälterin servierte ihnen gegrillten Fisch und Salat.

»Ich hoffe, es reicht«, sagte Goldstein mit einem entschuldigenden Lächeln.

»Oh, es ist genau richtig«, bedankte sich Cassie.

Während sie sprach, studierte er ihr Gesicht. Plötzlich war sie hellwach. Sie nippte an ihrem Wein.
»Sie wollen also etwas über Diamanten erfahren?«
»Ja.«
»Faszinierende Steine.« Er schob seinen Teller beiseite und lehnte sich zurück.
Die Härte, die Cassie in seinen Augen gesehen hatte, verschwand, und plötzlich wirkte er auf onkelhafte Art liebenswürdig.
»Das Wort Diamant stammt aus dem Griechischen – adamas – und bedeutet: Ich zähme oder ich unterwerfe. Seit Menschengedenken haben Diamanten mit Kampf zu tun, mit Siegern und Besiegten. Die Steine wurden schon 800 vor Christus in Indien als Talisman benutzt. Angeblich schenkten sie Mut und Kraft in der Schlacht und Beständigkeit und Reinheit in der Liebe. Manche Legenden wollen wissen, daß ein Diamant seine magische Kraft verliert, wenn der Besitzer sündigt, dann trägt der Stein die Sünde als Fluch in sich.« Er lächelte. »Die Geschichten berühmter Steine lesen sich wie Abenteuerromane oder Märchen – Mord und Fluch, skrupellose Männer und schöne Frauen. Und daran hat sich bis heute nicht viel geändert, außer daß die Frauen heutzutage nicht nur schön, sondern auch skrupellos sein können.« Cassie war seltsam verwirrt durch diese Äußerung, die sich fast wie eine Drohung anhörte.
»In diesem Geschäft geht man ein hohes Risiko ein.«
»Das ist unser Job.«
»Das glaube ich nicht. Ich will Sie nicht kränken, aber nichts von dem, was Sie bisher gemacht haben, ist damit vergleichbar. Ihre bisherigen Erfahrungen werden Ihnen nicht im geringsten helfen.«
Cassie sah ihn fragend an.
»Sehen Sie, ich weiß nicht, welche spezifischen Fragen ich Ihnen beantworten soll. Das einzige, was ich tun kann, ist, Sie so gut wie möglich vorzubereiten und damit das Schicksal minimal zu Ihren Gunsten zu beeinflussen.«

»Das wäre schon eine große Hilfe.«

»Sie haben kein besonders großes Ego, nicht wahr? Ich meine das nicht negativ. Die meisten aus Ihrer Zunft hätten sofort damit geprahlt, wie gut sie sich auskennen, und mich dann mit den unzähligen Deals gelangweilt, die sie schon abgewickelt haben.«

»Mein Ego ist so groß wie jedes andere auch. Ich weiß nur, wann ich mich zurückhalten muß.«

Goldstein lehnte sich zurück und trank seinen Wein aus.

»Na schön. Hören Sie zu. Diamanten gelten als *a girl's best friend*, als sichere Investition, als das älteste, was der Mensch je gefunden hat.« Er machte eine Pause und sagte dann, fast schüchtern: »Wußten Sie, daß manche Diamanten Millionen Jahre alt sind? Deshalb gelten sie als Symbol für die ewige Liebe. Sie sind so alt wie die Ewigkeit. Wie auch immer.« Etwas sachlicher fuhr er fort: »Daneben gibt es natürlich noch die finanzielle Seite der Medaille. Riesige Gewinne, wenn das Wagnis gelingt. Mit etwas Glück kann man sein Kapital vervielfachen. Der Hintergrund für diese Gewinne erklärt sich aus der Existenz der Central Selling Organisation, unhöflich auch Kartell genannt. Etwa achtzig Prozent der jährlichen Produktion werden über diesen sogenannten ›*single channel*‹ gehandelt. Die Diamanten werden sortiert, geschätzt und in der Charterhouse Street 19 in der City von London verkauft, dort befindet sich De Beers' wichtigste Zentrale außerhalb von Südafrika. Ein sechsstöckiges modernes Glasgebäude, das aussieht wie eine Festung. An jedem fünften Montag des Jahres versammelt sich im zweiten Stock eine auserwählte, speziell eingeladene Gruppe von Händlern, die sogenannten ›*sight holders*‹. Jeder von ihnen erhält ein mit einem Band verschnürtes Säckchen. Darin befindet sich eine Pappschachtel. In der Schachtel wiederum steckt so was Ähnliches wie ein Umschlag, den man ›*paper*‹ nennt. Die Rohsteine in einem *paper* sind stets von der gleichen Art und gehören zu einer der mehreren hundert Qualitätsklassen, in die die CSO ihre Steine unterteilt. Jede Schachtel enthält Steine im

Wert zwischen zwei und fünf Millionen Dollar. Der Käufer kauft zu dem auf der Schachtel angegebenen Preis. Hier wird nicht gehandelt, und es empfiehlt sich auch nicht, eine Schachtel abzulehnen. Es ist ein äußerst diszipliniertes und effizientes System, und das muß es auch sein. Es gibt ein großes Überangebot an Diamanten auf dem Weltmarkt. Es gibt riesige Reserven. Wenn die CSO das Angebot nicht künstlich knapp hielte, würden die Preise in den Keller sacken.«

Er sah, wie sich ihre Augen weiteten.

»Es ist eine brillante Organisation. Im Lauf der letzten sechzig Jahre hat die CSO etwas erreicht, das die erdölproduzierenden Länder in der OPEC und sogar die Kokainbarone des Medellin-Kartells nie geschafft haben. Sie hatte die Macht und die Nerven, dem Markt ihre eigenen Gesetze aufzuzwingen, wobei ihr Syndikat nicht auf Wochen oder Monate angelegt war, sondern auf Jahrzehnte. Natürlich hat es Rückschläge gegeben wie damals, als ein Londoner Händler beschloß, seine Ware am Kartell vorbei direkt in Angola zu kaufen, Zaire einen Alleingang wagte oder Moskau versuchte, sein Abenteuer in Afghanistan zu finanzieren, indem es den Markt mit Diamanten überschüttete. Aber in diesem Club waren Erschütterungen im allgemeinen nur von kurzer Dauer. Bis jetzt. Die Russen wollen sich scheinbar erneut mit dem Kartell anlegen. Feinste russische Diamanten im Wert von mehreren Millionen Pfund fließen am *single channel* vorbei auf den Markt.«

»Warum sollten die Russen ein Interesse daran haben, daß die Weltmarktpreise fallen?«

»Erpressung. Sie schielen nach einem Sitz im Vorstand von De Beers in Südafrika und wollen Einfluß auf die Entscheidungen in der Londoner Zentrale nehmen.«

»Und wird es ihnen gelingen?«

»Wir werden sehen. Aber es wirkt sich destabilisierend aus. Ein weiteres Risiko, das Sie bedenken müssen.«

Er schenkte ihnen nach.

»Und was ist mit den übrigen Risiken?«

Goldstein hielt inne. Das leichte Lächeln ließ ihn beinahe gütig wirken, doch seine Augen, von denen sie sich durchbohrt fühlte, signalisierten das Gegenteil. Da sie selbst die Gabe besaß, Menschen zu durchschauen, spürte sie sie jetzt um so deutlicher bei ihm und wurde unsicher. Doch als er nach seinem Glas griff, löste sich seine Anspannung. Er schien eine Entscheidung getroffen zu haben.

»Es gibt noch vieles, was Sie wissen müßten, falls es Ihnen über den Weg läuft, und das wird sicherlich der Fall sein.« Die Selbstverständlichkeit, mit der er über bevorstehende Probleme redete, verstärkte Cassies Unbehagen. Sie mußte sich ins Gedächtnis rufen, daß er Schriftsteller und ein Freund von John war, der ihr helfen sollte.

»Der Diamantenhandel dient in vielerlei Hinsicht als Mittel zum Zweck. Man manipuliert die Preise an der Börse, wenn die Gesellschaft dort eintragen ist. Monate –, manchmal jahrelang, solange die Probebohrungen laufen, basiert der Preis nur auf Hoffnung, und die ist biegsam. Dann gibt es jene, die angeblich auf der Seite der Engel stehen und den Diamantenhandel für ihre eigenen Zwecke benutzen.« Goldstein erkannte ihren fragenden Blick.

»Ich meine die Nachrichtendienste. Sie halten engen Kontakt mit De Beers. Sie tun sich gegenseitig Gefallen.«

»Wie?«

»Ganz einfach. Diamantenexperten haben einen Grund, in alle möglichen Länder zu reisen, Rußland, Angola, Südafrika, überallhin. Während sie auf die Ergebnisse von Bodenanalysen oder Probebohrungen warten, haben sie viel Zeit, die sie für alles mögliche nutzen können. Eine perfekte Tarnung.«

»Und was für Gefallen werden umgekehrt erwartet?«

»Die Nachrichtendienste sorgen dafür, daß bestimmte Ladungen, die sonst an der CSO vorbeigehandelt wären, wieder unter deren Kontrolle kommen.«

»Zum Beispiel? Wer würde sich gegen das Kartell stellen, wenn doch alle daran interessiert sind, daß es weiterbesteht?«

»Die Amerikaner beispielsweise«, lautete die einfache Antwort. »Dort ist die CSO illegal, denn sie verstößt gegen den Sherman Act, der monopolistische Kartelle für gesetzeswidrig erklärt. Von den Russen habe ich Ihnen bereits erzählt. Sie wollen höhere Verkaufsquoten durchsetzen und mehr Einfluß auf die Entscheidungen der CSO nehmen. Und dann gibt es noch die Schmuggler, die die offiziellen Kanäle ohnehin nicht benutzen können.«

»Und wie gehen die Nachrichtendienste bei diesen Operationen vor?«

Goldstein lachte.

»Das müssen Sie schon selbst rauskriegen. Benutzen Sie ihre Phantasie. Suchen Sie nach der Logik und wenden sie diese auf einen anderen Fall an. Finden Sie den Schwarzen Peter, den Widerspruch. Er wird fast unweigerlich auftauchen. Suchen Sie nach dem Unvorhersehbaren, dem Unlogischen, fast Selbstzerstörerischen – das ist die beste Tarnung überhaupt. Und, meine Liebe, passen Sie gut auf sich auf. Das ist der beste Rat, den ich Ihnen geben kann.« Einen Augenblick lang schienen seine Augen fast sanft.

Das Mittagessen war beendet. Goldstein stand auf und reichte ihr eine Visitenkarte.

»Hier ist die Nummer meiner Sekretärin. Sie wird Ihnen sagen können, wo ich bin.« Dann brachte er Cassie zur Tür.

»Rufen Sie mich ruhig an, wenn Sie Hilfe brauchen.« Als er ihr die Tür öffnete, sagte er noch: »Ach, übrigens, wo liegt Ihre Mine eigentlich? In einer interessanten Gegend?«

»Oh ja, Vietnam«, antwortete Cassie, noch etwas verwirrt über die Zwischentöne, die in seinem Angebot mitschwangen.

Plötzlich fragte sie sich, ob es klug gewesen war, ihm zu sagen, wo sich die Mine befand. Sie hatte das Gefühl, einen Fehler begangen zu haben. Sie verabschiedeten sich per Handschlag, und Cassie bog in die Holland Park Road ein. All die Warnungen von Richardson, Brimton und nun Goldstein gingen ihr nicht aus dem Sinn. Sie sammelten sich an wie tote Fliegen im Sommer.

Goldstein beobachtete sie, bis sie außer Sichtweite war.

Dann schloß er die Tür und griff zum Telefon. Er wählte eine Nummer im Ausland und sprach, ohne seinen Namen zu nennen.

»Neuigkeiten zum vietnamesischen Deal. Jetzt ist er in London bei einer Risikokapitalbank namens Case Reed angelangt.« Es folgte eine Pause, dann antwortete eine feste Stimme.

»Bleiben Sie am Ball. Wir warten. Die Zeit wird kommen. Sie haben völlig freie Hand. Es gilt die übliche Abmachung.«

25

Um sieben zog Eva sich um und joggte eine Stunde durch den Battersea Park. Die Kirschbäume am Fluß warfen ihre Blüten ab, und sie hatte das Gefühl, über einen duftenden Teppich zu laufen.
Der Tag war warm gewesen. Jetzt wimmelte es im Park von Leuten, die joggten, Tennis oder Boule spielten, ihre Hunde ausführten oder einfach auf dem Rasen lagerten. Eine Szene, die so normal war, daß sie seltsam beruhigend wirkte.
Schweißgebadet und mit dem angenehmen Gefühl, ihren Körper unter Kontrolle zu haben, kam sie zu Hause an. Sie schloß noch vierzig Liegestütze und hundert Sit-ups an und wartete eine Weile. Dann maß sie ihren Puls. Das machte sie immer so. Es erinnerte sie an die Zeit, kurz nachdem sie der SIS beigetreten war und ihre spezielle Schußwaffenausbildung absolvierte. Damals hatte sie sich in Form bringen müssen. Es ist viel leichter, eine Handwaffe zu halten, wenn der Puls regelmäßig ist.
Fünfundfünfzig Schläge pro Minute waren ideal. Eva hatte es auf vierundfünfzig gebracht, mittlerweile sogar auf einundfünfzig.
Sie duschte und zog sich sorgfältig für den Abend mit Frazer an. Ein kurzes schwingendes schwarzes Kleid und schwarze Schuhe.
Es war komisch, all die eleganten damenhaften Kleider zu tragen, nachdem sie jahrelang nur in Jeans oder Shorts herumgelaufen war. Sie sah sich im Spiegel an und war fast überrascht von ihrem Anblick. Sie fragte sich, was Frazer sah, wenn er sie betrachtete.
Schließlich überprüfte sie das Päckchen, das gestern nachmittag

von einem SIS-Kurier gebracht worden war. Es enthielt eine Steckdose mit einem eingebauten Sender. Sie war nicht von einer gewöhnlichen zu unterscheiden, enthielt jedoch winzige elektronische Teile. Der Sender würde auf einer Frequenz von UHF 365 bis 455 Mhz arbeiten und, einmal installiert, alles aufnehmen, was sich in dem entsprechenden Raum abspielte. Eva wickelte ihn in ein Taschentuch, steckte ihn in die Handtasche und verließ das Haus. Als die Tür ins Schloß fiel, schüttelte sie alle lästigen Gedanken oder Ängste ab, damit Frazer weder Erregung noch Unruhe in ihrem Auftreten erkennen konnte.
Um zehn nach neun kam sie bei ihm an. Er begrüßte sie mit einem Kuß.
»Du siehst blendend aus.«
»Danke schön. Ich bin gerade eine Stunde lang gelaufen, das hat mir offensichtlich gutgetan.«
»Eine ganze Stunde? Meine Güte, erinnere mich nur daran, daß ich nie mit dir laufe.« Er führte sie in den Garten. Auf dem Tisch stand eine Flasche Champagner in einem Eiskübel. Er reichte ihr ein Glas und beobachtete sie, während sie trank und die blühenden Rosensträucher bewunderte. »Du bist ganz schön fit, wie? Das ist mir schon beim ersten Mal aufgefallen, als du mit dem Rücken zu mir standest. Ich weiß noch, daß ich dachte, ich hätte eine Sportlerin vor mir, die jeden Moment losspurten wird. Du bist das, was man einsatzbereit nennt.«
Eva setzte sich auf den Holzstuhl.
»Einsatzbereit? Ja, könnte stimmen. Ich habe jede Menge zu tun.«
»Was heißt das?«
Sie sah ihn überrascht an. »Na, mit dem Deal. Die Diamanten. Das könnte eine verdammt große Sache werden. Größer als alles, was ich bisher gemacht habe, aber mit deiner und Case Reeds Hilfe könnte es zu schaffen sein. Meinst du nicht?«
»Ich helfe dir, schon aus Eigennutz. Ich glaube auch, daß es eine große Sache sein könnte. Aber ich würde gern wissen, warum du es machst.«

Er setzte sich ihr gegenüber, stützte die Ellbogen auf den Tisch und beugte sich vor.

»Ich will wissen, was du vorhast, Eva. Was versprichst du dir von diesem Deal, und was willst du von mir?«

Sie lachte. »Das klingt sehr einfallslos. Ich habe eine Affäre mit dir. Ich glaubte, das wäre klar.«

»Ja, das ist mir klar, aber das ist auch alles. Du gibst mir ein paar Rätsel auf. Die meisten Frauen wollen mehr als nur eine Affäre. Natürlich gibt es auch die, die nur eine Nacht bleiben, aber zu denen gehörst du nicht. Dann gibt es die Beziehungen. Und alle Frauen, wie sehr sie sich auch zurückhalten mögen, forschen nach Zeichen meinerseits und stellen mir Fragen, die ich gerade dir gestellt habe. Du nicht. Du stürzt dich unbekümmert in eine Affäre mit mir, obwohl sie diesen Deal, der dir so viel bedeutet, ungeheuer komplizieren könnte. Wieso?«

Eva seufzte. »Sieh mal, du weißt so gut wie nichts von mir. Also ist es dein gutes Recht, Fragen zu stellen, schließlich werden wir ja vielleicht sogar Geschäftspartner. Ich will versuchen, sie zu beantworten.« Sie suchte in ihrer Tasche nach Zigaretten. Neben der Packung lag das Taschentuch mit der Wanze. Vorsichtig nahm sie die Zigaretten heraus, zündete sich eine an und blies den Rauch in die Abendluft.

»Ich denke nicht viel darüber nach, was ich tue. Ich führe keine Selbstanalyse. Die meisten Dinge mache ich aus dem Bauch heraus, instinktiv. Ich vertraue auf mein Urteilsvermögen, und wenn ich etwas tun will, dann tue ich es. Über die Konsequenzen mache ich mir keine Gedanken. Dafür ist Zeit genug, wenn es soweit ist. Die Leute machen sich viel zu viele Sorgen. Sie wollen immer alles voraussehen und vorprogrammieren, aber meistens liegen sie völlig schief. Sie konzentrieren sich so sehr auf das, was sie erwarten, daß sie dastehen wie ein Ochs vor dem Berg, wenn es anders kommt, und das ist fast immer der Fall.« Sie hielt inne und musterte sein Gesicht. »Verstehst du, was ich meine?«

Er füllte ihre Gläser und sah sie mit einem neuen Ausdruck an, einer Mischung von Freude, Neugier und Aufmerksamkeit.
»Ich glaube ja. Du lebst für den Augenblick. Du vertraust nur auf dich selbst und kümmerst dich nicht darum, was die anderen sagen. Aber unser Deal paßt nicht in dieses Schema, oder? Hier man muß planen, Prognosen erstellen und Probleme schon im Vorfeld erkennen können.«
»Genau. Und das ist einer der Gründe, warum ich mich darauf eingelassen habe. Ich mache das zum ersten Mal. Ich will sehen, wie es wird. Daneben gibt es eine Reihe von anderen Gründen.«
»Und die wären?«
»Jetzt kommen wir doch zur Selbstanalyse.« Sie nahm einen langen Schluck Champagner. »Es ist höchste Zeit für mich, ich muß endlich irgendwas zustande bringen. Ich habe jahrelang nichts Richtiges getan, jedenfalls im konventionellen Sinne. Gut, ich habe im Fernen Osten Englischunterricht gegeben, mich in abgeschiedenen Dörfern um die Kinder gekümmert. Das war großartig, eine wunderbare Art, sein Leben zu verbringen, aber so kann es nicht ewig weitergehen. Ich bin jetzt dreißig, und ich habe das Gefühl, daß ich was anderes machen muß. Und außerdem brauche ich Geld, um ehrlich zu sein.« Sie zuckte die Achseln. »Es ist die alte Geschichte. Es ging uns nicht schlecht, aber mein Vater hat nicht gerade vernünftig gewirtschaftet. Das Haus und den größten Teil des verbleibenden Vermögens wird mein Bruder erben. Zwar hat mein Vater auch für mich vorgesorgt, aber das wird vorne und hinten nicht reichen. Ich bin eine Frau, von mir wird erwartet, daß ich eine gute Partie mache und mich von meinem Mann ernähren lasse. Allerdings ist das nicht meine Welt. Egal. Trotzdem hätte ich von den Zinsen aus meinem Kapital einigermaßen leben können, wäre mein Vater nicht ein Opfer von Lloyds geworden. Er war mit einem der ganz schlimmen Syndikate liiert und hat praktisch alles verloren, was einmal meinem Bruder und mir zugedacht gewesen war. Von meinem Anteil ist so gut wie

nichts mehr übrig. Du siehst, das Ganze ist nicht schwer zu verstehen. Früher habe ich mir um Geld keine Sorgen machen müssen. Das hat sich geändert, also will ich diese vielversprechende Möglichkeit nicht so ohne weiteres verlieren. Es ist eine einmalige Chance für mich. In einem Büro zu arbeiten ist nicht mein Ding, das konnte ich einfach nicht. Und wenn du dich wunderst, warum ich nicht wie andere Frauen um dich herumtanze, dann nur, weil ich mich hauptsächlich auf mein Projekt konzentriere. Das ist alles, was ich wirklich will, verstehst du?«

Seine Augen leuchteten warm und überraschend mitfühlend auf.

»Das verstehe ich viel besser, als du dir vorstellen kannst. Ich war der zweitälteste Sohn. Nach dem Tod meines Vaters erbte mein Bruder alles. Plötzlich war mein privilegiertes Leben mit einem Schlag vorbei. Ich stand nur noch im Schatten meines Bruders, praktisch mittellos. Du und ich, wir wollen dasselbe Geld, um uns schadlos zu halten. Ich habe den Dreh raus, aber irgendwie ist es nie genug. Mein Appetit ist grenzenlos. Du stehst erst am Anfang. Warte nur ab. Es wird zu einer richtigen Sucht.«

Sie lächelten einander an. Evas Blick täuschte stillschweigendes Einverständnis und Komplizenschaft vor, so als seien sie plötzlich zu Verbündeten geworden. Sie stand auf.

»Entschuldige. Ich muß mal zur Toilette.«

Sie griff nach ihrer Handtasche und trat ins Haus. Sie ging geradewegs in Frazers Arbeitszimmer und vergewisserte sich, daß ihr niemand gefolgt war. Dann nahm sie die Steckdose und einen Schraubenzieher aus der Tasche, entfernte Frazers Steckdose und brachte die Wanze an. Mit dem Taschentuch wischte sie ihre Fingerabdrücke ab, wickelte Frazers Steckdose darin ein und steckte sie wieder in die Handtasche. Anschließend ging sie die Treppe zum Schlafzimmer hoch, zog sich aus und schlüpfte ins Bett.

Fünf Minuten später kam er auf der Suche nach ihr ins Zimmer. Als er sie fand, lächelte er.

»Was geht hier vor?«

Sie zog das Laken beiseite. »Ich habe eigentlich gar keinen Hunger, du?«

Er zog sich aus, ohne die Augen von ihr zu nehmen. Die Leidenschaft kam wie von selbst und so heftig, daß beide überrascht waren.

Gegen Mitternacht klingelte das Telefon und riß sie aus dem Schlaf. Frazer stöhnte und griff nach dem Hörer.

»Hallo.«

»Ja. Bleib dran. Ich bin gleich wieder da.« Er legte den Hörer neben den Apparat, gab Eva einen flüchtigen Kuß und sagte: »Hongkong. Das wird eine Weile dauern und ziemlich langweilig sein. Schlaf weiter. Ich gehe ins Arbeitszimmer.«

Schläfrig antwortete sie: »Bleib nicht zu lange fort.«

Als er wiederkam, tat sie so, als schliefe sie. Sie lag still da und beobachtete, wie er sich unruhig hin und her wälzte. Im Dunkeln stahl sich ein Lächeln auf ihr Gesicht. Wenn sein Telefon wirklich abgehört wurde, wie Stormont versprochen hatte, würde sie in wenigen Stunden wissen, worum es in seinem langen und langweiligen Gespräch gegangen war.

26

Zur gleichen Zeit, als Eva Frazers Haus betrat, fuhr Stormont vor Cassies Haus vor. Er warf einen Blick auf die hübsche Fassade. Es schien wie für sie geschaffen. Er stieg aus und klingelte an der Tür. Ein Hund bellte, und dann hörte er Cassies strenge Stimme, die mit ihm schimpfte.
»Sei still, Nesta. Jetzt gib endlich Ruhe!«
Dann öffnete sie lachend die Tür.
»Tut mir leid. Sie glaubt immer, sie müßte mich beschützen.«
»Sehr klug von ihr.« Er beugte sich vor, um Cassie zu küssen. Das Parfüm, das sie heute benutzte, war stärker als das vor ein paar Tagen.
»Kommen Sie rein.« Nesta sprang zwischen seinen Beinen herum, während er ihr ausgiebig den Hals kraulte.
»Wie wär's mit einem Glas Champagner?«
»Ja, sehr gern.« Normalerweise wäre er an einem Freitag wie diesem in sein Landhaus gefahren. Es war ein seltsames Gefühl, den Abend statt dessen in Begleitung einer jungen attraktiven Frau zu verbringen, die mehr als begehrenswert war.
»Das ist David Wilson, mein Mitbewohner«, sagte sie und wies auf einen hochgewachsenen Mann, der sich träge aus dem Sofa schälte, die Hand ausstreckte und ihn teils höflich, teils forschend musterte.
»David, das ist Andrew Stormont.«
Die Männer drückten sich die Hand.
Cassie entkorkte die Flasche und schenkte drei Gläser ein.
Stormont sah anerkennend auf die Flasche. Er nahm das Glas, das sie ihm reichte, setzte sich in einen tiefen Sessel und streckte die Beine auf dem Perserteppich aus. Langsam nahm er die

Umgebung in sich auf. Selbst im kleinsten Detail spürte er Cassies Gegenwart, angefangen bei der stilvollen Einrichtung bis hin zu dem Flair von Zufriedenheit und Normalität, das alles durchdrang. Keine Spur von sterilen, innenarchitektonischen Ambitionen. Es war ein Haus, das lebte und in dem man das Leben genoß. Bestimmt hatte Cassie alles selbst ausgesucht. Plötzlich verspürte er eine unbändige Sehnsucht nach ihrer fröhlichen Offenheit, dieser unbeschwerten Leichtigkeit. Aber auch Trauer. Was immer während dieser Operation geschehen mochte, Cassie würde davon nicht verschont bleiben. Er konnte die Zukunft nicht vorhersagen, im Gegenteil, er würde selbst improvisieren müssen. Er konnte sie nicht einmal beschützen. Er war kein Wachhund, der ihre Feinde durch Bellen verscheuchte.

Offenbar war das die Rolle, in der sich David Wilson sah.

Aber er taugt nicht als Ritter, dachte Stormont, während er ihn unauffällig studierte. Er war willig, aber unfähig. Cassie würde ihre Schlachten selbst ausfechten müssen, und er fragte sich, wie sie sich im Vergleich zu Eva wohl schlagen würde. Eva war großartig, eine Kämpfernatur. Sie war gut ausgebildet und wußte, worum es ging. Cassie hätte keine Ahnung, wenn etwas schiefging, und obendrein war sie völlig unerfahren.

Auf Cassies Vorschlag hin gingen sie zum Abendessen zu Blakes, einem dunklen Kellerrestaurant, das sie immer an das Boudoir einer Nutte erinnerte – ein wirklich hübsches Boudoir mit ausgezeichnetem Essen, aber trotzdem etwas anrüchig, ein Ort, wo sich heimliche Liebespaare trafen. Sie lachte in sich hinein und fragte sich, was Stormont von ihr wollte, abgesehen von Sex natürlich. Irgendwas führte er im Schilde, das spürte sie.

Er saß vor ihr im dunklen Anzug mit blaßblauem Hemd. Seine Kleider waren ebenso perfekt wie der Körper, den sie verbargen. Alles an ihm war stark und fest – der Körper, die Stimme, das Gesicht und sein Verstand. Sogar sein Wille. Er schlummerte unter der Oberfläche, untätig, wartend, er operierte hinter einem Panzer von Charme, tadellosen Manieren und dem Interesse, das er für sie an den Tag legte. Sein Wille machte sich nie unter dem Deckmantel von Ego oder Arroganz bemerkbar, den Eigenschaften, die sie an Männern am meisten verabscheute. Aber er war da: in seinem Lächeln, dem unausgesprochenen Vertrauen, seiner Neugier.

Sie studierten die Speisekarte und bestellten. Und dann sprudelten die Fragen nur so aus ihm heraus, alle unter dem Vorwand, sie kennenlernen zu wollen. Sie waren vollkommen unverfänglich, und doch spürte Cassie, daß eine gewisse Ernsthaftigkeit dahintersteckte, eine versteckte Absicht. Sie mochte prinzipiell keine Fragen, für sie waren es Abkürzungen auf dem Weg, jemanden kennenzulernen. Viele Männer stellten Fragen in dem Glauben, sie zeigten damit Interesse, und erlaubten den Frauen, über sich selbst zu reden, weil sie das für ihren Lieblingszeitvertreib hielten. Sie dagegen zog indirektere Methoden vor. Hätte Stormont sie mit seinem Charme und seiner Verführungskunst nicht so eingewickelt, wäre sie den Fragen mit einem Gähnen ausgewichen und hätte das Thema gewechselt. Statt dessen beobachtete sie, wie er sie betrachtete, als sei er dabei, ein Rätsel zu lösen.

»Sie haben sich aber einen grimmigen Mitbewohner ausgesucht. Er paßt auf Sie auf wie ein Drache.«

»Warum interessiert ihr euch eigentlich alle so für ihn?«

»Wer ist alle?«

»Eva hat auch schon so neugierig gefragt. Sie wollte wissen, ob er mein Liebhaber ist.«

»Und, ist er es?«

»Nein, nur ein Freund. Ist das so seltsam?«

»Ich halte Sie für unabhängig und erfolgreich. Ich hätte nicht gedacht, daß Sie einen Hausfreund brauchen.«

Cassie zuckte die Achseln. »Ich war noch nie gut darin, allein zu leben.«

»Warum nicht?«

Sie wandte den Blick ab, als überlege sie. Dann sah sie ihn

an und sagte mit leiser Stimme: »Ich hasse es, im Bett zu liegen und mich über irgendwelche Geräusche zu wundern. Ich mag nicht, wie es in einem leeren Haus widerhallt, wenn ich es betrete. Ich fühle mich sicherer, wenn noch jemand in meiner Nähe ist. Ich genieße es. Und David ist ein angenehmer Gefährte. Können Sie das verstehen?«

»Ja«, antwortete er überraschend sanft. »Das kann ich.« Am liebsten hätte er gefragt, warum sie diese Ängste hatte, woher sie kamen, aber dann sah er, wie sie den Blick abwandte, als wolle sie weitere Fragen abwehren.

»Es paßt nur nicht zu dem Image, das Sie ausstrahlen. Die erfolgreiche Karrierefrau in der City.« Seine Stimme zog sie wieder zu ihm zurück.

»Sie haben es selbst gesagt. Es ist ein Image.«

»Wieso arbeiten Sie eigentlich in der City? Ist das nicht das reinste Schlangennest?«

»Dazu kann sie werden, wenn man nicht aufpaßt. Die großen Banken sind die schlimmsten. Aber ich bin nur vier Jahre in der eigentlichen City geblieben, gerade lange genug, um das Handwerk zu lernen. Danach habe ich zu Case Reed gewechselt. Da geht es zivilisierter zu, und es gibt keine offizielle Firmenpolitik. Ich habe völlig freie Hand und kann mehr oder weniger tun, was ich will.«

»Aber eigentlich ist es doch auch die City, selbst wenn Sie jetzt außerhalb der eigentlichen Bannmeile arbeiten. Was ist so spannend daran?«

»Das Risiko.«

»Sie mögen es?«

»Warum nicht?«

»Ihr Leben scheint so einfach und wohlgeordnet. Das Risiko paßt irgendwie nicht dazu.«

»Gerade deshalb kann ich es mir leisten. Ich mag es.«

»Warum?«

»Weil ich mich daran messen, mich beweisen, damit spielen kann. Ich stürze mich ja nicht willkürlich in jede Gefahr, alles

bleibt kalkulierbar. Risiko gegen Gewinn – die Maxime des Bankers.«
»Sie würden also nie nur aus Spaß Risiken eingehen?«
»Warum? Was wäre der Sinn?«
»Das klingt aber sehr vernünftig und klar.«
»Na ja, es gibt Leute, die lieben den Nervenkitzel, sie reiten sich in Probleme rein, nur um zu sehen, ob sie wieder rauskommen.«
»Und Sie brauchen das nicht. Sie wissen immer, wie sie wieder rauskommen, also macht es keinen Sinn.«
»So ungefähr. Oder vielleicht will ich einen wirklich guten Grund haben, wenn ich es tue.«
Der Kellner brachte den nächsten Gang. Cassie nutzte die kleine Pause, um sich im Restaurant umzusehen und ihre Unterhaltung versiegen zu lassen. Sie hatte genug von Analysen.
»Was macht Ihr Deal mit Eva Cunningham?« fragte Stormont leichthin.
Cassie warf ihm einen prüfenden Blick zu, ehe sie antwortete.
»Bislang hat sich nicht viel getan. Wir wollen uns am Montag treffen. Danach müßte die Sache allmählich in Gang kommen.«
»Werden Sie ihr Projekt finanzieren?«
»Sie meinen die Mine? Wir werden uns was einfallen lassen.«
»Und was?«
»Hören Sie, Andrew! Das sind vertrauliche Informationen. Sie erwarten doch nicht im Ernst eine Antwort, oder?«
Er schüttelte den Kopf. Er hatte keine Details erwartet, sondern nur prüfen wollen, wie diskret sie war.
Und während er sprach oder ihr zuhörte, war ein Teil seines Bewußtseins mit Eva beschäftigt und fragte sich, wie sie mit Frazer zurechtkam. Er hoffte für sie und hatte zugleich Angst um sie.
»So«, sagte Cassie, als sie mit ihrem Lamm fertig war. »Sie haben mich ganz schön ausgefragt, und ich weiß gar nichts über Sie. Das ist unfair.«
»Was würden Sie denn gern wissen?«

»Fangen wir mit dem an, was Sie machen.«
»Was glauben Sie?«
Sie studierte ihn, ohne etwas zu sagen. Für jemand, der gewohnt war, mit anderen genau dasselbe zu machen, war Stormont über sein eigenes Unbehagen erstaunt. Jetzt verstand er, was Eva meinte. Cassie schien durch ihn hindurchzusehen.
Schließlich sagte sie: »Sie könnten vieles sein. Sie könnten in der City arbeiten oder ein Geschäftsmann sein, Psychiater oder intellektueller Journalist. Sie könnten aber auch alle diese Berufe kombinieren. Sie geben sich den Anschein eines Dilettanten, nur sind Sie zu sehr bei der Sache. Sie machen etwas, das Ihnen sehr wichtig ist, und dazu paßt eigentlich nur meine Psychiater-Theorie. Aber ich weiß, daß Sie keiner sind. Dazu sind Sie zu boshaft.«
»Was bin ich dann?« fragte er lachend.
Plötzlich erinnerte sie sich an das Gespräch mit Aubrey Goldstein.
»Wollen Sie wirklich, daß ich Ihnen das beantworte?«
»Warum nicht?«
»Weil ich Sie für einen Spion halte.«
Stormont lachte erneut, leicht und entspannt. Cassie fand, es war entweder das Lachen eines Mannes, der nichts zu verbergen hatte, oder der sich in seiner Lüge sicher fühlte, selbst wenn man ihn mit der Wahrheit konfrontierte.
»Ich fühle mich sehr geehrt, daß Sie mir so viel versteckten Zauber zuweisen. Leider ist die Wahrheit etwas prosaischer. Ich habe mit Grundstücken zu tun.«
»Sie enttäuschen mich.«
»Tut mir leid, ich werde versuchen, es wiedergutzumachen.« Sein Blick wanderte von ihrem Gesicht über den Hals zu ihrem Ausschnitt. Er sah auf und bemerkte, daß sie ihn beobachtete. In ihren Augen spielte eine leicht verächtliche Genugtuung über seine Durchschaubarkeit.
»Übrigens, wie zum Teufel kommen Sie darauf, daß ich ein

Spion sein könnte? Kennen Sie einen? Sehe ich etwa aus wie einer?«
»Um ehrlich zu sein, ja.«
»Das müssen Sie mir näher erklären.«
»Da ist etwas in Ihren Augen. Sie scheinen offen, aber Sie sind höllisch auf der Hut, und sie beobachten einen unentwegt. Sie beobachten, aber sie offenbaren nur das, was Sie wollen. Ich kenne diese Art von Maske. Wenn man lügt, zieht man sie an, aber sie läßt sich mit der Lüge ein- und ausschalten. Bei Ihnen ist sie ständig eingeschaltet, so als müßten Sie Ihr wirkliches Ich hinter einer Maske verstecken.«
»Genial, aber daneben.«
»Na schön. Also liege ich genial daneben. Vergessen wir das Ganze. Sie spekulieren weiter mit Ihren Grundstücken und versuchen, es wiedergutzumachen. Und ich gebe mir Mühe, nicht genial zu sein.«
Sie sahen sich an im Bewußtsein einer neuen Ambivalenz ihrer Gefühle füreinander. Die Anziehung war genauso stark wie die Abneigung.
Um Mitternacht brachte Stormont sie nach Hause. Er hielt mit laufendem Motor vor dem Haus und küßte sie einmal flüchtig auf den Mund.
»Bis bald.«
Sie stieg aus. Er empfand eine ungewohnte Frustration. Sie war distanziert und nah zugleich, ausweichend, aber auf verwirrende Art intuitiv.
Er fuhr nach Hause, setzte sich mit einem Whisky in sein Arbeitszimmer und dachte über sie nach. War sie wirklich so scharfsichtig, oder war das mit dem Spion nur ein Scherz gewesen? Wußte sie etwas? Er nippte an seinem Whisky. Die ganze Operation war hochexplosiv. Stormont hatte das seltsame Gefühl, daß Cassie ihm viel gefährlicher werden könnte, als er sich vorgestellt hatte. Doch wie scharfsinnig sie auch war, es gab vieles, das sie niemals rauskriegen würde. Mit der Bedrohung, die von ihr ausging, würde er spielend fertig.

27

Am Samstag erlaubte sich Cassie den Luxus, erst um zehn aufzustehen. Sie zog ein Paar Jeans und ein T-Shirt über und ging zu dem neuen Feinkostladen, der vor kurzem unweit von World's End in der King's Road eröffnet hatte. Sie kaufte zwei normale und zwei Mandelcroissants, Orangensaft und Milch. Als sie wieder nach Hause kam, stand David in Pyjamahosen in der Küche.

Sie legte die Croissants für eine Minute in den Grill und trug sie dann auf einem Teller ins Wohnzimmer.

David folgte ihr mit dem Kaffee.

»War es ein netter Abend?« fragte er.

Cassie nickte mit vollem Mund.

»Sehr nett. Wie fandest du ihn?« Sie wußte, daß die Frage nicht besonders klug war. David ließ nie ein gutes Haar an ihren Liebhabern oder Verehrern, aber sie war neugierig, und er lag mit seiner Einschätzung meistens richtig. Er biß genüßlich in sein Croissant und ließ sich Zeit mit der Antwort.

»Er ist ein Wolf im Schafspelz. Als er gestern abend hier war, hat er sich verstellt, aber er hat es auf dich abgesehen. Ich möchte lieber nicht mitkriegen, wie er dich ansieht, wenn er im Dunkeln mit dir allein ist. Wahrscheinlich würde ich ihn umbringen.«

Cassie lachte. »Ein Wolf also. Was meinst du, womit er seine Brötchen verdient?«

»Wahrscheinlich ist er einer von diesen City-Typen. Er hat etwas von deren kultivierter Rücksichtslosigkeit an sich. Warum fragst du? Normalerweise tust du das nicht. Und wieso starrst du mich so an? Du hast so einen komischen Ausdruck im Gesicht, Cassie.«

»Wirklich?« Sie wirkte plötzlich abgelenkt. Es war keine unangenehme Ablenkung, denn sie lächelte, auch wenn David das Lächeln nicht besonders angenehm fand.
»Cassie, du siehst aus, als wärst du gerade dabei, eine Hinrichtung zu beschließen.«

Gegen elf rief Stormont bei Eva an. Sie war gerade von Robie Frazer nach Hause gekommen und meldete sich mit gewohnter Schroffheit.
»Hallo!« Es klang mehr wie eine Herausforderung als eine Begrüßung.
»Wie ist es gelaufen?«
»Problemlos. Um halb zehn war alles erledigt. Um Mitternacht hat er einen Anruf im Arbeitszimmer angenommen. Könnte vielversprechend sein.«
»Gut. Ich sorge dafür, daß du so schnell wie möglich eine Kassette und eine Abschrift bekommst. Aden und ein Team von Spezialisten gehen gerade die Bänder durch und filtern das raus, was für uns interessant sein könnte.«
»Und bei dir? Gibt's irgendwas Neues?«
Stormont zögerte. Er mußte ihr von Cassie erzählen. Sie würde ohnehin dahinterkommen. Cassie hatte keinen Grund, es ihr zu verschweigen. Besser, sie erfuhr es von ihm.
»Ja, und zwar was Komisches. Gestern abend habe ich mich mit Cassie getroffen.« Er zögerte, um ihr Zeit für eine Reaktion zu geben. Sie sagte nichts. Leicht verunsichert fuhr er fort.
»Wir haben zu Abend gegessen und uns unterhalten. Dann hat sie mich gefragt, was ich mache. Ich sagte, sie solle raten, und das hat sie getan.«
»Was soll das heißen, das hat sie getan?«
»Sie sagte sehr langsam und klar, daß sie mich für einen Spion hält.«
»Was?«
»Keine Sorge, ich hab' mir nichts anmerken lassen. Aber wie kommt sie darauf?«

»Ich habe nichts damit zu tun, falls du das meinst.«
»Ach was, das habe ich keine Sekunde gedacht. Aber ich frage mich, wie sie auf so eine Idee kommt.«
»Was denkst du?«
»Keine Ahnung. Ich glaube, sie ist verdammt helle, läßt es sich aber normalerweise nicht anmerken. Und dann strahlt sie plötzlich auf und trifft genau ins Schwarze. Ich hatte das Gefühl, mitten im Rampenlicht zu stehen.«
»Ich habe dich vor ihrer Intuition gewarnt.«
»Sie sagte, ich erinnerte sie an einen anderen Spion.«
»Wen?«
»Das hat sie nicht gesagt.«
»Sie kann doch nicht mich gemeint haben, oder? Wir sind uns nicht gerade ähnlich, finde ich.«
»Doch, vielleicht meinte sie tatsächlich dich. Sie sagte, meine Augen seien ständig auf der Hut, als trüge ich eine Maske, hinter der sich meine wirkliche Existenz verbirgt.«
»Mist! Das war ein Volltreffer.«
»Du hast denselben Blick, Eva. Wir haben ihn alle, wenn jemand weiß, wonach er Ausschau halten muß.«
»Und wie um Himmels willen soll sie wissen, wonach sie Ausschau halten muß?«
»Keine Ahnung. Ich glaube, daß wir sie unterschätzt haben.«
»Was machen wir jetzt?«
»Wir machen einfach so weiter. Es bleibt uns gar nichts anderes übrig. Aber wir müssen höllisch aufpassen. Weißt du, ich glaube, sie hat das sehr bewußt gesagt, es klang beinahe wie eine Warnung.«
»Was für eine Warnung?«
»Weiß ich nicht. Aufzupassen. Vielleicht wollte sie sagen, daß ich keine Spielchen mit ihr treiben soll, daß sie mich durchschaut und beim ersten Anzeichen von schlechtem Benehmen vor die Tür setzt.«
»Und was war noch?« hakte Eva nach. Stormont hatte die Frage nur halb beantwortet.

»Ich habe sie nach eurem Deal gefragt. Sie erklärte mir freundlich, aber bestimmt, daß mich das nichts anginge, daß es vertraulich sei und ich das auch genau wüßte. Ich glaube, die Warnung galt eher dem Deal, dir und mir. Du bist die Verbindung zu mir. Sie weiß, daß wir uns kennen.«
»Andrew, willst du mir verraten, wie dein Treffen mit Cassie mit dieser Operation zusammenpaßt? Du wirst sie doch nicht benutzen, um mich auszuspionieren, oder?«
»Warum sollte ich das tun? Ich vertraue dir. Ich brauche dir nicht hinterherzuspionieren.« Sie antwortete nicht.
»Sei vorsichtig mit ihr, Eva. Ich bin nicht sicher, welche Art von Spiel sie spielt, aber es könnte gefährlicher sein, als wir dachten.«
»Wir stehen auf derselben Seite, vergiß das nicht. Wir wollen alle Geld mit diesem Deal verdienen. Im übrigen bist du derjenige, der vorsichtig sein sollte. Dich hält sie für einen Spion. Wenn du eine Affäre mit ihr haben willst – bitte schön. Aber mich laß lieber aus dem Spiel und vermassel um Himmels willen nicht diese Operation.«
Ihre Stimme war bissiger denn je. Dann hängte sie ein, ohne ihm Zeit für eine Antwort zu lassen.

Um zwölf bekamen Stormont und Eva jeweils eine Kassette und eine Abschrift der abgehörten Telefongespräche. Stormont erhielt außerdem einen Bericht von Giles Aden, der diese Seite der Operation leitete.
Die Qualität der Aufzeichnungen war ausgezeichnet. Stormont und Eva hörten sich die Tonaufnahmen aufmerksam an und achteten auf jedes Wort und jede Nuance.
Frazer sprach als erster. »Wo haben Sie gesteckt, Ha Chin? Seit Tagen versuche ich, Sie zu erreichen.«
»Geschäfte. Gibt es Probleme?«
»Nan hat ausgedient. Sie werden noch etwas auf die Informationen warten müssen.«
»Was ist los mit Nan?«

»Er will nicht mehr mitmachen.«
»Was haben Sie vor?«
»Wir kümmern uns darum.«
»Sie meinen, es ist noch nichts geschehen?«
»Es ist eine Frage der Zeit.«
Es folgte eine lange Pause. Schließlich sagte Ha Chin kalt und berechnend:
»Dann sorgen Sie dafür, Frazer. Sie haben den falschen Mann ausgesucht. Das geht auf Ihre Kappe.«
»So was passiert. Ein Risiko ist immer dabei.«
»Nicht für mich. Wir sollten nicht einmal darüber reden.«
»Keine Sorge, wir werden nicht abgehört.«
»Wie wollen Sie das wissen? Vor allem jetzt. Sie werden ein bißchen schlampig, Frazer.«
»Nein. Sie werden paranoid. Sie verlieren den Kopf, Ha Chin. Einmal pro Woche lasse ich das Haus nach Wanzen durchsuchen. Zufällig ist es gerade heute wieder soweit.«

Stormont rief auf der Stelle bei Eva an. Er sprach schnell, fast drängend.
»Du mußt die Wanze sofort entfernen. Das wäre das Ende. Klingt, als hättest du höchstens noch ein paar Stunden.«
»Angeblich ist er übers Wochenende aufs Land gefahren. Ich könnte anrufen und mich vergewissern, daß er fort ist, und dann der Haushälterin erzählen, ich hätte was vergessen.« Eva war vollkommen ruhig, offenbar schärfte die bevorstehende Gefahr ihren Verstand. Was passieren würde, falls Frazer die Wanze fand, war ihr völlig klar.
»Beeil dich«, sagte Stormont.
Eva rief bei Frazer an. Margaret nahm ab und sagte, Frazer habe soeben das Haus verlassen.
»Gott sei Dank, daß Sie da sind. Ich habe heute morgen etwas vergessen, tut mir schrecklich leid. Würde es Ihnen etwas ausmachen, wenn ich gleich vorbeikäme, um es zu holen?«
»Ich bin hier«, antwortete Margaret knapp.

Eva griff nach ihrer Handtasche und nahm ein Taxi nach Wilton Place.
Margaret öffnete ihr und ließ sie mit einem kühlen Lächeln eintreten. Sie muß mich hassen, dachte Eva. Sie denkt, ich sei eins von diesen Flittchen, die hinter seinem Geld her sind.
»Ich glaube, es ist im Badezimmer oben.«
Margaret sah sie von oben bis unten an. »Was ist es denn?«
»Meine Antibabypillen. Sie sind in einer länglichen Packung, grau und ...«
»Ich weiß, wie sie aussehen. Schauen Sie nach.« Margaret drehte sich um und verschwand im Innern des Hauses. Eva wartete, bis sie verschwunden war, und huschte dann leise durch die Halle zum Arbeitszimmer. Sie betete, daß die Tür nicht abgeschlossen war. War sie nicht. Sie machte sie leise hinter sich zu und trat an Frazers Schreibtisch. Dort bückte sie sich, schraubte die präparierte Steckdose ab und ersetzte sie durch die alte. Dann lief sie die Treppe zum Schlafzimmer hinauf und kam langsam wieder runter. Gerade als sie unten ankam, tauchte Margaret wieder auf.
»Ich kann sie nicht finden. Vielleicht habe ich sie irgendwo auf der Straße verloren.«
Margaret lächelte kurz und scharf, als wolle sie sagen, genau da gehören sie auch hin.
Eva ging zur Tür, gefolgt von Margaret, die sie ihr aufhielt und dann laut hinter ihr zuwarf.

Kaum war Eva zu Hause, rief sie Stormont an.
»Ich habe sie. Die Haushälterin war da und hat mich widerwillig reingelassen.«
»Gut, aber trotzdem ist das nichts weiter als Schadensbegrenzung. Sie wird Frazer sagen, daß du da warst und was gesucht hast. Unwahrscheinlich, daß er deinen Besuch mit seinem Wanzencheck heute in Verbindung bringt, aber möglich ist alles.«
Plötzlich mußte Eva lachen.

»Was ist daran so komisch?«

»Stell dir vor, ich hab' ihr erzählt, ich hätte meine Antibabypillen vergessen. Sie wird denken, daß ich was im Schilde führe, um Frazer reinzulegen.«

»Genau das tust du ja auch. Ich würde es nicht so auf die leichte Schulter nehmen.«

»Mach' ich auch nicht. Ich habe nur eine falsche Fährte gelegt.«

»Du bist wirklich mit allen Wassern gewaschen, nicht, mein Kleines?«

»Ich dachte, das gefällt dir.«

Es folgte eine seltsame Stille. Eva hatte das ungewohnte Gefühl, daß sie Stormont aus der Fassung gebracht hatte. Als er wieder sprach, klang seine Stimme formell.

»Heute morgen gegen halb zwölf hat Frazer im Arbeitszimmer übrigens noch ein Gespräch geführt. Aden hat mir sofort eine Kopie schicken lassen. Du müßtest deine jeden Augenblick bekommen. Hör sie dir an und melde dich dann noch mal.«

Fünf Minuten später hatte sie die Kassette. Eva setze sich hin und lauschte. Eine Tür fiel ins Schloß, dann war Frazers Stimme zu hören.

»Noch immer nichts?«

Die zweite Stimme hatte einen starken Hongkong-Akzent.

»Nein, aber wir gehen allem nach.«

Schweigen, dann fuhr Frazer fort. »Was macht dir Sorgen?«

»Könnte es sein, daß er was Schriftliches bei seinem Anwalt hinterlegt hat, irgendwas, das dich im Falle seines vorzeitigen Ablebens kompromittieren würde? Eine Art später Rache?«

Frazer lachte, als wäre es ein Scherz. »So was Hinterhältiges würde ihm nie einfallen. Er hält mich für einen Freund. Außerdem ist sein Anwalt auch mein Anwalt.« Er hielt inne. »Aber wenn du besorgt bist und es nicht zu gefährlich ist, könntest du heute nacht seiner Wohnung einen kurzen Besuch abstatten und nachsehen, ob sich irgendwelche Hinweise auf andere Anwälte ergeben, irgendwas Verdächtiges.«

»Ja, das mache ich.«
»Aber laß dich nicht bei mir blicken. Ich bin sowieso nicht da. Ich fahre aufs Land. Wenn es sein muß, kannst du mich dort erreichen, aber sei vorsichtig.«
Man hörte das Scharren von Stühlen, dann war wieder alles still. Eva rief Stormont an.
»Nicht schlecht.«
»Ja, stimmt. Erkennst du vielleicht die Stimme wieder? Es muß einer von Frazers Spezis sein.«
»Nein«, antwortete Eva. »Ich habe sie noch nie gehört.« Sie sagte die Wahrheit, soweit sie ihr bekannt war.
»Und was hältst du von dem Gespräch?« wollte Stormont wissen.
»Der Chinese ist offensichtlich ein Killer mit einem Auftrag. Die Frage ist nur, wen er umbringen soll.«
»Du kannst es jedenfalls nicht sein. Es scheint sich um jemanden zu handeln, der abtrünnig geworden ist.« Es folgte eine lange Pause, ehe Stormont weitersprach. »Das Ganze hat eine gute und eine schlechte Seite. Jetzt haben wir etwas in der Hand, das wir benutzen können. Aber zugleich ist es ein Schuß vor den Bug. Frazer ist und bleibt gefährlich. Dein Spielchen mit Margaret wird ihn zwar ablenken, aber er wird trotzdem mißtrauisch sein. Du darfst ihm keinesfalls einen Anlaß geben, dich weiter zu verdächtigen.«
»Ja, ich weiß.«
»Das Schlimmste ist, daß du jetzt völlig exponiert bist, ohne Schutz und ohne Hilfsmittel. Du wirst deine Informationen direkt an der Quelle suchen müssen. Je mehr Schutz du brauchst, desto weniger können wir dir geben. Wir dürfen einfach nicht das Risiko eingehen, daß Frazer was Verdächtiges entdeckt.« Wieder folgte lange Stille.
»Das Risiko wird immer größer, Eva. Ich will dich nicht beunruhigen, aber du weißt, daß du jederzeit aussteigen kannst, wenn du dir nicht mehr sicher bist.«
Eva war überrascht. Sie hätte nie gedacht, daß Stormont sie an

diesem Punkt aussteigen lassen würde. Sie wurde sofort mißtrauisch.
»Was wird hier gespielt, Andrew? Ich habe nicht die Absicht, die Flinte ins Korn zu werfen, das weißt du. Und es macht mir nichts aus, exponiert zu sein, wie du es nennst. Das habe ich schon oft genug erlebt. Ich bin vorsichtig.«
»Das mußt du auch«, erklärte Stormont grimmig. »Du und Frazer. Du beschwerst dich immer, daß ich dir nie einen Überblick oder Hintergrundinformationen gebe. Nun, dann hör zu. Weißt du, wer dieser Ha Chin ist?«
»Sag's mir.«
»Nach außen ist er ein ranghoher Politiker und ein äußerst erfolgreicher Geschäftsmann – Hotelketten, Bürogebäude, Computer-Software.«
»Und in Wirklichkeit?«
»Alles, was man sich vorstellen kann. Industriespionage, Drogen und Waffen. Er kennt keine Skrupel. Wenn es ihm in den Kram paßt, bringt er jeden um, der ihn behindert. Jetzt ist Frazer in seine Schußlinie geraten, und wenn Frazer glaubt, daß du von Ha Chin weißt, dann bist auch du dran.«
»Prima. Dann sind sie beide dran. Wenn ich mit Frazer fertig werden kann, dann auch mit Ha Chin. Beide haben Dreck am Stecken. Es wäre keine Tragödie, wenn sie sich gegenseitig erledigten, oder?«
»Das ist nicht vorgesehen, Eva. Wir wollen Frazer lebend. Jetzt wissen wir, daß er mit Ha Chin Geschäfte macht. Allein das ist ein riesiger Fortschritt. Wenn wir beweisen können, daß Frazer Industriespionage betreibt oder mit Ha Chin Drogen- und Waffengeschäfte macht, könnten wir ihn vielleicht dazu zwingen, mit uns zusammenzuarbeiten. Vergiß nicht, nur darum geht es. Und wenn wir Frazer erst mal soweit haben, weiß Gott, was die Chinesen dann mit ihm anstellen. Aber bis dahin brauchen wir ihn lebend.«
Bis dahin, dachte Eva. Als würden Stormont und die Firma jemals freiwillig jemand aus den Klauen lassen.

28

Am Montag erwachte Cassie um sechs. Sie nahm eine Dusche und zog sich rasch an. Unten in der Küche schaltete sie die Espressomaschine ein und fütterte die Katzen. Nesta folgte ihr auf Schritt und Tritt, als spüre sie die Erregung ihres Frauchens. Cassie nahm ihren dreifachen Espresso und setzte sich im Schein der frühen Morgensonne an den Holztisch draußen im Garten.

Es war schön, hier zu sitzen, friedlich, ungestört und wach, während die meisten Menschen noch schliefen, nichts ahnend von der Schönheit des stillen Morgens. Es gab ihr das Gefühl, als hätte sie einen Punkt in einem unsichtbaren Spiel gewonnen. Eine Stunde blieb sie so in der Sonne sitzen und schenkte sich gelegentlich heißen Espresso aus der Maschine nach. Als sie um halb acht zur Arbeit aufbrach, arbeitete ihr Verstand bereits auf Hochtouren.

Sie nahm ein Taxi und kam um viertel vor acht bei Case Reed an. Zwei Stunden lang überprüfte sie erneut sämtliche Einzelheiten ihres Plans und vergewisserte sich, daß sie alle juristischen, taktischen und finanziellen Hindernisse ausgeräumt hatte.

Um viertel vor zehn ging sie in Richardsons Büro. Er lächelte ihr zu und verschlang sie förmlich mit den Augen. Sie trug einen weiten blaugemusterten Seidenrock, der ein paar Zentimeter über dem Knie endete, eine gestärkte weiße Leinenbluse, einen breiten blauen Gürtel und hochhackige blaue Schuhe. Dazu ganz besonders edlen Schmuck: ein saphirbesetztes, goldenes Armband und passende Ohrringe. Das Haar war nach hinten zu einem langen Pferdeschwanz gekämmt, der die feinen Konturen ihres Gesichts noch stärker hervortreten ließ.

»Sie sehen gut aus«, sagte Richardson und gab sich Mühe, seine Bewunderung in Grenzen zu halten. »Alles bereit für die Sitzung?«
Sie schenkte ihm ein strahlendes Lächeln. »Ich ja. Ich will Eva und Frazer vor vollendete Tatsachen stellen. Besser so, als über die Tausenden von Möglichkeiten zu debattieren. Entweder wir machen es auf meine Art oder gar nicht. Wenn wir den Überblick behalten wollen, müssen wir unsere Bedingungen durchsetzen.«
»Sie trauen ihnen nicht über den Weg?«
»Das ist es nicht. Ich bin nur vorsichtig. Beide sind starke Persönlichkeiten, und dieser Deal ist schwierig genug, auch ohne daß sie ihren Dickkopf durchsetzen müssen.«
»Wir sollten ihnen vertrauen, Cass.«
»Natürlich. Aber es schadet auch nichts, wenn wir ihnen immer einen Schritt voraus sind, um uns so weit wie möglich abzusichern.«
»Sie sprechen beinahe so, als wären die beiden unsere Gegner.«
»Nein, sind sie nicht, wir stehen auf derselben Seite. Wir wollen alle Geld verdienen. Ich möchte nur dafür sorgen, daß wir den effektivsten Weg gehen.«
Plötzlich summte die Sprechanlage.
»Robie Frazer ist da.«
»Führen Sie ihn in den Konferenzsaal, bitte.« Richardson wandte sich Cassie zu.
»Das Geld steht bereit. Es ist für alles gesorgt. Viel Glück.«
»Danke«, antwortete Cassie. Er hatte ihr freie Hand gegeben. Sie lächelten sich zu und standen auf, um zu dem Treffen zu gehen.
Robie Frazer erwartete sie. Er stand mit dem Rücken zu ihnen, als sie eintraten. Cassie sah sich den schlanken, kräftigen Körper genau an, der lässig und selbstsicher vor ihnen stand. Als er sich umdrehte, begrüßte er zuerst sie und bemerkte ihren forschenden Blick, dann wandte er sich Richardson zu und nickte knapp.

In diesem Moment ging die Tür auf, und Eva Cunningham kam herein. Sie küßte Cassie und gab Richardson die Hand, während sie spürte, wie Frazer sie aus den Augenwinkeln beobachtete, in dem Glauben, sie merke es nicht. Dann ging sie auf ihn zu. Er drückte ihr die Hand und strich ihr verstohlen über die Finger, als sie die Hand zurückzog. In seinen blauen Augen lag Begierde, Bewunderung und die übliche Härte, aber keine Spur von Mißtrauen. Eva nahm Platz und zündete sich eine Zigarette an. Frazer setzte sich neben sie.

Cassie beobachtete beide. Sie saßen mehr als einen halben Meter auseinander, doch ihre Körper waren einander zugewandt. Beide schwiegen.

Cassie setzte sich ihnen gegenüber neben Richardson. Schlachtreihen, dachte sie. Manchmal setzte sie sich bei solchen Meetings absichtlich auf die Seite der anderen, aber das führte nur zu Irritationen und vergrößerte die Spannung. Die Bedeutung der Sitzordnung in einem Konferenzsaal erstaunte sie immer wieder neu. Die Gesellschaft oder das Geschäft, um das es ging, konnten noch so vornehm sein, die Verhaltensmuster hatten sich seit der Steinzeit nicht geändert. Heute trug man eine zivilisierte Maske, das war alles.

Während die Sekretärin Kaffee und Mineralwasser brachte, setzte Cassie Evas und Frazers Beobachtung fort.

Sie wirkten gelöst, aber auch gut vorbereitet. Es schien eine Komplizenschaft zwischen ihnen zu geben, ein stilles Abkommen. Noch immer waren ihre Körper einander zugewandt, doch schien Evas Blick in die andere Richtung zu streben, als sei sie von Frazer angezogen und abgestoßen zugleich. Die Bewegungen der beiden waren minimal, fast unsichtbar, doch für Cassie mit ihrer stillen Beobachtungsgabe waren sie wie Stützpunkte, winzige Bruchstücke des unsichtbaren Bildes, das sie zu erkennen versuchte.

Wie sie Richardson erklärt hatte, war es nicht schwer gewesen, sie auf das gemeinsame Ziel, Geld zu verdienen, einzuschwören. Ihrer aller Gier nach Geld, einschließlich Cassies eigener,

war förmlich greifbar. Trotzdem lag kein Hauch von Einigkeit in der Luft. Im Gegenteil, zwischen ihren unterschiedlichen Motivationen schien eine immense Spannung zu bestehen. Aber vielleicht lag es auch einfach an ihr, weil sie nach etwas suchte, das es in Wirklichkeit gar nicht gab. Vielleicht hatten Aubrey Goldstein und Sam Brimton sie mit ihren beiläufigen Verdächtigungen angesteckt. Sie blickte nochmals in die beiden Gesichter ihr gegenüber; sie waren hart und zielbewußt trotz des freundlichen Lächelns, das ihr in diesem Augenblick alles andere als überzeugend erschien.
Emma schenkte Kaffee ein, man trank und taute ein wenig auf. Dann begann Cassie mit ihren Ausführungen.
»Ich habe ein Angebot ausgearbeitet. Wenn Sie zustimmen, können wir noch heute mit dem Deal beginnen.« Die darin enthaltene Drohung blieb unausgesprochen – stimmt meinem Angebot zu, oder wir vergessen die Sache. Kühl und selbstsicher fuhr sie fort.
»Ich schlage vor, daß wir ein neues Unternehmen gründen, das Genius ein Kaufangebot macht. Eva steckt ihre zehn Prozent in das neue Unternehmen und erhält dafür einen fünfprozentigen Anteil an der neuen Gesellschaft. Evas Anteil reduziert sich, weil wir, das heißt Case Reed und Robie Frazer, jeweils zehn Millionen Pfund in die neue Gesellschaft einbringen. Das müßte für die Probebohrungen reichen. Sollten wir weitere Gelder brauchen, werden wir sie im Lauf der Zeit organisieren. Danach kaufen sich Case Reed und Robie Frazer mit jeweils fünf Prozent, oder, um ganz genau zu sein, vier Komma neun Prozent, bei Genius ein. Die Aktie wird im Augenblick mit vier Dollar gehandelt. Ich schlage vor, daß wir sechs anbieten. Bei diesem Preis würde uns das Aktienpaket jeweils knapp unter sechshunderttausend kanadische Dollar kosten.
Jetzt werfen wir alle unsere Anteile in einen Topf. Wir vier bleiben bei knapp unter zwanzig Prozent, denn ab einem Anteil von zwanzig oder mehr Prozent treten automatisch die Übernahmeangebots-Richtlinien in Kraft. Sobald wir unsere

Beteiligungen zusammen haben, machen wir ein Angebot. Wir unterrichten die Zulassungsstelle der Börse von Vancouver von unserem Vorhaben. Sobald sie unseren Antrag genehmigen, hat das Gebot begonnen. Bei diesem Verfahren müssen wir bar zahlen, also müssen wir beweisen können, daß wir über die notwendigen finanziellen Mittel verfügen. Ein Schreiben unserer zuständigen Banken dürfte reichen.

Angenommen, die Übernahme geht reibungslos über die Bühne und wir haben die Gesellschaft privatisiert, dann beginnen wir mit den Probebohrungen. Sollten diese positiv ausfallen, sehen wir uns nach einem Partner für ein Joint-Venture um, der zusammen mit uns die Mine ausbeutet. Oder aber wir entscheiden uns, zu diesem Zeitpunkt zu verkaufen. Alternativ könnten wir so bieten, daß noch genügend Genius-Aktien am Markt bleiben, um die Börsennotierung aufrechtzuerhalten. Das könnte nützlich sein, sollten wir am Kapitalmarkt mehr Geld für dieses Vorhaben aufnehmen müssen oder wenn wir unsere eigenen Bestände reduzieren wollen, falls genügend Profit dabei herausspringt. Dieser Weg ermöglicht uns jederzeit den Teil- oder Gesamtausstieg, falls der Börsenkurs das zuläßt. Ich habe alle schriftlichen Unterlagen beisammen, um eine neue Holdinggesellschaft zu gründen. Vorsitzende wären wir vier.«

Cassie beobachtete während ihres Vortrages die Reaktionen. Frazer und Eva wirkten beide leicht überrumpelt, als sie ihnen die Dokumente zur Unterschrift zuschob.

»Sie können Ihre Anwälte zu Rate ziehen, wenn Sie es für nötig halten, aber es ist eigentlich alles sehr einfach. Die Vereinbarungen sind klar, das Risiko dagegen nicht. Diamanten in Vietnam. Aber ich glaube, daß wir alle Zeit genug hatten, über die Risiken nachzudenken. Es ist ein Glücksspiel. Entweder spielen wir mit, oder wir lassen es sein. Wir können die Risiken nur in begrenztem Rahmen voraussehen. Aber damit kann man sich befassen, wenn es soweit ist.« Sie hielt inne und sah einen nach dem anderen an. »Case Reed kann mit dem Risiko leben. Wir sind bereit, weiterzumachen.«

Die Frage hing im Raum. Cassie würde keinerlei Druck ausüben. Entweder oder.
Eva beugte sich vor. »Wir unterschreiben also die Verträge und gründen eure neue Gesellschaft, *unsere* neue Gesellschaft, und was dann?«
»Wir werden ein paar Tage brauchen, um die notwendigen Schritte einzuleiten. Wir müssen uns auf eine kanadische Handelsbank in Vancouver einigen, die die Übernahme für uns abwickelt. Wir selbst können das von hier aus nicht machen. Wir brauchen jemanden, der sich mit dem Prozedere an der Börse von Vancouver genauestens auskennt. Außerdem brauchen wir einen Broker, falls wir noch vor oder im Zusammenhang mit dem Angebot irgendwelche Käufe tätigen wollen.«
Niemand sagte ein Wort, bis Robie Frazer schließlich das Schweigen brach.
»Die Börse in Vancouver ist ein gefährliches Terrain.« Er lehnte sich zurück und sah Cassie an.
Sie lächelte. »Damit werden wir schon fertig. Vertrauen Sie mir.« Sie spürte drei Augenpaare auf sich ruhen, sah die faszinierten Blicke, während sie sich fragten, was sie wohl für Geheimpläne ausgeheckt haben mochte. Doch keiner traute sich zu fragen. Jedenfalls nicht in einer solchen Öffentlichkeit, wo jedes Wort gespeichert werden würde. Aber es lag auch eine gewisse Ironie in ihrem Versprechen, mit der Situation fertigwerden zu können. Dieses »Vertrauen Sie mir« war in der City reichlich korrumpiert worden. Es hieß so viel wie »Vertrau mir, wenn du es wagst; Käufer hab acht«, im schlimmsten Fall aber »Leck mich am Arsch!« Sie sahen ihr in die klaren blauen Augen, die ihnen unschuldig zulächelten. Cassie Stewart war von einer Aura der Reinheit umgeben. Niemand würde an ihr zweifeln. Und doch hatte in ihren Worten eine seltsame Verheißung gelegen, eine Versicherung und noch etwas anderes, kaum Merkliches – eine Drohung.
Frazer sagte, an Cassie gerichtet:
»Mir wäre es lieber, wenn wir die Gesellschaft privatisieren

würden. Keine ausstehenden Anteile. Es kompliziert die Sache bloß, wenn wir uns mit Kleinaktionären rumschlagen müssen.« Dann wandte er sich Eva zu.

»Ich wollte Sie schon die ganze Zeit danach fragen. Wer kümmert sich eigentlich um die technische Seite der Mine?«

»Eine australische Vertragsfirma namens ConCo. Die sorgen für die ganze technische Ausrüstung. Granger McAdam und ich überwachen die Arbeit.«

»Trifft Granger wichtige Entscheidungen?«

»Nicht mehr, dafür hängt er zu sehr an der Flasche.«

»Bestehen Sie auf Ihrer Vertragsgesellschaft?«

Eva spürte den Angriff und versuchte herauszufinden, was dahintersteckte.

»Nicht unbedingt. Warum?«

»Ach, ich meinte, daß wir vielleicht auch eine Vertragsgesellschaft nehmen könnten, die ich kenne. Sie operiert in ganz Asien und besitzt einen erstklassigen Ruf. Ich könnte bessere Bedingungen aushandeln als die, die Sie bekommen haben.«

Eva sah ihn eine Weile schweigend an. »Sprechen Sie mit Michael Rice. Er ist der Genius-Buchhalter in Vancouver. Er weiß über alle Kosten Bescheid.« Eva blätterte in ihrem Adreßbuch und kritzelte eine Nummer auf einen Zettel, den sie Frazer reichte.

Cassie beobachtete überrascht, wie leicht Eva nachgab. Sie hätte erwartet, daß sie um ihre Position kämpfen würde.

Frazer wandte sich wieder Cassie zu. »Haben Sie sich schon für einen Broker in Vancouver entschieden?«

»Ja, haben wir. Sam Brimton von Brimton Dixon. Haben Sie einen Ansprechpartner?« Cassie lächelte. »Oder soll ich Sie bei ihm einführen?«

Eva grinste über Cassies Unverschämtheit.

»Danke, sehr nett von Ihnen, aber ich habe meinen eigenen Broker dort«, entgegnete Frazer.

»Natürlich«, sagte Cassie.

»Sie sind sehr zuversichtlich, daß dieser Deal zustande kommt, nicht wahr?« fragte Frazer plötzlich.
»Sollte ich das nicht sein?« gab Cassie die Frage zurück.
Frazer antwortete nicht. Er sah sie einen Augenblick an, zog dann einen Füller aus der Tasche und unterschrieb die Verträge, die er ihr anschließend zuschob. Eva sah erst Frazer, dann Cassie an. Danach unterschrieb auch sie die von Case Reed ausgearbeiteten Verträge und schob sie Cassie über den Tisch, die sie wie Trophäen einsammelte.
Das erste Manöver war beendet, eine Absichtserklärung, ein Gründungsakt, der sie auf ein gemeinsames Ziel einschwor. Das war der Startschuß. Sollten ihre Ziele auseinanderdriften, dann erst ab jetzt.

29

Eva und Frazer verließen gemeinsam die Sitzung.
»Hast du Lust, mit mir zu Mittag zu essen?« fragte Frazer, als sie draußen waren. »Ich habe noch ein paar Dinge zu erledigen. Wir könnten uns, sagen wir, um eins im Savoy Grill treffen.«
Seine Augen waren unergründlich wie immer. Falls er neue Verdachtsmomente hatte, so merkte man es ihm nicht an. Aber das gab ihr noch lange nicht das Gefühl, daß er sie nicht hatte.
»Hmm. Wunderbar. Also bis dann.« Sie küßten sich auf die Wangen und gingen in entgegengesetzten Richtungen davon.
Nach etwa dreißig Sekunden sah Eva sich um. Ihr Blick folgte Frazer, sie erkannte seine hochgewachsene Gestalt und den selbstsicheren Gang unter den vielen Menschen. In einer Straße voller Nadelstreifenanzüge fiel er auf wie ein bunter Hund; selbst aus dieser Entfernung hob er sich deutlich ab. Er strahlte Arroganz und Sorglosigkeit aus. Mehr als durch sein Äußeres unterschied er sich durch sein selbstbewußtes Auftreten und die Verachtung, die er für seine Umgebung an den Tag legte.
Rein physisch nahm er mehr Platz in Anspruch als andere. Er zog weder die Schultern ein noch schlängelte er sich durch die menschenüberfüllten Straßen. Er marschierte einfach geradeaus und zwang alle anderen, ihm auszuweichen oder um ihn herum zu gehen.
Eva blickte an ihrem auffälligen, gut geschnittenen grünen Kleid herab. Auch sie hob sich aus der Menge hervor. Doch ebenso leicht konnte sie sich völlig unauffällig machen, so daß niemand sie wahrnahm. Sie konnte mit ihrer Umgebung ver-

schmelzen, unsichtbar werden. Frazer hatte sich anders entschieden, er präsentierte sich der Welt als Zielscheibe, in dem irrigen Glauben, unverwundbar zu sein. Vielleicht tat er dies unbewußt, fast so, als suche er die Herausforderung. Eva wußte es nicht. Sie sah ihm nach, bis er in einer Seitenstraße verschwand, dann drehte sie sich um und ging weiter Richtung Bond Street.

Zwei Stunden, die totgeschlagen werden wollten. Sie haßte es zu warten, egal worauf. Sie wußte, daß irgendeine Gefahr lauerte, daß etwas passieren würde, das nicht in Stormonts Plan vorgesehen war. Operationen entwickelten immer ihre eigene Dynamik. Dann ging es darum, das, was passierte, zu seinem eigenen Vorteil auszuschlachten.

Sie bog von der Bond Street in die Brook Street ab und gelangte zum Hanover Square. Dort überquerte sie die Straße und ging in den Park in der Mitte des Platzes, wo sie sich im Schatten eines Baumes auf eine Bank setzte. Um elf hielt sich hier kaum jemand auf, abgesehen von einer Gruppe älterer Säufer, die sich friedlich auf den Bänken lümmelten und an ihren Bierdosen festhielten. Hin und wieder eilte ein Büroangestellter oder Passant auf der Suche nach ein bißchen Grün durch den Park.

Eine Stunde lang saß Eva reglos auf der Bank, eine schöne, in sich versunkene Frau, deren Gedanken nicht zu erkennen waren. Eine Weile beobachteten die Säufer sie wie einen Fremdkörper in ihrer Mitte, dann gewöhnten sie sich an ihren Anblick und vergaßen, daß sie da war.

Um zwölf stand Eva auf und verließ den Park. Von der plötzlichen Bewegung aufgeschreckt, sahen die Alkoholiker wieder auf und erwiderten ihr Lächeln, als sie an ihnen vorbeiging. Dann drehten sie sich überrascht um, als ein Mann, den sie zuvor nicht einmal bemerkt hatten, von einer Bank aufstand und ihr in einigem Abstand mit lässigem Schritt folgte.

Sie runzelten die Stirn, als er an ihnen vorbeikam.

»Pfui«, murmelte einer. Sie hatte ihnen gefallen, sie hatten die Wärme gespürt, die von ihr ausging, und das Gefühl gehabt,

daß sie auf ihrer Seite war. Diesen Mann mochten sie nicht, und sie spürten obendrein, daß er nicht auf ihrer Seite war.
»Arschloch«, rief ein anderer.
Eva hörte den fernen Ruf und empfand auch die Feindseligkeit darin. Sie drehte sich nicht um, sondern ging weiter, an Fenwicks und einer Reihe von hell erleuchteten Schaufenstern vorbei. Sie warf einen Blick hinein und sah die Schaufensterpuppen neben ihrem eigenen Spiegelbild in der Scheibe.
Sie beobachtete die Rücken der Angestellten, die zu einem frühen Lunch eilten. Auf der anderen Seite kam ihr ein Strom von Gesichtern entgegen. Von der Brook Street bog sie wieder in die Bond Street ein und ging durch den Haupteingang von Fenwicks in die Kosmetikabteilung. Sie blieb eine Weile am Chanel-Stand stehen und probierte verschiedene Lippenstifte aus, die sie mit einem kleinen Taschenspiegel überprüfte. Sie kaufte zwei, bezahlte mit Kreditkarte und sah sich gelangweilt um, während die Verkäuferin sie bediente. Beiläufig ließ sie den Blick über die Gesichter in ihrem Umkreis wandern. Schließlich drehte sie sich um, steckte die Lippenstifte in die Tasche und verließ das Geschäft.
Ein paar hundert Meter weiter die Straße hinunter wiederholte sie die Prozedur bei Fogal, wo sie Strümpfe, bei Smythsons, wo sie Schreibpapier erstand, und bei Yves St. Laurent, wo sie einen kurzen Blick auf die Kleider warf und den Laden sofort wieder verließ. Mittlerweile war sie sicher. Sie wurde beschattet. Schließlich schlenderte sie von Mayfair bis zum Piccadilly und weiter zur Strand.
Punkt eins betrat sie den Savoy Grill und wurde von einem herbeieilenden Oberkellner begrüßt. Als sie sagte, daß sie mit Robie Frazer verabredet sei, übertraf sein anerkennendes Schweigen alle anderen Gesten. Amüsiert vertraute sie sich seinem zeremoniellen Geleit zu einem Tisch in der Mitte des Restaurants an, wo Frazer bereits Platz genommen hatte. Im Gehen bemerkte sie, wie man sich diskret nach ihr umsah und alle Geräusche fast unmerklich gedämpft wirkten. Die stille Auf-

merksamkeit, die ihr zuteil wurde, galt jedoch nicht bloß ihrem Aussehen oder ihrem Geschlecht, sondern der schlichten Tatsache, daß sie mit Frazer speisen würde. Sie war die einzige Frau im Raum. Sie erwähnte es ihm gegenüber, als er aufstand und sie auf die Wange küßte.
»Ich fühle mich wie ein Ausstellungsstück.«
»Das bist du doch auch, oder? Ich finde, daß du dich langsam daran gewöhnt haben müßtest.«
»An die Aufmerksamkeit, die mir gilt, ja, aber nicht an die, die ich erwecke, weil ich mit dir zu Mittag esse.«
»Da bin ich aber ganz anderer Meinung. Die Leute sehen dich an, weil du schön bist. Ich habe damit nichts zu tun.«
»Bloß keine falsche Bescheidenheit. Sieh dich doch um, alle beobachten dich. Du stehst im Mittelpunkt der Aufmerksamkeit, und du weißt es.«
Er schüttelte lächelnd den Kopf.
»Weißt du was, bisher war mir gar nicht klar, welche Anziehungskraft du hast. Du bist der Star, der große Milliardär, derjenige, der alle Blicke auf sich lenkt. Wieso verschwendest du eigentlich deine Zeit mit einer armseligen Diamantenmine in Vietnam?«
Er lehnte sich zurück und sah sie immer noch lächelnd an.
»Du scheinst ja mächtig geladen!«
»Wirst du mir antworten oder nicht?«
»Wieso fragst du mich das jetzt, nachdem alle Verträge unterschrieben sind?«
»Wahrscheinlich, weil es mir nicht vorher eingefallen ist. Ich habe diese Reaktion auf dich ja noch nie gesehen.«
Er hielt inne und nahm einen Schluck Wein.
»Mir geht es weder um eine armselige Diamantenanlage in Vietnam noch um das Geld. Jetzt ist Geld höchstens ein Nebenprodukt.«
»Um was geht es dann?«
Er seufzte. Er haßte Selbstanalysen, doch sowohl sein Ego als auch ein latentes Verlangen nach Verständnis drängten ihn da-

zu. Trotzdem klang seine Antwort so, als machte er ihr ein Geschenk.

»Es ist das Risiko, das Unbekannte, das Bedürfnis, etwas zu tun. Ich muß kein Geld mehr verdienen, aber es amüsiert mich. Es ist ein Test, wie wenn man in der Schule hundert Meter läuft. Man kann nicht immer gewinnen, aber man muß jedesmal das Schicksal herausfordern, um denselben Kick zu bekommen. Leichtverdientes Geld langweilt mich. Ich brauche das Risiko und als Ausgleich die Aussicht auf einen ordentlichen Gewinn. Noch bin ich nicht so degeneriert, daß ich mein Geld einfach aus dem Fenster werfe. Ich bin auch nicht so eitel, mir einzubilden, daß alles, was ich berühre, zu Gold wird. Viele erfolgreiche Geschäftsleute sind diesem Irrtum erlegen, weil sie sich für unverwundbar hielten und beinahe darum beteten, daß man ihnen das Gegenteil beweist. Glücksspiel muß sich für mich lohnen. Ich suche ein hohes Risiko und hohe Gewinne. Und dein Diamantenprojekt erfüllt diese Voraussetzungen. Du weißt so gut wie ich, daß wir mehrere hundert Millionen Dollar im Jahr verdienen könnten, wenn es klappt.« Er hielt inne. »Aber da ist noch etwas, was mich an diesem Deal interessiert.«

»Was?«

»Diamanten, Vietnam, du, Cassie Stewart. Diese Kombination fasziniert mich. Zum Beispiel das heutige Treffen. Cassie Stewart hat uns einfach vor vollendete Tatsachen gestellt, aber sie hat es als eine Herausforderung verkleidet, fast als wolle sie sagen: Investieren Sie, wenn Sie sich trauen, vertrauen Sie mir, wenn Sie es wagen. Sie spielt ein Spiel. Und du wahrscheinlich auch.«

»Und wie ist es mit dir?«

»Ich sehe mir an, was Cassie und du zustande bringt.«

»Sie spielt ein Spiel, nicht? Was meinst du, was sie vorhat?«

»Ich weiß es noch nicht, aber ich werde es rauskriegen. Du kannst sie ja vorwarnen.«

»Das kannst du selbst machen. Ich bin doch nicht ihr Schutzengel.«

»Nein, das glaube ich kaum. Ach übrigens, Margaret hat mir erzählt, daß du am Samstag noch mal zurückgekommen bist, weil du etwas vergessen hattest.«
Seine Stimme und sein Gesichtsausdruck spiegelten beiläufige Besorgnis wider. Doch diese Maske reichte nicht bis zu seinen Augen, die sie hart und unnachgiebig musterten. Sein Ego wird ihn brechen, dachte Eva. Er kann es einfach nicht lassen; er muß unbedingt beweisen, daß er kein Dummkopf ist. Prüf mich, beobachte meine Reaktion. Alles in Ordnung. Aber gib dich dabei bloß nicht zu erkennen.
»Ja, ich hatte etwas verloren.«
»Deine Antibabypillen, wie es scheint.«
»Ja.«
»Und hast du sie gefunden?«
»Nein.« Eva wandte den Blick nicht von ihm und suchte nach Anzeichen von Panik. Sie fand keine.
»Was hast du dann gemacht?«
»Ich habe meine Ärztin angerufen. Sie hat meinem Apotheker telefonisch ein Rezept übermittelt.«
»Dann ist das wohl geregelt, wie?«
Eva nickte.
»Und was, wenn nicht?« fragte er mit einem Hauch von Neugier. »Würdest du ein Kind haben wollen, Eva?«
Sie wandte den Blick ab.
»Nun?«
Sie sah ihn wieder an. »Eine hypothetische Frage, Frazer. Völlig unwichtig.«
»Entschuldige.« Seine Augen glitten über ihren Körper. »Es würde dir sicher gut stehen.«
Eva zwang sich, die Augen nicht von seinem Gesicht zu nehmen. Sie betrachtete die sinnlichen Züge, die Augen, die sie so leidenschaftlich gesehen hatten.
»Spiel keine Spielchen, Frazer. Das ist langweilig. Eines Tages wirst du einer Frau begegnen, die du nicht kaufen kannst, und dann wird es dir nicht mehr vorkommen wie eine amüsante

akademische Übung. Sei froh, daß du dir die Kosten für eine weitere Abtreibung gespart hast.«

»Du meinst, das hätte ich gewollt?«

Sie beugte sich über den Tisch. »Mich interessiert nicht, was du willst. Und je eher du das verstehst, um so besser.«

»Oh, Eva. Wie du dich wehrst. Ich glaube dir einfach nicht, daß du wirklich so hart bist, wie du dich gibst.«

30

Um drei kehrte Cassie vom Mittagessen mit John Richardson zurück. Sie saß im Büro und trank ihren sechsten Espresso an diesem Tag, einen leeren Notizblock und einen ungeöffneten Füller vor sich. Im Geist ging sie die Einzelheiten des Deals noch einmal durch. Es gibt Dinge, die man besser nicht schriftlich fixiert. Fakten ja. Vermutungen, Kalkulationen, Voraussagen menschlichen Verhaltens und taktische Finessen verwandeln sich früher oder später von selbst in Gewinne, wenn man richtig liegt, ansonsten in Verluste. Jedenfalls sind es immer Ziffern, nie Worte.

Bis vier erledigte sie Bürokram und rief dann per Computer die Börsenkurse von Vancouver ab, eine neue Dienstleistung, die sie erst seit letzter Woche in Anspruch nahm. Heute war der erste Tag, an dem sie alles online auf dem Bildschirm hatte.

Ihr Blick überflog die Liste, bis sie Genius fand. Die Aktie stand bei vier Dollar. Sie überprüfte noch einmal den Beleg über das Bargeld, den Richardson ihr durch die Hauspost geschickt hatte. Sie verfügte über sechshunderttausend kanadische Dollar. Jetzt konnte sie loslegen. Cassie spürte die prickelnde Erregung, die sie immer kurz vor dem Kaufen oder Verkaufen hatte. Schließlich rief sie Sam Brimton in Vancouver an.

»Sam? Ich bin's, Cassie Stewart.«

»Hallo Cass, wie geht es Ihnen? Ist es soweit?«

»Mal sehen, Sam. Wie liegt Genius, sagen wir zehntausend Anteile?«

»Genius, hm? Sie machen keine halben Sachen, wie?«

»Ich geb' mir jedenfalls Mühe«, antwortete Cassie und lachte.

»Ich gehe davon aus, daß Sie kaufen wollen?«

»Das werden wir sehen, Sam.«
»Verdammt, Cassie. Die Gesellschaft ist nicht gerade flüssig. Zehntausend Anteile werden Bewegung in den Markt bringen. Ist Ihnen das klar?«
»Tut mir leid.«
Gewöhnlich fragen Händler an der Börse nach den Preisen, ohne offenzulegen, welche Seite sie haben. Damit soll verhindert werden, daß die Broker am anderen Ende die Preise zu ihren Gunsten manipulieren, wenn sie wissen, was der andere will. Cassie wußte, daß sie einen besseren Preis rausschlagen konnte, wenn sie Brimton bat, den Preis blind zu notieren.
Doch Brimton konnte sich seinen Teil denken. »Ich glaube, Sie wollen kaufen. Zwischen drei sechzig und vier sechzig.«
»Ziemlich große Marge. Und auf dem Bildschirm steht sie bei vier, Sam.«
»Aber nicht, wenn Sie sich mit einem halben Prozent in die Gesellschaft einkaufen. Und wenn ich mich recht erinnere, wollen sie insgesamt fünf Prozent. Bei einem solchen Paket werden Sie eine Menge mehr als vier Dollar zahlen müssen.«
»Na ja, wir werden sehen. Im Moment stecke ich nur den großen Zeh ins Wasser. Ob ich dann tatsächlich weitermache, wird sich noch zeigen.«
»Vier sechzig, Cass.«
»Kein Interesse, Sam. Vier fünfundvierzig, und wir sind uns einig.«
Es folgte eine lange Pause. Brimton kannte ihr Spiel, er wußte, daß sie schon aus Prinzip versuchen würde, ihn runterzuhandeln. Er hatte seinen Preis um zehn Cents die Aktie erhöht, um dagegen gewappnet zu sein. Doch Cassie hatte auch das durchschaut und wollte ihm weitere fünf Cents abhandeln. Er lachte. An Genius-Aktien würde er immer noch preiswert genug rankommen, das wußte er. Die Gesellschaft trudelte vor sich hin, und der Markt war flau.
»Na schön, abgemacht. Sie kaufen zehntausend Genius für vier fünfundvierzig, normale Abwicklung.«

»Abgemacht.«
»Willkommen an der Börse von Vancouver, Cass.«
Sie legte auf und gab ihrer Sekretärin die Details mit der Anweisung, den Geldtransfer durchzuführen. Danach lehnte sie sich zurück, starrte auf den Bildschirm und wartete. Sie fragte sich, wie lange es dauern würde, bis sich die Neuigkeit verbreitete, erst von Brimton an eine Reihe von Leuten, denen er einen Gefallen schuldete, dann weiter und weiter, bis der ganze Markt geschmiert war und es keine Gefallen mehr zu vergeben gab. Innerhalb von Minuten stieg der Kurs der Aktie auf viereinhalb Dollar, dann auf fünf. Sie lachte in sich hinein, als sie sah, wie sich ihre Voraussagen bestätigten und die Insider in Vancouver anbissen.
Sie führte ein paar Telefongespräche und präzisierte ihre Pläne. Der Nachmittag verging, ehe sie sich versah. Kurz vor Feierabend warf sie einen letzten Blick auf den Bildschirm.
Die Genius-Aktie, die den ganzen Nachmittag grün dargestellt worden war, um einen Aufwärts-Trend zu signalisieren, leuchtete jetzt plötzlich rot. In den nächsten zehn Minuten mußte Cassie ohnmächtig vor Wut mitansehen, wie die Aktie auf zwei Dollar fiel.
Sie rief Brimton an.
»Was zum Teufel geht da vor?«
»Ich hab' nicht die leiseste Ahnung, aber es hat nichts mit mir zu tun.«
»Nein, das ist mir klar. Gab es irgendwelche Erklärungen dazu?«
»Nein, nichts.«
»Ist das etwa ein Baissemanöver?«
»Sieht mir ganz danach aus.«
»Ich will wissen, wer dahintersteckt und warum. Ich weiß, daß Sie ausgezeichnete Kontakte an der Börse haben, Sam. Warum, meinen Sie, hätte ich Sie beauftragt? Wenn überhaupt einer was rauskriegen kann, dann Sie.«
»Ich werde mein Bestes versuchen. Es steht viel Geld auf dem Spiel.«

Wenn Cassies Kalkulationen stimmten, hatte Brimton die Aktie für etwa vier Dollar erstanden in dem Glauben, daß Case Reed früher oder später eine Übernahme inszenieren und der Kurs der Aktie nach oben schnellen würde. Jetzt hatte er innerhalb von Minuten die Hälfte seiner Investition verloren. Schon aus eigenem Interesse würde er genau wie sie wissen wollen, was dahintersteckte.

»Sie haben Glück, daß Sie nicht sofort die fünf Prozent gekauft haben«, erklärte Brimton.

»Das können Sie laut sagen.«

»Das war gar nicht dumm, würde ich sagen.«

»Wollen Sie etwa andeuten, daß ich hinter der Sache stecke, Sam? Haben Sie nicht selbst gesagt, daß ich ein Outsider bin und den Markt von Vancouver nicht kenne? Nur ein Insider könnte auf Baisse spekulieren. Wenn es das ist.«

»Stimmt, aber trotzdem kommt es Ihnen zugute, oder etwa nicht?«

»Ich habe soeben bei meinem ersten Deal auf Ihrem Territorium fünfundzwanzigtausend Dollar verloren. Das ist für meine Glaubwürdigkeit nicht gerade gut.«

»Kommt ganz drauf an, wie man es sieht.«

»Und wie verkorkst die Sicht manchmal sein kann. Wir könnten die ganze Nacht so weitermachen, Sam. Rufen Sie mich zu Hause an, wenn Sie was Neues erfahren.« Cassie gab ihm ihre Privatnummer und legte auf.

Sie schloß ihren Schreibtisch ab, ging einer zufälligen Begegnung mit Richardson aus dem Weg und verließ das Büro.

Gegen neun Uhr abends Londoner Zeit rief Brimton an.

»Es ist ein Baissemanöver, und ein ziemlich mieses obendrein.« Brimtons Stimme war hart. »Sie haben eine Freundin namens Eva Cunningham, richtig?«

»Schon möglich.«

»Aha, nun, die Story lautet, daß sie Case Reed mit getürkten Fakten zu einer Übernahme verleiten will. Angeblich ist es bloß ein Trick, um den Kurs der Aktien zu pushen. Auf diese Weise kann sie ihre Anteile verkaufen und ihre Schulden abbezahlen. Offensichtlich hat das Projekt all ihr Geld verschlungen, ist aber eine echte Niete und sie bankrott.«

Cassie schwieg.

»Nicht ganz abwegig, wie?« hakte Brimton nach.

»Hören Sie auf, Brimton. Die Story ist hervorragend, und sie klingt sogar plausibel. Wer immer dahintersteckt, hat's faustdick hinter den Ohren, aber ich sage Ihnen, daß Eva Cunningham nichts damit zu tun hat. Meinen Sie denn im Ernst, daß sich Case Reed von ihr dermaßen über den Tisch ziehen lassen würde?«

»Wenn Sie mir für jedes Mal, daß ich so was erlebt habe, einen Cent geben würden, wäre ich ein reicher Mann, Cass.«

»Das sind Sie bereits.«

»Eben.«

Cassie legte auf und rief Eva an. »Cassie hier. Wir haben ein Problem. Ich würde dich gern sprechen, sofort, wenn es geht.«

»Natürlich, schieß los.«

»Unter vier Augen. Ich bin in fünf Minuten bei dir.«

»Was ist denn los?«

»Kursmanipulation. Irgendwer funkt uns bei der Genius-Aktie dazwischen. Das ist los.«

Cassie nahm ein Taxi. Als sie bei Eva reinkam, sah sie sich überrascht um. Die Zimmer waren nur notdürftig eingerichtet. Die einzigen Hinweise auf Leben oder Leidenschaft waren die vielen in der Wohnung verstreuten Perserteppiche und eine umfangreiche Musiksammlung. Im Wohnzimmer stand eine ziemlich teure Anlage, und daneben stapelten sich Dutzende von CDs, ansonsten war das Haus praktisch leer. Es gab nicht einmal Fotos.

»Wo sind denn deine Bücher?« fragte Cassie verdutzt, als sie sich an Evas Bibliothek in Oxford erinnerte. Regale voller Wälzer zu den unterschiedlichsten Themen, die alle nichts mit ihrem Studium zu tun hatten.

»Ach, die habe ich noch nicht ausgepackt.« Eva hatte keine Lust, mit ihr darüber zu sprechen. Bücher bedeuteten ein Zuhause, und London war nicht Zuhause, jedenfalls nicht unter diesen Umständen.

Eva schenkte ihnen zwei doppelte Whiskys ein. »Also, erzähl schon.« Sie sah Cassie aufmerksam an. Diese strahlte eine Kälte aus, die sie noch nie bemerkt hatte.

»Ganz einfach«, sagte Cassie und nahm einen großen Schluck Whisky. »Jemand hat ein Gerücht in die Welt gesetzt, um den Kurs der Genius-Aktie zum Fallen zu bringen. Jetzt ist sie von fünf Dollar auf zwei gefallen. Ich vermute, daß derjenige, der dahintersteckt, seine Anteile für fünf verkauft und sie zu zwei Dollar zurückgekauft hat. So was nennt man auf Baisse spekulieren. Eine künstliche Manipulation des Aktienkurses. Das ist illegal.«

»Moment mal. Als ich vor einigen Tagen nachgesehen habe, lag der Kurs bei vier Dollar. Dann ist er plötzlich auf fünf und dann wieder auf zwei gefallen? Vielleicht ist das naiv, aber ich habe immer geglaubt, daß es so etwas wie einen objektiven Wert gibt, eine Art festen Kurs, der nicht manipuliert werden kann.«

Cassie verzog das Gesicht zu einer Grimasse. »Ja, ja. So müßte es theoretisch sein, aber in der Praxis funktioniert das nicht. Kurse hängen von allem möglichen ab. Menschen sind nicht immer logisch und rational. Und Börsen sind nur eine Sammelstelle für lauter individuelle Persönlichkeiten und daher für Selbsttäuschung, Panik und Hysterie genauso anfällig wie jede andere Gruppierung von Menschen. Sieh dir doch den Fall Polly Peck an. An einem Tag milliardenschwer, am nächsten praktisch nichts mehr wert. Dasselbe gilt für Maxwell. Dieses Herumbasteln an Kursen ist gar nicht schwer. Jeder will so erfolgreich wie möglich sein. Und wenn sich nur annähernd die Chance eines Erfolgs bietet, springen alle auf den fahrenden Zug. Jeder weiß genau, worauf er sich einläßt, aber das ist egal, solange man im richtigen Augenblick abspringt und sich je-

mand findet, der noch später auf den Trichter kommt und einem Anteile zu erhöhten Preisen abkauft.«
»Dieser Schwindel muß doch irgendwann auffallen, oder lassen sich die Leute wirklich für so dumm verkaufen?«
»Gier macht blind. Unterschätz das nicht. Ich habe es so oft erlebt, wie du dir gar nicht vorstellen kannst. Versprich jemand die Aussicht auf zehn Millionen, und er verliert den Verstand. Es ist, als sei der Traum wichtiger als die Realität. Nichts darf diesen Traum zerstören. So denkt man in diesem Land. Und die Leute in der City fallen genauso darauf rein wie jeder andere.«
»Aber wie kann man sich davor schützen?«
»Man wird automatisch zum professionellen Zyniker, man traut niemandem. Im Zweifelsfall gegen den Angeklagten. Aber ich schweife ab. Die Erfolgsstory, der fahrende Zug, die manipulierten Aktienkurse ... Schließlich kommt jemand dahinter und schlägt Alarm. Und dann wollen plötzlich alle verkaufen, der Herdentrieb nimmt überhand, und der Kurs der Aktie sackt in den Keller. Das passiert manchmal innerhalb von Minuten.« Sie zuckte die Achseln. »Angebot und Nachfrage bestimmen den wahren Kurs der Aktie. Sie ist nur so viel wert, wie jemand bereit ist, dafür zu zahlen. Das basiert nicht immer auf rationalen Entscheidungen, aber es ist mehr oder weniger vorhersehbar, wenn man was von Marktpsychologie versteht. In diesem Fall kann man den Markt manipulieren. Eine Zeitlang jedenfalls.«
»Das ist ja unfaßbar. Wir halten die Finanzmärkte immer für so wissenschaftlich und voller High Tech, mit all den Computern und Handelsbildschirmen und weiß der Kuckuck was noch alles.«
»Nein, das ist nur das technologische Brimborium, die Infrastruktur. Nicht Ratio und Technologie bestimmen den Markt, sondern Instinkt und Emotion.«
»Und wie funktioniert das in bezug auf Genius? Was wird denn jetzt gemunkelt?«
»Es heißt, du hättest Case Reed über den Tisch gezogen, weil

die Mine in Wirklichkeit völlig wertlos ist. Die ganze Sache mit der Übernahme sei inszeniert, um den Kurs der Aktie in die Höhe zu treiben, damit du anschließend deine Anteile teuer verkaufen kannst. Angeblich bist du bankrott und brauchst verzweifelt Geld.«

Eva streckte die Hände aus und studierte ihre Fingernägel. Cassie sah, wie eine Ader an ihrer Schläfe pulsierte.

»Irgend jemand, den ich nicht kenne, erfindet eine Story und zieht meinen Namen in den Dreck.«

»Deinen und meinen.«

»Glaubst du denn auch, daß an der Geschichte was dran ist? Daß ich was damit zu tun habe?«

»Ich weiß nicht so recht, was ich glauben soll. Manchmal frage ich mich, wie gut ich dich kenne. Was hast du denn wirklich in Vietnam gemacht, Eva? Wenn ich es mir recht überlege, scheint mir deine Geschichte mit Asien und den Hippies ein bißchen unglaubwürdig.«

»Als du hofftest, mit meiner Hilfe Geld verdienen zu können, hast du sie geglaubt. Läßt du dich so schnell aus der Ruhe bringen? Bei Gott, Cass, ich hätte dich nie für so paranoid gehalten.«

»Hör mit dem Quatsch auf, Eva. Ich bin nicht im geringsten paranoid. Aber vielleicht hat mich dieses kleine Problem auf etwas aufmerksam gemacht. Vielleicht kann ich jetzt einiges klarer sehen.«

»Wenn du jetzt schon Probleme hast, dann solltest du dir noch mal gut überlegen, ob du dich überhaupt an dem Deal beteiligen willst. Ich glaubte, du kennst dich bei Risikoanlagen aus. Wenn du aber bei jedem kleinen Problem hysterisch wirst und mir die Bude einrennst, dann sollten wir keine Geschäfte zusammen machen. Ich bin nicht deine Gouvernante.«

»Ich brauche keine Gouvernante, Eva, ich brauche die Wahrheit.«

»Lieber Himmel, das wäre das letzte, was du gebrauchen könntest. Du hast die harte Wahrheit noch nie vertragen können, stimmt's? Für dich ist immer alles leicht und locker flockig. Du kannst die Wahrheit gar nicht sehen durch deine rosarote Brille.«

»Und du bist ja so hart und stark. Eva, die alles sieht und alles schafft und vor nichts Angst hat.« Plötzlich fielen ihr Quaids Worte ein. Sie hatte vergessen, was sie über Evas Vergangenheit wußte. Cassie war schockiert, wie schnell beide in Rage geraten waren.

»Wenn es dir hilft, so zu denken, dann bitte.« Eva saß seelenruhig da. Die peinliche Stille schien ihr nichts auszumachen. Cassie dagegen fand sie unerträglich.

»Tut mir leid, Eva. Wahrscheinlich ist mir das Ganze zu nahe gegangen. Ich wollte es nicht so weit kommen lassen.«

Eva lächelte. »Doch, das wolltest du. Ich hätte dir dieselben Fragen über Vietnam gestellt. Ich habe ein unkonventionelles Leben geführt, acht Jahre lang. Es hat mich sowieso überrascht, daß du mich nicht schon viel eher danach gefragt hast.«

»Ich war deine Freundin, ich dachte nicht, daß ich es müßte.«

»Du bist aber auch Banker.«

Angesichts von Evas Verständnis brach Cassies Widerstand zusammen.

»Na gut, lassen wir das Persönliche beiseite.« Cassie fand langsam ihre Fassung wieder.

»Fangen wir noch mal von vorn an. Ich habe dir von der Spekulation erzählt. Hast du irgendeine Vorstellung, wer dahinterstecken könnte? Möglich, daß es dein Kumpel Granger McAdam ist.«

Eva antwortete, als sei nichts gewesen.

»Warum er? Er ist doch auch dran interessiert, daß der Kurs der Aktie steigt.«

»Vielleicht. Aber wie zum Teufel soll ich wissen, wer dahintersteckt? Es macht überhaupt keinen Sinn. Mein Broker in Vancouver wußte in dem Moment, als ich ihn mit dem Kauf beauftragte, daß Case Reed Genius übernehmen will. Völlig klar, daß sich das an der Börse in Windeseile verbreiten würde. Der Kurs der Aktie mußte also steigen. Genauso kam es, exakt, wie ich es vorausgesehen hatte, und dann von einem Moment auf den anderen diese Bauchlandung.«

»Warte mal. Wie ist das mit Insiderinformationen? Es scheint dir nicht viel auszumachen, daß Insiderinformationen weitergegeben und bestimmte Deals auf dieser Grundlage abgewickelt werden. Es sieht ja fast so aus, als hättest du das Ganze eingefädelt.«

»Die Börse in Vancouver lebt von vertraulichen Informationen. Es war mir klar, daß jeder Broker, den wir uns dort nehmen, diese Informationen seinen besten Freunden weitergeben würde. Eine Hand wäscht die andere. Ich habe Brimton einen Gefallen getan, und er wird sich revanchieren. Sieh mich nicht so entsetzt an. Wir werden noch viele derartige Gefallen brauchen, wenn das Ganze klappen soll. Brimton hat mich vor der Börse in Vancouver gewarnt. Man muß mit harten Bandagen kämpfen.«

»Cassie, worauf willst du eigentlich hinaus? Was soll das – eine Hand wäscht die andere? Ist das nicht alles illegal? Brichst du nicht das Gesetz?«

»Was habe ich denn getan? Ich habe mich eines Brokers bedient, nichts weiter. Ich bin doch nicht verantwortlich für das, was er mit der Information macht. Und du kannst sicher sein, daß ich die Gefallen, die er mir tun wird, genauso sorgfältig behandeln werde. Stell dich nicht so zimperlich an. Das alles nützt auch dir. Was hast du dir denn vorgestellt – eine saubere kleine Operation?«

Eva überraschte Cassie mit einem fast bewundernden Blick.

»Nein, weder sauber noch klein. Das Ganze ist ein ziemlicher Dschur.gel, und du bist offensichtlich mit allen Wassern gewaschen. Aber wie clever du auch sein magst, meine Liebe, da draußen ist jemand, der dir einen Schritt voraus ist und etwas tut, was wir nicht verstehen, während es für ihn eine Menge Sinn machen muß. Es hat System. Und was deine sogenannten

Gefallen angeht, im Moment sieht es nicht so aus, als hätten sie uns sehr weit gebracht.«

»Du hast nicht ganz recht«, sagte Cassie plötzlich nachdenklich. »Von einer anderen Perspektive aus könnte es uns ungeheuer nützen. Es könnte nämlich dazu führen, daß wir die Gesellschaft viel billiger übernehmen können als geplant.«

»Willst du vielleicht durch die Blume andeuten, daß Frazer dahinterstecken könnte, wenn wir beide schon nichts damit zu tun haben?«

»Das habe ich nicht gesagt. Ich glaube nicht, daß es sein Stil ist. Es wäre zu offensichtlich und tölpelhaft.«

»Also stehen wir wieder am Anfang. Irgend jemand tut etwas ohne erkennbaren Grund, das eigentlich keinen Sinn ergibt.«

»So ungefähr«, erklärte Cassie und stand auf. »Aber wir werden schon noch rauskriegen, wer dahintersteckt. Er kann nicht ewig unsichtbar bleiben.«

31

Le Mai wartete in einem unauffälligen grauen Wagen, der gegenüber von Xu Nans Haus parkte. Auf dem Beifahrersitz saß ein Hongkong-Chinese aus Soho, der die andere Straßenseite beobachtete. Beide Männer trugen Baseballmützen, deren Schirme die Gesichter verbargen. Keiner sagte ein Wort. Nur die Augen bewegten sich.
Le Mai erkannte Xu Nans roten BMW auf eine Entfernung von dreißig Metern. Er kam auf der Sloane Avenue auf sie zu. Er las das Kennzeichen und stieß seinen Kumpel mit dem Ellbogen an. Schweigend beobachteten sie, wie der Wagen in die Tiefgarage des Hauses einbog. Nan steckte seine Karte in den Automaten, die Schranke öffnete sich, und der Wagen verschwand in der Garage.
Nach zehn Minuten stiegen sie aus und gingen die Rampe in die Tiefgarage hinunter. Sie senkten die Köpfe, damit die Videokameras sie nicht erkennen konnten. So würde man auf den Aufzeichnungen nur zwei Männer sehen, deren Gesichter im Dunkel lagen.
Sie nahmen den Aufzug bis zum siebten Stock und gingen leise den Gang entlang. Es war elf Uhr abends, niemand zu sehen. Vor Nans Tür blieben sie stehen und horchten. Aus der Wohnung drang Musik, laut genug, um Frazers Zweitschlüssel benutzen zu können, ohne daß Nan es bemerkte. Für Notfälle wie diesen hatte Frazer sich in weiser Voraussicht einen Nachschlüssel machen lassen, bevor er Xu Nan die Wohnung schenkte.
Die Wohnungstür sprang auf. Nan stand wie angewurzelt mitten im Wohnzimmer. Bleich vor Entsetzen versuchte er zu schreien, doch Le Mai war bereits bei ihm und hielt ihm mit

einer nach Schweiß stinkenden Hand den Mund zu. Nan wehrte sich nur kurz, dann lähmte ihn die Angst. Der andere Mann fesselte ihm die Hände mit einem Seidenschal. Er war überraschend sanft. Offensichtlich wollte er keinerlei Spuren für die Polizei hinterlassen, nicht einmal Gewebefasern.
Die Bewegungen beider Männer waren überaus sparsam. Le Mai nahm die Hand von Nans Mund und schob ihm rasch ein seidenes Tuch hinein, bis Nan keine Luft mehr bekam und auch keinen Ton herausbrachte. Er beobachtete sie verständnislos und mit schreckgeweiteten Augen. Beide trugen Handschuhe. Sie waren knallgelb und schienen in dem halbdunklen Raum fast zu leuchten. Nan starrte voller Grauen darauf.
Jetzt zog Le Mai eine Pistole aus der Jackentasche und richtete sie auf Nan. Nan spürte etwas Warmes an seinen Beinen herabsickern. Er hatte vor Angst in die Hose gemacht.
»Wir brauchen noch einen kleinen Brief von dir«, sagte Le Mai und sah sich im Raum um. Auf dem Tisch neben dem Telefon lagen Papier und ein Stift. Er holte sie.
»So, das müßte reichen. Soll ich dir diktieren, Nan?«
Nan schüttelte heftig den Kopf.
»Mach bloß keine Mätzchen«, sagte er und gab dem Mann neben ihm ein Zeichen. Dieser nahm eine Zange aus der Tasche. Le Mai folgte Nans entsetztem Blick.
»Es wäre viel besser für dich, wenn du mit uns zusammenarbeiten würdest. Sterben wirst du sowieso. Du hast die Wahl, ob mit oder ohne Schmerzen. Mir ist es egal.«
Nan sah von einem zum anderen und erkannte die Entschlossenheit in ihrem Blick, es gab kein Entrinnen. Doch ihre offensichtliche Gleichgültigkeit löste in ihm eine ungekannte Wut aus. Er warf sich auf Le Mai, der einen Schritt nach hinten taumelte. Nan wirbelte herum, kam aus dem Gleichgewicht und stieß einen Blumentopf vom Regal an der Wand. Er fiel krachend auf den Holzboden. Le Mai fluchte und griff in die Tasche, während der andere Mann Nan an den Armen packte und festhielt.

»Schreibst du jetzt?« fragte Le Mai und hielt ihm eine Spritze vor das linke Auge.
»Nur zu deiner Information. Die Spritze enthält Schwefelsäure. Die Nadel wird dir wie eine Liebkosung erscheinen im Vergleich dazu.«
Nan begann zu wimmern, doch das Geräusch wurde von dem Knebel gedämpft. Schließlich nahm er das Papier und den Stift, den Le Mai ihm reichte.
»Wo hast du deine Brieftasche?« wollte Le Mai wissen.
Nan deutete mit dem Kopf auf einen Tisch. Le Mai holte die Brieftasche und zog eine Kreditkarte heraus.
»Sorg dafür, daß deine Unterschrift der auf der Karte gleicht.«
Le Mai begann zu diktieren. Nan konnte den Stift kaum halten, so stark zitterte seine Hand.
»Es tut mir leid«, schrieb er. »Ich konnte nicht anders.«
Kaum war er fertig, schnappte sich Le Mai den Zettel, las ihn und nickte. Der zweite Mann sammelte die Scherben des zerbrochenen Blumentopfs ein und steckte sie zusammen mit der Pflanze in eine Plastiktüte. Dann nahm er ein Taschentuch und entfernte die letzten Spuren von Blumenerde auf dem Teppich. Schließlich packten beide Männer Nan und führten ihn auf den Balkon. In letzter Sekunde lösten sie die Fesseln und nahmen ihm den Knebel aus dem Mund. Dann stießen sie ihn kopfüber in den Abgrund.
Der Körper landete mit einem dumpfen Aufprall auf dem Pflaster. Beide Männer gingen durch die Wohnung, vergewisserten sich, daß niemand auf dem Gang war, und nahmen den Lift zur Tiefgarage. Vier Minuten nach dem Mord an Nan fuhren sie in ihrem Wagen die Sloane Avenue hinunter. Auf der anderen Straßenseite versammelte sich eine Menschenmenge um die Leiche auf dem Bürgersteig. Aus ihrem Mundwinkel sickerte eine ekelhaft rote Blutspur auf das gesprungene Pflaster.

32

Nachdem Cassie gegangen war, setzte sich Eva ruhig in einen Sessel, trank ihren Whisky in kleinen Schlucken und dachte noch einmal über die verschiedenen Punkte ihrer Unterhaltung nach. Dann rief sie Stormont an.

»Können wir uns treffen?«

»Natürlich. Aber diesmal müssen wir sehr vorsichtig sein.«

»Du hast recht. Im Club?«

»Ja. Bis dann.«

Der Club war Stormonts persönliche geheime Wohnung, die nicht überwacht wurde und zu der außer ihm höchstens zwei oder drei andere Personen Zugang hatten, allerdings nur mit seiner ausdrücklichen Genehmigung.

Stormont verließ sein Haus in der Old Church Street und nahm ein Taxi. Er wechselte zweimal den Wagen und ging eine Zeitlang zu Fuß, um sicher zu gehen, daß er nicht verfolgt wurde, bis er schließlich zu einer dunklen Straße in Soho gelangte. Er stieg ein paar Treppen zu einem Jazz Club hinunter und ging durch die Haupträume zu den Toiletten am Ende des Gebäudes. Von dort führte eine Tür in eine dunkle Gasse. Er folgte ihr bis zum Ende. Dann nahm er einen Schlüssel aus der Tasche und betrat ein unauffälliges Haus.

Er schaltete das Licht an. Es war eine kleine Wohnung mit Wohnzimmer, einer kleinen Küche, Bad und Diele. Stormont setzte sich auf ein staubiges Sofa an der Wand und wartete.

Unterdessen stand Eva im Schlafzimmer und zog sich um: kurzer Rock aus schwarzem Wildleder, weiße Seidenbluse, schwarze Strümpfe und schwarze hochhackige Schuhe. Vor dem Spiegel legte sie roten Lippenstift auf und betonte die

Augen mit schwarzem Eyeliner. Was würde Stormont sagen? Schließlich griff sie nach Zigaretten und Handtasche und verließ das Haus.

Langsam ging sie die King's Road hinunter und hielt Ausschau nach einem Taxi. Unterwegs blieb sie vor einem Schaufenster stehen und sah sich die Auslage an, beiläufig, gelassen, genau wie die vielen Abendspaziergänger und wie ihre Beschatter. Sie waren zu zweit, Mann und Frau, die sich als Pärchen ausgaben. Es gab noch mehr, das war ihr klar, weiter voraus, und wieder andere, die in einem Wagen auf Anweisungen warteten. Sie mußte sie abschütteln, ohne daß sie ihre Absicht durchschauten. Nur Profis waren imstande, Beschatter auszumachen, und sie konnte es sich nicht leisten, sich als solcher zu verraten.

Sie überlegte schnell, winkte dann einem vorbeifahrenden Taxi und nannte die Adresse eines Privatclubs in Mayfair. Zehn Minuten später setzte das Taxi sie vor dem fünfstöckigen Haus ab. Sie klingelte. Ein Mann öffnete die Tür.

»Hi«, sagte sie und schenkte ihm ihr strahlendstes Lächeln. »Es ist mir sehr peinlich, aber ich bin hier mit einem Ihrer Mitglieder auf einen Drink verabredet. Ich würde ihn wiedererkennen, kann mich aber nicht mehr an seinen Namen erinnern. Es war schon sehr spät gestern abend, als ich ihn kennenlernte.« Sie warf dem Mann einen verlegenen Blick zu. »Sie wissen ja, wie das so ist.«

Er lachte und musterte sie von oben bis unten.

»Ja, das weiß ich«, sagte er und hielt ihr die Tür auf.

»Danke«, sagte Eva, als sie hinter ihr ins Schloß fiel. Ihre Beschatter waren garantiert keine Mitglieder des Clubs. Man würde sie nicht reinlassen. Sie marschierte geradewegs zur Damentoilette im Untergeschoß, schloß sich in eine der Kabinen ein, zog den kurzen Rock hoch und kletterte aus dem Fenster. Über die Kellertreppe landete sie in einer kleinen Seitenstraße und ging so schnell sie konnte weiter, ohne aufzufallen. Sie nahm das erste Taxi, das vorbeifuhr, zum Regent's Park. Immer wieder hielt sie Ausschau nach ihren Verfolgern. Nichts. Sie stieg aus und ging noch eine Weile zu Fuß, um ganz sicher zu sein. Erst als sie völlig überzeugt war, alle Beschatter abgeschüttelt zu haben, nahm sie ein anderes Taxi zur Old Compton Road, wo sich Stormonts geheime Wohnung befand.

Wie Stormont nahm sie den Weg über den Jazz Club und den Keller zum Ende der dunklen Gasse.

Sie klopfte leise. Stormont öffnete die Tür und ließ sie hinein. Als er sie wieder geschlossen hatte, lehnte er sich dagegen und musterte sie.

»Du scheinst ja richtig aufzugehen in deiner Rolle.«

Sie stützte die Hände in die Hüften und drehte sich vor ihm im Kreis.

»Gefällt es dir?«

Am liebsten hätte er über ihren offensichtlichen Jux gelacht, aber er hatte einen Kloß im Hals. Er sah sie mit unverhüllter Bewunderung an. Ihre Kleidung versprach, was die Haltung verbot. Nur ihre Schönheit und katzenhafte Anmut kamen zum Ausdruck.

»Sehr.«

Sie setzte sich.

»Wir haben Probleme«, sagte sie.

Stormont zog einen Stuhl heran und setzte sich ihr gegenüber.

»Heute abend tauchte eine ziemlich aufgeregte Cassie bei mir auf. Offensichtlich führt jemand ein Baissemanöver gegen Genius. Heute stieg der Aktienkurs erst auf fünf Dollar an und fiel dann plötzlich auf zwei.« Sie erzählte Stormont alles über die Gerüchte, die Insidergeschäfte und Cassies offensichtliche Gelassenheit. Die Verstimmung zwischen ihnen ließ sie weg.

»Also würden wir alle gern wissen, wer nun dahintersteckt.«

Stormont zog eine Packung Zigaretten aus der Tasche und bot Eva eine an. Dann nahm er eine Flasche Glenlivet und zwei Gläser aus dem Regal. Er staubte die Gläser mit seinem Taschentuch ab und reichte ihr eins.

»Das Dumme an diesen Geheimwohnungen ist, daß nicht mal Putzfrauen wissen, wo sie sind.« Er schenkte ihnen ein, gab ihr

mit einem hell auflodernden Feuerzeug Feuer und zündete sich selbst eine Zigarette an.
»Wer könnte deiner Meinung nach dahinterstecken?«
Eva zuckte die Achseln. »Ich habe keine Ahnung. Cassie, Case Reed und Frazer sind alle an einem niedrigen Aktienwert interessiert. Ich jedenfalls war es nicht. Es könnte Cassie sein. So unwahrscheinlich es auch klingt, aber ich würde es nicht ausschließen. Sie sitzt da wie ein kleiner Buddha und spielt die Unschuld vom Land, aber je mehr ich sie beobachte, um so gerissener erscheint sie mir ...«
Stormont lachte, und Eva fuhr fort: »So ganz unschuldig, wie sie sich gibt, ist sie nicht, trotzdem glaube ich nicht, daß sie dahintersteckt oder Frazer. Aber das kann ich besser beurteilen, wenn ich mit ihm gesprochen habe und sehe, wie er reagiert. Es ist nicht sein Stil, aber wer um alles in der Welt kann sonst dahinterstecken? Ich sehe keinen richtigen Grund dafür.«
»Wir müssen die Augen offenhalten und die Sache aus allen möglichen Blickwinkeln beobachten. Irgendwer treibt ein übles Spiel. Außerdem können wir nicht außer acht lassen, daß es gegen dich gerichtet ist.«
»Genau das geht mir gegen den Strich. Ich kann ganz gut mit dem leben, was ich getan habe, aber was ich nicht getan habe ...«
Sie zögerte. »So, das war das erste Problem.«
»Was gibt's denn noch?«
Eva nahm einen Schluck Whisky und sagte gleichmütig: »Ich werde beschattet. Ich habe es heute nach meinem Treffen bei Case Reed entdeckt. Ich glaube, daß es erst seit heute ist, aber sicher bin ich mir nicht. Sechs verschiedene Personen, ein komplettes Team. Profis, aber keineswegs unsichtbar. Sie waren vorsichtig, trotzdem scheinen sie nicht gemerkt zu haben, daß auch ich aus der Branche bin. Sie haben nur die üblichen Vorsichtsmaßnahmen angewendet, so daß es mir nicht schwer fiel, sie ziemlich schnell auszumachen. Keine Angst, sie haben keine Ahnung, daß ich sie entdeckt habe. Heute abend klebten sie

wieder an mir.« Sie hob beschwichtigend die Hand. »Keine Angst, ich hab' sie abgeschüttelt. Sie vermuten mich in einem Privatclub in Mayfair. Später fahre ich wieder dorthin zurück, schleiche mich durch den Hintereingang rein und gehe durch den Haupteingang raus. Sie werden nichts mitbekommen.« Sie sah, daß er sich teilweise beruhigte, obwohl ihm die Anspannung am Gesicht abzulesen war, und fuhr fort: »Also. Wer zum Teufel sind sie? Und wonach suchen sie?«

Mit Eva in dem schäbigen Zimmer zu sitzen, gab Stormont ein eigenartiges Gefühl von Intimität. Sie zog ihn an, und er hatte das Gefühl, auch in ihren Augen einen Funken von Verlangen zu erkennen, das sie mit Kälte und Flirten zu kaschieren versuchte. Außerdem waren beide nervös, weil das Spiel endlich begonnen hatte. Um abzustimmen, wie sie reagieren würden, hatten sie notfalls die ganze Nacht, allein in einem kleinen Zimmer, dessen Wände im Rhythmus der Jazz-Musik vibrierten.

Stormont sah sie im Halbdunkel an. In ihren Augen glänzte dieselbe Erregung wie in seinen, der Kick eines unsichtbaren Kampfes.

»Diesmal ging es schnell«, erklärte er und nahm einen Schluck Whisky.

Eva nickte schweigend.

»Was meinst du?« fragte er.

»Ich meine, daß diesmal das Naheliegendste zutrifft.«

»Frazer.«

»Ja.«

»Und warum?«

»Er hat etwas zu verbergen. Er weiß, daß er ein Risiko eingeht, wenn er sich auf mich einläßt, wenn er mit mir ins Bett geht oder Geschäfte macht, also läßt er mich überprüfen. Entweder hat er etwas gefunden, das ihn stutzig macht, und beschlossen, mich näher unter die Lupe zu nehmen, oder er hat tatsächlich nichts gefunden und läßt mich trotzdem rund um die Uhr beschatten, weil ihm das nicht geheuer vorkommt.«

»Welche der beiden Möglichkeiten erscheint dir plausibler?«
»Ich gehe davon aus, daß meine Tarnung noch steht, sonst säße ich nicht hier. Ich glaube, daß Frazer seinem Instinkt mehr traut als den nichtssagenden Berichten, die er über mich bekommt. Was meinst du?«
»Ich glaube, daß er dich aus Überheblichkeit, Neugier und einem angeborenen Mißtrauen beschatten läßt. Wie willst du damit umgehen?«
»So wie vorher auch, als sei nichts geschehen. Ich werde die Augen offenhalten und alles andere mit Sex übertünchen.«
»Macht dir das Spaß? Sex mit Frazer?« Die Worte kamen hart und gefühllos heraus.
Sie beugte sich vor. »Mir macht Sex Spaß, Andrew. Wahrscheinlich würde er mir sogar mit dir Spaß machen.«
Stormont mußte lachen. Er leerte sein Glas Whisky, ohne die Augen von ihr zu nehmen. Er stand auf, holte die Flasche und schenkte ihnen nach. Dann beugte er sich herab, und seine Lippen berührten beinahe ihr Ohr.
»Vielleicht solltest du es versuchen.«
Sie wandte den Kopf, so daß ihre Lippen fast die seinen berührten.
»Vielleicht mach' ich es, irgendwann.« Sie führte das Glas zum Mund. Er trat einen Schritt zurück und nahm wieder Platz.
»Wir könnten deine Beschatter überwachen lassen«, sagte er ruhig, als wäre nichts zwischen ihnen geschehen. »Aber wir würden ein hohes Risiko eingehen, entdeckt zu werden. Wer auch immer dahintersteckt, früher oder später wird er sich verraten. Wahrscheinlich ist es Frazer. Wir müssen bloß abwarten.«
»Frazer führt jedenfalls irgendwas im Schilde. Sieht so aus, als würde er in Stellung gehen. Heute morgen bei unserem Meeting hat er mich gefragt, ob ich mit der Vertragsfirma, die im Augenblick die Mine aufbaut, zufrieden bin. Ich ließ es offen, um zu

sehen, worauf er hinaus wollte. Daraufhin fragte er, ob ich was dagegen hätte, wenn wir eine Firma seines Vertrauen einschalten. Er sagte, er könne bessere Konditionen aushandeln als ich.«
»Und was hast du geantwortet?«
»Daß er mit dem Buchhalter der Firma sprechen soll. Es würde mich nicht wundern, wenn er mit einem höchst verlockenden Angebot aufkreuzt.«
»Und dann?«
»Dann werde ich den Vertrag mit der jetzigen Firma kündigen und ihm den Vortritt lassen müssen.«
»Wahrscheinlich handelt es sich um eine Scheinfirma.«
»Das glaube ich auch. In keinem öffentlichen Aktionärsverzeichnis wird eine Verbindung zwischen ihm und der Firma nachzuweisen sein. Er wird alles über hübsche kleine Geheimkonten irgendwo in der Pampa laufen lassen. Jedenfall kommt jetzt Bewegung in die Sache. Frazer rührt sich.«
»Sieht so aus.«
»Wahrscheinlich wird er bald nach Vietnam wollen.«
Stormont setzte sich auf. »Das werden wir besprechen, wenn es soweit ist. In Vietnam bist du auf gräßliche Art gefährdet. Ich weiß nicht, ob es klug wäre, mitzufliegen.«
»Wenn er was vorhat, wird er es dort einfädeln wollen. Da kann ich unmöglich zu Hause bleiben.«
»Warten wir ab. Aber halt mich auf dem laufenden. Das letzte, was ich will, ist, daß du urplötzlich mit Frazer verschwindest.«
Eva lächelte ihn sonderbar gleichgültig an, als sei es in Ordnung, als sei sie auf alles gefaßt, was jetzt passieren könnte. Es war kein blindes Vertrauen, es kam von einer anderen Seite, die Stormont nicht ausmachen konnte. Er sah sie eine Weile an, ehe er antwortete.
»Du solltest etwas tun, um Frazer zu beruhigen. Irgendwas Unlogisches oder Unerwartetes.«
Eva sah ihn fragend an.
»Bist du sehr cool und zurückhaltend ihm gegenüber?«

»Ja, schon. Er sagt, ich sei nicht so wie andere Frauen.«
»Dann sei wie sie. Gib ihm diese Sicherheit. Ruf ihn um ein Uhr nachts an. Oder jetzt, und sag ihm, daß du ihn sehen möchtest.«
»Das kann ich nicht. Das habe ich noch nie im Leben gekonnt.«
Stormont lachte. »Du wärst überrascht, wie viele Frauen so auf die Jagd gehen. Du willst ihn einwickeln, Eva. Also benimm dich wie andere Frauen, damit er glaubt, er hätte Macht über dich. Dann wird er denken, daß du genau wie die anderen bist. Ansonsten stellst du eine Bedrohung für ihn dar.«
»Wenn ich mich so verhalte, wird er mich schnell satt haben. Dann sucht er sich ein neues Abenteuer.«
»Es ist eine Gratwanderung. Im Moment stellst du eine zu große Gefahr und Bedrohung für ihn dar.« Stormont sah auf die Uhr.
»Hat eine von euch beiden mit ihm über das Baissemanöver gesprochen?«
»Ich nicht. Aber ich glaube kaum, daß Cassie den Mund gehalten hat, sie war viel zu erregt.«
»Dann ruf ihn gleich an. Sag, daß du ihn sprechen willst. Erzähl ihm von dem Coup und sei gleichzeitig charmant zu ihm. Damit triffst du ihn von zwei Seiten. Mal sehen, ob das was bringt.«
Eva wählte eine Nummer. Es war halb eins, nach dreimaligem Klingeln hob Frazer ab.
»Robie, ich bin's, Eva. Ich bin hier in einem Club und langweile mich zu Tode ...«
Stormont konnte hören, wie er lachte. Er beobachtete Eva, ihre halb geschlossenen Augen, den stark geschminkten Mund, ihr raffiniertes Lächeln. Er hörte nicht, was Frazer als nächstes sagte, nur Evas Antwort darauf. »Okay, ich komme.«
Sie legte auf, ging auf Stormont zu und stützte sich auf seine Schenkel. Dann küßte sie ihn auf den Mund.
»Ich muß jetzt los.«

Er stand nicht auf. »Eva, wir dürfen uns nur noch in ganz dringenden Fällen treffen. Du weißt das.«
Sie blickte auf ihn herab und sagte nichts. Für den Bruchteil einer Sekunde waren ihre Augen vollkommen durchsichtig. »Ich weiß.« Sie drehte sich um, und Stormont sah zu, wie sie die Tür öffnete und verschwand.
Drei Stunden lang wartete er in dem schäbigen Zimmer, für den Fall, daß man Eva gefolgt war. Er studierte alle, die kurz nach ihr das Lokal verließen. Um halb vier morgens verließ auch er die Wohnung und nahm Evas Geruch mit, den Duft ihrer Haut und des Parfums, das sie trug, und auch den schwachen Geschmack ihres Lippenstiftes auf seinem Mund.

33

Robie Frazer saß im Wohnzimmer, die hohen Glastüren zum Garten standen weit offen. Neben ihm stand eine Whiskyflasche. Er trank langsam und kostete das sanfte Brennen aus. Er dachte an Eva, die jetzt von sich aus zu ihm kam, offen, ohne den Vorwand einer Einladung zum Essen oder einem Drink. Der erste Riß in ihrer kühlen Fassade. Bei anderen Frauen hätte es ihn gelangweilt, weil sie alle so waren. Bei ihr aber kam es derart unvorhergesehen, daß es nur noch mehr zu seiner Erregung und seinem Verlangen beitrug.

Ihm gegenüber saß Le Mai und beobachtete ihn. Er hatte Frazer noch nie so lebendig gesehen. Sein Gesicht wirkte seltsam befriedigt und hungrig zugleich. Obwohl er lässig und mit ausgestreckten Beinen in seinem Sessel saß, schienen seine Muskeln angespannt, als sei er bereit, jeden Augenblick aufspringen.

Frazer wandte sich ihm zu.

»Besser, du gehst auf Tauchstation. Ich kriege Besuch von einer Frau. Schlaf im blauen Zimmer und laß dich nicht blicken.«

Le Mai stand auf. »Eine besondere Frau?«

Frazer musterte Le Mai und schien nachzudenken. »Ja, auf ihre eigene seltsame Art.«

»Eine schöne Frau?«

»Ja, aber darauf kommt es bei ihr nicht an.«

Frazer richtete sich langsam auf. Le Mai verstand die Geste und verabschiedete sich. Er stieg die Treppe hoch und trat in dem dunklen Zimmer ans Fenster, um auf Frazers so besonderen Besuch zu warten.

Er sah, wie ein Taxi vorfuhr und eine Frau ausstieg. Sie bezahlte den Fahrer und kam dann auf das Haus zu. Le Mai beobachtete

sie. Nachdem die Tür aufgesprungen war und Frazer sie hereingebeten hatte, blieb Le Mai stehen, starrte weiter an die Stelle, wo sie ausgestiegen war, und sah ihr Gesicht vor sich.
Frazer schloß die Tür hinter Eva ab. Sie stand vor ihm wie ein Versprechen. Er zog sie an sich, drückte sie mit den Händen gegen die Wand, küßte sie und hielt sie dort fest, gegen die Wand gepreßt. Er sah ihr in die Augen. Er spürte die Präsenz eines anderen Mannes, die von ihr ausging. Sie schimmerte in ihren Augen wie ein Hohn. Er mußte diese Präsenz auslöschen. Als er in sie eindrang, starrte er in ihre Augen, bis sie sich schlossen und ihr Gesicht sich verzerrte. Dann trug er sie nach oben, legte sie aufs Bett und deckte sie zu.
Sie schliefen sofort ein. Ihre Gesichter lagen im Schein des hellen Mondes, der durch die offenen Fenster fiel.
Zwei Stockwerke über ihnen saß Le Mai auf der Fensterbank und dachte nach. Er hatte sie gehört, er hatte jedes Geräusch in sich aufgesogen. Er stellte sich die Frau vor, auf deren nackter Haut nur der kühle Wind spielte. Er stellte sich ihre Augen vor und fragte sich, wie sie Frazer ansehen würden. Leidenschaftlich oder haßerfüllt?

Um sieben Uhr morgens wachte Frazer auf. Eva lag schlafend und leicht abgewandt neben ihm. Er beobachtete sie, studierte die harten Konturen ihres Gesichts. Selbst im Schlaf wirkte es angespannt. Es gab nichts Sanftes an ihr. Physische Befriedigung zauberte ein triumphierendes Lächeln auf dieses Gesicht, eine katzenhafte Genugtuung. Aber sie beruhigte es nicht oder machte es weich und nachgiebig. Immer ging dieser Widerstand von ihr aus, diese Verweigerung, selbst im Schlaf. Wie sehr sie ihn auch brauchte, welche Lust sie auch von ihm annahm, er hatte stets das Gefühl, daß sie ihn ebensogut küssen wie anspucken konnte, daß sie von einer Sekunde auf die andere gehen und ihn besiegt zurücklassen könnte. Er spürte in ihr das Verlangen, andere zu verletzen. Viele Frauen hatten das, vor allem jene, die aufgrund ihrer Schönheit zu oft mißbraucht worden waren. Sie wollten das Gleichgewicht wiederherstellen. Aber das paßte nicht zu ihr. Er konnte sich nicht vorstellen, daß sie sich von irgendwem hatte mißbrauchen lassen. Er glaubte nicht, daß sie sich für etwas rächen mußte. Und doch ging etwas Gewalttätiges von ihr aus. Nicht daß es ihn beunruhigte, es schärfte bloß seine Sinne.

Plötzlich wachte sie auf und entdeckte, daß er sie beobachtete. Ihre Augen weiteten sich und schlossen sich dann wieder, als sie sein Gesicht an ihre Brust zog und es dort festhielt. Er spürte die weiche Haut unter seinem Mund, die schwindelnde Erregung, die ihn packte, Verlangen und Befriedigung, eine Mischung aus sexueller und mütterlicher Wärme.

Sie blieben noch eine halbe Stunde liegen, bis der Wecker die Stille und ihr Schweigen beendete und sie aus dem Bett sprang.

»Ich brauche schon wieder Jeans und T-Shirt. In dieser Aufmachung kann ich unmöglich nach Hause«, erklärte sie und deutete auf die spärlichen Kleider neben dem Bett.

Frazer lachte und verschwand im Ankleidezimmer. Sie sah ihm nach, und plötzlich fiel ihr auf, wie sehr er Stormont glich.

Nicht nur körperlich, da war noch mehr – Scharfsinn, Talent, Wachsamkeit. Der Unterschied lag nur darin, wie sie ihre Fähigkeiten einsetzten. Frazer kehrte mit ein paar Sachen zurück und warf sie ihr vor die Füße. Plötzlich umarmte sie ihn und zog ihn zu Boden, ohne sich im geringsten gegen das physische Verlangen zu wehren, das alles andere überdeckte.

Bis sie zu Margarets schweigender Mißbilligung geduscht und gefrühstückt hatten, war es elf. Sie saßen noch am Tisch und lasen die Zeitung, als Margaret eintrat und erklärte, eine gewisse Cassie Stewart sei am Telefon. Frazer verschwand für ein paar Minuten. Als er wiederkam, musterte Eva ihn aufmerksam und lächelte freundlich, als sie erkannte, daß auch er sie studierte.

»Hast du von diesem Baissemanöver gehört?«

»Ja, Cassie hat es mir gestern nacht erzählt.«

»Und wieso hast du mir nichts gesagt?«

»Oh, ich hätte dir davon erzählen können. Gestern abend, als ich ankam, oder heute morgen nach dem Wachwerden. Ich wäre wahrscheinlich ein bißchen aus der Puste gewesen und hätte mich nur stockend ausdrücken können, aber sonst gab es eigentlich keinen Grund, warum ich es dir hätte verschweigen sollen. Tut mir leid. Passiert nicht wieder.«
Er überraschte sie mit einem verlegenen Grinsen. »Lassen wir die Geschäfte für den Konferenzraum.«
»Aber da du es nun einmal aufgebracht hast«, wandte Eva ein, »können wir ja für ein paar Minuten so tun, als sei das hier ein Konferenzraum.«
»Okay.«
»Würde es dir was ausmachen, mir zu erklären, was zum Teufel eigentlich los ist? Du bist ein alter Hase im Geschäft, und auch Cassie kennt sich bestens aus, aber für mich macht das Ganze keinen Sinn. Ich unterschreibe morgens einen Vertrag, und schon am Nachmittag macht sich irgendein Idiot daran, Gerüchte über mich in Umlauf zu setzen, die meiner Gesellschaft schaden.«
»Ich tappe genauso im dunkeln wie du. Natürlich sind mir solche Praktiken bekannt, aber ich habe ehrlich keine Ahnung, was gespielt wird und wer dahintersteckt. Das Komische ist, daß es so aussieht, als würde uns jemand fast einen Gefallen tun. Je tiefer der Kurs der Aktie fällt, um so besser ist es für unsere Übernahme, jedenfalls solange die Aktie aus spekulativen und nicht aus triftigen Gründen fällt.«
»Ich habe immer gesagt, daß der Deal vielversprechend, wenn auch riskant ist. Aber dieses Gerücht ist eine Schweinerei. Du kannst meine Anteile überprüfen und Erkundigungen bei meiner Bank einholen. Ich habe meine Genius-Aktien weder verpfändet noch sonstwas.«
»Schon gut. Ich glaube dir. Meistens merke ich, wenn jemand lügt.«
»Dann ist es gut, denn ich glaube auch nicht, daß du lügst. Trotzdem bringt uns das nicht weiter. Wenn weder du

noch ich noch Case Reed dahinterstecken, wer dann? Und warum?«

»Wieso bist du dir so sicher, daß Case Reed nicht dahintersteckt?«

»Glaubst du, es ist ihr Stil? Kannst du dir vorstellen, daß dieser Richardson sich je die Hände schmutzig machen würde?«

»Nein, aber ich halte auch deine Freundin Cassie nicht für den Unschuldsengel, den sie uns vorspielt.«

»Du überschätzt sie.« Sie hoffte, daß Cassie ihm nicht über ihre krummen Geschäfte und stillschweigenden Abmachungen mit dem Broker in Vancouver erzählt hatte. Cassie tat gut daran, ihre Klugheit vor Frazer zu verstecken.

»Möglich. Aber ich bin eher deiner Meinung. Case Reed steckt nicht dahinter.«

»Es muß doch einen Weg geben, sowas rauszukriegen, oder?«

Frazer musterte sie einen Augenblick. »Ja, den gibt es. Ich werde ein paar Erkundigungen einholen. Es ist dein Deal, ich verstehe, daß du dir Sorgen machst. Und ich mag es auch nicht, wenn man mit mir herumspielt.«

34

Am Dienstag morgen ging Cassie als erstes zu Richardson. »Wir haben ein Problem mit Genius. Offensichtlich hat jemand ein Baissemanöver in Gang gesetzt.« Richardson hob leicht die Augenbraue, blieb aber ansonsten gelassen und hörte sich ihre Ausführungen an. Als sie fertig war, schwieg er eine Zeitlang.

Seine Selbstbeherrschung beruhigte Cassie. Richardson tat immer so, als lasse sich jedes Problem mit ruhigem Nachdenken aus der Welt schaffen. Er reagierte nie ärgerlich, heftig oder mit Groll, wenn man einen Fehler begangen hatte, sondern konzentrierte sich ganz auf die Suche nach einer Lösung.

»Kaum sind Eva und Frazer an Bord, schon gehen die Spekulationen los. Ich glaube kaum, daß Frazer so ungeschickt vorgehen würde, es könnte ihn Kopf und Kragen kosten. Nein, ich glaube nicht, daß er es ist. Und was Ihre Freundin Eva angeht, so widerspräche es allem, was wir über sie wissen. Trotzdem würde ich ihr nicht über den Weg trauen. Ich gebe zu, wir sind alle daran interessiert, daß der Kurs der Aktie fällt. Und Frazer oder Eva hätten allen Grund, es zu versuchen, wenn sie tatsächlich glauben, sie kämen damit durch.«

»Vielleicht hält sich Frazer für unverletzlich, weil niemand auf die Idee kommen könnte, daß er so leichtfertig seinen Ruf aufs Spiel setzt. Also müssen wir ihn alle für unschuldig halten.«

»Das ist durchaus möglich.« Er machte eine Pause. »Haben Sie eigentlich mit Aubrey Goldstein gesprochen?«

»Ja, ich habe mit ihm zu Mittag gegessen. Es war sehr hilfreich.«

»Das dachte ich mir.« Richardson sah sie an, als wartete er auf etwas.
Cassie dachte rasch nach. »Als wir uns verabschiedeten, fragte er mich, wo sich die Mine befindet.«
»Und Sie haben es ihm gesagt.«
»Ich sagte, in Vietnam, aber Genius ist nicht die einzige Mine dort. Ich dachte mir nichts dabei. Mist! John, es tut mir leid, wenn ich es vermasselt habe. Ich dachte, man könne ihm trauen. Ansonsten war ich vorsichtig, bis auf diesen einen Ausrutscher.«
»Den er Ihnen aus der Nase gezogen hat.«
»Sie glauben doch nicht, daß er dahintersteckt, oder?«
Richardson überraschte sie mit einem Lächeln. »Er ist nur ein weiterer Kandidat auf der Liste unserer Verdächtigen. Wir können niemanden ausschließen, nicht?«
»Und was ist mit Case Reed?« Cassie lachte ihm fröhlich ins Gesicht.
»Was haben Sie vor?« fragte sie schnell. »Werden Sie mit Goldstein und Frazer reden?«
Goldstein konnte schweigen wie ein Grab, und Frazer war aalglatt. Eine Konfrontation würde gar nichts bringen.
»Lassen Sie mich drüber nachdenken.«
Eine halbe Stunde später griff Richardson zum Telefon.
»Peter? John am Apparat. Entschuldige den Überfall, aber könnte ich auf ein paar Minuten vorbeikommen? Am besten jetzt gleich. Gut. Danke.« Er legte auf und verließ das Büro. Nur ein paar hundert Meter trennten ihn von einem großen Gebäude in der Savile Row, Sitz einer der größten Detekteien der Welt. Er nannte der Empfangsdame seinen Namen und nahm dann den Aufzug zum fünften Stock, wo der leitende Direktor der Detektei, sein Freund Peter Bawden, ihn erwartete.
Bawden begrüßte ihn mit Handschlag. »Kaffee?«
»Ja, gern.«
Richardson wartete, bis man den Kaffee brachte. Er nahm ei-

nen Schluck und stellte die Tasse vorsichtig wieder auf den Tisch.

»Ich bin wegen eines Auftrags hier. Ich brauche einen Bericht, und zwar eilig. Leider kann ich mir den Luxus des Wartens nicht leisten. Wegen der Vollständigkeit der Daten brauchst du dir keine Sorgen zu machen. Die würden sowieso nicht viel hergeben, auch wenn du die Zeit für längere Recherchen hättest. Wenn die fragliche Person etwas zu verbergen hat, wird man eh nicht so leicht drankommen.«

»Was genau brauchst du also?«

»Deine Meinung. Gespür oder Hypothesen. Sämtliche Fakten oder Gerüchte, die du findest.«

»Ist das denn genug?«

»Es muß reichen.«

»Klingt ganz danach, als ob du dir schon eine Meinung gebildet hättest.«

»Nein, habe ich nicht. Es ist etwas passiert, das mich sehr beunruhigt. Es hat das Image beschädigt, das dieser Mann für mich hatte. Ich habe so ein Gefühl, eine bestimmte Ahnung.« Er winkte ab. »Ach, wahrscheinlich höre ich mich an wie Cassie Stewart mit ihrer Intuition.«

»Meistens liegt sie richtig, oder? Was hat sie für ein Gefühl?«

»Ich habe sie nicht gefragt, aber in letzter Zeit benimmt sie sich sonderbar. Ich habe das Gefühl, daß sie mir was verschweigt.«

»Um wen handelt es sich, John?«

Richardson seufzte.

»Robie Frazer.«

Bawden schwieg. Er nahm einen Schluck Kaffee und beobachtete Richardson. Die beiden Männer waren alte Freunde. Sie waren zusammen auf der Universität gewesen, und Bawdens Firma arbeitete oft für Case Reed.

»Am besten sagst du mir, wo das Problem liegt. Wenn es um Robie Frazer geht, muß ich schon Näheres wissen.«

»Nimmst du den Auftrag an?«

Bawden überlegte kurz. »Ja.«

Wenige Minuten später kehrte Richardson zu Case Reed zurück. Er wirkte seltsam ruhig. Mit gesenktem Kopf und gedankenverloren betrat er sein Büro. Cassie wäre ihm am liebsten gefolgt, um mit ihm zu sprechen, aber ihre angeborene Zurückhaltung hielt sie davon ab.
Statt dessen ging sie in das benachbarte Café und holte sich ihren dritten Espresso an diesem Tag. Sie trank ihn in einem Schluck aus und rief dann Owen Quaid an.
»Owen, geh mit mir zum Lunch oder lad mich zum Abendessen ein. Mach irgend etwas mit mir, ich bitte dich, sonst drehe ich hier durch.«
»Armes Kleines. Was hat denn dein Wachhund heute vor?«
Cassies Gesicht hellte sich auf. »Er murmelte was von Recherchen in der Bibliothek von Kensington. Ich glaube, daß er den Studentinnen nachstellt. Anscheinend wimmelt es dort davon.«
»Was du nicht sagst. Dann hast du ja sturmfreie Bude?«
»Ich glaube, ich sag' meiner Sekretärin, daß ich heute was länger zum Essen bleibe.«
»Bis gleich, Liebling.«

Cassie nahm sich ein Taxi und kam fünf Minuten vor Quaid zu Hause an. Sie machte ihm auf, zog ihn in die Diele und küßte ihn. Er zog sie an sich, bis sie den Saum seiner Jeans durch ihren dünnen Seidenrock spürte und die Konturen seines Körpers so deutlich wie Braille-Schrift. Er küßte sie leidenschaftlich, und sie erwiderte seinen Kuß. Sie reagierte immer, fing aber nie von sich aus an. Sie wollte nie etwas, nur das, was er ihr freiwillig gab.
Er umklammerte ihre Arme und sah sie an, während er sie küßte. Ihre Augen flackerten auf und zu. Sie sah aus wie eine Katze und war wahrscheinlich genauso launenhaft, aber jetzt war er da. Er führte sie nach oben in ihr Bett. Als er sie hinlegte, spürte er, daß sie ihn beobachtete. Offene Augen, warme Augen, die nur auf ihn gerichtet waren. Was dachte sie? Versteckte sie wie er ihre Bedürfnisse und ihre Liebe hinter Lachen? Wenn

sie zusammenwaren, erschien ihm alles leicht und fröhlich, als hätten sie ein stillschweigendes Abkommen. Er fragte sich, ob dieses Gefühl natürlich war oder nur Schutz vor Schmerz widerspiegelte. Einfach lachen und nichts suchen als Lust und Freude. Er zog sie aus, wie immer verzaubert von ihrem blassen Körper, und alle Gedanken verwandelten sich in Verlangen.

Eine Stunde später saßen sie mit einer gekühlten Flasche Chablis im Garten. Ihre Kehle war wie ausgetrocknet. Nesta und die Katzen saßen friedlich zu ihren Füßen und genossen die warme Mittagssonne.

»Hör mal, Liebling, du hast dich heute morgen am Telefon nicht besonders gut angehört, und so gern ich es hätte, weiß ich doch, daß es nicht war, weil du mich vermißt.«

»Ich habe dich vermißt. Ich fühle mich nicht wohl, wenn ich dich nicht sehe.« Ihre Augen schienen stets ein wenig spöttisch, wenn sie über Gefühle sprach. »Aber du hast recht. Es gibt noch etwas anderes.« Sie erzählte ihm von dem Baissemanöver. »Ich mag es nicht, wenn die Dinge außer Kontrolle geraten.«

»Hast du schon mit Eva und Frazer gesprochen?«

»Ja. Aber ich glaube nicht, daß sie was damit zu tun haben.«

»Hmm.« Quaid runzelte die Stirn. Cassie sah ihn fragend an.

»Owen, du weißt etwas, über diesen Deal, Eva oder Frazer, das du mir verschweigst. Wahrscheinlich hast du einen guten Grund dafür und ich nicht das geringste Recht zu fragen, aber ich kann nicht ruhig neben dir sitzen und wissen, daß du mir etwas Wichtiges verschweigst. Also, erzählst du es mir? Egal was es ist.«

Quaid nahm eine Zigarette aus der Packung und zündete sie an. Nachdenklich blies er den Rauch an Cassies Kopf vorbei.

»Ach, Cass, du wirst langsam unausstehlich. Neugier und Intuition sind eine feine Sache, aber machmal ist es besser, schlafende Hunde nicht zu wecken. Man muß nicht immer alles wissen.«

»Tut mir leid. Wenn man einmal angefangen hat, dann läßt es einen nicht mehr los.«

»Ich weiß. Professionelles Mißtrauen. Ich muß dich wohl angesteckt haben.«
»Schon möglich. Also, wirst du es mir jetzt verraten?«
»Das darf ich nicht, Cass. Ich verstoße ohnehin schon gegen sämtliche Regeln. Das ist kein nettes kleines Gesellschaftsspiel. Die Folgen werden schwerwiegender sein, als du dir vorstellen kannst. Du mischst dich hier in etwas ein, von dem du wirklich die Finger lassen solltest.« Seine Stimme war ärgerlich geworden, doch jetzt, als hätte er resigniert, klang sie wieder sanfter. »Aber wenn du drauf bestehst, werde ich es dir sagen. Ich habe es dir nur verschwiegen, weil ich dich schützen wollte.« Daß er jetzt auch Paul Black und sich selbst gefährdete, sagte er ihr nicht.
»Mein Gott, Owen. Das klingt alles so melodramatisch. Entweder wirst du mich zum Lachen bringen oder zu Tode erschrecken.« Sie beugte sich vor und strich ihm über die Wange.
»Ich weiß, daß ich schwierig und anstrengend sein kann. Aber du kannst dich auf mich verlassen, wenn du mir etwas anvertraust. Dieser Deal macht mir Sorgen, vor allem nach den Spekulationen an der Börse. Irgendwas stinkt zum Himmel, nicht nur die Sache mit den Spekulationen. Ich weiß noch nicht, was es ist. Vielleicht geht meine Vorstellungskraft diesmal wirklich mit mir durch. Aber ich werde das Gefühl nicht los, daß sich hinter dem Diamantendeal noch was anderes verbirgt. Ich sehe einzelne Umrisse, aber ich kann mir noch kein Bild daraus machen.«
Sie sprach immer schneller, noch während sich ihre Gedanken formten und sie undeutliche Ahnungen in Worte zu fassen versuchte.
Quaid drückte ihre Hand. »He, ganz ruhig. Erzähl mir alles, aber langsam, eins nach dem anderen. Egal wie komisch es klingen mag.«
»Da gibt es nicht mehr, als ich dir bereits gesagt habe. Das ist es doch. Nur eine Ansammlung von Hirngespinsten, die mir im

Kopf herumschwirren. Und ein unangenehmes Gefühl, als tappe man im dunkeln. Ich hasse das.«

»Okay. Ich werde dir sagen, was ich weiß. Ich kann dir nicht auf alle Fragen eine Antwort geben, aber ich werde einiges klären. Der Grund, warum ich so gezögert habe, war, daß kurz bevor du mich angerufen hast Robie Frazer mir den Auftrag erteilt hatte, Eva, John Richardson und dich zu durchleuchten.«

»Mich? Warum zum Teufel mich? Oder Richardson?«

»Warum nicht? Es ist doch völlig normal, daß man seine Geschäftspartner unter die Lupe nimmt. Daß man für ein angesehenes Unternehmen arbeitet, heißt noch lange nicht, daß man deshalb auch über alle Zweifel erhaben ist. Manchmal dient es nur als eine gute Tarnung, um das, was faul ist, zu verstecken.«

Cassie kochte vor Wut.

Quaid fuhr fort. »Als mich Frazer bat, dich unter die Lupe zu nehmen, blieb mir keine andere Wahl. Ich hätte ablehnen können, aber er ist einer unserer wichtigsten Kunden und hat es nicht gern, wenn man ihn abweist. Außerdem wollte ich das Ganze unter Kontrolle behalten. Hätte ich abgelehnt, hätte er einen anderen damit beauftragt, dich zu durchleuchten. Ich weiß, daß es eine Vergewaltigung ist. Ich wußte, wie wütend du darüber sein würdest. Aber wenn dich schon jemand durchleuchten sollte, dann wollte ich es sein.«

»Ich weiß nicht, ob mir nicht ein Fremder lieber gewesen wäre. Daß dein Liebhaber auch all deine Geheimnisse kennt, ist wirklich ein Alptraum.«

»Nicht, wenn man nichts zu verbergen hat.«

»Mein Gott, Owen! Jeder hat Geheimnisse.« Cassie machte eine Pause und fragte dann gleichmütig: »Und? Was hast du über mich herausgefunden? Was hast du Frazer erzählt?«

»Nicht viel. Daß es nichts Verdächtiges gab, nichts, was dich kompromittieren könnte, keine schlüpfrigen Geheimnisse.«

»Das ist alles?«

»Ja.«

Sie lachte, wie ihm schien, fast erleichtert auf. »Mein Gott, ich muß ja furchtbar langweilig sein.«
»Leichen im Keller sind faszinierend nur für Leute, die keine haben. Sie besagen nur, daß man ein Risiko eingegangen und damit auf die Nase gefallen ist. Du bist welche eingegangen und hattest Glück. Das ist der kleine Unterschied.«
»Danke, Owen. So kann man es auch sehen. Ich habe mir zum Glück immer die richtigen Risiken rausgepickt. Ich habe einfach Glück gehabt, das Risiko war nie besonders hoch. So ist es. Es gibt nichts daran zu beschönigen.«
»Dann sieh es so, Cass. Jedenfalls war Frazer mit dem positiven Bericht über dich und Richardson zufrieden, nicht aber mit dem über Eva. Er wollte einfach nicht glauben, daß sie nichts zu verbergen hatte. Und da du Richardson nichts über ihre Heroinabhängigkeit erzählt hast, konnte ich Frazer auch nichts sagen. Ohne diesen Makel steht Eva ziemlich clean da. Ein unkonventionelles Leben, aber nichts wirklich Verdächtiges. Frazer hat es mir nicht abgenommen. Er hat eine Affäre mit ihr, vielleicht hat ihn das besonders mißtrauisch gemacht.«
»Wie bitte? Die beiden haben eine Affäre?«
»Überrascht dich das?«
»Nein«, sagte sie langsam. »Ich kann es verstehen.«
»Ja, das glaube ich, aber überlaß Frazer ihr.«
»Wieso sagst du das?«
»Warum wohl? Aus Eifersucht.« Hastig fuhr Quaid fort: »Frazer war also davon überzeugt, daß bei Eva mehr zu holen ist. Er beauftragte mich, sie rund um die Uhr beschatten zu lassen, um zu sehen, was dabei rauskommt.«
»Und was kommt dabei raus?«
»Ein höchst interessanter Fall.«
»Warum? Was hat sie gemacht?«
»Na ja, es geht weniger drum, was sie macht, obwohl das allein schon interessant ist, sondern wie sie es macht.«
»Könntest du dich ein bißchen genauer ausdrücken?«
»Okay, ganz genau. Um sechs Uhr dreißig gestern morgen

stand sie auf und joggte etwa eine Stunde im Battersea Park. Danach war sie bis acht Uhr dreißig zu Hause. Dann taucht sie in eleganter Aufmachung wieder auf, geht zu einer Patisserie in der King's Road, setzt sich an einen Tisch draußen, bestellt zwei Stücke Kuchen, Orangensaft und zwei Cappuccinos. Dann eine Stunde bei Case Reed. Anschließend verbringt sie eine Stunde in einem Park am Hanover Square, geht in der Bond Street einkaufen und ißt mit Frazer im Savoy Grill zu Mittag. Nach ein paar Stunden zu Hause fährt sie zu einem Judo-Club in der Fulham Road. Dort trainiert sie anderthalb Stunden, und zwar hart.«

»Wie hart?«

»Na, sagen wir's so: Sie könnte mich jederzeit aufs Kreuz legen.«

»Oh Gott! Und dann?«

»Dann geht sie wieder für ein paar Stunden nach Haus. Als nächstes kommst du an, man sieht dir an, daß du ziemlich daneben bist. Du gehst, und etwa eine halbe Stunde später fährt Eva ziemlich aufgedonnert zu einem Privatclub in Mayfair. Wir konnten nicht feststellen, wen sie dort traf, weil wir nicht reinkamen. Aber nach ein paar Stunden verläßt sie das Lokal und fährt zu Frazer, wo sie die ganze Nacht verbringt.«

Quaid wartete, daß Cassie etwas sagte.

»Es ist unglaublich, was sie alles macht. Eine Stunde völlig für sich und die nächste voller Leute. Jedesmal taucht sie in einer anderen Verkleidung auf, und immer ist es eine Überraschung. Teilweise ist ihr Leben geradezu spartanisch – Joggen, Judo, im Park sitzen. Andererseits frühstückt sie ausgiebig, diniert im Savoy, geht teuer einkaufen, besucht Privatclubs und schläft mit Frazer. So viele verschiedene Seiten.«

»Ich weiß. Es ist schon erstaunlich. Und alles, was sie tut, ist elegant und ruhig. Als spielte sie eine Rolle.«

»Vielleicht ist es ja eine. Vielleicht war ihr bewußt, daß sie beschattet wurde.«

»Glaube ich nicht. Sie hat sich nichts anmerken lassen.«

»Das würde sie auch nicht, wenn sie gut wäre.«
»Was willst du damit sagen?« fragte Quaid scharf.
»Keine Ahnung. Nichts Bestimmtes.«
»Natürlich ist es was Bestimmtes. Also raus damit. Von mir verlangst du, daß ich dir alles sage, und du machst dicht, wenn es dir paßt.«
»Ich habe nur einen Verdacht, ich weiß gar nichts.«
Er wartete hartnäckig.
»Na gut, aber lach nicht, wenn es sich anhört wie Spinnerei.« Sie versuchte, unbeschwert zu klingen, aber ihr war nicht nach Scherzen zumute.
»Vor ein paar Tagen habe ich mich mit einem Diamantenexperten unterhalten. Einem Freund von Richardson. Wie auch immer, erst hat er mir ein paar Tips gegeben, das offizielle Bild, wie er sagte, und dann so was wie eine verdeckte Warnung.«
»Was meinst du?«
»Das weiß ich selbst nicht so genau. Er fing an, über die dunklen Seiten des Diamantengeschäfts zu reden. Er sagte, manche Leute benutzten Diamanten nur als Tarnung.«
»Wer denn zum Beipiel?«
»Die Nachrichtendienste.«
Beide schwiegen eine Zeitlang. Schließlich fragte Quaid: »Und wo siehst du eine Verbindung?«
»Das weiß ich nicht. Ich frage mich die ganze Zeit, ob Eva was mit dem Geheimdienst zu tun hat.«
»Warum sollte sie?«
Cassie antwortete nicht sofort. Sie hätte ihm von Andrew Stormont und ihrem Verdacht erzählen sollen, beschloß jedoch, darüber lieber den Mund zu halten. Statt dessen konzentrierte sie sich auf Eva.
»Eva sagt uns nicht die ganze Wahrheit. So ein Gefühl habe ich. Irgendwie paßt das alles nicht so recht zusammen. Sie geht acht Jahre nach Asien, führt ein Hippieleben, wird heroinabhängig, findet dann diese Diamantenmine und krempelt ihr ganzes Leben um.«

»So außergewöhnlich ist es nicht. Es paßt nur nicht in deine konventionelle Welt. Ich finde es nicht so abwegig.«
»Ich weiß. Ich will sie ja auch gar nicht verurteilen. Und was das Unkonventionelle angeht, das ist mir völlig egal.« Sie schwieg eine Weile. »Da ist noch Frazer. Ob er was mit dem Geheimdienst zu tun hat?«
Quaid lachte. »Der bestimmt nicht.«
»Warum nicht? Kannst du mir das vielleicht sagen?«
»Frazer interessiert sich nur für Geld und Nervenkitzel, am besten beides zusammen. Er ist absolut unmoralisch und würde sich niemals für irgendwas engagieren. Manchmal nutzen die Geheimdienste so was aus, aber nicht in Frazers Fall. Man kann ihm einfach nicht trauen.«
Cassie stellte ihr Glas auf den Tisch und starrte Quaid an. »Moment mal. Reden wir eigentlich über denselben Robie Frazer? Er soll ...«
»Wach auf, Cass. Vergiß das! Wie kann man deiner Meinung nach in so kurzer Zeit und so unsichtbar wie er eine Milliarde Dollar machen?«
»Was hat er gemacht? Wie hat er sein Geld verdient?«
»Was glaubst du, warum er mich beauftragt hat, Richardson, Eva und dich zu durchleuchten?«
»Sag's mir.«
»Ganz einfach. Weil er was zu verbergen hat und sicher sein will, daß seine potentiellen Geschäftspartner wirklich nur das sind und nichts anderes«, sagte er und wechselte schnell den Ton: »Was versprichst du dir von diesem Deal mit Eva und ihm?«
Sein kalter Pragmatismus überraschte sie. »Nun, wahrscheinlich Geld verdienen. Ich interessiere mich für das Projekt, die Diamanten in Vietnam und natürlich vor allem für das Geld, ich gebe es zu.«
»Dann konzentriere dich darauf. Denk nicht an Frazer oder Eva. Denk nicht daran, was sie vielleicht getan haben oder noch tun werden. Wenn du weitermachen willst mit dem Deal, und

ich sehe nicht, wie man dich zu diesem Zeitpunkt noch davon abbringen könnte, dann konzentriere dich einzig und allein auf das Geld. Frazer wäre nicht dabei, wenn er nicht längst Geld gewittert hätte. Du hast also die besten Voraussetzungen, um welches zu machen. Sieh zu, daß du dein Schäfchen ins trockene bringst, und dann spring sofort wieder ab. Hast du verstanden?«
»Was könnte Frazer noch für Gründe haben, mitzumachen?«
»Wer weiß, was in Frazers Kopf vorgeht. Bei ihm ist nichts vorhersehbar.« Quaid verfiel in Schweigen. Cassie sah an ihm vorbei, während ihr alle möglichen Gedanken durch den Kopf schossen.
»Ich frage mich, was für ein Interesse der Geheimdienst an einem solchen Deal haben könnte?« meinte sie plötzlich.
»Wer weiß? Gar keinen. Vielleicht sind das alles deine Hirngespinste. Aber wenn der Geheimdienst, aus welchem Grund auch immer, mitmischt, darfst du dir keine Illusionen machen. Die werden ihr Ding durchziehen, ohne Rücksicht auf Verluste. Wenn du irgendwas siehst, was dir komisch vorkommt, nimm die Beine in die Hand und lauf los. Aber bis dahin laß dir deinen Verdacht um Gottes willen nicht anmerken, tu so, als hättest du keine Ahnung. Und wenn du das Geld hast, das dir vorschwebt, steig so schnell wie möglich aus dem Ganzen aus. Versprichst du mir das?«
Sie hielt seinem Blick stand. Er konnte sehen, wie es in ihr arbeitete, doch sie sagte nichts.

Cassie verabschiedete sich von Quaid und fuhr zurück ins Büro. Ihre Bewegungen waren bewußt, die Gedanken dagegen nahmen eigene Wege. Sie hatte das Gefühl, im Nebel gefangen zu sein, als müsse sie sich einen Weg ertasten, ohne ihn zu sehen. Sie schaltete ihren Bildschirm ein. Der Kurs der Genius-Aktie lag immer noch bei zwei Dollar. Sie rief Brimton an.
»Gibt es irgendwas Neues?«
»Nein. Nur immer wieder neue Versionen desselben Gerüchts,

aber das bewirkt auch nichts mehr. Die Aktie liegt wie Blei bei zwei Dollar.«

»Gut, dann kaufe ich jetzt den Rest meines Postens. Wie ist der Preis für neunundachtzigtausend Anteile? Tut mir leid, daß es so eine ungerade Zahl ist, aber ich darf nicht mehr als fünf Prozent erstehen.«

»Was zum Teufel machen Sie, Cass? Als Ihr Broker wickle ich nicht nur Ihre Geschäfte ab, sondern muß Sie auch warnen.«

»Klar müssen Sie das. Und mein Entschluß steht fest. Machen Sie mir einen Preis, Sam.«

»Ich hoffe, Sie wissen, was Sie tun. Nicht, daß Sie es später bereuen.«

»Lassen Sie das meine Sorge sein.«

»Sie können mit Ihrem Geld machen, was Sie wollen. Zweieinhalb.«

»Abgemacht. Ich kaufe neunundachtzigtausend zu zweieinhalb.«

Sie wußte, daß sie einen weit höheren Preis zahlen mußte als den auf dem Bildschirm notierten, um einen derart großen Posten zu kaufen, aber zweieinhalb war immer noch sehr niedrig im Vergleich zu den sechs Dollar, die sie ursprünglich veranschlagt hatte. Nach dem Baissemanöver hatte sich die Situation schlagartig verändert. Dennoch wurde sie das Gefühl nicht los, daß das nur eine Tarnung war, die von etwas anderem ablenken sollte. Lächelnd legte sie den Hörer auf. Die Gewinnaussichten waren größer als vorher – aber das Risiko auch.

35

Eva und Frazer hatten gerade zu Ende gegessen und lasen im Wohnzimmer die Zeitung, als Margaret hereinkam.

»Jemand möchte Sie sprechen.«

Frazer, der halb auf dem Sofa lag, stand auf und folgte ihr schweigend. Eva sah ihm nach, als er das Zimmer verließ und die Tür hinter sich schloß. Sie hörte leise murmelnde Stimmen. Eine weitere Tür fiel ins Schloß, dann war Ruhe.

Le Mai wartete in Frazers Arbeitszimmer. Er beobachtete, wie der Taipan hereinkam und sich setzte.

»Was gibt es denn?« fragte Frazer.

»Ich bin mir nicht sicher. Es ist lange her, und Menschen verändern sich. Aber wenn ich recht habe, dann stehen wir vor einem Problem. Besser gesagt, du stehst vor einem Problem.«

»Was für ein Problem? Wo? Sprich nicht in Rätseln, Le Mai.«

»Hier in London.«

Frazer hörte schweigend zu, während ihm Le Mai von seinem Verdacht berichtete. Der Ärger zeigte sich nur in seinen Augen und daran, wie er sofort alle Gefühle einstellte, bis nur eisige Kälte übrigblieb. Schließlich stand er auf und kehrte ins Wohnzimmer zurück.

Eva blickte auf, als er eintrat. Sie sah, wie er sie anstarrte und anschließend den Blick abwandte. Er setzte sich wieder aufs Sofa, schlug die Zeitung auf und las. Sie sah, wie seine Augen über die Zeilen flogen, und wußte, daß er nichts aufnahm. Seine einstudierte Gleichgültigkeit konnte nicht im entferntesten die Wut verbergen, die mit ihm in den Raum gekommen war. Eva spürte sie wie die Hitze eines Feuer. Sie tat es ihm nach und blätterte in der Zeitung. Gleichzeitig betete sie, daß ihre Angst im Gegensatz zu seinem Ärger nicht zu erkennen war. Die Anstrengung, mit einem zufriedenen Lächeln auf dem Sofa zu liegen, brachte sie fast ins Schwitzen. Sie zwang ihre Haut, sich abzukühlen, und atmete langsam, tief und geräuschlos. Aus den Augenwinkeln sah sie, wie er plötzlich aufstand und auf sie zukam. Er griff nach ihrem nackten Arm und zerrte sie hoch. Die Berührung brannte wie Feuer.

»Wie wär's mit einem kleinen Ausflug?«

Sie legte die Zeitung weg.

»Kommt darauf an, wohin es gehen soll und mit wem.«

»Hongkong, heute nachmittag, mit mir.«

»Warum denn das?«

»Weil ich dort Geschäfte habe und zu lange weg war. Ich dachte, wir könnten einen Abstecher nach Vietnam machen und uns deine Mine anschauen.«

Wieder ein Wendepunkt, wieder ein falscher Schritt, den sie machen würde, und sie wußte es.

»Na gut. Ich komme mit. Gib mir eine Stunde zum Packen. Ich treffe dich hier.«

»Keine Zeit. Wenn wir sofort losfahren, erreichen wir noch den Nachmittagsflieger. Wir können alles, was du brauchst, in Hongkong kaufen. Wir fahren auf dem Weg nach Heathrow bei dir vorbei, damit du deinen Paß holen kannst.«

Sie würde also niemandem sagen können, daß sie nach Hongkong flog. Sie dachte an Stormonts Warnung. Schneller, als sie glaubten, hatte sie sich bewahrheitet. Eva versuchte, ihre Stimme zu beherrschen, trotz der Gefahr, die sie deutlich sah.

»Ich brauche eine Menge Sachen, Frazer. Ich hoffe, deine Kreditkarte kann mithalten.«

»Oh, das laß nur meine Sorge sein.«

Er rief nach Margaret.

»Wir fliegen nach Hongkong.«

»Ich glaube, ich rufe lieber Cassie an«, sagte Eva. »Sie ist schon durchgedreht genug wegen des Baissemanövers. Wenn wir jetzt

auch noch verschwinden, kriegt sie einen Anfall. Du solltest auch mit ihr reden.« Sie hielt inne. »Übrigens, was wollen wir ihr sagen? Ich meine, wenn wir beide plötzlich zusammen verreisen. Sie wird es komisch finden.«
Frazer trat ans Fenster und blickte in den Garten.
»Was kümmert es uns, was sie findet?«
Eva ging auf ihn zu, so daß sie ihn fast berührte.
»Mich kümmert es. Ich versuche, Geld von ihr zu bekommen. Ich kann es mir nicht leisten, sie vor den Kopf zu stoßen.«
»Du versuchst auch, von mir Geld zu bekommen. Wozu brauchst du sie noch?«
»Ich finde, das liegt auf der Hand. Sie hat mich mit dir zusammengeführt. Ich bin ihr gegenüber zu einer gewissen Loyalität verpflichtet, denn ich hätte nicht gewußt, wie man einen solchen Deal einfädelt. Also brauchte ich die Hilfe einer erfahrenen Handelsbank.«
»Aber jetzt brauchst du sie nicht mehr, oder? Was, wenn ich dir zusage, daß ich dein ganzes Projekt finanziere, und dafür sorge, daß sich meine Banker darum kümmern?«
»Nennt man das nicht einen Interessenkonflikt, Robie? Findest du nicht, daß ich mich auch vor dir ein wenig absichern sollte?«
Einen Augenblick lang sahen sie sich schweigend in die Augen. Frazer wandte sich ab.
»Dann ruf deine Schutzengel an, wenn du meinst, daß es die Mühe wert ist.«
Eva wählte Cassies Nummer. Frazer trat einen Schritt vor und schaltete den Lautsprecher an. Eva wartete ungeduldig.
»Cass, ich bin's, Eva. Hör zu, Frazer und ich fliegen nach Vietnam, um die Mine zu besichtigen. Ich glaube, er will sich vergewissern, daß sie existiert.«
Es folgte eine kurze Pause, dann antwortete Cassie scharf: »Und wann wollt ihr fliegen?«
»Ähm, heute nachmittag, nach Hongkong.«
»Und wann nach Vietnam?«

»Vietnam?« Eva warf Frazer einen Blick zu. »Morgen wahrscheinlich.«
»Das klingt aber nicht besonders überzeugend.«
»Ich hab' keine Ahnung, wann es Flüge gibt. Ich ruf' dich an, wenn wir da sind.«
»Was zum Teufel hast du vor, Eva? Wir versuchen, einen Deal durchzuziehen. Es gibt Dinge, über die wir reden müssen, unter anderem dieses Baissemanöver. Muß es unbedingt jetzt sein?«
»Frazer will sich die Mine ansehen. Das ist sein gutes Recht, oder?« Evas Stimme wurde weicher. »Ich mache dir nicht absichtlich Probleme, Cass.«
Cassie antwortete erst nach einigem Zögern, und dann klang ihre Stimme leicht verwirrt.
»Ich dir auch nicht. Ich verstehe, daß Frazer die Mine sehen will. Aber das kommt alles ein bißchen plötzlich. Wir sind doch jetzt Partner, wir alle. Dann rennt man nicht einfach davon, ohne mit den anderen gesprochen zu haben.«
Jetzt mischte sich Frazer ein.
»Hier ist Robie Frazer, Cassie. Hören Sie, ich mache auf der ganzen Welt Geschäfte. Sie erwarten doch nicht von mir, daß ich Sie jedesmal um Erlaubnis bitte, wenn ich verreisen will, oder?«
»Ihre anderen Geschäfte interessieren mich nicht, Robie, nur dieses eine, das wir gemeinsam führen wollen. Wir haben ein ernstes Problem mit diesem Baissemanöver. Ich will keine weiteren bösen Überraschungen mehr erleben, sonst lasse ich den Deal platzen.«
»Dann kann es eigentlich nur gut sein, daß ich mir diese Mine ansehen will. Es dient auch Ihrer Beruhigung. Übrigens, gibt es was Neues über das Baissemanöver?«
»Nein, nichts. Die Story macht immer noch die Runde. Wir können die Dinge vorerst so weiterlaufen lassen, solange wir davon profitieren. Aber irgendwann muß der Trend wieder nach oben zeigen. Vergessen Sie nicht, daß wir momentan in den roten Zahlen stecken. Ich habe Anteile erstanden, ehe der

Kurs fiel. Ich gehe davon aus, daß Ihnen dasselbe passiert ist. Es geht nicht um die Höhe der Verluste, sondern ums Prinzip. Ich habe keine Lust, mich verschaukeln zu lassen. Ich mag es nicht, und ich nehme an, Sie auch nicht.«

»Ich kann mir was Lustigeres vorstellen.«

Cassie ignorierte ihn. »Hör mal, Eva, wenn es nicht anders geht, dann halte mich wenigstens auf dem laufenden. Ruf mich bitte an, egal wo du bist.«

Ohne es zu wissen, hatte Cassie ihr einen rettenden Strohhalm zugeworfen. »Ich ruf' dich an, Ehrenwort. Bist du jetzt zufrieden?«

»Nicht ganz.«

Eva und Frazer saßen auf dem Rücksitz des Bentley.

»Wohin?« fragte Frazer.

»Langton Street.« Eva atmete tief und leise durch und verfluchte jeden Meter, den Frazers Wagen sich ihrem Haus näherte.

»Ich komme mit«, erklärte er, als der Wagen vor der Tür bremste. Sie erstarrte und wollte sich schon umdrehen und ihm einen wütenden Blick zuwerfen, doch dann nahm sie mechanisch die Schlüssel aus der Tasche und ging die Treppe hinauf. Sie spürte, wie Frazer hinter ihr stand. Am liebsten hätte sie ihm mit der Hacke gegen das Schienbein getreten. Sie schloß auf.

»Ich hole nur meinen Paß.«

Sie traten ins Wohnzimmer. Frazer sah, wie sie eine Schublade öffnete und den Paß herausnahm. Er blickte sich im Raum um. Von der Kraft ihrer Persönlichkeit in Fleisch und Blut war hier nichts zu spüren. Nur Leere, wie ihre Lebensgeschichte, wie Quaids Berichte.

»Sollen wir?« fragte sie.

Sie verließen das Haus, und Eva schloß die Tür ab. Sie hatte keine Möglichkeit gehabt, Stormont zu benachrichtigen. Sie konnte nur hoffen, daß Cassie es ihm sagen würde, daß sie es irgendwie im Gespräch erwähnte.

Sie saßen vorne in der ersten Klasse. Jetzt, da Frazer sie an Bord hatte, wirkte er völlig uninteressiert. Er las, aß, trank, schlief und sprach gelegentlich mit ihr, gleichgültig, als sei sie sein unfreiwilliges Publikum. Eva merkte, wie sich die Wut in ihr ausbreitete, nicht um ihrer selbst willen, sondern wegen des Mädchens, das hier neben Frazer hätte sitzen können, voller Hoffnung und vollkommen ahnungslos.

36

Als sie in Hongkong landeten, war es dort Mittwoch abend. Frazer schritt durch die Gänge des Flughafens, als hätte ihm der lange Flug nichts ausgemacht. Asiatisches Gemurmel umgab sie, nicht das Wehklagen der Armut, sondern die selbstsicheren Stimmen des Wohlstands und der Ambitionen. Diamanten, Smaragde und Gepäckbänder voller schimmernder Koffer rechts und links.

Eva ging neben Frazer, ein kleines Stück hinter ihm, und beobachtete seinen Gang und die Blicke, die er auf sich zog. Er selbst schien die Aufmerksamkeit gar nicht zu bemerken. Sie spürte auch die Blicke, die ihr galten. Neugier, Feindseligkeit und Neid spiegelten sich darin. Sie war die Konkubine des Taipan, was an seiner Gleichgültigkeit ihr gegenüber deutlich wurde. Und er war der Taipan, er hatte diese Persona angenommen, sobald sie an Bord gingen. In London hatte Frazer noch eine gewisse Zurückhaltung und Humor an den Tag gelegt, hier in Hongkong dagegen fiel die Maske endgültig und offenbarte nur Härte, *noblesse* ohne *oblige*. Eva verachtete ihn und mußte ihren Körper geradezu zwingen, ihm zu folgen.

Sein Fahrer wartete in einem alten, schiefergrauen Rolls-Royce. Sie schlängelten sich durch den Verkehr, überholten andere Rolls-Royce, Mercedes, Porsche und BMW, schimmernde Pferdestärken in einer Konzentration wie sonst nirgendwo auf der Welt.

Eva blickte zu den Hochhäusern auf, die die Straße zu beiden Seiten säumten. Für sie war Hongkong ein fernöstliches Manhattan, nur viel extremer – Armut, Reichtum, das Dröhnen von Stahl auf Stahl, der dumpfe Aufprall der Abrißbirne, wenn

Gebäude abgerissen wurden, damit neue aus dem Boden gestampft werden konnten. Die Dunkelheit war wie ein Vorhang, eine inszenierte Kulisse für die flackernden Neonlichter und statischen Blitzgewitter, die die Spitzen der Wolkenkratzer erleuchteten. Hongkong stand New York in nichts nach. Hier konzentrierte man sich nur auf eins: Geld. Es war so unverwechselbar wie der Gestank nach Verwesung, der vom Hafen kam, oder die Hitze, die sie überwältigte, als sie den klimatisierten Flughafen verlassen mußten, um in den klimatisierten Wagen zu steigen.

Eva warf Frazer, der von ihr abgewandt dasaß und aus dem Fenster schaute, einen Blick zu.

»Wieso nicht im Helikopter?«

»Ich ziehe den Landweg vor. Ich mag die Fahrt vom Flughafen nach Hause. Für mich ist es eine Art von Akklimatisierung.«

Sie folgte seinem Blick über Miethäuser, deren Fenster in einem gespenstischen Neonblau leuchteten, über vierzigstöckige Luxushochhäuser mit Swimming-pool auf dem Dach, und, als sie den Peak hinauffuhren, über die prächtigen Villen, die wie Geburtstagstorten erleuchtet waren. Die ganze Zeit spiegelte sich in den Augen und dem fest zusammengepreßten Kiefer seine Erregung – ein Ausdruck von Hunger und von Bereitschaft.

Sie kamen zu seinem Haus, dem großen weißen Haus, das am Hang klebte, dem Haus, das Stormont aus der Ferne beobachtet hatte. Und sie betrat es jetzt. Eine Haushälterin und ein Butler, beides Hongkong-Chinesen, begrüßten Frazer in der Einfahrt. Er führte Eva hinein.

»Kim wird dir dein Zimmer zeigen.«

Die Frau ging vor und stieg schweigend die gewundene Treppe empor. Eva sah sich um. Marmor, Licht, Kerzenständer, Mahagoni, Teppiche, Gemälde, eine Anhäufung von Reichtum und verschwenderischer asiatischer Pracht. Überall Licht und Blumen. Aber keine Fröhlichkeit.

Am Ende eines Ganges blieb Kim stehen und sagte: »Ihre Räume.«
Durch die offene Tür trat Eva in ein Wohnzimmer mit dunkel glänzendem Holzfußboden, einem Deckenventilator, chinesischen Teppichen, die stellenweise abgetreten waren, Ölgemälden von Blumen, Akten und Gärten. Es war das Zimmer einer Frau, das Boudoir einer Mätresse. Und noch mehr das Schlafzimmer mit seinen kräftigen Farben, ockerfarbenen statt weißen Wänden, einem großen holzgeschnitzten Bett und leeren Schränken.
Eva wirbelte herum, als sie ein Geräusch aus dem Wohnzimmer hörte. In der Tür zum Schlafzimmer tauchte Frazer auf. Beim Anblick seiner Augen wurde ihr schlecht. Diesen Blick hatte sie erwartet. Frazer kam auf sie zu. Er packte sie an den Schultern und warf sie aufs Bett. Mit einer Hand schob er ihr Kleid hoch, mit der anderen faßte er nach ihrer Brust. Sie starrte in seine Augen, die nur Zentimeter von den ihren entfernt waren, und sah Kälte, einen besitzergreifenden Blick, das krankhafte Vergnügen eines kleinen Jungen, einer gefangenen Fliege die Flügel auszureißen.
Eva versuchte, sich von ihm zu befreien. Dann stieß sie ihm mit einer entschlossenen Bewegung das Knie zwischen die Beine. Er fiel zurück und sackte zusammen. Sie stand auf, strich ihr Kleid glatt und wartete, daß er sich erholte. Als er wieder zu Atem gekommen war und einen Schritt auf sie zumachen wollte, holte sie aus und schlug ihm ins Gesicht, nur ein einziges Mal. Der Schlag erschütterte die Stille im Raum.
»Wag es nicht, mich je wieder so anzufassen. Wahrscheinlich ist es eine alte Gewohnheit für dich, eine Art Einführung in das Leben von Hongkong. Mag sein, daß es anderen Frauen gefällt, mir nicht. Hast du verstanden?« Ihre Stimme war ruhig und beherrscht, und ihre Worte enthielten eine Kraft, die sein Verlangen erstickten. Eine Weile blickte er sie nur an, als sehe er sie zum ersten Mal, dann verließ er den Raum.
Eva stand mit dem Rücken zu ihm und wartete auf den Knall

der Tür und darauf, daß sich ihr Atem wieder normalisierte. Aber es war nichts zu hören bis auf das widerhallende Geräusch sich entfernender Schritte. Sie ging durch das Wohnzimmer zur offenen Tür und schlug sie mit einer derartigen Wucht zu, daß der Rahmen erzitterte und sich ein haarfeiner Riß in der Wand bildete.

In dieser Nacht blieb sie sich selbst überlassen. Der Butler brachte ihr ein Tablett mit dem Abendessen. Sie ließ es unangetastet im Wohnzimmer kalt werden.

Eva stand am Schlafzimmerfenster und schaute Richtung Stadt, auf die Fassade der Wolkenkratzer und das Südchinesische Meer dahinter. Sie fragte sich, wieviel diese eine Berührung durch Frazer, in der sich Haß und Erniedrigung paarten, zerstört haben mochte.

Am nächsten Morgen wurde sie durch Klopfen an der Tür geweckt. Sie setzte sich hastig auf und sagte: »Herein.«

Kim trat mit einem Frühstückstablett ein und stellte es auf einen kleinen Tisch neben dem Bett.

»Ned, der Fahrer, erwartet Sie in einer Stunde. Mr. Frazer hat ihm Anweisung gegeben, Sie zum Einkaufen zu fahren. Er sagte, sie bräuchten dringend neue Sachen.« Ihr Blick glitt über Eva, die von der Taille aufwärts unübersehbar nackt war. Frazer als Pygmalion, eine Rolle, die Kim offensichtlich vertraut war.

Eva verschlang ihr Frühstück, Frazers übliche Cholesterinbombe, gefolgt von Mango und Papaya, und dazu wie immer ausgezeichneter Kaffee. Anschließend duschte sie und schlüpfte mit einer Grimasse des Ekels in die Kleider von gestern. Eine Minute vor zehn schritt sie wie geheißen die Treppe hinab in die Halle und trat vor das Haus.

Ein Euroasiate lehnte an einem grünen Aston Martin in der Einfahrt.

»Ned?«

Er nickte.

»Zeit fürs Shopping.«

Sie fuhren den Peak in das Gewimmel des Stadtzentrums hinab. Ned parkte den Wagen in einer Tiefgarage. Dann nahmen sie gemeinsam den Aufzug ins Erdgeschoß.
Draußen in der sengenden Hitze fragte Eva:
»Sie begleiten mich und zahlen für alles, richtig?« Und außerdem sorgst du dafür, daß ich nicht abhaue oder irgendwen anrufe. Sie studierte seine Figur, seinen sehnigen Körper. Gegen ihn hatte sie keine Chance.
»Richtig.«
»Na, dann sollten wir uns aber wenigstens amüsieren.«
Die erste Station war Chanel. Sie kleidete sich völlig neu ein, von den Schuhen bis zur Handtasche, und zog alles sofort an. Die schmutzige Unterwäsche ließ sie in der Umkleidekabine liegen. Als nächstes kaufte sie Badeanzüge, noch ein Kleid, drei Abendkleider bei Valentino, Koffer bei Vuitton, Kosmetika, Jeans, T-Shirts und Laufschuhe von The Gap. Die ganze Zeit wachte Ned über sie und musterte ihre Einkäufe mit mißtrauischen Blicken. Um die Mittagszeit warf Eva einen Blick auf die Uhr.
»Ich habe Hunger. Dürfen Sie mich auch zum Essen ausführen?«
Ned sah verwirrt aus. »Alles, was sie will, hat er gesagt, Mr. Frazer. Er sagte, alles. Und Essen gehört dazu, nicht?«
»Essen gehört auf jeden Fall dazu.« Eva steuerte auf das chinesische Restaurant am Peninsular zu. Das elegante Chanel-Kostüm sorgte dafür, daß sie sofort einen Platz bekam. Ned folgte ihr; sein Appetit war stärker als sein Unbehagen über die ungewohnte Umgebung.
Um halb drei war Eva mit dem Essen fertig.
»Gut. Das war vorzüglich«, sagte sie. »Und jetzt noch eine Runde Shopping.« Ned nickte resigniert. Als Eva vor dem Juwelier Bulgari stehenblieb und dann plötzlich eintrat, kehrte seine Nervosität zurück. Er folgte ihr. Sie bückte sich und flüsterte ihm ins Ohr:
»Wollen wir mal ausprobieren, was die Kreditkarte hergibt?«

Er wirkte allmählich bekümmert. Mit großen Augen beobachtete er, wie sie eine Uhr mit Gold- und Platinarmband und eine dazu passende Halskette, einen Ring und Ohrringe aussuchte. Endlich drehte sie sich zu ihm um.

»Das müßte reichen.«

Der Preis betrug zweihundertneunzigtausend Hongkong-Dollar, etwa neunundzwanzigtausend britische Pfund. Ned trat mit der Kreditkarte vor und reichte sie der Verkäuferin. Eva stützte sich auf die Theke und beobachtete sie gespannt. Die Verkäuferin nahm die Karte lächelnd entgegen und begann mit der üblichen Prozedur. Zu Evas Belustigung ging alles glatt, und sie fragte sich, bis in welche Höhe diese Karte wohl gedeckt war.

Schließlich reichte die Verkäuferin Ned den Zahlungsbeleg, den er mit einem Anflug von Unbehagen unterschrieb. Eva verließ den Laden mit ihren Einkäufen. Sie stellten eine Sicherheit dar, einen kleinen Kapitalfonds, den sie zu Bargeld machen konnte, wenn auch erheblich weniger, als sie gerade bezahlt hatten. Unterwegs hatte sie ein Pfandhaus gesehen und sich gemerkt, wo es lag.

»Und jetzt nach Hause«, sagte sie zu Ned.

Von Frazer gab es keine Spur, als sie nach Hause kamen. Eva sah zu, wie Kim ihre Einkäufe auspackte und aufhängte. Danach zog sie einen der vier neuen Badeanzüge an, warf ein Handtuch über die Schulter und ging durch das Haus auf die Terrasse, wo sich der Swimming-pool befand.

Sie ließ das Handtuch auf die heißen Kacheln fallen und tauchte ins kühle blaue Wasser. Eine Stunde lang schwamm sie ihre Bahnen, bis sich ihr Körper ebenso glatt und seidenweich anfühlte wie das Wasser. Dann streckte sie sich auf dem Handtuch aus. Nach einer halben Stunde drehte sie sich auf den Bauch, um gleichmäßig braun zu werden. Sie genoß den heißen, harten Kachelboden unter sich und die Sonne, die ihre Haut verbrannte.

Um sechs ging sie ins Zimmer und schlief eine Stunde. Danach duschte sie, schlüpfte in ein langes Abendkleid aus mehreren Schichten silberner Seide und legte den neuen Schmuck an.
Um acht saß sie auf dem Bett und wartete.
Minuten später hörte sie das Quietschen der Wohnzimmertür und das Knarren des Holzfußbodens. Frazer.
Eva stand langsam auf und ging auf ihn zu. Sie blieb vor ihm stehen und ließ sich von ihm ansehen. Ihre Augen lächelten, als sein Blick über ihren Körper und ihr Gesicht glitt. Sie konnte sehen, wie beeindruckt er von ihrer Schönheit war. Sie küßte ihn auf die Wange.
»Danke für alles.«
»Sind wir jetzt quitt?«
Je mehr er ausgab, um so weniger würde sie ihm vergeben müssen. Sie hatte die Gleichung erkannt.
»Ja, wir sind quitt.«
Er nahm ihren Arm, seine Finger lagen leicht auf ihrer bloßen Haut.
»Komm, wir nehmen unten einen Drink.«
Sie tranken im Wohnzimmer Champagner und unterhielten sich über irgendwelche Belanglosigkeiten. Dennoch spürte Eva die Spannung. Kim kündigte das Abendessen an. Frazer stand auf und ging vor durch die Halle. Auf dem Weg ins Eßzimmer kam ein Mann aus einem Nebenzimmer. Sein Blick fiel direkt auf Eva und blieb an ihr hängen. Frazer wandte sich Eva zu. Ihr Gesicht war starr wie eine Maske.
»Ich glaube nicht, daß du Le Mai schon kennengelernt hast. Le Mai, das ist Eva Cunningham.«
Le Mai trat einen Schritt vor und reichte ihr die Hand. In ihren hochhackigen Schuhen war sie einen Kopf größer als er. Sie zog die Hand zurück und sah auf ihn herab, als sei jede Bewegung in seine Richtung Energieverschwendung. Dann warf sie Frazer einen gelangweilten Blick zu; sie hatte keine Lust, weiter hier rumzustehen und zu warten. Die hohen Absätze fühlten sich an wie Stelzen, die sie zu Fall zu bringen drohten.

Frazer sagte: »Gute Nacht, Le Mai.«
Zögernd wandte Le Mai den Blick von ihr ab, wünschte Frazer eine gute Nacht und ging die Treppe hinauf.

Das ganze Abendessen lang hielt sie ihre Rolle durch. Sie redete, lächelte und aß, als sei nichts gewesen. Sie kämpfte mit allen Mitteln darum, die Angst aus ihren Augen fernzuhalten. Sie sah auf ihre Kleider hinab. Sie strich über die Seide, erinnerte sich an Lumpen, an einen zerschundenen Körper. Sie erkannte sich wieder, aber sie erlebte die Verwandlung auch Tag für Tag an sich selbst. Die Süchtige und die große Dame. Vorher und nachher. Würde Le Mai diese Verbindung auch ziehen?
Um halb elf stand Frazer auf.
»Ein Drink in der Bibliothek?«
»Ja, gerne.«
Frazer ließ sie vorgehen.
»Mein Lippenstift«, sagte Eva und lächelte ihm über die Schulter hinweg zu, während sie die Treppe hinauflief. Er nickte und ging weiter zur Bibliothek.
Eva stand vor dem Spiegel im Badezimmer und starrte auf ihr Gesicht. Sie konzentrierte sich darauf, die Lippen nachzuziehen, doch ihre Hand zitterte so sehr, daß sie abrutschte und die Farbe verschmierte. Sie tupfte sie weg. Sie würde immer gleich aussehen. Sie hätte wissen müssen, daß sich ihre Augen nicht maskieren ließen. Le Mai hatte sie wiedererkannt. In seinen Augen hatte sie Haß und Genugtuung gesehen. Sie kehrte in ihr Schlafzimmer zurück und sah aus dem Fenster. Zehn Meter.
Zögernd öffnete sie den Riegel, doch dann vernahm sie ein Geräusch und drehte sich um. In der Tür stand Frazer.
Sie hörte ihre eigene Stimme und versuchte leise zu sprechen.
»Mein Gott, ist es heiß hier drin! Ich brauche frische Luft.«
Er kam auf sie zu und nahm ihren Arm.
»Wir nehmen den Drink auf der Terrasse, dort hast du genug frische Luft.« Er führte sie nach unten.
»Morgen fliegen wir nach Vietnam. Ist es dir recht?«

37

Bei einer Zeitverschiebung von acht Stunden nahm man in London gerade den Tee, als Eva in Hongkong zu Bett ging.

»Ich mache mir Sorgen um Eva.« Ungeschickt stellte Andrew Stormont seine Tasse auf die Untertasse und kippte dabei schwarzen Mokka über einen Bericht.

»Mist«, murmelte er und wischte ihn mit seinem Taschentuch sauber.

»Kein Lebenszeichen seit fast drei Tagen.«

Giles Aden hob eine Augenbraue, ein Zeichen für Unbehagen und das Gefühl, daß manche Dinge auf der Welt einfach unausweichlich sind. Irgendwas ging immer schief.

»Hören Sie auf, mich so verdammt selbstgefällig anzustarren. Rufen Sie lieber Angus Fawley an und bringen Sie ihn dazu rauszukriegen, wo Frazer ist. Das könnte uns schon weiterhelfen.«

»Was haben Sie vor?« fragte Aden, der nach Stormonts unkontrolliertem Wutausbruch noch selbstgefälliger aussah als vorher.

»Ich werde mich mit Cassie Stewart verabreden; vielleicht weiß sie, wo Eva steckt.«

Cassie griff hastig nach dem Hörer, als es klingelte.

»Ja?«

»Cassie?«

»Wer ist am Apparat?«

»Andrew Stormont.«

»Oh, Andrew. Wie geht's?«

»Ah, Sie sind es wirklich. Ihre Stimme klang so fremd.«

»Ich habe heute keinen guten Tag. Aber die ganze Woche war schon nicht berauschend.«

»Warum essen wir nicht irgendwo zu Abend, und ich muntere Sie ein bißchen auf?«

Cassie warf einen schlecht gelaunten Blick in ihren Terminkalender. Die Seiten starrten ziemlich unkooperativ zurück.

»Sieht so aus, als sei ich ausgebucht.«

»Tja, in dem Fall machen wir es am besten gleich heute abend. Wenn alle anderen Termine gleich schlecht passen ...«

Cassie runzelte die Stirn und warf noch einen Blick in ihren vollgepackten Terminkalender. Er versprach keinen Trost, keine Ablenkung. Sie verspürte ein merkwürdiges Verlangen, Stormont zu sehen.

»Abgemacht. Holen Sie mich um neun ab.«

Stormont legte erleichtert auf. Aden betrat das Zimmer. »Fawley hat eben angerufen. Er hat mit Frazer gesprochen, er ist in Hongkong.« Dann machte er eine Pause für die Pointe. »Morgen fliegt er weiter nach Vietnam. Geschäftlich.«

»Ich wette, daß Eva bei ihm ist«, sagte Stormont. »Offenbar hat er sie in eine Lage gebracht, in der sie uns nicht anrufen kann.«

»Vielleicht ist sie nur übervorsichtig.«

»Dazu hat sie auch allen Grund.«

»Was hat Frazer vor?«

»Wollen Sie das ganze Spektrum hören?«

Aden nickte, lehnte sich zurück und verschränkte die Hände im Schoß.

»Er könnte mit ihr spielen, so wie Männer und Frauen das eben tun. Er bringt sie woanders hin, isoliert sie, macht sie noch mehr von sich abhängig. Das ist gar nicht so abwegig. Sie ist die Frau, die Männer dazu reizt. Ihre Unabhängigkeit stellt eine Herausforderung dar. Bei einem Mann, der so arrogant ist wie Frazer, muß sie wie ein Fehdehandschuh wirken. Das wäre die bestmögliche Alternative.«

»Und die schlimmste?«

»Was meinen Sie wohl? Rufen Sie die Büros in Hongkong, Saigon und Hanoi an. Sagen Sie ihnen, daß sie nach Eva und Frazer Ausschau halten sollen. Keine Überwachung, nur diskrete Beobachtung. Aber warnen Sie sie. Nur im äußersten Notfall dürfen sie das Risiko eingehen, daß Frazer etwas davon mitbekommt. Er darf unseren Plan nicht durchschauen.« Dann setzte er, fast als Nachbemerkung, hinzu: »Wenn er ihn nicht längst durchschaut hat.«

»Glauben Sie das?«

»Ich glaube, daß er was ahnt, andererseits ist er von Natur aus mißtrauisch und hat natürlich auch eine Menge zu befürchten. Ich glaube nicht, daß er was weiß. Ich glaube nicht mal, daß er einen konkreten Verdacht hat. Wenn ich das glauben würde, müßte ich Eva sofort zurückpfeifen.« Es folgte eine lange Pause. »Wir gehen davon aus, daß er nichts weiß.«

»Mittlerweile setzen Sie Eva einer großen Gefahr aus. Sie können gar nicht wissen, ob er was rausgefunden hat oder nicht. Die Indizien deuten jedenfalls darauf hin.«

»Die Indizien deuten darauf hin, daß Eva das vermutet, aber selbst nicht sicher ist. Höchstwahrscheinlich ist sie aus freien Stücken mit ihm in Hongkong. Sie ist nicht ausgestiegen. Das beruhigt mich.«

»Vielleicht kann sie nicht aussteigen.«

Stormont schüttelte den Kopf. »Wir müssen ihr vertrauen. Sie kann seinen Verdacht durch ihr Verhalten in die eine oder andere Richtung lenken. Ich habe von Anfang an Vertrauen zu ihr gehabt und habe es immer noch. Aber wir müssen bereit sein, sie jederzeit rauszuholen. Warnen Sie die Büros. Ohne ins Detail zu gehen. Sie sollen nur einsatzbereit sein.«

»Glauben Sie, daß sie zum Einsatz kommen könnten?«

Stormont antwortete nicht.

38

Sam Brimton rief Cassie an, gerade als sie auf ihrem Bildschirm nach dem Kurs der Genius-Aktie suchte. Aufgrund ihrer Käufe war der Kurs zwar auf zwei Dollar fünfundfünfzig gestiegen, hatte sich dann aber nicht weiter verändert.

»Gibt's was Neues?« fragte sie ihn.

»Gar nichts, Baby. Jedenfalls ist es nicht einer von unseren eigenen Jungs. Es ist ein Outsider. Und das macht das Ganze so verrückt.«

»Wieso?«

»Na ja. Insider halten zusammen. Meistens machen sie sich einen Spaß daraus, den Übeltäter zu denunzieren. Irgendwann geben sie zu, wer das Gerücht in die Welt gesetzt hat, und lassen uns wissen, was da gespielt wird. Aber hier nicht. Nichts dergleichen.«

»Und?« fragte Cassie, deren Unbehagen immer stärker wurde.

»Das heißt nichts Gutes. Wer auch immer dahintersteckt, ist so mächtig, daß man ihn nicht denunzieren kann. Können Sie mir folgen?«

»Ich glaube schon.«

»Wir sitzen ganz schön in der Tinte.«

»Sie hatten anscheinend recht mit Ihren Warnungen.«

»Ja, ich hatte Sie gewarnt. Hier geht es knallhart zu.«

»Das tröstet mich im Moment allerdings wenig. Was soll ich jetzt machen?«

»Sie können gar nichts machen. Warten Sie, bis er sich zu erkennen gibt.«

»Soll ich etwa nur rumsitzen und Däumchen drehen?«

»Genau.«
»Ich hasse Warten.«
»Es bleibt Ihnen nichts anderes übrig.«
»Da wäre ich mir nicht so sicher. Dieser Mr. Superhirn hat kein Monopol auf Überraschungen.«
»Was soll das heißen?« fagte Brimton. Doch seine Worte gingen ins Leere. Erst knackte es in der Leitung, und dann war Cassie weg.
Sie ging rüber zu ihrer Sekretärin.
»Emma, könnten sie mir eine Nummer aus Vancouver besorgen? Der Teilnehmer heißt Granger McAdam.«
Nach ein paar Minuten hatte Emma die Nummer. Cassie griff zum Hörer und wählte.
Nach zehnmaligem Klingeln antwortete eine abweisende Männerstimme.
»Yeah?«
»Granger McAdam?«
»Wer ist da?«
»Mein Name ist Cassie Stewart. Ich bin eine Freundin von Eva Cunningham.«
»Verfluchtes Miststück. Das war ein schlechter Anfang, Mädchen.«
Cassie lehnte sich abrupt zurück, als wolle sie der Feindseligkeit in seiner Stimme ausweichen. Aber zumindest war es McAdam.
»Ich dachte, Sie wären mit ihr befreundet?«
»Befreundet?« fauchte er. »Schöne Freundin. Eine schwarze Witwe.«
Daß Cassie so schockiert war, daß sie kein Wort mehr rausbekam, schien ihn noch mehr anzustacheln.
»Wollen Sie meinen Rat hören?« Seine Stimme wurde lauter und klang jetzt beinahe hysterisch. Außerdem schien er einen im Tee zu haben. »Halten Sie sich von ihr fern.«
»Dazu ist es zu spät. Wir sind Geschäftspartner.«
»Und schon haben Sie Probleme, stimmt's?«

»Das kann man wohl sagen«, antwortete Cassie, der es von Minute zu Minute mulmiger wurde.
»Und was wollen Sie von mir?«
»Informationen.«
»Warum sollte ich Ihnen helfen?«
»Haben Sie die Notierung der Genius-Aktie in letzter Zeit verfolgt?«
»Was meinen Sie, was ich den ganzen Tag tue? Abgesackt auf zwei Dollar und noch was.«
»Was halten Sie davon, wenn ich Ihnen Ihre gesamten Anteile zu vier Dollar pro Aktie abkaufe?«
Seine Antwort kam wie aus der Pistole geschossen.
»Fünf Dollar, und Sie können sie haben.«
Sie hatte nicht damit gerechnet, hatte nicht geglaubt, daß er so leicht aufgeben würde. Zudem war sie über sich selbst überrascht. Sie bot ihm an, seine Anteile zu kaufen, für sich, von ihrem eigenen Geld. Geld, das sie gar nicht besaß. Sie machte weiter. Erstens konnte sie jetzt nicht mehr zurück, und zweitens hatte sie keine Lust, darüber nachzudenken, was sie gerade anstellte.
»Zuerst die Information. Dann können wir uns auf viereinhalb einigen.«
Es folgte eine lange Pause. Granger sah sich in seinem schmuddeligen Zimmer um, musterte seine zerlumpte Kleidung und fuhr sich über den unrasierten Bart. Er spürte, wie ihn die Verzweiflung über eine verlorene Hoffnung überwältigte. Die Mine hatte ihm nur Pech gebracht trotz seiner Träume. Schließlich sagte er ausdruckslos: »Okay.« Er nahm einen Schluck kalten Kaffee von gestern abend. Es war Zeit, einen klaren Kopf zu kriegen. »Schießen Sie los.«
»Ich weiß, daß Sie mir nicht die Wahrheit sagen werden, und denke mir meinen Teil, aber ich will Ihnen die Frage trotzdem stellen. Gibt es wirklich Diamanten in dieser Mine?«
Er schnaubte verächtlich. »Ja und nochmals ja. Es gibt Diamanten. Ich weiß es. Noch nie habe ich dermaßen sichere Indikatoren gesehen. Aber das ist Ihr kleinstes Problem.«

»Was meinen Sie?«
»Ich meine Vietnam und Eva Cunningham. Ich meine Baissemanöver und Lügen.«
»Sie sprechen in Rätseln.«
»Ich kann es ja selbst nicht erklären.« Seine Stimme klang erbärmlich. »Die Dinge passieren in Rätseln. Als ich die Mine fand, war es wie ein Traum. Dann fing alles an schiefzugehen. Kaum taucht Eva Cunningham auf, passieren lauter komische Zufälle. Sie gibt sich als Schutzengel aus, aber man hat ein komisches Gefühl dabei. Irgendwas stimmt nicht mit ihr. Sie rettet mich aus dem Gefängnis, das ein einziger Alptraum war, und macht sich mit einem hübschen Batzen meines Unternehmens aus dem Staub. Als nächstes wird mein restliches Vermögen praktisch halbiert, und sieh an, wer steckt dahinter, Eva Cunningham. Es heißt, sie wär' bankrott und hätte deshalb diese Geschichte angeleiert. Wie Sie sehen, sind die Diamanten selbst gar nicht so wichtig. Da ist irgendeine andere Kacke am Dampfen, und die ist stärker als die Steine, verstehen Sie? Die Diamanten hätten mir eine Menge Kohle einbringen können, statt dessen haben sie mich nur Geld gekostet.« Er lachte bitter. »Jedenfalls, bis Sie aufgetaucht sind.«
»Erzählen Sie mir von Eva.«
»Eva?« Es klang fast wie ein Stöhnen. »Weiß der Kuckuck. Sie ist alles auf einmal. Gut und böse. Ich habe keine Ahnung, was sie macht, aber ich weiß, daß sie hinter irgendwas her ist.«
»Geld?«
»Möglich. Aber ich glaube, daß noch was anderes dahintersteckt.«
»Was könnte das sein?«
»Keine Ahnung.« Er klang ratlos. »Hören Sie, ich habe Besseres zu tun, als mich mit Ihnen über Eva zu unterhalten. Wollen Sie meine Anteile nun kaufen oder nicht?«
»Ja, ich kaufe sie. Dreihunderttausend Aktien zu vier fünfzig. Eine Million dreihundertfünfzigtausend Dollar. Meine Bank

kümmert sich um alles weitere. Zahlung in dreißig Tagen, am Ende der Abrechnungsperiode, abgemacht?«
»Können Sie das Geld nicht sofort überweisen?«
»Soviel Geld habe ich nicht einfach auf meinem Girokonto rumfliegen, Granger.« Soviel Geld hatte sie auch sonst nirgends.
»Aber Sie können es besorgen, oder?«
»Natürlich. Wenn nicht, bleiben Sie einfach auf Ihren Aktien sitzen. So haben Sie nichts zu verlieren. Aber machen Sie sich keine Sorgen. In einem Monat haben Sie alles, bis auf den letzten Cent. Wohin soll ich das Geld überweisen?«
Er hielt den Atem an. Irgendwie konnte er nicht glauben, daß sie es tatsächlich ernst meinte, und gleichzeitig wehrte er sich plötzlich gegen die Vorstellung, seinen Traum endgültig zu begraben, egal wie getrübt er war.
Cassie wartete schweigend und hörte schließlich einen langen Seufzer, als hätte er jetzt alle Hoffnung aufgegeben. »Bank of Nova Scotia«, sagte er erschöpft und nannte ihr seine Kontonummer. »Sie haben auch die Aktien. Sprechen Sie mit Mr. Robert Thomson.«
»Mach' ich.«
Seine Stimme war bitter und weich zugleich. »Ich kann Ihnen nur jede Menge Glück wünschen, Mädchen. Das werden Sie brauchen, um dieses Ding zu drehen.«
»Ich komm' schon klar.«
»Ja, aber sagen Sie nicht, ich hätte Sie nicht gewarnt, wenn es schiefläuft.«
Cassie legte auf. Grangers Warnung hallte noch in ihren Ohren nach. Eine mündliche Abmachung war so gut wie verbindlich. Von diesem Moment an gehörten die Anteile ihr. Sie hatte noch nie auf eigene Kosten gekauft und mit ihrem eigenen Geld bezahlt statt im Auftrag von Case Reed. Sie hatte noch nie ein so großes oder riskantes Geschäft gemacht. Möglich, daß sie alles verlor. Und wenn man sämtliche Fakten berücksichtigte, schien die Wahrscheinlichkeit hierfür ziemlich hoch. Anderer-

seits konnte der Aktienkurs in den kommenden Monaten auch dramatisch steigen, und dann würde sie sie mit einem satten Gewinn wieder abstoßen können. Die Chancen dafür waren minimal. Trotzdem hatte Cassie ein untrüglich gutes Gefühl. Sie spürte den typischen Nervenkitzel des notorischen Spielers, bei dem der Drang, alles auf eine Karte zu setzen, ebenso stark ist wie die Aussicht auf Gewinn. Immerhin war es nicht die Welt, es ging nicht um Leben oder Tod, ihr konnte dabei nicht viel passieren. Geld kam und ging. Es würde auch wiederkommen.

Sie sprang auf, lief in Richardsons Büro und setzte sich auf die Armlehne eines Sessels. Richardson telefonierte gerade. Er wirkte überrascht von ihrem plötzlichen Auftauchen. Ihr Körper schien vor Spannung zu vibrieren.

Rasch beendete er das Gespräch.

»Ich habe gerade dreihunderttausend Genius-Aktien gekauft.«

Richardson hatte noch nicht einmal den Hörer aufgelegt.

»Wie bitte? Von wem und zu welchem Kurs?«

»Ich habe Granger McAdams Anteile gekauft. Zu vier fünfzig pro Aktie.«

Nur Cassies Verdienste um Case Reed und sein Respekt für sie hielten ihn davon ab, zu explodieren.

Er saß mit verschränkten Händen am Schreibtisch und betrachtete sie schweigend.

»Ich sehe keine Logik darin. Ich weiß, daß es eine geben muß, aber ich fürchte, ich finde sie nicht.«

»Da sind Sie nicht allein. Ich sehe sie auch nicht.« Sie warf ihm ein schwaches Lächeln zu. »Ich weiß aber, daß es eine gibt.«

Richardsons Zurückhaltung bekam erste Risse. »Ich glaube, Sie sollten mir erklären, was zum Teufel Sie da treiben, Cass.«

Sie beugte sich vor und sah ihn mit leuchtenden Augen an.

»Ich weiß, daß Ihnen das alles ziemlich verrückt vorkommen muß.« Verrückt, dachte er und hob eine Augenbraue, ohne den Blick von ihr zu nehmen. Er wartete. Sie fuhr fort: »Zu meiner Verteidigung kann ich nur meinen Instinkt anführen.« Sie hob eine Hand, damit er sie nicht unterbrach. »Ich weiß selbst, daß ich immer logisch argumentiert habe, ich habe den Ziffern vertraut, und ja, es hat sich stets ausgezahlt. Wir haben eine Menge Geld verdient auf diese Weise.«

Auf ihre Verdienste braucht sie wirklich nicht aufmerksam zu machen, dachte er, wir alle wissen, was sie wert ist.

»Ich bettele nicht um Gnade, ich versuche Ihnen nur zu erklären, was in meinem Kopf vor sich geht. Ich bin zu der Einsicht gelangt, daß wir nicht weiterkommen, wenn wir mit Logik und Vernunft an diese Sache rangehen. Mir kam das plötzlich so ausgelutscht, steril und langweilig vor. Ich war überzeugt, daß wir das Geld, das wir bereits investiert hatten, verlieren, wenn wir uns auf eine konventionelle Vorgehensweise verlassen und nichts Ungewöhnliches wagen, um das Schicksal vielleicht doch noch zu unseren Gunsten zu wenden.«

»Aber wie soll das funktionieren?«

»Keine Ahnung. Zum Teil mit dem Fehdehandschuh, zum Teil mit Phantasie. Irgendwer manipuliert den Aktienkurs, um die Ereignisse zu kontrollieren. Wie? Indem er Gerüchte in die Welt setzt, die einleuchtend klingen, und diese über einen längeren Zeitraum aufrechterhält. Warum? Um Geld damit zu machen, nehme ich an. Wenn wir tatenlos zusehen, spielen wir sein Spiel mit.« Sie machte eine kleine Pause. »Sein Spiel oder ihr Spiel. Also habe ich beschlossen mitzumischen, so zu tun, als hätten auch wir einen Plan. Das wird unser Superhirn verwirren. Denn es macht überhaupt keinen Sinn. Er wird denken, daß wir etwas wissen, was er nicht weiß.« Sie lächelte. »Wir drehen den Spieß einfach um. Und wenn publik wird, daß sich Robie Frazer an dem Projekt beteiligt und tatsächlich Diamanten gefunden worden sind, wird der Kurs der Aktie ziemlich sicher nach oben schnellen.«

Richardson nahm eine Zigarre aus dem Humidor auf seinem Schreibtisch. Er rollte sie prüfend zwischen zwei Fingern, schnitt die Spitze ab und zündete sie dann unter viel Aufhebens an. Nach ein paar genüßlichen Zügen legte er sie auf dem Rand des Aschenbechers ab, wo sie vor sich hin schwelte.

»Sie sollten doch nicht wild drauflos spekulieren, Cass. Was ist in Sie gefahren?«

»Spekulieren. Ja, genau das ist es. Und genau das sollte ich nicht tun. Damit hat niemand gerechnet, und jetzt waren sie alle auf dem Holzweg.«

»Wie geht es jetzt weiter?«

»Wir warten ab.«

Er schwieg einen Augenblick.

»Übrigens, wen meinen sie mit alle?«

»Ich wünschte, ich wüßte es.« Sie hielt inne. »Wissen Sie es? Haben Sie was über das Baissemanöver rausgefunden?«

»Lassen Sie mir Zeit.« Er war ein unbeschreiblich geduldiger Mensch. Er spielte besser als jeder andere auf Zeit und brachte damit alle Kontrahenten auf die Palme.

»Was werden Sie Eva und Frazer erzählen?« wollte er wissen.

»Das ist ein Problem. Wir allein halten jetzt knapp unter zwanzig Prozent der Aktien. Zusammen mit Evas und Frazers Anteil kämen wir auf knapp unter fünfunddreißig Prozent. Bei zwanzig oder mehr Prozent treten automatisch die Übernahmeangebot-Richtlinien in Kraft. Jetzt sind wir gezwungen zu bieten.«

»Nicht notwendigerweise. Man kann nicht jemandes Partner sein, wenn dieser incommunicado ist. Frazer und Eva sind in Hongkong, womöglich sogar in Vietnam. Am Dienstag hat sie mich angerufen und mir erklärt, daß sie nach Vietnam fliegt, mit Frazer. Sie hat versprochen, sich bei mir zu melden ...«

»Moment mal. Die beiden sind in Asien und faktisch unerreichbar?«

»Ich habe ihr gesagt, es sei keine gute Idee, gerade jetzt zu verschwinden.«

»Die beiden haben eine Affäre, stimmt's?«

»Ja.«

»Was zum Teufel fällt ihnen ein, sich ausgerechnet jetzt aus dem Staub zu machen?« Er sah sich nervös im Büro um, als sei er plötzlich abgelenkt. »Ich werde den anderen Partnern mitteilen müssen, daß wir weitere dreihunderttausend Anteile gekauft haben, zum doppelten Marktkurs.«

»Nein, müssen Sie nicht.«

»Hören Sie, Cass, ich habe gewisse Verpflichtungen ...«

»Nicht Case Reed schuldet das Geld, sondern ich.«

»Wie zum Teufel wollen Sie sie bezahlen? Soviel Geld haben Sie doch gar nicht.«

»Nein, aber ich hoffe, sie mit Gewinn wieder abstoßen zu können, ehe der Wechsel in einem Monat fällig wird.«

»Und was macht Sie so sicher, daß Sie innerhalb von dreißig Tagen Gewinn machen werden?«

»Wie gesagt, die Aktie wird steigen, wenn Robie Frazers Engagement und die Entdeckung der Mine bekannt werden. Außerdem habe ich so ein Gefühl.«

»Mein Gott, Cass. Ich weiß nicht, was mit Ihnen los ist. Sie stecken eine Menge Vertrauen in Ihre weibliche Intuition. Warum haben Sie die Anteile privat gekauft? Warum sind Sie nicht zu mir gekommen und haben versucht, mich zu überzeugen, damit Case Reed die Anteile übernimmt? Ich hoffe, es wird nicht allzu persönlich.«

»Was wollen Sie damit sagen?« entgegnete Cassie hart.

Er suchte eine Weile nach einer diplomatischen Antwort. »Sie und Eva Cunningham. Irgendein Spiel zwischen Ihnen beiden.«

»Sehr lustig, dieses Spiel.«

»Finde ich auch.«

»Es gibt kein Spiel. Nur ein Geschäft. Ich habe die Anteile erstanden, weil ich kein Recht hatte, Sie oder Case Reed da mit reinzuziehen. Ich sprach mit McAdam am Telefon, und es hat sich zufällig so ergeben. Es war genau der richtige Augenblick, aber ich hatte keine Zeit, Sie zu konsultieren. Ich wußte, daß er annehmen würde, wenn ich in dem Moment ein Angebot machte, und so war es auch.« Sie hielt inne. »Außerdem fand ich, daß Case Reed sich genug bei Genius engagiert hat. Wir haben bereits Geld verloren. Es ist mein Deal. Ich bin dafür verantwortlich. Ich wollte nicht noch mehr Geld aufs Spiel setzen.«

»Also haben Sie beschlossen, das Risiko selbst zu tragen.«
»Alles auf eine Karte.«
»Nur stehen die Chancen sehr schlecht, und wenn etwas schiefgeht, werden Sie das Geld nicht zahlen können.«
»Ich habe immer noch mein Haus.«
»Mein Gott, Cassie!«
»Machen Sie sich keine Sorgen, es wird nicht soweit kommen.«
Er sah sie bekümmert an und schwieg. Sie war noch nie in eine Falle getappt; sie wußte einfach nicht, was es heißt, den kürzeren zu ziehen, und das bei einer Sache, die ohnehin riskant genug ist. Für sie war alles ein Kick, für den sie, so ihre Überzeugung, nie bezahlen müßte. Trotz ihrer Intuition besaß sie immer noch den kindischen Glauben, unverwundbar zu sein.
»Was kommt als nächstes, Cass? Jetzt besitzen wir all diese Anteile und bilden mit Einschränkungen, wie Sie sagen, eine Interessengemeinschaft mit Eva und Frazer, und wir stehen kurz vor einem Übernahmeangebot. Sie aber scheinen etwas anderes im Kopf zu haben. Worauf warten Sie?«
»Ich weiß es nicht. Irgend etwas tut sich im Hintergrund. Ich will es ans Tageslicht holen.«
»Vielleicht ist es aber besser, wenn es im dunkeln bleibt.«
»Auch das weiß ich nicht. Lassen Sie mir etwas Zeit. Wenn Sie oder Case Reed Anteile wollen, trete ich Sie Ihnen zum Einkaufspreis ab. Ich verkaufe auch an Robie, aber zu einem angemessenen Preis, versteht sich.«
Richardson stand auf und setzte sich neben Cassie auf die Sessellehne. »Sie scheinen mir ziemlich sorglos zu sein, Cass. Legen Sie sich nicht mit Robie Frazer an und nehmen Sie sich vor Ihrer Freundin Eva in acht.«
»Was meinen Sie?«
Er hob eine Augenbraue. »Ich glaube, Sie wissen genau, was ich meine. Man braucht sie nur anzusehen. Ich glaube, sie würde nicht zögern, uns alle aufs Kreuz zu legen, Robie Frazer eingeschlossen.«

Er sah sie einen Augenblick wortlos an. Er wünschte, er könnte ihre Zuversicht teilen. »Ich lasse Ihnen Zeit, Cass. Ein paar Tage. Nur seien Sie vorsichtig.«

39

Um Punkt neun fuhr Stormont vor Cassies Haus vor. Nesta begrüßte ihn mit dem üblichen Gebell und sprang jaulend um seine Beine, doch seine Reaktion erschien Cassie heute seltsam zurückhaltend. Sein Gesicht war kühl und glatt, der Blick abwesend. Rein körperlich war er umwerfend. So deutlich war es ihr bisher nie aufgefallen. Heute abend schien er einen Teil seiner üblichen Maske abgelegt zu haben. Er wirkte fast verletzlich, als hätte man ihm etwas weggenommen. Sie spürte einen Anflug von Begierde und beschloß, nicht allzu schwierig zu sein.

Als er sie auf die Wangen küßte, lächelte sie.

»Kommen Sie auf einen Drink rein?«

»Der Tisch ist für neun reserviert, wir sollten lieber gleich los.«

»Ich hole nur meine Handtasche.« Tisch reserviert, na und, dachte Cassie, als sie ihre Schlüssel und die Handtasche aus dem Wohnzimmer holte. Was soll die Eile?

Sie aßen in einem neuen Restaurant in der Fulham Road, das Stormont ausprobieren wollte. Cassie beobachtete ihn, während sie bestellten. Er schien seltsam abgelenkt. Seine Augen waren auf etwas gerichtet, aber nicht auf sie.

»Also, erzählen Sie! Wieso die schlechte Laune am Nachmittag? Probleme bei der Arbeit?«

»Ja, leider. Einer meiner Posten spielt verrückt. Manipulationen, fürchte ich.«

»Und was können Sie dagegen tun?«

»Legal?«

Er lachte. »Wenn Sie so wollen?«

»Nun, legal nicht viel. Es läßt sich schwer beweisen.«
»Und was tut man in so einem Fall?«
»Warum sollte ich überhaupt etwas tun? Es ist ein *fait accompli.*«
Zum ersten Mal an dem Abend strahlten seine Augen Wärme aus.
»Sie sehen nicht so aus, als seien Sie gerade Opfer eines *fait accompli* geworden.«
»Ich habe etwas völlig Unlogisches getan.«
»Warum?«
»Weil es ein Experiment ist. Und weil ich es in dem Moment für richtig hielt.«
»Hat es mit Evas Deal zu tun?«
»Ooooh, Sie sind aber neugierig.«
Schweigen. Sie fühlte sich merkwürdig angespannt.
»Nein, hat es nicht«, log sie schließlich.
»Und was macht Evas Deal?«
»Ich kann es Ihnen nicht sagen. Sie hat mich am Dienstag angerufen und gesagt, sie flöge jetzt mit unserem Ko-Investor nach Hongkong und dann weiter nach Vietnam, um sich die Mine anzusehen.«
»Und war der Ko-Investor zufrieden?«
»Keine Ahnung. Eva hat versprochen, mich auf dem laufenden zu halten, sich dann aber nicht mehr gemeldet, weder sie noch der Ko-Investor. Das ist jetzt zwei Tage her. Also weiß ich nicht, was los ist. Das Ganze kommt uns ehrlich gesagt sehr ungelegen.«
»Warum rufen Sie sie nicht an?«
»Hab' ich versucht, aber vergeblich. Ich habe bei der Haushälterin des Ko-Investors in London nachgefragt, wie ich die beiden erreichen könnte. Sie sagte, er sei wahrscheinlich gerade auf dem Weg nach Vietnam. Also rief ich in Hongkong an und sprach mit der Haushälterin dort. Sie erklärte, Eva könne gerade nicht ans Telefon kommen, man werde ihr aber sagen, daß ich angerufen hätte. Seitdem habe ich nichts mehr von ihr gehört.«

Stormont fühlte sich wie angekettet. Er wartete, daß die einzelnen Gänge serviert und wieder abgeräumt wurden, doch seine Gedanken waren woanders. Er sah überall nur Eva.
Cassie beobachtete ihn.
»Was ist los?«
»Wieso?«
»Ach, kommen Sie schon.«
»Ich weiß wirklich nicht, was Sie meinen.«
Eine Weile starrten sie sich an. Keiner von beiden gab nach. Dann brach Cassie die Stille.
»Es ist spät, ich glaube, ich muß nach Hause.«
»Ich bringe Sie.«
Er bat um die Rechnung und fuhr sie zurück in die Markham Street. Vor der Tür gab er ihr einen Abschiedskuß. So standen sie da, Auge in Auge. Beide waren unbeugsam, und beide hielten Fragen und Ängste zurück. Als er zum Wagen zurückging, hatte er das Gefühl, Nitroglyzerin in der Tasche zu tragen – bei der kleinsten Bewegung würde er in die Luft gehen.

Kaum war er zu Hause, rief Stormont Giles Aden an.
»Eva ist in Hongkong bei Frazer. Offensichtlich ist er dabei, nach Vietnam zu fliegen, wahrscheinlich mit Eva. Vor dem Aufbruch hier in London hat Eva Cassie angerufen, sich aber seit zwei Tagen nicht mehr bei ihr gemeldet. Cassie macht sich Sorgen. Sie hat in Hongkong eine Nachricht hinterlassen, und Eva hat nicht zurückgerufen.«
»Ich habe die Büros benachrichtigt. Sie sehen sich diskret um, aber bislang gibt es noch keine Spur von Eva.«
»Sie sind einsatzbereit?«
»Ja. Sollen sie eingreifen?«
»Nein, noch nicht. Das Spiel ist noch in Gang.«

40

Eva schlief unruhig. Plötzlich schreckte sie hoch. Am Fußende des Bettes stand Frazer und beobachtete sie. Sie richtete sich schnell auf.

»Wir fliegen in einer Stunde nach Vietnam. In meinem Privatjet.«

Sein Jet, keine anderen Passagiere, keine Hilfe.

In der Tür drehte sich Frazer noch einmal um.

»Ich hoffe, daß du darauf vorbereitet bist.«

»Vorbereitet?«

»Da draußen wirst du in Chanel-Klamotten nicht sehr weit kommen.«

Wellen von Übelkeit überschwemmten Eva.

»Vergiß nicht, daß ich mich ›da draußen‹ bestens auskenne, Frazer.«

Er sah sie eine Weile spöttisch an und verließ das Zimmer.

Eva sprang aus dem Bett und blieb dann nackt mitten im Zimmer stehen, als müsse sie sich orientieren. Nach einer Weile trat sie mit großen Schritten zum Fenster und sah hinaus. Auf der Terrasse unter ihr stand Ned. Ein zweiter Mann ging langsam vorbei, es sah aus, als sei er auf Patrouille. Eine Weile stand sie reglos da und überlegte, was sie tun sollte. Wenn sie flüchtete, würde sie ihre Schuld eingestehen und obendrein wahrscheinlich scheitern. Die Alternative war, Frazer zu begleiten, auf eine bessere Fluchtmöglichkeit zu warten und unterdessen so viel rauszukriegen wie möglich. Jedenfalls gewann sie dadurch Zeit. Sie traf ihre Entscheidung und verschwand im Badezimmer, wo sie kalt duschte und in eine ihrer Neuerwerbungen schlüpfte, ein cremefarbenes Leinenkostüm mit langem geschlitztem Rock.

Dazu hohe Wildlederstiefeletten. Schließlich legte sie ihren Schmuck an und ging zur Tür, blieb jedoch stehen, als sei ihr noch etwas eingefallen, und zog die Schuhe wieder aus.

Barfuß lief sie die Marmorstufen der Treppe hinunter in die Küche. Als sie die Tür aufstieß, blickten Ned und Kim, die gerade Tee tranken, scharf auf.

»Ich hätte gern Kaffee, bitte. Und dazu das übliche Frühstück mit allem Drum und Dran.« Sie sah Kims verärgertes Gesicht. Trotzdem war es das Klügste zu essen, solange es noch möglich war.

Kim stand langsam auf.

»Kaffee steht auf dem Herd. Wenn Sie wollen, können Sie jetzt welchen haben. Ich bringe Ihnen gleich das Frühstück.«

»Danke.«

Kim schenkte Kaffee in eine Kanne und Milch in ein Kännchen, stellte beides zusammen mit Tasse und Untertasse auf ein Tablett und reichte es Eva.

»Bringen Sie den Rest so schnell wie möglich, bitte. Wir wollen den Taipan ja nicht warten lassen.« Dann verschwand Eva durch die mit grünem Boi bespannte Tür.

Sie wollte gerade die Treppe hinaufgehen, als sie aus einem Nebenraum Stimmen hörte. Sie blieb stehen und lauschte.

»Etwa zwei Meilen von der Mine entfernt haben wir ein altes Militärlager gefunden, das leer steht. Dort können wir unser Quartier aufschlagen. Wir haben die Verantwortlichen geschmiert und es für ein Jahr gemietet. Es ist perfekt für unsere Zwecke.«

»Gut. Nimm nicht zu viele Leute mit, ich will kein Aufsehen.«

Frazer und Le Mai. Eva kehrte rasch in ihr Zimmer zurück. Sie stellte das Tablett auf das Bett. Einen Augenblick lang starrte sie auf das Telefon neben dem Bett und betete, daß es nicht abgestellt war. Die Gespräche wurden bestimmt abgehört, aber das Risiko mußte sie eingehen. Sie wußte, wie gefährlich ihre Lage war, und brauchte dringend eine Rettungsleine, wie schwach sie auch sein mochte.

Sie nahm den Hörer und wählte. Es war kurz nach Mitternacht in London. Sie betete, daß Cassie dranging. Das Telefon klingelte und klingelte, und gerade, als sie auflegen wollte, nahm Cassie endlich ab. Eva ließ sich die Erleichterung in ihrer Stimme nicht anmerken.
»Cass, hallo. Tut mir leid, daß ich so spät anrufe.«
»Macht nichts. Ich bin gerade vom Abendessen zurückgekommen und war im Bad. » Auch Cassie war erleichtert. Hastig fragte sie: »Wo bist du, Eva?«
»In Hongkong. Wir fliegen gleich nach Vietnam, Frazer und ich. Es ist so aufregend, wieder in die Mine zu fahren. Und Frazer hat sich mächtig was einfallen lassen. Einer seiner Mitarbeiter, ein gewisser Le Mai, hat einen alten Stützpunkt gemietet, etwa zwei Meilen von der Mine entfernt. Kannst du dir das vorstellen? Fehlt bloß der Kampfanzug und ein Jeep, und schon wäre ich ein weiblicher Rambo.« Sie lachte. »Dabei habe ich nur ein paar Chanel-Sachen, die ich mir gestern bei einer Einkaufsorgie zugelegt habe.«
»Designer-Rambo«, sagte Cassie. Ein paar Wassertropfen fielen auf das Telefon. Ihre Erleichterung verwandelte sich in Verwirrung. Diese munteren Wortkaskaden paßten nicht zu Eva. Ehe sie etwas sagen konnte, hörte sie, wie Eva kurz nach Luft schnappte, und dann Frazers Stimme.
»Mit wem redest du da?«
Sein kalter verächtlicher Ton schnitt ihr ins Herz. Sie spürte einen Anflug von Angst, um sich und um Eva.
»Was geht da vor, Eva?«
Evas Stimme hallte durch die Leitung, gepreßt vor Angst. »Nichts, ich muß jetzt los.«
Es knackte in der Leitung, und dann war sie weg.

41

John Richardson war allein im Büro, als Peter Bawden anrief. Es war acht Uhr morgens. Er sah neugierig auf das Telefon. Jeder wußte, daß er vor neun nicht gestört werden wollte. Er nahm ab und hörte kurz zu. Dann stand er auf, zog sich im Rausgehen das Jackett an und verließ den Raum.

Fünf Minuten später saß er in Bawdens Büro. Sein Freund wirkte ungewöhnlich nervös.

»Was ich dir sagen werde, muß unter uns bleiben. Wenn du aufgrund dessen, was ich dir jetzt anvertraue, irgendwelche Schritte unternehmen willst, mußt du dir eine gute Ausrede einfallen lassen. Du kannst alles sagen, nur nicht die Wahrheit, die dich, mich, meine gesamte Organisation und ein paar äußerst wertvolle Quellen kompromittieren würde.«

»Du kannst dich drauf verlassen.«

Bawden machte eine Pause und begann dann mit leiser Stimme zu berichten.

»Wir führen gerade eine Untersuchung für ein britisches Militärunternehmen durch. Es bestand der Verdacht, daß einer der Mitarbeiter Pläne eines computergesteuerten Lenkwaffensystems weitergab. Wir erhielten Anweisung, den Käufer wie den Verkäufer ausfindig zu machen. Die undichte Stelle im Betrieb war ein Hongkong-Chinese namens Xu Nan. Er schien schon seit einiger Zeit über seine Verhältnisse zu leben. Seine Bankkonten in der Schweiz wiesen unregelmäßig hohe Eingänge auf. Wer auch immer dahintersteckte, wußte, wie man Spuren verwischt; jedenfalls ist es uns nicht gelungen, ihn zu identifizieren. Es schien ganz so, als kämen wir nicht weiter, bis Xu Nan vor

vier Tagen tot auf der Straße gefunden wurde. Offenbar war er aus seiner Wohnung im siebten Stock gesprungen.«
Bawden hielt inne und atmete tief. »Jetzt ermittelt die Polizei. Sie weiß von unseren eigenen Recherchen nichts und wird auch nie was erfahren, trotzdem wittert sie, daß irgend etwas an der Sache faul ist. Die Spurensicherung ist offensichtlich noch immer nicht abgeschlossen, denn es wimmelt nur so von Beamten im Haus. Wir wissen nicht, was sie herausgefunden haben, aber der Aufwand, den sie betreiben, läßt das Schlimmste befürchten. Und letzte Nacht ist einem meiner Mitarbeiter dieser Brief zugespielt worden.« Bawden reichte Richardson die Kopie eines handgeschriebenen Briefes. Er lautete folgendermaßen:
»Ich weiß nicht, wer dies außer meinem Anwalt lesen und ob es etwas nützen wird. Mir jedenfalls nicht, denn ich werde bereits tot sein, wenn man dieses Schreiben öffnet.
Von Kindheit an erhielt ich finanzielle Zuwendungen von Robie Frazer. Zunächst bezahlte er für meine Schule. Ich war begabt, und er ermöglichte mir die beste Ausbildung, die ich mir wünschen konnte. Ich hielt dies für einen Ausdruck reiner Nächstenliebe, bis er mich vor sechs Monaten zum ersten Mal aufforderte, ihm Details über die Lenkwaffensysteme bei General Engineering zu besorgen. Ich weigerte mich, aber Frazer machte unmißverständlich klar, daß ich keine Wahl hatte. Seit sechs Monaten habe ich Details unseres Waffensystems an Frazer weitergegeben und Geld dafür bekommen. Vor kurzem versuchte ich erneut, aus dem Ganzen auszusteigen, und jetzt befürchte ich, daß mir etwas passieren wird, wenn ich Frazers Anordnungen nicht befolge. Also habe ich mir einen neuen Anwalt genommen und ihm dieses Schreiben anvertraut. Seit einiger Zeit habe ich Frazer in Verdacht, mich umbringen zu wollen oder umbringen lassen zu wollen. Und jetzt bin ich tot.«
Das Schreiben war von Xu Nan unterschrieben und vor drei Wochen datiert worden. Richardson gab Bawden die Kopie zurück. Beide schwiegen.

Schließlich stand Richardson auf. »Danke, Peter. Ich weiß, daß du mir zuliebe alle Regeln gebrochen hast.«
»Und was wirst du mit deinem Frazer-Deal machen?«
»Ich werde ihn zu Fall bringen, unsichtbar, ohne daß er Verdacht schöpft. Aussteigen.«
»Hast du viel verloren?«
»Nicht soviel wie Xu Nan.«

Cassie saß im Büro, als Richardson zu Case Reed zurückkam. Er trat ein, griff ohne Gruß nach einem Stuhl und zog ihn um den Schreibtisch herum direkt neben sie. So saßen sie fast Knie an Knie.
»Jetzt werde ich Ihnen etwas verraten, das Sie niemals und unter keinen Umständen jemandem weitersagen dürfen. Sie werden sich nicht anmerken lassen, daß Sie es wissen, auch nicht, wenn es je an die Öffentlichkeit kommen sollte.«
Cassie sah ihn mit wachsender Beunruhigung an. Niemals hatte er in diesem Ton mit ihr gesprochen und hatte sie ihn in dieser Verfassung gesehen.
»Sie machen mir angst, John. Ich werde schweigen wie ein Grab. Schießen Sie los.«
Er brauchte fünf Minuten, um sie einzuweihen. Jedes Wort führte sie ein Stück weiter weg von sich und allem, was sie wußte, bis sie absurderweise das Gefühl hatte, daß alles ein Traum war und die Phantasie mit ihr durchging. Nur ihre Angst schien real und der Blick in Richardsons Augen.
»Und wie geht es weiter? Werden sie jetzt Frazer drankriegen? Diese Leute mit dem Brief, wer immer sie sein mögen?«
»Nein, sie haben kein Interesse, die Polizei auf den Plan zu rufen. Es wäre das letzte, was ihr Auftraggeber will. Es soll auf keinen Fall bekannt werden, wie verwundbar ihr Betrieb gegen Spionage ist. Immerhin geht es um militärische Geheimnisse. Außerdem würde niemand ohne Beweise einen Mann wie Frazer verurteilen. Im übrigen kann man ihm Xu Nans Ermordung natürlich nicht anhängen. Dafür hat er

seine Leute, die für ihn ins Gefängnis wandern würden, wenn es drauf ankäme.«
»Und wie sollen wir uns verhalten?«
»Das will ich mir sehr gut überlegen. Jedenfalls müssen wir uns so schnell wie möglich von ihm trennen, ohne daß er irgendeinen Verdacht schöpft.« Richardson stand auf. »Wir sprechen später darüber.«
Cassie sah, wie er den Raum verließ. Sie saß reglos da, alle Sinne in Alarmbereitschaft. Sie dachte an Eva, die ganz allein mit diesem Mann in Vietnam war und keine Ahnung hatte, wie gefährlich er ihr werden konnte. Sie erinnerte sich an die Angst in Evas Stimme, als sie letzte Nacht telefoniert hatten. Eva hatte ihr gesagt, daß sie mit Frazer zu irgendeinem Lager in der Nähe der Mine fahren würde. Aus einem plötzlichen Impuls heraus, ohne nachzudenken, öffnete Cassie die Schublade ihres Schreibtisches und holte die Genius-Akte heraus. Fünf Minuten lang studierte sie die Landkarte und prägte sich Entfernungen, Bezeichnungen und die Namen unbekannter kleiner Dörfer ein. Es war, als folge sie einer unsichtbaren Stimme, die so laut war, daß sie alle Vernunft übertönte. Sie mußte nach Vietnam, um Eva zu warnen und sie von Frazer wegzuholen, falls es nicht schon zu spät war.
Sie rief bei ihrem Reisebüro an und gab rasche Anweisungen. Man reservierte ihr einen Platz im nächsten Flugzeug nach Hanoi und ein Zimmer im Hotel Metropole.
Sie wartete, bis Emma ihren Schreibtisch verließ, griff nach ihrer Handtasche und eilte aus dem Büro. Sie nahm die Hintertreppe, um nicht an Richardsons Büro vorbei zu müssen. Auf der Straße winkte sie einem Taxi und fuhr nach Hause, wo sie den Fahrer bat, zu warten. Dann lief sie nach oben und packte ihren Koffer. Als sie wieder runterkam, tauchte gerade ein noch ziemlich verschlafener David Wilson in seiner Zimmertür auf.
»Wohin so eilig? Wieso bist du nicht im Büro?«
»Ich fliege nach Hanoi.«
»Wozu denn das, verdammt?«

Cassie ließ den Koffer fallen, der, von seinem eigenen Gewicht getragen, bis zum Fuß der Treppe polterte, und setzte sich auf die Stufen. David zwängte sich neben sie.
»Ich will Eva und ihre Mine besuchen.«
»Ist sie denn in Vietnam?«
Cassie nickte.
»Und wo wirst du wohnen?«
»Weiß ich noch nicht«, erklärte Cassie ausweichend.
»Moment mal. Du fliegst schließlich nicht einfach nach Brighton. Du kannst nicht auf gut Glück dort auftauchen. Und warum so eilig? Gestern noch hast du Pläne für das Wochenende gemacht, und jetzt fliegst du plötzlich ans andere Ende der Welt.«
Er packte sie an den Schultern und drehte sie zu sich um. »Was geht da vor, Cass?«
Sie sah ihn finster an, machte aber keine Anstalten, sich von seinem Griff zu befreien.
»Ich weiß es nicht. Genau das will ich ja rausfinden.«
»Das ist keine Antwort. Mein Gott, Cass! Du kannst doch nicht einfach so nach Vietnam verschwinden.«
Sie stand auf. »Doch, kann ich wohl.« Ihr Gesichtsausdruck verhärtete sich, als wolle sie seine Worte abwehren. Er spürte ihre Entschlossenheit.
»Laß mich wenigstens mitkommen.«
Sie blieb stehen, gerührt von seiner Fürsorge, und bückte sich, um ihn auf die Wange zu küssen.
»Mach dir keine Sorgen, David. Ich komme schon klar.« Sie hob den Koffer am Fuß der Treppe auf.
David seufzte, als er sah, wie sie Richtung Tür ging. Ihre Bewegungen wirkten seltsam steif.
»Okay, dann bleibe ich und halte die Stellung. Ist es das, was du willst?«
»Ja.«
Sie küßte ihn nochmals. Er drückte sie an sich und ließ sie dann los.

Gerade als sie das Haus verlassen wollte, klingelte das Telefon. Ärgerlich griff sie nach dem Hörer.
»Hallo!« Es klang mehr nach einem Fluch als nach einer Begrüßung.
»Cassie. Hallo. Ich bin's, Aubrey Goldstein.«
»Oh, Aubrey, wie geht es Ihnen?«
»Sind Sie beschäftigt? Störe ich Sie?«
»Ich bin auf dem Weg zum Flughafen.«
»Ah, wohin geht es denn?«
»Nach Vietnam.«
Schweigen. Cassie wartete ungeduldig, dann sagte Goldstein sanft, fast verführerisch:
»Zur Genius-Mine?«
»Das war ja wohl nicht schwer zu erraten.«
»Nein. Vietnam, Sie, Diamanten, Genius. Ich glaube nicht an Zufälle.«
»Ich auch nicht.« Sie dachte an das Baissemanöver, an Case Reed in den roten Zahlen, und ihre Stimme wurde härter. »Was kann ich für Sie tun?«
»Ich kenne da jemand, der eventuell an Genius-Aktien interessiert wäre.«
Cassie zögerte und zwang sich, in den Geschäfts-Modus umzuschalten.
»Will er Kontrolle?«
»Möglicherweise. Über die Mittel verfügt er.«
»Dann sagen Sie ihm, daß er mich im Hotel Metropole von Hanoi treffen soll. Alles weitere können wir dort besprechen, wenn er Interesse hat.«
»Ich werde es ihm mitteilen.«
Die Leitung knackte, und sie war weg. Goldstein wählte eine andere Nummer.
»Ich glaube, daß wir mit Genius ins Geschäft kommen können. Stewart will, daß jemand sie im Hotel Metropole von Hanoi kontaktiert.«
»Ist sie endlich soweit?« Die Stimme klang sarkastisch, abge-

stumpft und kalt. Offensichtlich war der Sprecher es gewohnt, immer recht zu behalten und alles im voraus zu wissen. »Dann fliegen Sie hin. Drüben ist sie vielleicht etwas zugänglicher. Sie wird weit weg sein von zu Hause, und die Umgebung ist nicht gerade zuträglich für eine Frau, die allein reist. Versuchen Sie Ihr Bestes. Kaufen Sie ihre Anteile auf. Jetzt ist es günstig bei einem derart niedrigen Kurs. Case Reed und sie haben wahrscheinlich eine Menge Geld verloren.«

»Bestimmt.«

»Die Einzelheiten überlasse ich Ihnen. Tun Sie, was Sie für richtig halten.«

42

Das Fax vom Flughafen Heathrow lag in Stormonts provisorischem Büro in der Tooley Street auf dem Schreibtisch, als er um fünf Uhr nachmittags dort eintraf. »Cassie Stewart hat um 11 Uhr vormittags mit dem Flug TG915 nach Bangkok das Land verlassen. Von dort ist ein Anschlußflug nach Hanoi gebucht. Ankunft in Hanoi 12 Uhr 20 Ortszeit. Sie reist allein. Zwei Gepäckstücke.«

Stormont hatte die Special Branch in Heathrow und Gatwick benachrichtigt, für den Fall, daß Cassie das Land verlassen sollte. Es hatte sich bezahlt gemacht. Doch die Genugtuung, die ihm seine Vorahnung hätte verschaffen können, wurde von neuen Ängsten über diesen plötzlichen Trip nach Hanoi überschattet. Er zerknüllte das Fax und warf es in den Papierkorb. Dann rief er bei Case Reed an.

Emma meldete sich. »Cassie Stewarts Büro.«

»Könnte ich bitte mit Cassie sprechen?«

»Oh, sie ist außer Haus.«

»Wissen Sie, wo ich sie erreichen kann?«

»Ist es geschäftlich oder privat?«

»Privat.«

»Möglich, daß sie zu Hause ist.«

»Möglich?«

»Hm, genau kann ich es Ihnen nicht sagen, ich weiß es nicht.«

»Es ist wichtig.«

»Wahrscheinlich kommt sie gleich wieder, sie ...«

»War sie heute schon im Büro?«

»Ja. Heute früh.«

»Danke schön.« Stormont legte auf und rief nach Aden, der nach Stormonts vorübergehendem Tapetenwechsel ein winziges Büro gleich nebenan bezogen hatte.

Aden erschien aufgeregt an der Tür.

»Was ist los?«

»Cassie Stewart ist auf eigene Faust nach Vietnam geflogen. Anscheinend ist sie heute morgen zur Arbeit gefahren und dann einfach verschwunden, ohne etwas zu sagen. Bei Case Reed weiß niemand, wo sie steckt.«

Aden setzte sich. »Warum sollte sie das tun?«

»Ich vermute, daß sie wieder mit Eva oder vielleicht sogar mit Frazer gesprochen hat. Irgendwas muß ihr komisch vorgekommen sein. Nicht so, daß sie völlig verschreckt war, dann wäre sie wohl nicht geflogen. Aber immerhin muß es sie so stutzig gemacht haben, daß sie einfach verschwunden ist, ohne Case Reed zu informieren, und die sind schließlich verantwortlich für diesen Deal.«

Aden schüttelte den Kopf. »Das paßt irgendwie nicht zusammen. Ich glaube, daß wir was übersehen.«

Stormont dachte eine Weile nach. »Wahrscheinlich haben Sie recht. Wir sollten aber die Möglichkeit nicht außer acht lassen, daß Eva Cassie womöglich gewarnt hat, weil etwas nicht stimmt. Sie hat sie nicht in Panik versetzt, aber doch beunruhigt. Bloß warum? Wollte Eva vielleicht, daß Cassie nach Vietnam kommt? Das bezweifle ich. Vermutlich wollte sie, daß Cassie mir gegenüber etwas erwähnt, oder sie hat sich gedacht, ich würde Cassie anrufen, um auf Umwegen zu erfahren, was mit ihr los ist, nachdem sie uns nicht kontaktieren konnte. Eva versucht, Cassie als Vermittlerin zu benutzen, doch Cassie hat ihre eigenen Ziele und ist jetzt mehr in die Sache verwickelt, als einer von uns hatte voraussehen können. Das ist das, was wir übersehen haben. Wieso ist Cassie übers Ziel hinausgeschossen?«

»Vielleicht hat sie bei Case Reed etwas erfahren?«

»Möglich. Aber was? Cassie engagiert sich nicht so schnell. Sie

beobachtet, wägt ab und hat ein außerordentliches Gespür, aber sie hält sich stets bedeckt.«
»Moment mal. Immerhin ist sie Banker. Sie hat mit Risikoanlagen zu tun, investiert in äußerst riskante Transaktionen. Da kann man sich nicht bedeckt halten.«
Stormont warf ihm einen verächtlichen Blick zu. »Das ist ihr Job. Beamte und Politiker, die Notfallstationen schließen, sind verantwortlich für den Tod von Menschen. Aber sie legen nicht selbst die Hand um den Hals eines Opfers und drücken zu. Wenn Cassie mit dem Risiko spielt, sitzt sie in einem voll klimatisierten Raum mit Doppelglasfenster, und anschließend kehrt sie in ihr hübsches Häuschen in Chelsea zurück. Sie selbst geht keinerlei Risiko ein. Sie muß es nicht am eigenen Leib erfahren.«
»Okay, okay.«
»In einem haben Sie trotzdem recht«, setzte Stormont hinzu und überraschte Aden damit so sehr, daß dieser sich aufrichtete. »Sie ist nach Vietnam geflogen. Das paßt nicht zu ihrem Charakter. Etwas, das uns entgangen ist, eine Art Katalysator, muß sie dazu gebracht haben.«
»Aber was?«
»Da können wir lange spekulieren.« Stormont drückte auf eine Taste seiner Sprechanlage. »Elsa, ich muß so schnell wie möglich nach Hanoi.«
Minuten später rief Elsa zurück. »Sie müssen einen Linienflug nehmen, fürchte ich. Die Jungs von der Air Force stellen sich quer. Angeblich ist vor morgen früh nichts frei.«
»Vergessen wir's. Ich nehme einen Linienflug.«
»Am schnellsten geht es über Hongkong. Ich habe Sie bereits auf einen Virgin-Flug gebucht. Abflug von Heathrow um 20 Uhr 30, Ankunft in Hongkong 17 Uhr morgen nachmittag. Um 19 Uhr haben Sie einen Anschlußflug nach Hanoi mit Cathay Pacific.«
»Gut. Danke, Elsa.«
»Was haben Sie vor?« fragte Aden.

»Ich weiß es noch nicht. Ich werde mich ins Getümmel stürzen und selber Katalysator spielen.«

»Wahrscheinlich ist längst alles explodiert, bis Sie ankommen.«

»Das glaube ich nicht. Noch ist nichts entschieden, im Moment versuchen alle noch rauszukriegen, auf welcher Seite die anderen stehen. Ich komme noch rechtzeitig.«

»Wozu?«

»Zur Explosion, wie Sie selbst sagten.«

43

Als Cassies Flugzeug sich Hanoi näherte, flog Stormont gerade über Saudi-Arabien hinweg, und Aubrey Goldstein wartete in der Abflughalle von Heathrow.

Die Maschine setzte zum Landeanflug an, und Cassie sah aus dem Fenster. Rote Erde, so weit das Auge reichte, dunkel wie getrocknetes Blut. Gelegentlich bildete sie kleine spitze Hügel. Je mehr das Flugzeug an Höhe verlor, desto flacher wurde das Land, und Cassie konnte Reisfelder ausmachen, endloses grünes Sumpfland, das sich bis zum Horizont erstreckte. Sie sah Menschen wie kleine Punkte, Ochsen und große staubig-grüne Bäume mit breiten Wipfeln, die wie ein Baldachin die Hitze abhielten.

Die Maschine setzte sanft auf und rollte auf das niedrige Terminalgebäude zu, das funktional und häßlich war. Cassie nahm ihre Tasche aus dem Gepäckfach über dem Sitz und steckte ihr Buch hinein, Graham Greenes *The Quiet American*. Ob es noch sein Vietnam war? Ein Land, das mit seiner Schönheit ebenso bestach wie mit seiner Gewalttätigkeit?

Jemand trat gegen die Tür, und sie schreckte auf. Die Passagiere bildeten eine Schlange zum Aussteigen. Sie ging langsam und ungeduldig. Mit erhobenem Kopf und neugierigem Blick verließ sie die Maschine. Feuchte, glühende Luft schlug ihr entgegen. Sie ging die Treppen hinunter, überquerte das brennend heiße Rollfeld und betrat den Terminal, der zu ihrer Überraschung klimatisiert war.

Willkommen in der Sozialistischen Republik Vietnam stand auf einem Schild. Sie hatte das Gefühl, Zeuge der Geschichte zu sein. Dies war einer der letzten selbsternannten sozialistischen

Staaten auf der Welt. Wie lange würde es dauern, bis Vietnam sich dem Kapitalismus beugte, der seine Wirtschaft, wenn nicht auch seine Politik bereits fest im Griff hatte? Die Amerikaner hatten vor kurzem das Embargo aufgehoben, und die Geschäfte florierten. Trotzdem hing das Schild da, stolz und unübersehbar.

Sozialistische Republik. Cassie fragte sich, wie es wohl da draußen war, außerhalb der Enklave des Flughafens. Wie Ost-Berlin vor dem Fall der Mauer? Sie war siebenundachtzig dort gewesen und hatte das zersetzende Mißtrauen erlebt, das in der Luft lag, die graue, kalte Feindseligkeit der Behörden, das Gefühl, immer auf der Hut sein zu müssen, eine verschworene, düstere Spannung. Hier aber waren Kultur und Denken der Menschen anders, fremd. Nur wenig erinnerte an Europa, und es gab weder das kaukasische Mitgefühl noch Abneigung gegen Fremde.

Sie wußte so gut wie nichts über Vietnam. Plötzlich fühlte sie sich hilflos wie ein Kind. Ihr einziger Bezugspunkt war Eva, und vermutlich auch Frazer. Sie fragte sich, was wohl geschehen war, seit sie zuletzt Kontakt zu Eva gehabt hatte.

An der Gepäckausgabe wartete sie auf ihren Koffer. Neben ihr stand ein braungebrannter Mann mit langem, zu einem Zopf gebundenen Haar.

»Wo wollen Sie hin?« fragte er beiläufig. Er hatte freundliche Augen.

»Ins Zentrum von Hanoi, glaube ich.«

Sein Blick streifte ihre Kleidung. »Lassen Sie sich aber nicht von den Taxifahrern übers Ohr hauen. Zahlen Sie keinesfalls mehr als fünfzehn Dollar.«

»Danke, gut zu wissen. Und wo fahren Sie hin?«

»Ins Landesinnere. Ich bin Fotograf, immer auf der Suche nach einer Story.«

»Wie aufregend!«

»Jedenfalls aufregender als die U-Bahn.«

Das flüchtige Gespräch munterte Cassie unsinnigerweise auf.

Sie sah auf das Band, griff nach ihrem Koffer und nickte dem Mann mit dem Zopf zum Abschied zu. Dann ging sie weiter zum Zoll und den Einwanderungsbehörden.
Ein ernster Vietnamese studierte ihren Paß und verglich mehrmals das Foto mit ihrem Gesicht.
Schließlich war sie durch. Sie schleppte ihren Koffer in die Ankunftshalle.
Das Gebäude platzte aus allen Nähten. Überall warteten Leute, manche geduldig, andere kreischten, wenn sie Familienangehörige oder Freunde entdeckten, wieder andere machten sich gutmütig bemerkbar, um sich einen Weg durch die Menschenmassen zu bahnen. Cassie konnte nichts unterscheiden, sie hörte nur ein einziges Stimmengewirr. Es war nicht bedrohlich, sondern generell freundlich, aber so laut, daß sie sich von Lärm und Hitze überwältigt fühlte.
Zwei Einheimische standen etwas abseits und beobachteten die neu angekommenen Passagiere. Als sie Cassie ausmachten, nickten sie und kämpften sich durch die Menge zu ihr.
»Taxi, Madam?« sagte der eine und nahm ihren Koffer.
»Wieviel bis zum Zentrum?«
»Zwanzig Dollar.« Sein breites Lächeln offenbarte zwei schwarze und zwei fehlende Zähne.
»Zuviel. Fünfzehn.«
»Fünfzehn? Ich bin Geschäftsmann. Ich habe ein Unternehmen. Fünfzehn nicht genug.«
»Dann eben nicht, vielen Dank«, erklärte Cassie und wollte weitergehen.
»Okay, fünfzehn. Fünfzehn Dollar«, sagte der Mann hastig.
Cassie überließ ihm den Koffer. Angenehm überrascht von ihrem ungeahnten Handelsgeschick übersah sie die wahren Absichten der beiden.
Sie brachten sie zu einem verrosteten schwarzen Lada. Einer öffnete ihr die Tür und knallte sie dann heftig hinter ihr zu.
»Tür geht nicht richtig zu«, grinste er in ihr erschrockenes Gesicht. Er stieg ein und öffnete seinem Kumpel die Beifahrer-

tür. Beide drehten sich grinsend zu Cassie um, die nur ein flüchtiges, unbehagliches Lächeln zustande brachte.
Die Männer unterhielten sich auf Vietnamesisch. Gelegentlich drehten sie sich um und lächelten ihr zu, doch ihre Gesichter waren nicht gerade beruhigend.
Sie fuhren durch eine Landschaft, die sich mit nichts vergleichen ließ, was sie je gesehen hatte. Überall Chaos – Autos, Lastwagen, Motorräder, Fahrräder und Ochsenkarren fuhren wild durcheinander und verstopften die staubigen Wege, begleitet von einem ständigen Hupkonzert. Cassie traute sich nicht, nach vorne zu sehen aus Angst vor einem möglichen Zusammenstoß. Nur durch riskante Manöver, die sie zuweilen bis an den Rand des tiefen Straßengrabens schleuderten, konnte der Fahrer Unfälle vermeiden, und schon nach wenigen Minuten war Cassie mit den Nerven am Ende.
Zu beiden Seiten war die Straße von Reisfeldern gesäumt. Die Frauen arbeiteten gebückt, den Kopf von kegelförmigen Hüten geschützt. Cassie hatte immer gedacht, die gäbe es nur im Film. Ochsen grasten auf Flecken von Grün. Eine seltsame Ruhe ging von ihnen aus, als interessierten sie sich für nichts als das Gras, das nie aufhören würde zu wachsen, und die Sonne, die ewig scheinen würde.
Meilenweit fuhren sie durch diese Landschaft. Cassie fragte sich, ob sie dabei waren, im Landesinneren zu verschwinden, oder ob sich früher oder später inmitten dieser ländlichen Armut Anzeichen einer Metropole zeigen würden. Schließlich tauchten sie tatsächlich auf. Die Straßengräben wichen schmutzigen Kanälen und die Reisfelder vereinzelten Häuser, die sich immer dichter aneinanderdrängten, je näher sie der Stadt kamen.
Die Kanäle führten eine braune Brühe, die sich gelegentlich vor irgendwelchen Abfällen staute. Überall hockten Leute und unterhielten sich oder beobachteten schweigend den Zirkus um sich herum. Kinder und Hunde spielten. Häuser säumten die Straße. Groß und schmal, die meisten aus Stein. Gelbe und

orangene Farbe blätterte von den abbröckelnden Fassaden. Überall stapelten sich Ziegelsteine, wurden neue Häuser gebaut. In den Buden am Straßenrand standen hübsch arrangierte Reihen von Flaschen zum Verkauf aus. Straßenverkäufer saßen neben Bergen von Äpfeln, Orangen, Bananen und Melonen.
Cassie steckte den Kopf aus dem Fenster und spürte den Wind im Gesicht. Lastwagen dröhnten an ihnen vorbei und hinterließen den metallischen Geruch von Diesel in ihrem Mund. Ihre Haut war feucht vor Hitze, und die zerknitterten Kleider klebten an ihrem Körper.
Sie war überwältigt, vollkommen allein in dieser fremden Kultur, die mit der westlichen Zivilisation nichts gemein hatte. Sie fühlte sich aller eigenen Ressourcen beraubt. Diese Ohnmacht erschreckte sie, und obendrein hatte sie zu ihrer Überraschung und ihrem heimlichen Grauen das Gefühl, daß sich langsam aber sicher Panik in ihr ausbreitete. Sie zwang sich, gleichmäßig und tief durchzuatmen, doch es gelang ihr nicht. Sie hatte das Gefühl, einfach keine Luft zu bekommen.
Aber sie mußte doch noch irgendwelche Kräfte haben, die sie mobilisieren konnte. Sie wünschte, sie könnte danach suchen, war aber zu eingeschüchtert, um es auch nur zu versuchen.
Der Wagen rollte über die Straße, die jetzt wieder holpriger wurde. Der Verkehr ließ nach. Wieder fuhren sie durch offenes Land. Reisfelder, Kühe, Enten und Flüsse. Sie passierten mehrere mit Holzgittern verzierte Brücken. Sie versuchte, eine innere Ruhe zu finden und alle Gefühle auszuschalten, doch vergeblich. Die Panik hielt an.
Sie warf einen Blick auf die Uhr. Seit über einer Stunde waren sie unterwegs. Sie hatte keine Ahnung, wohin sie fuhren, saß mit geschlossenen Augen da und wartete.
Durch die ausgeleierte Federung spürte sie jedes Holpern. Irgendwann hörte sie, daß der Verkehrslärm wieder zunahm. Dann blieb der Wagen stehen. Sie schlug die Augen auf.
»Hotel Metropole«, sagte der Fahrer mit einem breiten Grinsen, als mache er sich über ihre Angst lustig. Aus seiner naiven

Sicht ist es sicher auch lustig, dachte sie und gab ihm die fünfzehn Dollar. Am liebsten hätte sie selbst losgelacht. Sie war in Sicherheit, nur ihre Phantasie war eine Zeitlang mit ihr durchgegangen. Zu Recht?

Sie dachte an Eva. Was sie wohl machte? Cassie versuchte, ihre Anwesenheit zu fühlen, doch da war nichts.

Der Fahrer übergab dem Portier Cassies Koffer, dann stiegen er und sein Begleiter wieder in den Wagen und fuhren davon. In einer Nebenstraße, eine Meile vom Hotel Metropole entfernt, parkten sie und betraten ein Haus. Der Fahrer wählte eine Nummer und sagte in einwandfreiem Englisch:

»Wir haben sie abgeholt und zum Hotel Metropole gefahren. Macht einen ziemlich nervösen Eindruck.«

»Behaltet sie im Auge. Und findet raus, wer sie beschattet. Wir sind bestimmt nicht die einzigen. Aber greift nicht ein, noch nicht.«

44

Das Metropole war ein großes weißes Gebäude im Kolonialstil an einer schmutzigen, von Bäumen gesäumten Straße. Im Foyer hingen mehrere sechseckige Uhren mit den Zeiten von Paris, Moskau, London, New York und Sydney. Abgesehen von dem leicht exotischen Touch, den die Moskauer Uhr darstellte, war es eingerichtet wie jedes Fünfsternehotel auf der Welt. Überall Marmor und Kronleuchter. Nur die grabesähnliche Stille anderer großer Hotels suchte man hier vergebens. Cassie spürte eine fast zwanghafte Aufregung und Erwartung. Alle Gäste hatten etwas Zielstrebiges an sich.

Eine schöne Vietnamesin kam auf sie zu. Sie trug eine lange, an den Seiten geschlitzte Tunika über einer blaßgelben Seidenhose. Lächelnd führte sie Cassie auf ihr Zimmer. Cassie schloß die Tür hinter sich und sah sich um. Es war beinahe dunkel, die Sonne wurde von Fensterläden aus dunklem Holz ausgesperrt. Der Fußboden und die untere Hälfte der Wände bestanden aus demselben dunklen Holz. Der Rest der Wände und die Decke waren weiß gestrichen. An einer Wand stand ein Bett mit glänzenden weißen Laken. Gegenüber hing ein großer Spiegel mit Goldrahmen.

Cassie öffnete das Fenster und schlug die Läden zurück. Lärm und Hitze strömten ins Zimmer. Sie lehnte sich aus dem Fenster und lächelte entzückt beim Anblick des Getümmels dort unten. Ein endloser Strom von Taxis und Rikschas, die unentwegt Gäste brachten oder abholten. Die Rikschafahrer buhlten schreiend um die Gunst der Fußgänger, »Spazierfahrt, Mister? Okay?«, manche aufdringlich, manche resigniert. Es war interessant zu sehen, wie die Passanten reagierten. Sie würde die zurückhaltenderen bevorzugen. Kinder und Hunde liefen herum, unberührt von der sengenden Hitze. Alte Frauen hockten auf den behelfsmäßigen Bürgersteigen im Schatten der großen Bäume, während die ganze Zeit ein Wettrennen von Fahrrädern, Motorrädern, wild hupenden Autos und schreienden Passanten stattfand. Cassie wandte sich ab, zog sich aus und nahm eine lange Dusche.

In einem geblümten Rock und weißem T-Shirt ging sie hinunter zur Rezeption.

»Ich möchte einen Wagen mit Fahrer für morgen früh mieten.«

»Kein Problem. Wohin wollen Sie?«

»Ich weiß nicht genau, wo es ist«, sagte sie. Der Pförtner schenkte ihr einen nachsichtigen Blick. »Es liegt in der Nähe eines Dorfes namens Bac Giang, etwa achtzig Meilen nördlich von hier.« Cassie wußte, daß sich die Mine in der Nähe des Dorfes befand, und Eva hatte ihr gesagt, daß das Militärlager unweit von der Diamantenmine lag. Bac Giang war also zumindest ein Anhaltspunkt, der einzige, den sie hatte.

»Ich möchte zu einem alten Militärlager in der Nähe. Ich weiß nicht, wie es heißt, aber davon dürfte es nicht sehr viele geben.«

»Wir haben eine große Auswahl verschiedener Fahrer für besondere Gelegenheiten oder Ausflüge. Ich werde sie fragen, vielleicht weiß einer von ihnen, wo Ihr Militärlager ist.« Er konnte es sich nicht verkneifen, die letzten Worte besonders zu betonen und sie dabei scharf anzusehen.

»Das wäre sehr nett. Ich würde gerne gegen neun aufbrechen. Könnten Sie mir so schnell wie möglich bestätigen, daß es in Ordnung geht?«

»Selbstverständlich, Madam. Ich werde mein Bestes tun.«

Cassie holte sich an der Rezeption einen Stadtplan von Hanoi und trat auf die Straße hinaus. Jetzt, da sie sicher angekommen war, verschwand die Angst vor dem Fremden so schnell, wie sie gekommen war, und wich neugierigem Interesse.

Die Hitze und der Lärm in den Straßen trugen sie fort. Sie lief über die Ngo Quyen Street, vorbei an Reihen von sand- und orangenfarbenen Häusern, die von Pflanzen überwuchert waren. Hinter der abblätternden Farbe sah man das erstaunlich lockere Mauerwerk. Überall entdeckte Cassie Anzeichen einer verfallenden morbiden Schönheit in den ehemals prachtvollen Gebäuden, die als nostalgische Mahnmale der Vergangenheit fungierten.
An einer Kreuzung blieb sie stehen und versuchte, durch den dichten Verkehr auf die andere Straßenseite zu gelangen. Er schien undurchdringlich. Schließlich nahm ein alter Mann mit braungebranntem runzeligem Gesicht sie am Arm und führte sie über die Straße, während der Verkehr um sie herumrauschte. Als sie sicher auf der anderen Seite angekommen waren, bedankte sich Cassie bei dem Mann und bedauerte, kein Wort Vietnamesisch zu sprechen. Er nickte kurz und ging seines Weges. Cassie sah ihm nach, bis er in der Menge verschwunden war.
Sie schlenderte durch die Boulevards, ohne darauf zu achten, wohin sie ging. Später würde sie eine Rikscha zurück zum Hotel nehmen, also brauchte sie keine Angst zu haben, sich zu verlaufen. Sie spazierte um einen großen See mit einer Insel, die mit dem Festland durch eine gewölbte rote Holzbrücke verbunden war. Sie schaute in ihren Stadtplan und erfuhr, daß es die Jadehügel-Pagode war, die dem Gott der Literatur, Van Xuong, gewidmet ist.
Im Stil der Einheimischen überquerte sie den breiten Boulevard und ließ den Verkehr an sich vorbeibranden. Ein Gewirr aus kleinen Gassen mit hohen schmalen Häusern empfing sie. Die Häuser waren in den unterschiedlichsten Gelb- und Bernsteintönen gestrichen, und hin und wieder blitzte irgendwo ein schockierender Fetzen Türkis auf, so strahlend wie der Himmel über ihnen. Im Erdgeschoß der meisten Häuser waren kleine Läden untergebracht. Viele Straßen oder Teile von Straßen schienen einzelnen Berufsständen vorbehalten zu sein, in einer

gab es ausschließlich Kinderkleidung, in einer anderen Schuhe, Unterwäsche, Souvenirs für Touristen, Kuchen, Kassettenrecorder oder Nähmaschinen, viele davon in Betrieb und wild ratternd.
Die Luft war erfüllt von allen möglichen Düften, eine Mischung aus Abwässern, Essen, Gewürzen, Hunden, Jasmin, Räucherstäbchen, Abgasen, Dreck und Gaskochern. Überall fanden scheinbar spontane Picknicks in den Straßen statt, die Leute kochten auf ihren Gaskochern und schwängerten die Luft mit dem Aroma von Koriander, Ingwer und Chili. Frauen tranken Tee oder priesen Melonen und Maiskolben an, die sich auf Tischen vor ihnen stapelten.
Cassie beobachtete die Gesichter der Menschen. Sie ging weiter, wahrscheinlich in einem großen Kreis, sie wußte es nicht, und kam zur Straße der Friseure. Man hörte nur das Klappern unzähliger Scheren. Es mußten vierzig bis fünfzig Friseure sein, die hier arbeiteten, alle in einer Reihe, unter blauen Markisen. Ihre Kunden, durchweg Männer, sahen sehr geschniegelt aus. Einige trugen Anzüge, andere Baskenmützen.
Cassie warf einen Blick auf die Uhr. Seit zwei Stunden war sie unterwegs. Sie hatte keine Ahnung, wo sie sich befand oder in welcher Richtung das Hotel lag. Sie sah sich nach einer Rikscha um, ohne die beiden Gruppen von jeweils vier Männern zu bemerken, die sich in der Menge versteckt hielten und sie beobachteten. Selbst wenn sie ihr aufgefallen wären, hätte sie sich nichts dabei gedacht. Sie war Aufsehen gewohnt. Sie suchte sich einen Fahrer aus und winkte ihm zu. Der Mann brachte sein Fahrrad zum Stehen.
»Zum Metropole.«
Der Fahrer nickte, wartete, daß sie vorn auf den Holzsitz kletterte und trat dann heftig in die Pedale. Hastig wurden weitere Rikschas herbeigewunken und nahmen die Verfolgung auf, unbemerkt im Schutze des Getümmels.
Cassie drehte sich um und warf einen Blick auf ihren Fahrer. Er war höchstens halb so groß wie sie, dünn, aber drahtig, wahr-

scheinlich sehr kräftig für seine Statur. Kein Gramm überflüssiges Fett. Sie fragte sich, was er wohl jeden Tag zu essen hatte. Irgendwie fühlte sie sich schuldig, daß sie in dem winzigen Karren saß, während er sich in der prallen Mittagsonne abstrampeln mußte. Doch er schien beinahe phlegmatisch, alles andere als verbittert. Eher strahlte er würdevolle Resignation aus. Cassie stieg am Metropole aus, gab dem Fahrer ein großzügiges Trinkgeld und ging auf ihr Zimmer, um sich zu duschen und fürs Abendessen umzuziehen.

Der Pförtner sah sie vorbeigehen und zerbrach sich den Kopf, wie er es ihr beibringen sollte. Er hatte all seine Fahrer kontaktiert, doch keiner wußte, wo sich das Militärlager befand. Kurz ehe er sie anrief, um ihr mitzuteilen, daß sie leider auf ihren ausgefallenen Ausflug verzichten müsse, klingelte das Telefon. Ein Unbekannter meldete sich.
»Ngo Lung hat gemeint, ich solle Sie anrufen. Er sagt, Sie suchen jemanden, der einen Gast zu einem Militärlager in der Nähe von Bac Giang bringen soll? Ich kenne das Camp. Ich kann Ihren Gast fahren. Ich habe ein gutes Auto, japanisches Modell. Fünf Jahre alt, gute Federung, Klimaanlage . . .«
»Sind Sie ein Freund von Ngo?«
»Sie können ihn anrufen, wenn Sie wollen, und sich nach mir erkundigen.«
Der Pförtner schwieg eine Weile und überlegte, ob es klug war, seinen Gast einem völlig Fremden anzuvertrauen. Aber war das nicht ein Glücksfall? Er wollte der schönen englischen Dame keine Absage erteilen müssen, obendrein war der Mann ein Freund von Ngo. Das ließ sich sehr einfach feststellen.
»Na gut. Kommen Sie morgen um neun ins Hotel. Der Name des Gastes lautet Stewart, Cassandra Stewart.«
»Ich werde da sein.«

Der Pförtner rief Cassie an. Jetzt, da sie wußte, daß sie zum

Camp fahren würde, kehrte die Angst zurück, die sie schon bezwungen zu haben meinte. Das Zimmer erschien ihr unerträglich klein. Sie ging hinunter in die Bar. An der Wandseite standen ein paar Tische im Halbdunkel, daneben gab es einen offenen Garten mit Swimming-pool. Auf der anderen Seite standen hell beleuchtete Tische und tiefe Sofas. Cassie entschied sich für ein Sofa und bestellte einen Whisky sour. Sie trank schnell, sah sich unauffällig um und versuchte, Fetzen der verschiedenen Gespräche in ihrer unmittelbaren Umgebung aufzuschnappen.

Nach dem zweiten Whisky sour ging sie in den Speisesaal. Sie überflog die Speisekarte und bestellte. Das Essen war unglaublich gut. Der erste Gang bestand aus einer süßsauren Fischsuppe in einer derart großen Schale, daß sie für vier Personen gereicht hätte. In der Suppe schwammen große Stücke verschiedener Fische, alle unbekannt, aber köstlich. Ein wenig beschämt, weil sie mit der großen Menge nicht fertig wurde, ließ sie die erst zu einem Drittel geleerte Schale stehen, um noch Appetit für den nächsten Gang zu haben: Hühnchen mit Ingwer und Koriander auf gedämpftem Reis.

Sie trank weiter Whisky sour, irgendwie brauchte sie das scharfe Brennen in der Kehle. Der anfängliche Heißhunger legte sich, sie aß langsamer und nahm sich die Zeit, ihre Umgebung zu beobachten.

Es gab mehrere Frauen, die allein am Tisch saßen, und auch Männer. Ein paar Grüppchen, ein paar Pärchen, darunter ein besonders auffallendes, weil sowohl die Frau als auch der Mann ausnehmend gut aussahen. Alle, auch dieses Pärchen, schienen sich immens für ihre Umgebung zu interessieren; jedenfalls beobachtete Cassie viele verstohlene Blicke, die zwischen den Nachbartischen hin und her flogen.

Sie selbst fühlte sich nicht im mindesten unsicher, allein am Tisch zu sitzen. Trotz ihrer Angst empfand sie ein wunderbares Gefühl von Anonymität, eines der verführerischsten Gefühle, die sie überhaupt kannte. Es brachte einen Hauch von Freiheit mit sich, als könne nichts auf der Welt ihr was anhaben. Jetzt plötzlich spürte sie die Kraft, die sie auf dem Weg durch den Dschungel aus lauter Angst nicht hatte finden können.

45

Andrew Stormonts Maschine landete erst um acht Uhr abends in Hongkong, nachdem sie wegen technischer Probleme drei Stunden auf dem Rollfeld in Heathrow hatte warten müssen. Den letzten Anschlußflug nach Hanoi hatte er verpaßt. Es blieb ihm nichts anderes übrig, als bis zum nächsten Morgen zu warten. Schon in London hatte er in seiner stillen Wut telefonisch Vorkehrungen getroffen. Ein Wagen hatte ihn am Flughafen abgeholt und zu der geheimen Wohnung in Wanchai gebracht. Colin McKenzie, der Leiter des Hongkonger Büros, war persönlich gekommen, um ihn über die neuesten Entwicklungen zu informieren. Er begrüßte Stormont mit einem Händedruck und einem Gin Tonic.

Stormont saß aufrecht in einem Sessel, mit entschlossenem Gesicht, ein wenig grau und erschöpft vom Schlafmangel.

»Es gab eine Menge Aktivitäten in Frazers Haus und bei seinen Angestellten. Acht von ihnen sind nach Vietnam geflogen. Frazer wurde von einer Frau begleitet, auf die Ihre Beschreibung paßt, blond, jung, sehr hübsch. Eva Cunningham. Irgendwas tut sich in Vietnam. Wir haben einen Bericht von dem Büro in Hanoi. Frazer und seine Männer haben sich in einem Militärlager etwa achtzig Meilen von Hanoi entfernt verschanzt. Ein paar seiner Leute und er selbst haben eine ganze Weile auf dem Gelände der Mine verbracht, es liegt ganz in der Nähe. Die Frau war dabei, ist aber seit gestern morgen nicht mehr gesichtet worden.«

»Ist wohl auch nicht der richtige Ort für so ein junges Ding, ein Militärlager im Dschungel. Wahrscheinlich hat Frazer sie zurückgeschickt.«

»Nein, das wäre unseren Leuten nicht entgangen«, widersprach McKenzie entschieden.
Stormont sah an ihm vorbei und sagte nichts. McKenzie beobachtete ihn und bemerkte sein Schweigen, sein Ankämpfen gegen Emotionen.
Stormont sah den anderen kaum, er dachte nur an Eva, an ihr Gesicht, ihre Haltung, stark und lebendig. Er schloß die Augen, um das Bild aus seinem Bewußtsein zu vertreiben.

Am nächsten Morgen wachte Cassie um sieben Uhr auf. Sie duschte und zog eine weite Baumwollhose, ein T-Shirt und Sportschuhe an. Dann packte sie ein paar Sachen zusammen, falls sie die Nacht in Evas Militärlager verbringen müßte, und ging frühstücken. Im Speisesaal setzte sie sich an einen Tisch am Fenster und bemerkte eine Reisegruppe, deren Mitglieder alle T-Shirts mit der Aufschrift: »Canadian Travel Agent's Educational Tour Vietnam 1995« trugen. Soviel zur Exotik.
Sie bestellte Croissants, Kaffee und Kokosnußmilch. Sie spielte mit den Croissants. Der gesunde Appetit von gestern abend war von der Aufregung erstickt worden. Um fünf vor neun ging sie zur Rezeption und fragte nach ihrem Fahrer. Ein drahtiger Vietnamese trat einen Schritt vor und stellte sich vor. Sein forschender Blick ruhte nur kurz auf ihr.
Sie folgte ihm zum Wagen, wo er ihr die Tür aufhielt. Sie stieg ein. Er schlug die Tür heftig zu und stieg auf der anderen Seite ein. Dann ließ er den Motor an und fädelte sich in den wimmelnden Verkehr ein.
Er sagte die ganze Zeit kein Wort. Nach einer halben Stunde wurde Cassie nervös und fragte:
»Wir fahren doch zum Militärlager, oder? Sie wissen, wo es sich befindet?«
Er schaute über die Schulter und sagte in tadellosem Englisch:
»Oh ja, das weiß ich.«
Danach verfiel er wieder in Schweigen. Cassie fand seine Worte

nicht so beruhigend, wie sie es sich gewünscht hätte, im Gegenteil, die zermürbende Angst in ihr wuchs. Sie sah aus dem Fenster auf die Reisfelder, die gebückten Frauen, die Ochsen und baufälligen kleinen Holzbrücken, die schwankten, wenn ein Mensch darüberlief. Doch selbst die Rinder benutzten sie. Schweigend fuhren sie weiter. Langsam kamen sie in höhere Gefilde und ließen die flachen Reisfelder hinter sich. Schließlich erreichten sie eine Gegend mit roter Erde und grünen Bäumen. Cassie kurbelte das Fenster herunter und ließ einen Schwall glühendheißer Luft herein. Sie legte sich um ihren Körper wie eine klebrige Hand. Schnell kurbelte sie das Fenster wieder hoch, um sich von der Außenwelt mit ihren fremdartigen Gerüchen und Geräuschen zu schützen. Sie saß eng an den schmuddeligen Rücksitz aus Plastik gepreßt da und sah zu, wie der Dschungel um sie herum wuchs.

Jetzt bog der Wagen in einen kleinen Pfad ein. Cassie fühlte, wie die Hitze durch das Dach schlug und die Klimaanlage ausschaltete. Sie fing an zu schwitzen. Unerbittlich brannte die Sonne auf sie herab. Dann bemerkte sie, wie der Fahrer nervös wurde. Er fuhr langsamer und warf ihr einen Blick über die Schulter zu.

»Wir sind bald da. Wie lange bleiben Sie?«

»Keine Ahnung. Das kommt ganz drauf an.«

»Worauf?«

Sie wußte es selbst nicht. Irgendein Instinkt hatte sie hergetrieben, und jetzt hoffte sie, daß sie unrecht hatte und alles in Ordnung war. Dabei war ihr klar, daß das nicht sein konnte. Sie runzelte die Stirn. Für einen Fahrer war er ziemlich neugierig. »Auf meine Laune«, antwortete sie scharf.

»Wenn Sie wollen, warte ich auf Sie. Wie wollen Sie sonst zurückkommen?«

»Ja, warten Sie eine Weile. Ich sage Ihnen Bescheid, ob ich bleibe oder nicht, wenn ich mit meiner Freundin gesprochen habe.«

»Ihre Freundin ist im Lager?«

»Ja. Sie erwartet mich«, fügte sie hinzu, für alle Fälle.

Eva stand äußerlich lässig da und rauchte eine Zigarette, obwohl ihre Sinne bis zum Zerreißen gespannt waren. Gleichgültig blies sie den Rauch in den Himmel und sah zu, wie er sich mit der stickigen Luft des Dschungels vermischte und auflöste. Sie wartete, bis der letzte Bodenposten in Frazers improvisiertem Büro verschwunden war, drückte den Stummel aus und bückte sich, um die Schnürsenkel ihrer Sportschuhe zuzubinden. Ein letztes Mal sah sie sich um. Auf dem Wachtturm stand noch ein Posten. Sie war hinter einem Stapel übereinandergetürmter Säcke verborgen, aber sobald sie sich bewegte, würde er sie sehen. Sie wartete, bis er sich umdrehte, um die andere Seite des Lagers zu beobachten. Dann lief sie zehn Meter über den offenen Hof in den dichten Dschungel hinein. Hinter einem Baum suchte sie Deckung und sah sich nach vermeintlichen Verfolgern um. Nichts. Es sah beinahe so aus, als wollten sie ihr die Flucht ermöglichen.
Den ganzen Tag schon schienen die Wachen abgelenkt, nervös und angespannt, als warteten sie auf etwas. Ihre Blicke waren in die Ferne gerichtet, nicht auf sie. Seit ein paar Tagen führten sie sich ihr gegenüber mit der Arroganz von Gefangenenwärtern auf. Tagsüber durfte sie sich innerhalb des Geländes frei bewegen, doch die Ausgänge waren streng bewacht und unpassierbar. Nachts wurde sie in ihrem Zimmer mit den vergitterten Fenstern eingeschlossen. Sie hatte alles beobachtet und auf eine Chance zu fliehen gewartet. Doch heute schienen die Posten zu ihrer Überraschung durch sie hindurchzusehen, als existiere sie gar nicht. Frazer betrachtete sie mit derselben Kälte, obwohl sich in seinen Augen immer noch das Bedürfnis verbarg, andere zu verletzen. Die Rollen standen fest. Sie war seine Gefangene. Jetzt sah sie sich nach allen Seiten um. Keine Spur von Gefahr, und doch spürte sie sie überall.
Sie lief schnell, kam aber kaum vorwärts. Im Dschungel lauerten tausend Fallgruben. Der Schweiß strömte an ihrem Körper

herab. Ihre Wut würde sie bei vierzig Grad Hitze die drei Meilen zur Mine und darüber hinaus tragen. Und die Wachen würden bald entdecken, daß sie weg war, das wußte sie. Möglich, daß sie sie noch vor der Mine abfingen, aber sie mußte es versuchen. Sie mußte herausfinden, was da vor sich ging, und dann das Weite suchen. Jetzt verstand sie das rätselhafte Verhalten der Posten. Sie hatten sie angesehen, als sei sie bereits tot. Die Zeit lief ihr davon. Sie rannte noch schneller, als wolle sie sie einholen.

Auf Frazers Anweisung hin hatte sie der alten Vertragsfirma gekündigt und seine Leute auf das Gelände gelassen. Die neue Mannschaft hatte sofort mit den Probebohrungen begonnen und eine derart hektische Betriebsamkeit an den Tag gelegt, daß es ihr vorkam, als verberge sich dahinter etwas ganz anderes. Sie zwang ihren Körper, schneller durch den dichten Dschungel zu laufen. Die einzigen Geräusche weit und breit waren das Kreischen aufgeschreckter Vögel und ihr eigenes Keuchen. Es wurde heller. Eva wußte, daß sie in die Nähe der Lichtung kam, wo sich die Mine befand. Sie ging jetzt langsamer, und das letzte Stück kroch sie auf allen vieren. Hinter einem Baum, ein paar Schritte von der Lichtung entfernt, suchte sie Deckung. Von hier hatte sie eine gute Sicht. Die Holzhütten stöhnten unter schweren Vorhängeschlössern. An den vier Ecken des Geländes waren Wachen postiert. Und die neuen Maschinen waren auch schon da.

Wie jeden Tag herrschte auch heute emsige Geschäftigkeit auf der Mine. Die großen gelben Monster wühlten die Erde auf. Schlangen von Lastwagen fuhren dröhnend über das Gelände und luden die ausgegrabene Erde in zwei Haufen ab, beide nur einen Steinwurf von ihr entfernt.

Wieder näherte sich ein mit kleineren weißen Steinen beladener Lastwagen dem ersten Haufen. Er kam aus einer anderen Richtung. Komisch, dachte Eva. Es gab überhaupt keine Erde zwischen den Steinen, sie waren ganz sauber. Schließlich hob sich die Ladefläche des Lasters und kippte die Steine auf den einen

Erdhaufen. Staunend beobachtete Eva, daß sie praktisch geräuschlos zu Boden fielen, ohne das übliche Rumpeln und Poltern. Dann wendete der Laster und fuhr davon.
Eva sah sich um. Der Erdhaufen bildete eine gute Deckung vor den Arbeitern und dem Wachtposten, der gelegentlich vorbeikam. Sie kroch auf allen vieren vorwärts und versteckte sich dahinter.
Einer der weißen Steine lag in ihrer Reichweite. Sie griff danach. Als sie die Oberfläche berührte, gefror ihre Haut zu Eis – der Stein war aus Gummi. Und mit irgend etwas gefüllt. Sie wühlte in der Erde nach einem echten Stein. Schmutz setzte sich unter ihren Fingernägeln ab, der Schweiß lief ihr über das Gesicht. Schließlich stieß sie auf einen scharfkantigen Felsbrocken und verletzte sich am Finger. Blut. Sie nahm den Stein und begann, das Gummi aufzuschneiden. Rasch war eine kleine Kerbe entstanden, die sie weiter bearbeitete, bis sie durch war. Als sie den falschen Stein hochhob, rieselte ein dünner Strah weißen Pulvers heraus. Sie erkannte es auf den ersten Blick und spürte, wie sich ihr Magen umdrehte. Sie mußte keinen Finger anfeuchten, keine Probe nehmen, nichts probieren. Sie wußte genau, was es war – Heroin. Frazer hatte ihre eigene Falle gegen sie gerichtet. Jetzt durchschaute sie seinen Plan. Vermutlich wollte er unter dem Vorwand der Probebohrung die heroingefüllten Steine zusammen mit den Bodenproben nach Australien schicken. Ein genialer Plan.
Da ihre Sinne von Wut betäubt waren, hörte sie die Schritte nicht, die sich näherten, spürte die unmittelbare Gefahr nicht, bis es zu spät war, eine Hand ihre Schulter umklammerte und der Lauf einer Pistole ihre Schläfe berührte.
Sie bewegte nur die Augen und erkannte den harten kalten Blick des Wachtpostens, der auf sie herabstarrte, ein Posten mit Funkgerät und Pistole. Zweifellos entsichert. Das Funkgerät krächzte. Sie hörte den Posten auf Vietnamesisch sagen: »Frazers Frau ist hier. Sie hat den Stoff gefunden.«
Alles schien überirdisch still, alle Geräusche von außen unend-

lich weit entfernt. Sie hörte nur das Rauschen in ihrem eigenen Kopf. Sie spürte nur die Angst, die sich vor ihr ausbreitete, und den raschen, übelkeiterregenden Verlust der Entdeckung, des Endes eines Spiels, das sie nie aufgegeben hätte, obwohl sie wußte, daß ihr jetzt nichts anderes übrigblieb. Genau wie sie wußte, was jetzt auf sie zukam, wenn auch nicht wie und wann. Das waren bloß die beinahe irrelevanten Begleitumstände ihres Todes, der feststand. Die letzten vier Jahre waren ein Geschenk gewesen, das sie Frazer gestohlen hatte. Jetzt würde er sie sich zurückholen. Lange starrte Eva ins Leere, dann sah sie den Wachposten an. Jetzt war jede Sekunde ein Bonus.

Neben ihnen kam ein Jeep zum Stehen. Drei weitere Wachen sprangen heraus. Einer fesselte ihr mit einem Strick die Arme auf dem Rücken. Dann bedeuteten sie ihr, einzusteigen. Sie kletterte auf den Rücksitz, zu beiden Seiten von Wachtposten flankiert. Die zwei anderen saßen vorn. Schließlich holperten sie über die Piste durch den Dschungel zurück zum Lager und zu Frazer.

Eva betrachtete die Bäume, nahm jedes Blatt bis ins letzte Detail wahr. Sie sah zum Himmel auf, der sich blau und riesig über ihr ausbreitete, endlos weit, bis nach England, bis zu dem Haus, in dem sie als Kind gespielt hatte, bis zu der leeren Hülle, die sie jetzt Zuhause nannte, und zu Stormont. Sie sah sein Gesicht, so klar, als stünde er vor ihr, hörte seine Stimme, spürte seine Gegenwart und wußte zugleich, welche Tricks ein verrücktes Gehirn einem spielen kann. Es war klar, daß sie vollkommen allein war.

Frazer stand in seinem Holzhaus und wartete. Er war bereit für sie. Ein Ventilator drehte sich über seinem Kopf und bewegte die stickige Luft, die sich auf sie legte wie Miasma, als sie hereingeführt wurde. Frazer musterte sie stumm. Eva stand unbewegt vor ihm. Zwischen ihnen hing die gleiche Spannung, die auch ihren Sex begleitet hatte. Doch jetzt verhieß der Blick

in seinen Augen Tod. Es gab keine Täuschung, keine süßverzukkerte Ablenkung. Eva stand starr da, bereit, um sich zu schlagen. Frazer stand lässig, als habe er alle Zeit der Welt.
Schließlich lächelte er, und sie spürte, wie ihr übel wurde. Er hatte die Arme auf dem Rücken verschränkt und schien irgendwas in der Hand zu haben. Als er sprach, war seine Stimme eisig und unbewegt.
»Du hast also mein Heroin gefunden, Eva. Du weißt davon, nicht wahr, du hast es selbst benutzt, glaube ich, als du für mich gearbeitet hast. Acht Jahre ist das jetzt her. Le Mai glaubte schon in London, dich wiedererkannt zu haben. Ich wollte ihm damals nicht glauben, daß du ein Junkie warst, dich von der Sucht befreit hast und nach so vielen Jahren hinter mir her sein solltest. Ich hatte einen Privatdetektiv auf dich angesetzt, als wir uns kennenlernten. Er erklärte dich für völlig gesund. Du wirktest genauso wie das, was du angeblich warst, eine Englischlehrerin in Vietnam, die das große Los gezogen und eine Diamantenmine entdeckt hatte. Ist zwar selten, aber nicht ausgeschlossen. Doch nach Le Mais Verdacht ließ ich durch eine andere Quelle weitere Nachforschungen anstellen und bekam Wind von deiner Heroinsucht. Seit diesem Augenblick, meine liebe Eva, bist du tot. Du und der Privatdetektiv, der mich belogen hat, Owen Quaid.« Er zuckte die Achseln. »Quaid hat eine Affäre mit deiner Freundin Cassie. Wahrscheinlich haben sie unter einer Decke gesteckt, um dich zu beschützen. Aber das hat dir nicht viel gebracht, wie?«
Sie beobachtete ihn. Ihre Angst paarte sich mit Verwirrung. Wie konnte er von ihrer Abhängigkeit erfahren haben? Ihre Krankenberichte waren gelöscht und durch neue ersetzt worden.
Er trat einen Schritt auf sie zu. Irgendwas hielt er hinter dem Rücken versteckt.
»Ach, Eva, was für eine Verschwendung. Du bist so schön, du hattest so viele gute Eigenschaften ... eine ungeheure Willenskraft – nicht viele Junkies schaffen es, clean zu werden. Aber alles für einen guten Zweck, wie?« Sein Mund verzog sich zu

einem sarkastischen Grinsen. »Also bist du zurückgekommen und hast versucht, mich für den MI6 in die Falle zu locken, stimmt's? Ich wußte die ganze Zeit, daß sich irgendwo in meiner Organisation eine Agentin versteckt hielt. Einmal glaubte ich schon, ich hätte sie erwischt. Sie wurde geschnappt und aufgehängt, also konnte sie es nicht gewesen sein, ihre Leute hätten sie sonst rausgeboxt. Ich nehme an, du hast davon gehört. Sie war eine Freundin von dir, wenn ich mich nicht irre.« Sein spöttischer Blick brachte sie zur Raserei. »Doch das war nur ein kleiner Verlust, und letzten Endes habe ich dich doch gekriegt, meine kleine Spionin.« Er strich mit einem Finger über ihre Wange und fuhr zurück. Ihre Haut war wie Eis. Er sah an ihr vorbei und lachte dann plötzlich. In seinen Augen funkelte stille Wut. »Der MI6 führt einen Privatkrieg gegen mich. Sie brauchen eine Rechtfertigung für ihre Existenz, deshalb pfuschen sie im Drogenhandel herum und im Waffenhandel, versuchen, die Kontrolle zu behalten, und streuen gelegentlich etwas Sand ins Getriebe, wenn es gar nicht mehr anders geht und sie dem Publikum was bieten müssen. Und dann lassen sie dich gegen mich antreten. Was hattest du mit mir vor, Eva? Solltest du mich ausspionieren und Berichte nach Hause schicken? Eine Beruhigung gegen das schlechte Gewissen? Wir wissen, wer was macht. Wir werden niemanden daran hindern. Wir sind damit zufrieden, daß wir es wissen. Das ist die Vakuum-Theorie, nicht wahr? Wir können ihn nicht aus dem Verkehr ziehen, sonst füllt einfach ein anderer das Vakuum des Bösen. Möglicherweise jemand, der noch schlimmer ist. Und das nennt sich dann Counter Proliferation. Eine Übung in moralischem Relativismus.« Er trat einen Schritt auf sie zu. Seine starren Augen ließen ihren Blick nicht los. »Und dafür mußt du sterben, Eva. Das ist dein hohler Grund, deiner und der des MI6. Wie fühlt man sich, wenn man weiß, daß man seine Zeit vergeudet, sein Leben verspielt hat?« Beim Anblick des Hasses in ihren Augen, des Stolzes, des absoluten Widerstands, wandte er sich abrupt ab. Dieser Blick verbrannte ihn bis ins Mark.

»Hast du wirklich geglaubt, du könntest mich besiegen, könntest herkommen und mich reinlegen? Mich ruinieren? Keine Sorge, ich erwarte keine Antwort.« Er kam noch näher. »Wir wollten eigentlich warten, bis Ha Chin heute abend kommt, du hättest ihn amüsieren können, aber es ist besser, wir bringen die Sache gleich hinter uns.«

Zwei Wachen hielten sie von rechts und links. Ein dritter fesselte ihr die Beine. Dann nahm er einen Ledergürtel und schnürte ihn fest um den nackten Oberarm. Eine Vene trat hervor. Frazer streckte die Hand mit der Spritze aus.

»Eine hübsche kleine Überdosis für dich, Eva. Einmal Junkie, immer Junkie. Die meisten Fixer finden irgendwann zurück.« Er lächelte. »Ein plausibler Tod, findest du nicht?«

46

Am Eingang des Militärlagers setzte der Fahrer Cassie ab. Sie stieg aus, sah sich um und horchte. Ein Stromgenerator summte, Rauch und Essensgerüche stiegen aus einem Schornstein, doch es war niemand zu sehen. Sie ging auf ein größeres Gebäude im Zentrum des Lagers zu, dessen Tür offenstand. Als sie näherkam, vernahm sie eine Stimme. Die Worte waren nicht zu unterscheiden, sie hörte nur den Klang, den widerlichen Tonfall, und zwang sich, geräuschlos weiterzugehen. Schließlich erreichte sie den Eingang und schlich auf Zehenspitzen einen Flur entlang, auf die Stimme zu. Vor einer halb offenen Tür blieb sie stehen und rang nach Luft. Jetzt hörte sie Frazers Worte klar und deutlich. Sie lauschte, bis er Evas Todesurteil aussprach, und spähte zitternd vor Angst um die Ecke.

Frazer hielt Eva fest und stieß ihr gerade eine Nadel in den Arm. Ihre Augen waren geschlossen, der Körper sackte weg. Cassie stieß einen Schrei aus, sprang mit einem Satz durch die Tür und stürzte sich auf Frazer. Die Nadel stak noch einen Augenblick in Evas Arm und fiel dann zu Boden. Ein Wachtposten packte Cassie und riß sie zurück.

Frazer richtete sich auf. Eva warf einen Blick auf die Spritze am Boden. Nur ein Bruchteil des Heroins war in die Vene gelangt. Gut möglich, daß sie Glück gehabt hatte. Dennoch spürte sie, wie Wärme und Gleichgültigkeit sie durchströmten. Sie versuchte, dagegen anzukämpfen, merkte jedoch, wie ihr Körper nachgab. Ein trockenes Schluchzen schüttelte sie, als sich das Gift in der Blutbahn ausbreitete.

Frazer starrte auf Cassie, die jetzt von zwei Wachen festgehalten wurde.

»Cassie Stewart. Bißchen weit weg von zu Hause, finden Sie nicht? Sind Sie gekommen, um Ihre Freundin zu retten? Ein bißchen spät. Und obendrein ein bißchen ungelegen.« Er warf einen Blick auf die Spritze am Boden. »Vollstreckungsaufschub, denke ich. Wie sind Sie hergekommen?«
Cassie war überrascht, als sie hörte, wie laut und stark ihre Stimme klang. »Ein Fahrer hat mich abgesetzt.«
»Ist er weg?«
»Ja.« Sie deutete auf die Reisetasche zu ihren Füßen. »Ich dachte, ich könnte ein paar Tage bleiben. Ich würde ihn wohl kaum bitten zu warten, oder?«
Frazer studierte einen Augenblick ihr Gesicht, als wolle er rauskriegen, ob sie log. Cassie hoffte, daß er ihr glaubte, hoffte, daß ihr langes Wegbleiben den Fahrer beunruhigen würde und er etwas unternahm, irgendwas, um sie zu retten. Frazer wandte sich an die Wachen.
»Seht euch um. Schaut, ob sich der Fahrer noch irgendwo rumtreibt. Wenn ihr ihn findet, bringt ihn her. Und diese beiden schließt am besten ein. Ha Chin kommt in fünf Stunden. Bis dahin sind wir fertig.«

Cassie und Eva saßen sich, an Armen und Beinen gefesselt, auf dem schmutzigen Fußboden eines stinkenden, fensterlosen Zimmers gegenüber.
»Oh Cass, warum um alles in der Welt mußtest du herkommen?«
Cassies Stimme war tonlos.
»Ich habe was über Frazer erfahren. Gerüchten zufolge hat er einen Wissenschaftler getötet, der ihm militärische Geheimnisse verkauft hatte. Ich bin gekommen, um dich zu warnen. Irgendwas, das du gesagt hast oder wie du es gesagt hast, als du aus Hongkong anriefst . . . ich hatte das Gefühl, daß du Angst vor Frazer hattest.«
»Hatte ich auch.«

»Als du sagtest, du würdest in diesem Lager bleiben, dachte ich, du hättest mir damit was sagen wollen.«
»Stimmt. Aber ich wollte nicht, daß du herkommst.«
»Wer dann? Andrew Stormont?«
»Hast du ihm von dem Lager erzählt?«
»Nein. Ich habe niemand was erzählt. Mein Mitbewohner weiß, daß ich hier bin, und mein Reisebüro, sonst keiner.« Cassie hielt inne. »Er wird uns umbringen, nicht wahr?«
»Ja.«
»Und ist es wahr, was Frazer sagt? Daß du eine Agentin des MI6 bist?«
»Hat wohl nicht viel Zweck, es jetzt noch zu leugnen.« Sie wandte den Blick ab. »Jedenfalls tut es gut, nicht mehr lügen zu müssen.«
»Wir haben alle was zu verbergen, Eva, du hast kein Monopol auf Geheimnisse, nur weil du damit deine Brötchen verdienst. Warum spielst du deine Rolle nicht einfach etwas überzeugender, wenn es die Sache wert ist, und machst dir nichts draus, wenn die Welt dich unterschätzt?« Cassies Hoffnung war in Verbitterung umgeschlagen.
»Früher oder später sehnen wir uns alle nach Verständnis.«
»Ich weiß, daß du heroinabhängig warst, wenn du das meinst. Soviel wußte ich immerhin.«
Eva starrte an die Wand hinter Cassie.
»Das ist es ja gerade, was mich so konfus macht. Frazer sprach von einem Privatdetektiv, der das mit meiner Sucht rausgekriegt hatte, ihm aber nichts davon sagte. Er meinte, du und der Detektiv, Quaid, ihr hättet was miteinander, und Quaid hätte die Sache mit dem Stoff für sich behalten, um mich zu schützen. Frazer hat mir eine lange Predigt gehalten, mit sämtlichen Einzelheiten. Wahrscheinlich wollte er mir beweisen, wie clever er ist, wieviel er wußte. Er mußte mir unbedingt imponieren, sogar in dem Moment, als er mich umbringen wollte.«
»Ich fand das nicht so wichtig, die Sache mit der Abhängigkeit.«

»Nett von dir, aber das ist nicht der Punkt. Dein Detektiv hatte die Information aus meinen medizinischen Unterlagen, stimmt's?«

»Ich glaube ja.«

»Sie hätte da nicht drin sein dürfen. Die Firma mußte dafür sorgen, daß sie verschwindet. Sie basteln ihren Agenten eine sogenannte ›Legende‹. Sie sorgen dafür, daß ihre Tarnung so wasserdicht wie möglich ist. Meine Tarnung war: nicht süchtig. Ich hätte clean sein müssen. Wenn meine Abhängigkeit nicht aus den medizinischen Unterlagen gelöscht war, dann hat jemand bewußt dafür gesorgt, daß sie drinbleibt, weil ihm klar war, daß meine Tarnung auffliegen würde, wenn Frazer dahinterkam. Man wollte mich sprengen.«

»Sprengen?«

»Hochgehen lassen. Irgendwer in der Firma wollte, daß ich sterbe.«

Cassie starrte sie verzweifelt an. »Wer? Und warum?«

»Es kann nur einer von drei Leuten gewesen sein. Vermutlich werde ich im Moment nicht rauskriegen, wer. Und warum? Wer weiß? Die Gründe für das, was man tut, sind immer vielfältig. Ich wußte, daß ich mich vor Frazer hüten mußte. Ich wußte nicht, daß ich auch zu Hause Feinde hatte. Das Schlimmste ist, Frazer hat recht mit seinem Gerede, daß Moral relativ ist. Die Firma hätte ihn nicht angerührt, sie war nur hinter Informationen her. Ich sollte das Rädchen im Getriebe sein und die Sache einfädeln. Frazer war ein Glied in einer größeren Kette. Männer wie er haben bloß eins verdient – daß man ihnen das Handwerk legt, aber sie sind so mächtig, so korrupt, so im System verwurzelt, daß sie eine neue Kaste von Unberührbaren darstellen.« Sie sah Cassie an. »Ich hätte es getan. Aber jetzt ist es zu spät.«

»Was hat das alles zu bedeuten? Du sprichst von Rädchen im Getriebe, von Informationen ... worum geht es denn eigentlich?«

»Um zweierlei. Was die SIS will und was ich will. Stormonts Leute wollen Frazer. Sie halten ihn für korrupt. Aber sie wollen ihn nicht aus dem Verkehr ziehen. Sie wollen ihm was anhängen und ihn dann erpressen, damit er die Chinesen ausspioniert. Er hat große Geschäfte mit China gemacht, kennt alle hohen Tiere. Alles im Namen der Counter Proliferation. Die Firma erhofft sich von ihm Informationen über Chinas Waffenprogramm, wem es Waffen und Ausrüstung verkauft, insbesondere Atom- und Chemiewaffen.« Sie zögerte. »Der Diamantenplan war eine Falle für Frazer.«

»Wieso glaubtest du, daß er drauf reinfallen würde?«

»Jeder Mensch hat eine Schwäche. Es ging nur darum, seine rauszukriegen.«

»Und?«

»Neugier und Gewinnsucht. Er hat ein Vermögen gemacht, aber das spielt keine Rolle. Er kann den Hals nicht vollkriegen. Es ist zwanghaft, und bei Diamanten besteht immerhin die Chance, riesige Gewinne zu machen. Aber bei der Diamantenmine war noch was anderes im Spiel. Sie diente auch einem anderen Zweck, irgendwem sollte ein Gefallen getan werden, aber wie das zusammenhängt, weiß ich nicht.«

»Und Case Reed und ich? Wie passen wir da rein?«

»Ihr kamt ganz einfach gerade recht, fürchte ich. Wir konnten an Frazer nicht direkt ran, also mußten wir einen gemeinsamen Freund einschalten, der ihm das Geschäft mit ein paar kleinen britischen Risikoanlegern empfahl. Wir suchten uns zwei schreckliche aus und Case Reed, damit garantiert war, daß ihr gut wegkamt. Dann erzählte ich dir von der Diamantenmine und überließ den Rest dem Zufall. Natürlich war es kein Zufall, sondern reine Berechnung.«

»Und woher wußtest du, wie ich reagieren würde? Was war meine Schwäche?«

»Du hast den Deal für mich eingefädelt. Deine Schwächen waren Habgier und Rivalität.«

»Rivalität?«

»Sie war immer da, unter der Oberfläche. Ich wußte, daß du darauf anspringen würdest und es immer noch tust.«

»Wovon zum Teufel redest du eigentlich?«

»Das spielt jetzt keine Rolle, Cassie.« Eva wandte den Blick ab, erschöpft, es hatte keinen Zweck, darüber zu diskutieren.

»Du haßt mich, und deshalb hast du mich bei deinem Plan benutzt. So ist das also, und jetzt kriege ich die Quittung, was?«

»Ich hasse dich nicht, Cassie. Ich wollte niemals, daß dir was passiert. Ich habe sofort versucht, dich vor dem Deal zu warnen.«

Eva lächelte sanft durch den Drogenschleier, durch das Gefühl der Isolation, das sie abschirmte. »Du warst einfach die optimale Figur am richtigen Platz. So unpersönlich war das alles.«

»Du willst mich immer noch für dumm verkaufen, genau wie Frazer.«

»Willkommen auf der Welt, Darling. Allerdings hat sie nichts mit eurer Risikokapitalwelt zu tun, wo die Wagnisse nur auf Papier stehen und ihr gemütlich am runden Tisch sitzt und über Risiken schwafelt. Das Schlimmste, was euch passieren kann, ist, daß ihr Geld verliert, und in den seltensten Fällen ist es euer Geld. Das Geld gehört immer jemand anders, nicht wahr, jemand, der das Risiko eingeht, während ihr danebensitzt und zuseht oder in sicherem Abstand folgt. Immer auf Nummer Sicher, immer abgeschirmt, in Watte verpackt. Bloß kann man sich nicht gegen alles im Leben absichern, verstehst du? Und du wolltest es auch gar nicht. Irgendwas in dir drin witterte das Risiko, und du bist ihm gefolgt. Du bist genauso schnell hinterhergelaufen, wie ich dich gedrängt habe. Du wolltest es, du sehntest dich nach dem Abenteuer, mußtest unbedingt etwas Unvorhersehbares, Unberechenbares in dein Leben bringen.«

Sie hielt einen Augenblick inne und studierte Cassies Gesicht. Feindseligkeit, Wut und ein merkwürdiges Mitgefühl flackerte zwischen ihnen hin und her. Es war, als seien sie sich der kurzen

verbleibenden Zeit so bewußt, daß die Reaktionen innerhalb von Sekunden abliefen.
»Jetzt hast du deinen Nervenkitzel«, fuhr Eva fort. »Was ist das für ein Gefühl?«
»Das mußt du mich gerade fragen. Du hast mich schließlich hergebracht.«
Eva schien vor ihren Augen in sich zusammenzusacken. »Ich weiß. Und du wirst nie wissen, wie ich es bereue, dir das angetan zu haben.«
Cassies Stimme war stark, leise und voller Wut.
»Du hast es auch dir selbst angetan. Bereust du das etwa nicht? Du liebst die Konfrontation. Es gibt nichts, vor dem du zurückschreckst. Du bist zwanghaft, genau wie wir alle, hin und her gerissen zwischen Angst und gespielter Tapferkeit. Du kannst nicht mal unterscheiden, wann du dich auf was einlassen und wann du lieber die Finger davon lassen solltest. Du stürmst einfach blind vorwärts und nennst es Mut. Weil es gut aussieht, nicht? Furchtlose, tollkühne Eva, die alles packt. Aber bloß, weil du so schnell rennst, daß du gar nicht mehr anhalten kannst. Wovor läufst du weg? Du hältst ja nicht mal inne, um deine eigenen Dämonen zu betrachten, geschweige denn dich von ihnen unterhalten zu lassen. Du bist genauso auf der Flucht wie ich, du tarnst es nur ein bißchen besser.«
»Ach Cassie, mir bleibt doch gar nichts anderes übrig! Du lebst dein Leben, abgesichert auf der anderen Seite. Nichts wirklich Schreckliches ist dir bisher passiert, oder? Kein Laster, der im Nebel auf dich zurast und dich überfährt. Keiner, der hinter einem Baum lauert, um dich zu vergewaltigen. Du warst ein unschuldiges Opfer. Wie einfach es ist, deine vertrauensvolle Sicht von der Welt zu haben oder die Überzeugung, daß persönliche Verantwortung der Schlüssel zu sämtlichen Fragen auf der Welt ist. Nur jemand mit soviel Glück wie du kann so denken.
Du tust so, als sei das, was dir passiert ist, einfach bloß Pech. Aber in Wirklichkeit liegt eine gewisse Unausweichlichkeit dar-

in. Du warst schon immer selbstzerstörerisch. Wir besiegeln unser Schicksal Tag für Tag, Jahr für Jahr. Wir schmieden es uns selbst.

Glaubst du nicht, daß ich nicht auch lieber anders gelebt und die Welt fröhlicher gesehen hätte, statt mich von schwarzen Löchern auffressen zu lassen? Du weißt nicht, wie grausam sie sein kann. Als meine Familie auseinanderbrach, sah ich es nur allzu deutlich. Es war, als hätte ich auf einem Auge grauen Star. Alles, was ich sah, lag im Schatten. Selbst wenn ich auf Skiern den schönsten weißen Berg runtersauste, sah ich dunkle Flecken im Schnee. Ich fuhr, so schnell ich konnte, um ihnen zu entkommen, aber sie waren immer da. Der Stoff war ein Ausweg. Er war eine gute Tarnung, aber auch ein wunderbarer Balsam für die Seele, ein rosarotes Gift.«

Cassie starrte an die Decke. »Ich habe mich auch versteckt, zum Beispiel in der täglichen Routine, aber ich hab's nicht durchgehalten, du hast recht. Ich suchte nach was anderem. Ich hatte dieses unglaubliche Gefühl von Unzufriedenheit, und daß irgendwas nicht stimmte. Das Banale und die Oberflächlichkeit hatten mich schon halb erstickt. Das ist einer der Gründe, warum ich mich von dir sofort angezogen fühlte. Es sah so aus, als kämpftest du ununterbrochen. Du wirktest auf mich immer getrieben und ruhelos.«

»Tja, wir hatten beide unrecht, nicht wahr? Wir sind am gleichen Ort gelandet. Und hier geht es zu Ende.« Eine Zeitlang sahen sie einander schweigend an, staunend über die eigene Verzweiflung, die sich in den Augen der anderen spiegelte. Cassie sprach als erste.

»Vielleicht haben wir aber auch beide recht. Was würdest du machen, wenn wir davonkämen, wenn wir irgendwie abhauen könnten?«

»Können wir nicht. Verschwende nicht deine Zeit.«

»Nein, ich weiß. Bloß um sich was vorzustellen, was zu haben, woran man sich festhalten kann.«

Eva versuchte, ihre Stellung auf dem schmutzigen Boden zu

verändern. Die Fesseln schnitten in ihre Handgelenke und Knöchel.

»Die alten Griechen glaubten, daß ein Racheschwur ein Vertrag zwischen Mensch und Gott ist. Er zählt mehr als alles andere. Unwiderruflich.«

»Das war dein Plan, wie? Du sagtest, das MI6 hatte seine eigenen Ziele, und du hattest deine.«

Eva nickte. »Ich würde wieder herkommen und das tun, was ich die ganze Zeit vorhatte. Ich würde zurückkommen, um Frazer zu töten.«

47

Andrew Stormont traf am späten Vormittag in Hanoi ein. Er wurde direkt zur Botschaft in der Pho Ly Thuong Kiet Street Nr. 216 gebracht, wo er sich in einem klimatisierten Zimmer vom Leiter der Abteilung, Charles Courtney, über die neueste Entwicklung informieren ließ.

»Zwei von unseren Leuten haben Cassie Stewart gestern am Flughafen in Empfang genommen und sie ins Metropole gebracht. Sie meldete sich an, machte einen Spaziergang und nahm keinerlei relevanten Kontakt zu irgend jemand auf, soweit uns bekannt ist. Sie bat nur den Portier, ihr einen Wagen zu besorgen, der sie zu Frazers Militärlager in Bac Giang bringen sollte. Als wir das erfuhren, schleusten wir einen unserer eigenen Männer ein, Truong. Er hat sie heute morgen dorthin gefahren. Vor einer halben Stunde hat er per Funk bestätigt, sie vor dem Militärlager abgesetzt zu haben. Normalerweise wimmelt das Lager von Wachen, aber heute müssen sich alle im Inneren der Gebäude aufgehalten haben. Keine Spur von Eva Cunningham oder Frazer. Truong hatte Angst, daß die Wachen rauskommen und ihn sehen könnten, deshalb hat er sich mit seinem Jeep ein Stück weit in den Dschungel verzogen. Ich habe ein sehr mulmiges Gefühl bei der Sache. Er hat vorher schon ein paar Tage lang das Lager diskret beobachtet und sagt, die Wachen sind nervös wie sonstwas. Ich bin nicht sicher, was sie mit ihm machen würden, falls sie ihn finden.« Er hielt inne und zupfte an seinen Manschetten. »Ich hoffe, er ist außer Sichtweite, aber das macht die direkte Überwachung schwieriger, deshalb haben wir im Moment keine richtige Vorstellung davon, was sich im Lager tut.«

»Wie viele Wachen gibt es?«
»Etwa zehn. Früher waren es weniger. Heute scheinen sie Verstärkung bekommen zu haben, vielleicht von der Diamantenmine, denn auch sie wird schwer bewacht.«
»Was könnte Ihrer Meinung nach los sein?«
»Irgendwas ist da faul. Alle Wachen sind bis an die Zähne bewaffnet, und es gibt jede Menge Bewegung. Ich weiß, daß Sicherheitsvorkehrungen berechtigt sind, wenn Diamanten im Spiel sind, aber das hier schlägt alles, was ich bisher gesehen habe.«
»Und wenn wir da jemanden rausholen müßten?«
»Wenn Sie nicht als Freund reinmarschieren und als Freund wieder rauskommen können, gibt es unweigerlich ein Blutbad.«
»Vielleicht gibt es ja eine Möglichkeit. Wenn es nicht schon zu spät ist.«
»Glauben Sie?«
»Wie Sie sagen, irgendwas tut sich, sie bereiten sich auf etwas vor.«
»Was schlagen Sie vor?«
»Die Faust im Samthandschuh. Ich fahre raus und rede mit Frazer.«
»Ich weiß nicht, ob ...«
Stormont fiel ihm ins Wort. »Ich bin der Samthandschuh. Sie bleiben draußen mit so vielen Männern, wie wir aufbieten können. Ich stelle Frazer vor die Wahl. Entweder läßt er Eva frei, oder er kriegt sein Blutbad.«
»Und Sie sind das erste Opfer.«
»Ich glaube nicht, daß es soweit kommen wird.«
»Russisches Roulette.«
»Nein. Die Chancen stehen schlechter, und die Motivation ist anders.«
»Sie wissen, daß wir gegen sein Aufgebot nicht ankommen. Jedenfalls nicht in dem Zeitrahmen, den Sie im Auge zu haben scheinen. Und ich glaube nicht, daß die Männer, die wir zusam-

mentrommeln können, ihre Chancen genauso locker einschätzen wie Sie.«
»Müssen sie gar nicht. Die Drohung von unserer Seite ist ein Bluff. Ich brauche nur genügend Leute, um den Eindruck von Stärke zu vermitteln. Wenn der Bluff nicht zieht, machen Sie, daß Sie so schnell wie möglich wegkommen.«
Courtney schüttelte den Kopf, erstaunt, nicht ablehnend. Er hatte in ähnlichen Fällen bereits mit Stormont zusammengearbeitet und kannte diese Seite an ihm.
»Ich besorge so viele Männer, wie ich kann. Wieviel Zeit haben wir?«
»Zwei Stunden.«

Frazer sah Le Mai über den Tisch hinweg an.
»Wie oft muß ich es noch sagen? Es soll aussehen wie ein Unfall. Eine Überdosis bei einer Fixerin ist akzeptabel. Aber jetzt haben wir auch Cassie Stewart am Hals.«
»Wie wär's mit einem Verkehrsunfall?«
»Was? Soll ich sie etwa erst losfahren und dann von einem unserer Bulldozer überrollen lassen? Mach dich nicht lächerlich. Sie könnte viel zu leicht entkommen. Wahrscheinlich würde sie vorher noch unseren Fahrer aus dem Weg räumen.«
Plötzlich lächelte Le Mai. »Fast hätte ich es vergessen. Ich kenne da einen alten Trick aus dem Krieg. Eine Granate im Benzintank. Sie würde sie in der Luft zerfetzen. Es wäre ungefähr so, als wenn sie über eine Mine fährt. Und jeder weiß, daß diese Gegend von Minen übersät ist.«
»Wie funktioniert es?«
»Ganz einfach. Man sorgt dafür, daß die Öffnung des Benzintanks groß genug ist, entfernt den Bolzen von der Granate, klebt ein Stück Gummi über die Feder und schiebt die Granate in den Benzintank. Dann füllt man Benzin auf und wartet. Das Benzin zerfrißt das Gummi, und peng!« Die beiden Männer lachten.

»Perfekt. Sieh zu, daß es ein bißchen außerhalb passiert, vielleicht ein paar Meilen entfernt.«

»Es ist schwierig, es ganz genau einzustellen. Das Ding könnte zu früh losgehen und uns alle in die Luft jagen. Ein Stück Gummi, zehn Meilen und zwei Liter Benzin dürften genügen.«

»Wie lange brauchst du?«

»Fünf Minuten. Aber wie willst du sie überreden, die Kiste zu fahren?«

»Ich lass' mir was einfallen.«

48

Eva und Cassie saßen schweigend in dem finsteren Raum, als sie Schritte hörten. Sie klangen schwer und langsam, anders als das rasche Trippeln der Vietnamesen. Frazer. Eva wußte es, noch bevor sie ihn sah. Sie hörten, wie sich der Riegel in der rostigen Scharte bewegte, und dann flog die Tür auf. Frazer stand mit dem Rücken zum Licht vor ihnen, so daß sein Gesicht im Schatten lag.

»Ich dachte, es würde euch interessieren. Deine Organisation scheint großen Wert auf dich zu legen, Eva. Sie hat sich gemeldet. Wir haben eine Lösung gefunden, mit der alle zufrieden sein können, glaube ich.« Zwei Wachen kamen herein, packten die Frauen und schleppten sie raus in die blendende Sonne. Le Mai schlenderte herbei. Die Wachen zerschnitten die Stricke, mit denen Cassie und Eva gefesselt waren.

»Ihr seid frei, alle beide.« Frazer deutete auf einen Jeep, der ein paar Meter entfernt stand. »Fahrt nach Hanoi. Nehmt das erste Flugzeug nach England, das ihr kriegen könnt.«

Eva sah von ihren geschwollenen Handgelenken auf Frazers Gesicht, als glaube sie weder an ihre Freiheit noch an die Aufrichtigkeit seiner Worte. Er warf ihr die Wagenschlüssel zu. Sie wollte sie auffangen, doch ihre Arme waren taub, so straff waren sie eingeschnürt gewesen. Die Schlüssel fielen vor ihren Füßen zu Boden. Sie bückte sich und wurde von einer Welle der Übelkeit überrollt, ungläubig, doch berauscht von der Aussicht auf Freiheit. Eine innere Stimme warnte, daß sie in eine Falle stolpern könnte, wenn sie das Angebot annahm, doch zu bleiben wäre glatter Selbstmord. Sie umklammerte die Schlüssel und richtete sich auf. Dann drehte sie sich um zu Cas-

sie, in deren Gesicht Angst und Unsicherheit geschrieben standen.
»Na los, haut ab. Ihr seid frei. Geht.«
Eva zwang sich, einen Fuß vor den anderen zu setzen, packte Cassie am Arm und schob sie vorwärts. Stumm gingen sie zu dem Jeep und stiegen ein. Immer noch hatte die Unwirklichkeit sie im Griff, die Droge lähmte sie einfach. Undeutlich hörte sie eine der Wachen seinem Kumpel auf Vietnamesisch etwas zuflüstern, dann lachten beide laut auf. Irgendwas über Minen. Ihr Bewußtsein registrierte es nicht. Sie steckte den Schlüssel ins Schloß, legte den Gang ein und fuhr so heftig an, daß der rote Staub aufwirbelte. Sie preschte durch das Lagertor, erreichte die Straße und gab Gas.
Frazer beobachtete sie mit einem seltsamen Gefühl der Leere. Er hatte erwartet, daß sie ihn angreifen, ihre Wut an ihm auslassen, Gift und Galle spucken würde. Ihr Schweigen beunruhigte ihn. Es war fast so, als erwarte sie, ihn wiederzusehen, und wolle sich ihre Reaktion für später aufheben.

Cassie starrte vor sich hin. Das Haar flatterte in ihr Gesicht, als Eva über die holprige Piste vom Lager weg Richtung Hanoi raste. Eva fragte sich, warum sie keine Erleichterung verspürte, sondern das hartnäckige Gefühl hatte, in eine Falle zu stolpern. Trotz ihres benebelten Zustands wurde sie von Minute zu Minute unruhiger.
Sie versuchte zu denken. Sie glaubte Frazer nicht. Es war unwahrscheinlich, aber nicht völlig ausgeschlossen, daß die Firma ihre Freilassung erwirkt hatte. Das hätte sie noch glauben können. Weniger glaubhaft war der Ausdruck in Frazers Gesicht gewesen. Sie hatte seine Blutgier gesehen und gespürt, wie er sich danach sehnte, sie umzubringen. In seinen Augen hatte eine geradezu krankhafte Lust gelegen, als er ihr die Nadel in den Arm stieß. Aber jetzt, als sie eingestiegen und weggefahren waren, hatte sie keinerlei Enttäuschung in seinem Gesicht entdeckt. Es war, als erwarte er immer noch, daß sie sterben

würde. Plötzlich ging ihr auf, was der vietnamesische Posten gesagt hatte: »Weißt du noch, die Minen?« Sie bremste scharf. Cassie schrie auf.

»Was machst du? Warum halten wir an?«

Schleudernd brachte Eva den Jeep zum Stehen und sprang heraus.

»Frazer würde uns nicht einfach gehen lassen. Er führt was im Schilde. Ich hab's ihm angesehen. Er hat uns eine Falle gestellt, wahrscheinlich mit dem Jeep.« Sie zog Cassie am Arm. »Komm. Wir müssen hier weg, und zwar zu Fuß.«

Einen Augenblick war Cassie gelähmt von der Panik, die sie in Evas Augen entdeckte, doch dann folgte sie ihr blind, einfach nur weg von der Piste und zwischen die Bäume, die den Straßenrand säumten. Fünf Minuten lang gingen sie stumm parallel zur Straße weiter, während der Schweiß über ihre Körper strömte. Dann wurde die heiße Stille des Dschungels plötzlich vom Dröhnen einer Explosion erschüttert. Vögel kreischten und flatterten aus den Baumwipfeln. Cassie und Eva drehten sich um und sahen den Jeep jetzt eine Viertelmeile von ihnen entfernt in Flammen aufgehen. Der Gestank des brennenden Benzins erfüllte die Luft. Eva drehte sich um zu Cassie, die voller Grauen auf das brennende Wrack starrte, und packte sie am Arm.

»Komm weiter. Sie werden jeden Moment hier sein, um ihr Werk zu inspizieren. Vermutlich gehen sie davon aus, daß wir tot sind, und suchen nicht sehr gründlich nach uns. Aber je weiter wir weg sind, um so besser.«

Cassie stand wie angewurzelt mit leerem Blick da. Einen Augenblick lang packte Eva die Angst, daß Cassie nicht mehr konnte. Sie umklammerte ihren Arm, bis sich die Fingernägel ins Fleisch bohrten.

»Los, komm schon. Lauf!« Sie zerrte Cassie vorwärts, die sich stolpernd in Bewegung setzte.

Sie rannten mehr als eine Meile, bis ihre Lunge zu platzen drohte. Als sie endlich stehenblieben, um Luft zu holen, hörten

sie in der Ferne ein dumpfes Rumpeln. Sie duckten sich in den Dschungel und beobachteten die Straße. Es war ein mit Kokosnüssen beladener Lastwagen. Ein dunkelhäutiger, verhutzelter Bauer saß im offenen Führerhaus und sang aus vollem Hals. Als der Laster näher kam, lief Eva auf die Straße. Er brachte die Karre stockend zum Stehen.
Cassie versteckte sich im Gebüsch neben der Straße und beobachtete, wie sie miteinander sprachen. Plötzlich drehte Eva sich um und winkte. Sie lief los, und beide kletterten hinten auf die mit Kokosnüssen beladene Ladefläche. Der Bauer legte den Gang ein, fuhr weiter und sang genauso laut und unbekümmert wie vorher weiter.
»Er fährt nach Hanoi und nimmt uns mit.«
Hanoi bedeutete Häuser, Orte, an denen man sich verstecken und untertauchen konnte, doch ihre Freude über die Flucht war gedämpft, weil sie wußte, daß sie noch lange nicht in Sicherheit waren. Sie fuhren schweigend. Nach ein paar Stunden tauchten die ersten Vororte in der weiten leeren Ebene auf. Dann sagte Eva: »Nur dein Mitbewohner weiß, daß du hier bist. Sonst niemand?«
»Nur David.« Das Gespräch mit Aubrey Goldstein und sein Versprechen, jemanden nach Hanoi zu schicken, hatte Cassie ganz vergessen.
»Er könnte es weitererzählt haben«, meinte Eva.
»Was passiert jetzt?«
Je mehr die Wirkung des Heroins nachließ, um so stärker fühlte sie sich. »Eine Million Dinge auf einmal. Manche sind kontrollierbar, andere nicht. Aber wir haben gute Chancen, hier rauszukommen, wenn wir unsere Karten richtig spielen.« Sie erwähnte nicht, daß ihre eigenen Chancen unendlich viel schlechter waren als Cassies. Cassies waren spielbar, ihre nicht.
Als sie die Stadt erreicht hatten, beugte sich Eva ins Führerhaus und sagte etwas auf Vietnamesisch zu dem Bauern. Er bog so scharf nach rechts ab, daß der Verkehr ins Stocken geriet. Doch statt auf der breiten Straße, die direkt zum Metropole führte,

fuhren sie jetzt durch eine stille Nebenstraße. Eva drehte sich zu Cassie um.
»Im Metropole wimmelt es von Leuten, die auf dich, mich oder uns beide warten. Ich will nicht, daß sie mich jetzt schon finden. Aber es macht nichts, wenn sie dich entdecken, solange du alles genauso machst, wie ich es dir sage.«
Cassie starrte Eva eine Weile an, als denke sie über die in ihren Worten enthaltene Bitte nach.
»Ich weiß, was du vorhast, Eva. Ich habe zwar keine Ahnung, wie, aber ich helfe dir, so gut ich kann.«
Eva nickte. Einen Augenblick schwieg sie.
»Du könntest auch einfach deinen Paß abholen, zum Flughafen fahren und verschwinden.«
Cassie sagte nichts, sondern schüttelte nur den Kopf.
»Na schön. Ich springe in einer Straße hinter dem Hotel raus, gehe rein und warte in der Küche. Der Mann fährt dich zurück zum Vordereingang des Hotels.« Dann erklärte sie Cassie ihre Rolle.
»Es wird vier bis fünf Stunden dauern, vielleicht auch die ganze Nacht. Warte nicht auf mich. Nimm einfach das erste Flugzeug. Fahr nicht nach Hause, sondern zu Case Reed. Wenn mein Plan aufgeht, hinterlasse ich dir dort eine Nachricht. Dann bist du mehr oder weniger in Sicherheit. Wenn keine Nachricht von mir da ist, ruf das Außenministerium an und frag nach Stormont. Erzähl ihm alles. Ich weiß nicht genau, was er tun wird, aber besser wäre es, er würde nichts tun.«
»Aber wird er das können? Irgend jemand in der Firma wollte, daß du draufgehst.«
»Ich, nicht du. Und du kommst gegen Frazer nicht allein an. Stormont ist die beste Unterstützung, die du dir wünschen kannst.«
»Glaubst du, daß er es war, der dich aus dem Weg haben wollte?«
»Ich hoffe nicht, Cassie.«
Der Laster hielt an. Eva sah sich um, sprang von der Ladefläche

und ging rasch davon. Cassie schaute ihr nach. Sie zögerte kein einziges Mal und drehte sich auch nicht um oder winkte.
Der Laster wendete und fuhr zurück zur Hauptstraße, die zum Vordereingang des Metropole führte. Cassie suchte nach ihrem Geld und gab dem Farmer fünfzig Dollar. Er musterte sie belustigt, machte eine kleine Verbeugung und fuhr davon.
Cassie eilte die Eingangsstufen hinauf und betrat das Foyer. Am Empfangsschalter drängte sie sich an einer Gruppe von Geschäftsleuten vorbei, die geduldig darauf warteten, bedient zu werden.
»Ich habe ein Problem mit der Sicherheit in Ihrem Hotel.«
Die Empfangsdame sah scharf von ihrem Computer auf.
»Wie bitte?«
»Haben Sie mich nicht verstanden? Ich sagte, ich habe ein Sicherheitsproblem. Der Fahrer, den Sie mir geschickt haben, hat mich mitten in der Pampa rausgeworfen und ausgeraubt.«
Die Empfangsdame sah sich nervös um.
»Kommen Sie bitte mit, Madam, ich hole den Manager.«
Sie klingelte nach einer Vertretung und führte Cassie dann von der offenen Arena vor dem Schalter ins Büro des Managers.
»Miss Stewart sagt, sie sei von einem unserer Fahrer beraubt worden.«
Der Manager warf einen raschen Blick auf Cassies schmutzstarrende Kleider und das zerzauste Haar.
»Das tut mir sehr leid«, sagte er und sprang auf. »Was können wir tun, um Ihnen zu helfen?«
»Er hat mein Geld und meinen Zimmerschlüssel gestohlen. Ich befürchte, daß ein Komplize inzwischen mein Zimmer ausgeraubt hat. Ich möchte, daß Ihre Sicherheitsleute das überprüfen, und wenn sie mir sagen, daß alles in Ordnung ist, sollen sie mich in mein Zimmer begleiten. Ich möchte keine Polizei. Noch nicht jedenfalls. Ich würde das Problem gern diskret regeln.«
Der Manager nickte.
»Selbstverständlich, Madam. Ich werde es sofort veranlassen.«
Er griff nach dem Telefon und rief das hoteleigene Sicherheits-

personal an. Kurz darauf tauchten ein untersetzter Portier und zwei Vietnamesen in Zivil auf. »Wie ist Ihre Zimmernummer?«
»Dreihundertdreizehn.«
Der Manager sprach Vietnamesisch mit seinen Leuten. Sie wechselten einen raschen Blick, nahmen den Nachschlüssel, den der Manager ihnen gab, und verschwanden.
Fünf Minuten später waren sie wieder da.
»Wir haben überall nachgesehen. Es war niemand da. Ihr Zimmer sah völlig normal aus. Es scheint nicht so, als sei irgendwer eingedrungen.«
»Ich gehe jetzt in mein Zimmer«, sagte Cassie. »Aber würden Sie mir einen Gefallen tun? Könnten Sie einen der Männer vor meiner Tür postieren? Ich habe Angst, daß er wiederkommt, der Dieb.« Sie zögerte. »Natürlich könnte ich auch zur Botschaft gehen und dort übernachten.«
»Nein, nein. Das wird nicht notwendig sein.« Der Manager stand auf und gab Cassie den Nachschlüssel. »Ich lasse Ihr Zimmer bewachen.«
»Danke.« Auch Cassie stand auf. Sie ging zur Tür und blieb dann stehen. »Oh, beinahe hätte ich es vergessen. Der Mann, der mich ausgeraubt hat, war bewaffnet. Er hatte eine automatische Pistole.«
Dann ging sie, gefolgt von einem der Sicherheitsmänner, die Treppe hinauf und den Flur entlang zu ihrem Zimmer. Ohne innezuhalten, steckte sie den Schlüssel ins Schloß, drehte ihn um und stieß die Tür auf. Ihr Zimmer sah genauso aus, wie sie es am Morgen verlassen hatte. Sie sah auf die Uhr, es war sieben Stunden her. Wenn sie den Arm ausstrecken und sich sieben Stunden zurückversetzen könnte, stünde sie einer Fremden gegenüber. Sie schloß die Tür und ließ den Wachmann draußen stehen.
Ganz unten im Koffer versteckt fand sie den kleinen weißen Umschlag mit ihrer Notfallreserve. Sie zählte dreitausend Dollar ab, steckte sie in einen der Hotelumschläge und ließ sie in ihrer Handtasche verschwinden. Dann nahm sie den Schlüssel

und verließ das Zimmer. Als sie die Küche gefunden hatte, wartete Eva wie vereinbart an der Tür zu einem schäbigen Hinterhof. Sie reichte ihr den Umschlag und drückte dabei ihre Hand.

»Viel Glück.«

»Danke, Cassie.« Bevor sie noch irgend etwas sagen konnte, war Eva verschwunden.

49

Cassie kehrte in ihr Zimmer zurück, nahm eine Dusche und zog sich an. Sie kämmte ihr Haar, aus dem ein warmes Rinnsal in den Nacken rann und einen dunklen Fleck auf dem weißen Leinenhemd bildete. Dann stellte sie sich vor den Spiegel und befestigte ihre Ohrringe, wobei sie den Kopf hin und her drehte. Wenn sie das Haar so streng aus dem Gesicht kämmte, traten die Konturen von Fleisch und Knochen wie ein Relief hervor.

Sie griff nach dem Schlüssel, ging die Treppe hinab durchs Foyer und nahm auf einem der Sofas Platz. Nachdem sie sich umgesehen hatte, bestellte sie einen Drink und lehnte sich zurück, um zu warten.

Nur wenige Minuten später erfolgte der erste Annäherungsversuch. Ein Vietnamese, der an der Bar gesessen hatte, war still von seinem Barhocker geglitten, als er Cassie Platz nehmen sah. Er sprach rasch und leise über das hotelinterne Telefon.

»Sie ist hier in der Bar, allein.«

»Behalten Sie sie im Auge«, antwortete Stormont. »Ich bin schon unterwegs. Lassen Sie sie keinesfalls entwischen.«

»Ist das klug, wenn Sie selbst herkommen?«

»Sie hat ohnehin Verdacht geschöpft, und ich will alles persönlich von ihr erfahren. Außerdem ist sie kontrollierbar.«

Zehn Minuten später sprang Stormont vor dem Metropole aus einem Wagen. Er trat ein, entdeckte Cassie und setzte sich neben sie.

Cassie konnte sich unmöglich umdrehen, Überraschung und Freude heucheln und ihn mit aufgerissenen Augen fragen: »Was in aller Welt machen Sie denn hier?« Also wartete sie, daß er als

erster sprach, wohl wissend, was sie durch ihr Schweigen verriet.
Auch er schwieg eine Weile. Er beobachtete, wie sie das Whiskyglas umklammerte und sah es funkeln, als ihre Hand zitterte.
»Wo ist Eva?«
Sie drehte sich überrascht zu ihm um. Die Stimme, die Augen, alles an ihm war hart und scharf. Sie wandte den Blick ab. Seine Hand legte sich um ihren Arm.
»Wir haben keine Zeit für Spielchen, Cassie. Wo ist sie?«
Sie dachte an Eva und ihre Anweisung, einfach zu lügen. Ihre Worte kamen langsam, zögernd.
»Ich weiß nur, daß sie jemand treffen wollte, hier in Hanoi.«
»Wen und wo?«
»Keine Ahnung. Sie hat gesagt, daß sie jemanden treffen will, daß es ein paar Stunden dauern wird, und daß wir zusammen zu Abend essen sollen.«
»Was ist mit Frazer passiert?«
»Was meinen Sie, was soll mit ihm passiert sein? Ich bin heute morgen zum Lager gefahren, um die beiden zu sehen und über die Investition zu sprechen. Ich habe die Diamantenmine gesehen, es schien alles in Ordnung, also fuhr ich nach Hanoi zurück. Eva sagte, sie hätte genug von Vietnam und wollte nach Hause, deshalb ist sie mit mir nach Hanoi gekommen. Der Fahrer, der mich hingebracht hatte, war verschwunden. Einer von Frazers Männern hat uns gefahren.«
»Ich glaube, es wäre einfacher für Sie, wenn Sie mir die Wahrheit sagten.«
»Wie oft soll ich Ihnen noch dasselbe sagen?«
Stormont beobachtete sie eine Weile schweigend und fragte sich, was sie zum Sprechen bringen würde.
»Na schön. Dann beantworten Sie mir nur eine Frage. Ist sie in Sicherheit?«
Einen Augenblick lang hatte sie Angst, er könne ihr ihr schlechtes Gewissen ansehen. Sie hatte beinahe Tränen in den Augen.

Eva war alles andere als in Sicherheit. Sie nahm einen Schluck Whisky und wandte den Blick ab.

»Sie ist freiwillig gegangen, keiner hat sie gezwungen. Sie hat keine große Sache draus gemacht, nur gesagt, bis später. Sie wird schon kommen, Sie brauchen bloß zu warten.«

»Wann genau wollte sie kommen?«

Plötzlich sah Cassie auf und musterte einen Mann, der durchs Foyer ging.

»Aubrey!«

Stormont sah, wie der Mann stehenblieb. Dann kam er auf sie zu.

»Cassie Stewart. Ich habe mich schon gefragt, wann ich Ihnen über den Weg laufen würde.«

»Kommen Sie, setzen Sie sich zu uns und nehmen Sie einen Drink.«

Stormont stand auf, den Blick auf Cassie gerichtet.

»Wann kommt sie zurück?«

»Zum Essen. Sie sagte, wir sollten uns in der Bar treffen, zwischen acht und halb neun.«

Stormont nickte Goldstein knapp zu, suchte den Blick des vietnamesischen Postens, der immer noch an der Bar saß, und ging.

»Ziemlich schroff, Ihr Freund«, sagte Goldstein und beobachtete, wie Stormont eilig das Hotel verließ.

»Ein vielbeschäftigter Mann«, antwortete Cassie. Sie winkte dem Kellner, bestellte noch einen Whisky sour für sich und fragte, was Goldstein trinken wolle.

Er bestellte Wodka und Tonic und beobachtete sie aufmerksam. Als die Drinks kamen, sagte er:

»Übrigens, wegen der Diamanten . . .«

»Wollen Sie sie haben?« Plötzlich fühlte sie sich diesem Mann haushoch überlegen. Zum ersten Mal verstand sie, wo Evas Stärke herkam – wenn man etwas so Grauenhaftes erlebt und nicht daran zugrunde geht, scheint alles andere ein Kinderspiel. Goldstein nickte.

»Ich frage mich, wie weit Sie gehen würden, um sie zu kriegen«, dachte sie laut nach. »Es ist ein legitimes Geschäft, aber das schließt illegitime Praktiken nicht aus, oder? Es steht eine Menge auf dem Spiel, stimmt's?« Ihre Stimme wurde schärfer, direkter. »Ich wette, Sie waren derjenige, der hinter dem Baissemanöver bei Genius steckte. Was wollten Sie damit bezwecken?«

»Wie Sie sagten, es steht eine Menge auf dem Spiel. Ich will Kontrolle über dieses Projekt, und um das zu erreichen, brauchte ich McAdams' Anteile. Sagen wir, nur so viele, daß er sie mir direkt nicht verkauft hätte. Aber ich dachte, vielleicht würde er sie an eine dritte Partei verkaufen, die sie dann an mich hätte weitergeben können. Es ging also darum, diese freundliche Partei zu finden und dann eine Situation zu schaffen, die McAdams ermuntern würde, zu verkaufen. Als Sie mir von Diamanten in Vietnam erzählten, ahnte ich, daß es um Genius ging. Ich dachte, vielleicht könnten Sie die freundliche Partei sein, nach der ich suchte.«

»Das ist mir alles klar«, unterbrach ihn Cassie. »Aber warum das Baissemanöver? Case Reed hat damit Geld verloren, und die Chancen, daß McAdams bei fallenden Kursen verkaufen würde, mußten schwinden.«

»Daß Case Reed Geld verloren hat, war einfach schlechtes Timing. Sie haben zu früh gekauft, oder die Gerüchte und das Baissemanöver griffen zu spät. Eigentlich sollten sie es Ihnen und mir erleichtern, weiter zu kaufen und McAdam kleinzukriegen. Fallende Kurse machen die Leute nervös. So, wie ich McAdams einschätzte, würde er Panik kriegen und seine Anteile abstoßen.«

»Genauso war's.«

»Und Case Reed hat sie gekauft?«

»Nein. Das war ich. Ich kontrolliere jetzt fünfzehn Prozent direkt und noch mal fünfzehn Prozent indirekt.« Sie hielt inne, nippte an ihrem Whisky und lehnte sich fast gelangweilt zurück.

»Ich verkaufe Ihnen die ersten fünfzehn Prozent heute nachmittag, wenn Sie wollen.«
»Wieviel?«
»Vier Millionen Pfund.«
»Sie machen wohl Witze!«
»Man hat Diamanten in der Mine gefunden. Ich habe einen vierkarätigen gesehen. Sie wissen, was das für den Wert von Genius bedeutet. Sie können mein Angebot annehmen oder es bleiben lassen.«
Sie hob den Blick von ihrem Glas und sah ihn an. Ohne ihn aus den Augen zu lassen, hob sie den Arm und winkte dem Kellner.
»Die Rechnung, bitte.«
Sie stand auf und trat an den Tresen, um zu zahlen.
Goldstein beobachtete sie. Das war kein Bluff. Ihr Aufbruch war echt. Es lag etwas Endgültiges darin. Entweder, er ging auf ihre Bedingungen ein, oder es würde kein Geschäft zwischen ihnen geben. Er stand auf.
Sie stand an der Bar und unterschrieb die Rechnung. Er beugte sich zu ihr.
»Na schön. Vier Millionen.«
Sie sah zu ihm auf. »Und weitere vier für die restlichen fünfzehn Prozent, wenn ich sie liefere.«
»Woher weiß ich, daß Sie sie liefern werden? Der Wert der ersten fünfzehn Prozent ist zu einem gewissen Grad daran gebunden, daß ich auch die restlichen fünfzehn Prozent bekomme.«
»Sie werden mir vertrauen müssen.«
»Und Sie mir.«

Zehn Minuten später war Stormont wieder in der Botschaft und suchte Courtneys Büro auf.
»Gibt's was Neues von Truong?«
»Er beobachtet immer noch das Lager. Kein Hinweis auf Eva.«

»Ich habe mit Cassie Stewart gesprochen. Sie verheimlicht uns was. Sie scheint zu glauben, daß Eva in Sicherheit ist und hier in Hanoi bloß jemanden treffen wollte. Möglich, daß sie die Wahrheit sagt, aber ich bin ziemlich sicher, daß sie lügt. Die Frage ist nur, warum? Es sieht fast so aus, als deckte sie Eva.«
»Vielleicht stecken sie mittlerweile irgendwie mit Frazer unter einer Decke.«
»Nicht Eva.«
»Und Cassie?«
»Nein. Sie ist zwar beeinflußbar und pflegt ihre eigene Art von Korruption, aber nicht mit Frazer und niemals gegen Eva.«
Stormont hörte seine eigenen Worte ›nicht‹ und ›niemals‹ – absolutistische Maßstäbe, die er immer wieder von der Realität überrannt gesehen hatte, und dennoch zweifelte er jetzt keine Sekunde. Die Alternative war einfach undenkbar – wie immer.
»Also, was sollen wir tun? Wollen Sie immer noch zu Frazers Lager?«
»Frazer hat sie gehen lassen, zumindest Cassie, und ich vermute, Eva auch. Ich kann mir nicht vorstellen, daß er Eva als Gefangene hält und Cassie uns nichts davon erzählt. Irgendwas ist ihr passiert. Sie hat was gesehen. Ich glaube nicht, daß sie sich über Frazer noch irgendwelche Illusionen macht. Sie würde Eva nicht in seiner Gewalt zurücklassen, ohne mir davon zu erzählen. Nein. Eva ist nicht bei Frazer. Sie verfolgt ihre eigenen Ziele.«
»Was für Ziele?«
Stormont antwortete nicht. Er schloß einen Moment die Augen und schüttelte den Kopf.
»Cassie sagt, sie soll – wann – in drei Stunden wieder da sein?« fuhr Courtney fort.
»Zwischen acht und halb neun. Wir warten.«
»Und wenn sie nicht auftaucht?«
»Dann bringen wir Miss Stewart an einen ruhigen Ort und veranlassen sie zu einer Erklärung. Wenn es so läuft, wie ich mir

denke, wird das nicht länger als dreißig Sekunden dauern. Dann statten wir Robie Frazer einen Besuch ab. Hoffen wir bloß, daß es bis dahin nicht zu spät ist.«

Eine halbe Stunde später klingelte das Telefon. Courtney sprach ein paar Worte und reichte den Hörer dann an Stormont weiter. Es war Truong.

»Ich habe mich bis zur Vorderseite, zum Haupteingang des Lagers vorgewagt. Sie glauben nicht, wer gerade dort eingetroffen ist.«

Stormont wartete.

»Ha Chin.«

»Haben Sie Fotos von den beiden machen können?«

»Eine halbe Filmrolle.«

»Dann machen Sie, daß Sie da rauskommen, und zwar schnell. Wenn man Sie findet, sind Sie ein toter Mann. Kommen Sie direkt hierher.«

Stormont drehte sich zu Courtney um.

»Ich wüßte keine legitime Erklärung, warum um alles in der Welt Frazer sich mit Ha Chin trifft oder zuläßt, daß er auf irgendeine Art mit ihm in Verbindung gebracht wird. Jetzt haben wir ihn.«

»Was ist dann das Problem?«

»Das Problem ist, daß wir nicht wissen, was Frazer mit jemand machen würde, der die beiden zusammen sieht, abgesehen von seinen eigenen Leuten natürlich.«

»Sie denken an Truong?«

»Oder Eva.«

50

Als Eva Cassie verlassen hatte, lief sie rasch durch die Straßen. Sie achtete darauf, sich immer inmitten von größeren Gruppen zu bewegen. So wäre sie zwar nicht unsichtbar, würde aber auch nicht allzusehr auffallen.
Schließlich bog sie von der Ngo Quyen Street in die Phan Chu Trinh Street ab. Etwa auf halber Höhe der Straße stieß sie eine Tür auf, die in eine hohe Wand aus rostigem Wellblech eingelassen war. Die Tür fiel scheppernd hinter ihr ins Schloß. Sie stand da und überblickte einen großen, teilweise asphaltierten Hof. In der Mitte stand ein strahlend weißer Helikopter. Sie lächelte flüchtig und lief dann zu einem schäbigen Büro auf der anderen Hofseite.
Der Mann, der am Schreibtisch saß, hatte die Tür scheppern gehört und beobachtete, wie sie auf ihn zukam. Als er sie erkannte, wich der Ausdruck der Verwirrung aufrichtiger Freude. Eva und er waren alte Freunde. Sie hatten sich in Hanoi kennengelernt, als sie vor vier Jahren nach Fernost zurückgekehrt war, öfter zusammen was getrunken und dabei über die Hitze und die Moskitos geklagt. Sie war viel unterwegs gewesen, um zu unterrichten, trotzdem hatten sie sich hin und wieder an denselben Orten getroffen.
»Eva.« Er sprang auf. »Ich habe dich seit Monaten nicht gesehen. Ich dachte schon, du wärst für immer weg. Du warst wie vom Erdboden verschluckt. Was ha ...«
Mit einem Kuß auf den Mund brachte sie ihn zum Schweigen.
»Lange Geschichte, wenig Zeit. Ich brauche deine Hilfe. Du mußt mich nach Halong Bay fliegen.«

Er musterte ihre schlammbespritzten Kleider und das wirre Haar.
»Gott, Eva, ich wünschte, ich könnte. Aber ich habe einen Termin mit einer Touristengruppe um sechs. Die Kiste ist ausgebucht.«
Eva zog ihre Bulgari-Uhr vom Arm.
»Hier, die kannst du verscherbeln. Letzte Woche hat sie zwanzigtausend Dollar gekostet.« Einen Moment lang flogen ihre Gedanken zurück nach Hongkong, zur Freiheit, als noch alles im Lot gewesen war. Aber es war eine illusorische Freiheit gewesen. Sie riß sich zusammen. Hierauf hatte sie gewartet, so schrecklich und unwirklich es auch schien. Acht Jahre hatten hierher geführt. Plötzlich packte sie dasselbe Gefühl wie damals in Changi, als Sun Yi und sie verhaftet worden waren. Dieser eine unumkehrbare, falsche Schritt. Damals war sie davongekommen. Jetzt kam der nächste Schritt, und diesmal war Frazer das Ziel. Aber diesmal standen die Chancen weit schlechter.
Die Uhr fiel auf den Tisch. Tom starrte darauf.
»Ich will sie nicht. Es ist nicht das Geld, Eva ...«
Sie beugte sich vor und griff nach dem Verschluß seiner Armbanduhr, ein altes Swatch-Modell.
»Ich brauche die hier. Du hast doch nichts dagegen, wie?«
Er lachte über die Leichtigkeit, mit der er nachgab, während er den Arm ausstreckte und um den Tisch herumkam. Er schüttelte den Kopf, noch immer lächelnd, aber ernüchtert, denn er sah in ihren Augen mehr, als er wissen wollte.
»Also schön, ich bring dich hin.« Über die Schulter rief er seiner Sekretärin im Hinterzimmer zu, daß sie der Reisegruppe ihr Geld wiedergeben und technische Probleme vorschieben solle.
Sie gingen zu dem Helikopter. Tom hielt Eva die Tür auf. Sie stieg ein, schnallte sich an und setzte den Kopfhörer auf. Die Rotorblätter begannen sich leise zu drehen, bis ihr anfängliches Summen zu einem lauten Dröhnen angeschwollen war. Nach

drei Minuten fiel Hanoi unter ihnen zurück, abgeschnitten von der Luft und dem Rattern der Flügel, die sie davontrugen. Dann hörte sie Toms Stimme im Kopfhörer.
»Willst du mir nicht erzählen, worum es geht?«
»Nein, Tom, will ich nicht. Und du hast mich nie geflogen, hörst du? Du hast mich nicht gesehen. Um deinetwillen, nicht wegen mir.«
»Warum? Wieso um meinetwillen?«
Eva schwieg.
Während des einstündigen Fluges sagte sie kein Wort mehr. Tom steuerte den Helikopter über die Landebahn in Halong Bay. Die Rotorblätter über ihren Köpfen wurden langsamer und kamen schließlich zum Stillstand. Tom stellte alle Motoren ab und warf einen Blick auf Eva. Sie saß reglos und so in sich versunken da, daß alle Fragen oder Neugier sich von selbst verbaten. Ihre Schultern waren leicht hochgezogen, als müsse sie sich vor einem Schmerz schützen. Er betrachtete sie einen Augenblick. Sie sah kurz zu ihm auf, schwang dann die Tür auf und kletterte hinaus.
Tom sprang ebenfalls heraus und ging zur ihr herum. Bevor er etwas sagen konnte, küßte sie ihn erneut, mit geschlossenen Augen, damit er ihren Blick nicht sah.
»Danke, Tom. Du fliegst jetzt zurück.« Es klang wie eine Anweisung, ein Lebewohl. Doch seine Stimme folgte ihr hartnäckig.
»Ach, ich glaube nicht. Ich bleibe jetzt lieber hier und trinke was an der Bar.« Dann packte er sie am Arm.
»Ich habe keine Ahnung, was du im Schilde führst, Eva, aber um Himmels willen, paß auf dich auf, hörst du?«
»Mach' ich.«
Sie sah ihm nach, als er auf die Strandbar zusteuerte, in der sie zusammen schon so oft gesessen und bei einem Drink den Sonnenuntergang beobachtet hatten. Sie verscheuchte die Erinnerung daran, drehte sich um und ging in die andere Richtung davon, ohne zu merken, daß er ihr verstohlen folgte.

Sie eilte durch die abendlichen Straßen, in denen es geschäftig zuging, und sah überall vertraute Gesichter, alte Freunde, die sie mit einem herzlichen Lächeln, einem quer über die Straße gerufenen Gruß oder einem Winken willkommen hießen. Sie blieb nicht stehen, und niemand versuchte sie aufzuhalten wie sonst. Aufmerksam, wie sie waren, sahen die Menschen den entschlossenen Ausdruck in ihrem Gesicht und ließen sie weitergehen.

Ihr Haus war wie erwartet von einer einheimischen Familie, die sie kannte, in Beschlag genommen worden. Sie ging zur Tür und begrüßte sie. Besonders viel Zeit nahm sie sich mit dem weiblichen Familienoberhaupt, der alten Großmutter, die zwischen Verlegenheit und Dankbarkeit für das Haus und Evas diskrete Reaktion auf die Okkupation schwankte. Als Eva die ganze Familie begrüßt hatte, wie es sich gehört, brachte sie ihr Anliegen vor.

»Ich habe ein paar persönliche Dokumente in einem Versteck hinterlassen. Darf ich ein paar Minuten ungestört ins Haus, damit ich sie holen kann?«

Die Großmutter wies die anderen an, das Haus zu verlassen, und folgte ihnen, ohne sich auch nur einmal umzusehen. Eva dankte ihr, betrat das stille Haus und kniete sich in der Mitte des größeren Raumes auf den Boden. Hoffentlich hatte die Familie das Haus nicht allzu sorgfältig durchsucht.

Sie fand die scharfkantige Holzdiele und versuchte, sie vorsichtig mit den Fingernägeln zu lösen. Ein paar Splitter gruben sich in ihre Haut. Die Holzdiele gab nach. Sie legte sie beiseite und entdeckte zu ihrer großen Erleichterung die Blechdose. Sie öffnete sie, nur um sicher zu sein, und lächelte. Die Browning lag zwischen fünf vollen Magazinen. Sie schloß die Dose und ging zurück zu der Großmutter.

»Dein Sohn hat einen Jeep, glaube ich.«

Die Frau nickte.

»Meinst du, er wäre bereit, ihn zu verkaufen?«

Die Großmutter gackerte und warf ihr einen schlauen Blick zu.

»Tausend Dollar?«
Es folgte eine halbherzige Tirade. Eva sah auf das Haus, ihr Haus, und dann wieder zurück. Die Großmutter folgte ihrem Blick. Als sie sah, daß Feilschen nicht in Frage kam, gab sie nach.
»Okay. Tausend Dollar.«
»Vollgetankt, bitte. Und mit einem Werkzeugkasten. Einer starken Zange. Und einer Tasche, irgendwas Leichtes, etwa so groß.« Sie deutete die Umrisse mit den Händen an. Die Großmutter hob fragend eine Augenbraue, nickte aber rasch. Dann rief sie ihrem ältesten Sohn, der mit seiner Frau und den Kindern neben dem Haus hockte, etwas zu. Er sprang auf und war fünf Minuten später mit dem Jeep wieder da.
»Tank voll«, sagte er in gebrochenem Englisch. »Tasche«, er hob einen kleinen bräunlichen Rucksack aus Segeltuch, »und Werkzeug.« Er deutete mit dem Kopf auf einen Werkzeugkasten auf dem Rücksitz. Eva öffnete ihn, probierte die Zange aus und legte sie wieder zurück. Dann zog sie ein Bündel Geldscheine aus ihrer Jeanstasche und reichte es ihm. Der Mann gab ihr die Wagenschlüssel und warf auch den Rucksack auf den Rücksitz. Als seine Mutter ihm scharf einen Ellbogen in die Rippen stieß, händigte er ihr das Geld aus. Beide sahen zu, wie Eva in den Wagen stieg und davonfuhr, dann kehrten sie zum Haus zurück, lösten die Holzdiele und versteckten das Geld. Als sie entdeckte, daß die Metalldose verschwunden war, lächelte die Großmutter.
»Hat sie die Pistole mitgenommen?« fragte ihr Sohn.
»Du hast sie doch gesehen. Wozu hätte sie sonst kommen sollen?«

Als Tom beobachtete, wie Evas Jeep aus seinem Blickfeld entschwand, drehte sich ihm der Magen um vor Angst. Schließlich kehrte er zur Bar zurück, um vergeblich Trost im Bier und im Klang des Gelächters zu suchen. Er wußte ums Verrecken nicht, was sie vorhatte, doch der Ausdruck in ihrem Gesicht hatte ihm gezeigt, daß nichts und niemand auf der Welt sie daran hindern würde.

Eva ließ das lebhafte, abendliche Treiben von Halong hinter sich und fuhr Richtung Nordwesten. Im Rückspiegel sah sie die Zeichen der Zivilisation immer mehr abnehmen, je weiter sie kam. Nach zwei Stunden brach die Nacht herein. Das Grün des Dschungels am Straßenrand verwandelte sich in Schwarz. Ihre Scheinwerfer bildeten einen Tunnel von Licht in der Dunkelheit, der alles ausblendete, was außerhalb seiner Reichweite lag. Sie sah den dunklen Dschungel nicht. Was sich außerhalb des strahlenden Pfades vor ihr befand, hatte keinerlei Bedeutung für sie.

Hin und wieder meldete sich eine kleine Stimme der Vernunft, die ihr riet umzukehren. Sie fragte sich, wo sie herkam, diese fremde Stimme. Ob es Stormont war, mit seiner Logik? Wenn er dagewesen wäre, hätte er sie am Arm gepackt und versucht, das Steuer zu übernehmen? Als Agent sicher. Aber als Mann hätte er sie vielleicht ihren Trieben folgen lassen.

Die Straßen waren verlassen, die ganze Wildnis scheinbar leer, und doch brodelte der nächtliche Dschungel vor Leben. Wie viele Augenpaare sahen sie vorbeifahren? Die Raubtiere gingen auf Jagd, in den Dörfern hockten die Einheimischen um ein rundes Feuer und kochten ihr Essen. Doch auf der Straße gab es kein menschliches Auge, das sie beobachtete.

Sie fuhr weiter. Die Straße war so holprig, daß sie sämtliche Knochen im Leib spürte. Sie behielt den Meilenzähler und die Uhr im Auge. Etwa zwanzig Meilen vor Frazers Lager schaltete sie die Scheinwerfer aus. Wenn man aufpaßte, würde man den Jeep hören können, doch im Dunkeln gab er kein besonders gutes Ziel ab.

Langsam gewöhnten sich ihre Augen an die Nacht. Sie erkannte die schlimmsten Schlaglöcher und die Stämme der nächsten Bäume. Nach weiteren siebzehn Meilen sah sie eine kleine Bresche im Dschungel und bog ab. Sie lenkte den Jeep durch die

Bäume und parkte ihn etwa zehn Meter von der Straße entfernt. Selbst bei Tageslicht war er grün und getarnt, bei Nacht wäre er von der Straße aus nicht zu erkennen.
Sie nahm die Pistole, eine automatische Browning M1935 mit Schalldämpfer und einem vierzehnschüssigen Magazin. Sie lud sie und ging zur Straße zurück. Der rote Staub schimmerte leicht im Schein der Sterne und des zunehmenden Mondes. Sie suchte sich eine knorrige Stelle an einem Baum auf der anderen Straßenseite aus, holte tief Luft, hob die Pistole mit beiden Händen und drückte ab.
Ein dumpfer Knall ertönte, als die Kugel tief in den Baumstamm eindrang. Sie feuerte den Rest des Magazins ab, dreizehn Schüsse, und lief dann über die Straße zu dem Baum. Sie hatte gut gezielt, und die Pistole funktionierte. Die Einschußlöcher gruppierten sich, manche überlappend, um das, was von der kleinen knorrigen Stelle im Baumstamm übriggeblieben war.
Sie lud ein neues Magazin und warf die Pistole zusammen mit den Reservemagazinen, der Zange und ein paar Schraubenziehern in den Rucksack. Nachdem sie ihn umgehängt und zurechtgerückt hatte, tauchte sie in die Dunkelheit des Dschungels ein.
Eine Weile stand sie nur still da und gewöhnte ihre Augen an alles, was in ihrem Umkreis lag. Langsam nahm sie jede Einzelheit wahr, während sich ihre Pupillen erweiterten in dem Versuch, den kleinsten Funken Licht zu erhaschen.

51

Andrew Stormont kam um fünf vor acht im Metropole an. Cassie saß aufrecht und gleichmütig in der Bar. Er setzte sich neben sie, ohne zu grüßen. Der Kellner nahm seine Bestellung für einen Wodka Tonic entgegen. Er warf einen Blick auf ihren Whisky sour.

»Wie viele hatten Sie schon?«

»Das ist mein dritter.«

Er beobachtete sie, als sie langsam trank. Beide schwiegen und starrten vor sich hin. Jeder, der zufällig vorbeikam, hätte sie für ein verzweifeltes Ehepaar halten können, dem der Gesprächsstoff ausgegangen war, doch ihr Gesichtsausdruck war alles andere als leer. In Cassies Augen flackerte die Anstrengung, etwas zu verbergen, und in Stormonts Blick spiegelten sich Hoffnung und Wut. Um viertel vor neun trank er sein Glas aus.

»Sie kommt nicht, wie? Sollte auch nie kommen.«

Cassie schüttelte den Kopf. Stormont nahm sie am Arm.

»Gehen wir.«

Er zog dreißig Dollar aus der Tasche und warf sie achtlos auf den Tisch. Dann führte er Cassie, die sich nicht wehrte, aus dem Hotel.

Courtney wartete im Wagen. Er warf Stormont einen Blick zu und wußte Bescheid.

Sie fuhren zur Botschaft. Stormont brachte Cassie in einen hell erleuchteten Raum. Er war ungemütlich wie ein Wartezimmer. Ärzte, Zahnärzte und Krankenhäuser fielen ihr ein, Kälte und der Geruch nach Desinfektionsmitteln.

Stormont deutete auf einen Stuhl mit gerader Lehne an einem

quadratischen Holztisch. Cassie setzte sich. Er wandte ihr den Rücken zu und trat an ein verdunkeltes Fenster.
»Wenn Sie jetzt immer noch lügen, mache ich Sie für alle Konsequenzen verantwortlich. Ich denke, Sie wissen, wovon ich spreche. Vielleicht habe ich mich getäuscht. Ich an Ihrer Stelle, würde zu Gott beten, daß ich mich getäuscht habe.«
Cassie stand auf und versuchte, das Gefühl von Bedrängnis abzuschütteln, das Stormont in ihr auslöste. Sie trat ebenfalls ans Fenster.
»Was wollen Sie tun? Mir Elektroschocks geben oder eine Droge verpassen, damit ich die Wahrheit sage?«
Er drehte sich langsam um und kam einen Schritt auf sie zu.
»Oh, wir können viel phantasievoller sein. Die Möglichkeiten, einem das Leben zur Hölle zu machen, sind endlos. Sie wären überrascht, wie einfach es ist, wie ansteckend Angst sein kann, bis sie jeden Aspekt Ihres Lebens durchdringt. Und es gibt keinen Ausweg daraus.«
»Sie mutmaßen zuviel.«
»Tun Sie nicht so, als seien Sie plötzlich immun gegen die Angst. Niemand ist es, solange er lebt. Und glauben Sie bloß nicht, daß ich zögern würde.«
»Oh, sicher nicht.« Sie sah ihn mit unverhohlener Wut an. »Aber ich werde Ihnen den Spaß ersparen. Eva ist nach Halong Bay gefahren, um sich dort mit jemandem zu treffen. Das ist alles, was sie mir gesagt hat. Das ist die absolute Wahrheit. Als Frazers Fahrer uns abgesetzt hatte, sagte sie, sie müsse einen Freund in Hanoi treffen, sich einen Wagen besorgen und nach Halong Bay fahren.«
»Was will sie dort?«
»Keine Ahnung. Das hat sie mir nicht gesagt.« Sie starrte ihn an. Zum ersten Mal spiegelte sich Furcht in ihrem Blick. Stormont erkannte sie und ahnte auch, was sich dahinter verbarg.
»Vielleicht können wir sie aufhalten, wenn wir einen Helikopter nehmen.« Er hielt inne. »Sagen Sie mir eins: Wieso hat Frazer Sie gehen lassen?«

Jetzt, da er ihr einmal geglaubt hatte, war das Lügen leichter. »Ich habe überall erzählt, daß ich zum Lager fahren würde, um Eva und ihn zu treffen. Das habe ich ihm bei meiner Ankunft auch gesagt. Außerdem, warum sollte er uns nicht gehen lassen?«

Stormont sah sie nur an, bis sie die Achseln zuckte. »Na schön. Ich weiß, daß er irgendwas vorhat, sonst wäre das alles nicht passiert, aber ich weiß nicht, was es ist, und schlimmer noch, er weiß, daß ich es nicht weiß, also war es das einzig Vernünftige, uns gehen zu lassen.«

Stormont ging zur Tür.

»Sie bleiben hier in der Botschaft. Es ist sicherer.«

Cassie mußte daran denken, wie Eva davon gesprochen hatte, daß ihre Tarnung bewußt aufgedeckt worden war, weil irgendwer in der Firma ihr den Tod wünschte. Sie starrte auf die Tür, die Stormont hinter sich geschlossen hatte. Die Leidenschaft für Eva in seinem Gesicht war unübersehbar gewesen. Er war es jedenfalls nicht, der sie hatte umbringen wollen.

Schließlich setzte sie sich in einer Ecke des Zimmers auf den Teppichboden und wartete.

Stormont beriet sich kurz mit Courtney.

»Wir brauchen einen Helikopter und die Erlaubnis für einen Nachtflug. Ist mir egal, wie Sie das hinkriegen.«

Zwanzig Minuten später kam Courtney aus seinem Büro.

»Die australische Botschaft stellt uns einen Helikopter und den Piloten. Ich mußte einigen Wirbel machen, aber sie schuldeten uns noch einen Gefallen.«

Stormont, Courtney und drei seiner Männer fuhren zum botschaftseigenen Hubschrauberlandeplatz. Der Helikopter wartete. Sie stiegen ein und begrüßten den australischen Piloten, der schweigend die Maschine startete und sie durch die ruhige Nacht nach Halong Bay flog. Um elf setzte der Helikopter auf. Gemäß ihren Anweisungen schwärmten sie aus und begannen die Suche nach Eva.

52

Je näher sie ihrem Ziel kam, um so langsamer bewegte sich Eva. Nach einer Stunde Fußmarsch schätzte sie, daß sie wahrscheinlich noch rund eine Meile vom Lager entfernt war. Als sie eine glitzernde Pfütze auf dem dunklen Boden entdeckte, blieb sie stehen und spürte, wie ihre Schuhe bis knapp über die Schnürsenkel im Schlamm versanken. Sie kniete sich hin, nahm eine Handvoll und verteilte sie wie Shampoo in dem blonden Haar, das sich jetzt rötlichbraun färbte. Anschließend rieb sie die feuchte Erde in die Jeans, bis der Stoff völlig damit getränkt war, bedeckte Handflächen, Arme und das Gesicht, und ließ nur Augen und Mund frei. Jetzt war ihre Tarnung komplett.
Schließlich ging sie weiter. Aus der Ferne hörte sie in der Stille des Dschungels ein schwaches elektronisches Summen – der Stromgenerator. Als nächstes entdeckte sie einen Lichtschimmer, der vom Lager in die umliegende Dunkelheit fiel. Geräuschlos ging sie weiter, bis sie ungefähr vierhundert Meter entfernt die Umrisse des hohen Drahtzauns sehen konnte, der sich um das Lager zog. Die Lampen des Wachtturms spiegelten sich auf dem Geflecht wie funkelnde Augen.
Sie spürte die Adrenalinstöße im Blut und warf einen Blick auf die Uhr. Gerade elf. Sie würde noch eine Stunde warten, in der Hoffnung, daß Frazer und Ha Chin, der mittlerweile angekommen sein mußte, zu Bett gegangen waren. Frazer hatte sich in den letzten paar Tagen meistens nach dem Essen in sein Zimmer zurückgezogen. Sie hatte den Lichtstreifen unter seiner Tür noch bis nach elf gesehen. Wahrscheinlich las er. Vielleicht würde er heute länger aufbleiben und sich mit Ha Chin betrinken. Das beste wäre, bis in die frühen Morgenstunden zu war-

ten, drei oder vier, wenn der Schlaf am tiefsten ist, doch sie bezweifelte, daß sie ihre flatternden Nerven und gespannten Muskeln bis dahin beherrschen konnte. Außerdem bestand noch eine Gefahr: Je länger sie wartete, um so größer wurde die Chance, daß sie entweder von Stormonts oder von Frazers Männern verfolgt würde. Früher oder später würden Frazers Leute Wind von Cassies Anwesenheit in Hanoi bekommen und sie jagen. Stormonts Leute und vielleicht sogar Stormont selbst, falls er ihr nach Hanoi gefolgt war, würde Cassie höchstens ein paar Stunden hinhalten können. Falls Stormont wirklich da war, würde er ihren Plan wahrscheinlich erahnen und sie daran hindern wollen. Sie versuchte, sich von den wilden Spekulationen abzulenken, indem sie sich fragte, welche Motive er haben könnte, falls er, was undenkbar schien, tatsächlich derjenige war, der sie verraten hatte. Warum würde jemand so etwas tun? Aus blindem Haß, aus dem Wunsch heraus, sie tot zu wissen? Vielleicht war es auch gar nicht so persönlich gemeint gewesen, vielleicht hatte man Frazer lediglich vor ihrer Rolle warnen wollen. Dann wäre ihr Tod nur eine Folge, aber nicht das eigentliche Ziel. Dennoch, es war und blieb Verrat. So würde das Blutvergießen nie aufhören.

Als ihre Uhr Mitternacht zeigte, rappelte Eva sich auf. Sie mußte sich die Beine massieren, damit das Blut wieder zirkulierte und die Muskeln warm wurden. Zwischendurch strich sie sich das Haar aus dem Gesicht. Der satte Geruch des Schlamms erinnerte sie an Leber oder getrocknetes Blut. Sie überprüfte die Pistole und steckte sie in den Bund ihrer Jeans. Noch ein letztes Mal sah sie sich um und warf einen Blick in die Richtung, aus der sie gekommen war, dann wandte sie sich zum Lager und schlich vorsichtig näher.

In einer Distanz von etwa hundert Metern bewegte sie sich im Schutz der Bäume um das Lager herum. Die Lampen waren hell, doch es gab auch Schatten und dunkle Stellen, die das Licht nicht erreichte. Sie hielt Ausschau nach den Wachen, die während ihres Aufenthalts Tag und Nacht patrouilliert hatten.

Offenbar waren sie heute zu dritt. Zwei saßen in der Wachstube und spielten Mahjong, und ein weiterer machte mit einer Taschenlampe in der Hand unregelmäßige Rundgänge. An seiner Hüfte erkannte sie die Ausbuchtung eines Pistolengriffs. Das Lager lag ruhig und nichtsahnend vor ihr. Wen auch immer man fürchtete, sie war es nicht. Sie war tot. Die Ruhe im Lager war der Beweis.

Sie beobachtete den Wachtposten. Seine mehr oder weniger symmetrischen Runden um das Gelände dauerten etwa zehn Minuten. Eva schlich durch den Dschungel, bis sie den Teil des Lagers erreicht hatte, den Frazer für sich in Beschlag genommen hatte. Es war ein einzeln stehendes, flaches Holzhaus, das in Kriegszeiten wahrscheinlich dem Lagerleiter als Quartier gedient hatte. Frazers Männer wohnten in einem langgestreckten Gebäude rechts davon.

Zwei Lichter brannten in Frazers Haus, mit einem dunklen Fenster dazwischen. Eva sah sich um. Der Posten mußte jetzt am anderen Ende des Lagers sein, verdeckt von Frazers Haus. Sie kroch rasch auf den Zaun zu und suchte im Rucksack nach der Zange.

Der Zaun stand nicht unter Strom, das hatte sie getestet, als Frazer sie gefangengehalten hatte, dennoch verspürte sie eine Welle von Angst, als sich die Zange um die Maschen schloß. Nichts – weder ein Lichtblitz noch ein Stromstoß. Sie atmete tief aus und arbeitete rasch, bis sie eine kleine Öffnung in das Drahtgeflecht geschnitten hatte. Wieder sah sie sich um. Alles war ruhig. Sie zwängte sich durch die Öffnung und rannte geduckt über die freie Fläche zwischen dem Zaun und Frazers Quartier. Dort preßte sie sich gegen die Holzwand, etwa fünf Meter von dem erleuchteten Fenster entfernt. Sie schaute sich um. Alles klar. Sie richtete sich auf und spähte durch das kleine dunkle Fenster. Etwas Weißes schimmerte wie Emaille – Toilette und Badewanne. Das Fenster stand offen. Sie stieß es vorsichtig weiter auf. Dann schwang sie ein Bein über das Sims, hielt sich an dem leichten Fensterrahmen fest und zog das an-

dere Bein nach. Geräuschlos ließ sie sich in den dunklen Raum hinab. Ihre Füße berührten einen staubigen Kachelboden. Sie schloß das Fenster halb und hielt dann inne, um zu horchen, hörte jedoch nur ihr eigenes Atmen. In der Hoffnung, hinter der Wand Geräusche auszumachen, hielt sie die Luft an. Nichts.
Die Pistole schußbereit in einer Hand, drückte sie mit der anderen den Metallgriff der Tür herunter und stieß sie vorsichtig einen Spaltbreit auf.
Ein leerer Gang lag vor ihr. Sie bewegte sich lautlos vorwärts und blieb vor Frazers Tür stehen. Langsam streckte sie die Hand aus, wie eine Schlange, die jeden Moment vorwärtsschnellen wird, drückte dann mit einer raschen Bewegung die Klinke herab und stieß die Tür auf.
Frazer und Ha Chin saßen an einem kleinen Tisch und spielten Schach. Ha Chin sprang mit offenem Mund auf und stieß den Tisch um, als er sich bückte, um nach einem Revolver auf dem Fußboden zu greifen.
Im gleichen Augenblick hatte Eva gezielt und zweimal abgedrückt. Beide Kugeln trafen ihn in die Brust. Sie sah, wie sich seine Augen vor Schreck weiteten, als er rückwärts auf Frazers Bett fiel. Blut spritzte aus seiner Brust und fiel als feiner Sprühregen über sie. Dann drehte sie sich zu Frazer um, der den fallenden Tisch aufgefangen hatte und ihn mit beiden Händen festhielt. Langsam stellte er ihn wieder hin. Das waren die einzigen Geräusche – der dumpfe Einschlag der Kugeln, Ha Chins Sturz und das leise Klicken der Tischbeine auf dem Holzboden.
Von draußen war nichts zu hören, kein Zeichen von Aufruhr. Eva stand vor Frazer, alle Sinne gespannt in der Stille des Todes, im widerlichen Gestank nach Blut. Sie spürte etwas Warmes, das über ihr Gesicht und die Unterarme rann, und schmeckte den metallischen Korditgeruch im Mund.
Frazer saß einen halben Meter vor ihr und starrte sie an. Sein Blick jagte von Ha Chin auf Evas Hände, die die Pistole auf

ihn richteten, und schließlich zu ihren Augen, die scharf wie eine Waffe aufblitzten.
»Du dachtest, du hättest alles im Griff, was, Robie, du Milliardär, du Sprößling der Gesellschaft. Der einzige Unterschied zwischen dir und dem Pusher an der Straßenecke ist deine Isolation. Er ist ein Outlaw, du dagegen ein Insider und gut beschützt. Aber es braucht nicht viel, um ein Leben zu zerstören. Du hast es indirekt so oft getan, mit deinen miesen kleinen Deals, aber auch direkt, bei Sun Yi und fast bei Cassie und mir. Es ist so einfach, nicht, aber du hast immer geglaubt, du wärst immun, geschützt von deiner Klugheit und deiner Schlechtigkeit.«
»Und was bist du dann, Eva? Noch klüger? Noch schlechter?«
Sie staunte über seine Gelassenheit und die Klarheit, die ihn selbst jetzt nicht verließen.
»Nein, ich habe nur keine emotionalen Skrupel. Ich spüre zuviel, ich kann die Dinge nicht einfach geschehen lassen. Ich war nicht nur SIS, Frazer. Das hier mache ich für mich, vielleicht bringe ich dadurch wieder ein bißchen mehr Gleichgewicht in die Welt.«
Als er aufsprang, um sich auf sie zu stürzen, hob sie die Pistole und bemerkte mit flüchtigem Respekt, daß er stumm blieb und nicht, wie Ha Chin es versucht hatte, nach seinen Wachen rief. Die ganze Zeit, die endlosen Sekunden, die es dauerte, hielt er den Blick auf sie gerichtet. Einen Blick voller Grauen und Wut.
Eva drückte drei Mal ab und sah, wie etwas Dunkelrotes aus seiner Brust quoll, wie er nach hinten kippte, den Blick auf sie gerichtet, sie noch im Tod verfluchend. Ein Stuhl splitterte, als er zu Boden fiel, und dann hörte sie in der Ferne jemanden rufen. Eva stand eine Sekunde wie erstarrt, machte dann auf dem Absatz kehrt und rannte aus dem Zimmer in den Gang. Sie sah den Wachtposten nicht. Sie sah nur einen Arm, der sich um ihren Hals legte und sie zurück riß. Er verstärkte den Druck, bis sie keine Luft mehr bekam. Sie trat ihm mit geballter Kraft

gegen das Knie und fuhr dann mit dem Absatz kräftig sein Schienbein hinab. Der Druck um ihren Hals ließ nach. Sie warf den Kopf zurück und traf die Nase des Mannes. Er ließ los. Sie wirbelte herum, holte mit der rechten Hand aus und schlug ihm die Pistole gegen die Luftröhre. Das reichte, um ihn bewegungsunfähig zu machen. Er sackte zu Boden. Sie sah sich um. Niemand in Sicht. Sie rannte ins Badezimmer, riß das Fenster auf und kletterte aus dem Fenster. Während sie geradewegs auf die Öffnung im Zaun zulief, spiegelte sich das Licht aus Frazers Fenster auf ihrer blutverschmierten Haut. Sie hörte weitere Rufe und rasche Schritte. Vor dem Loch im Zaun warf sie sich zu Boden und zwängte sich hindurch. Die Rufe kamen näher, sie klangen beunruhigt. Sie sprang auf und lief weiter. Dann hörte sie das widerliche Rattern eines Maschinengewehrs und spürte, wie die Kugeln neben ihr im Boden einschlugen. Sie rannte in den Dschungel, ins Dunkel. Sie rannte und rannte, ihre Augen durchbohrten die Nacht, machten Formen und Konturen aus. Alles, bloß nicht gegen einen Baum prallen, stürzen, sich den Knöchel brechen. Sie rannte, bis die Geräusche vorübergehend nachließen. Es würde nicht lange dauern. Frazers Männer würden sich sammeln und ihr mit ihren Jeeps und ihren Waffen folgen. Sie hatte nur wenige Sekunden Vorsprung. Sie lief in gerader Linie auf den Dschungel zu, weg von der Straße, weg von der Richtung, in der sie sie vermuteteten. Es hörte sich nicht so an, als hätten sie die Verfolgung bereits aufgenommen, aber sie erwartete sie auch nicht hier. Sie würden drüben auf der Straße nach ihr suchen. Nach zwanzig Minuten änderte sie die Richtung, um zum Jeep zurückzukommen. Sie ging jetzt langsamer, um sich zu beruhigen und wieder Luft zu holen. Sie sah auf die Uhr. Nach fünfzig Minuten mußte sie wieder in der Nähe der Straße sein. Ihr Bewußtsein konzentrierte sich ganz auf die Suche nach dem Jeep, während sie vorsichtig durch den Dschungel schlich, immer auf der Lauer nach Geräuschen und Schatten, die sich bewegten.

Einmal hörte sie Rufe in der Ferne, etwas weiter voraus. Sie blieb stehen und horchte. Die Stimmen entfernten sich und verschwanden in der Nacht. Zehn Minuten später entdeckte sie den Jeep, und ihr Herz machte einen Sprung. Sie sah sich um. Kein Laut, keine Spur von Menschen. Sie lud ein neues Magazin in die Pistole, kletterte in den Jeep und ließ ihn an. Das Geräusch des aufheulenden Motors klang ohrenbetäubend. Sie lauschte, voller Angst, die Stimmen könnten zurückkehren. Doch sie hörte nichts bis auf das träge Tuckern des Motors.

Schließlich gab sie Gas und jagte den Jeep durch das Unterholz auf die Straße. Mit ausgeschalteten Scheinwerfern fuhr sie, so schnell sie konnte, ohne zu riskieren, sich zu überschlagen, falls sie gegen einen Felsbrocken prallen sollte. Die vibrierende Tachometernadel zeigte sechzig Meilen pro Stunde.

Nach einer Viertelstunde näherte sie sich einer Kurve und hatte das Gefühl, das Geräusch eines anderen Wagens zu hören. Sie trat auf die Bremse, bis die Nadel nur noch zwanzig Meilen anzeigte, und bog dann scharf von der Straße ab, die steile Böschung hinab und in den Dschungel hinein. Der Jeep krachte durchs Unterholz. Sie spürte, wie er schwankte und schlingerte, als er einen kleinen Baum streifte, ihn halb mitriß und dann überrollte. In letzter Sekunde riß sie das Lenkrad herum, um einem mächtigen Stamm auszuweichen, der sicher nicht nachgegeben hätte. Zweige peitschten über ihr Gesicht, und sie spürte, daß sie blutete. Etwa zehn Meter weiter brachte sie den Wagen zum Stehen und schaltete den Motor aus. Das heisere Dröhnen eines näherkommenden Jeeps hallte in ihren Ohren wieder. Sie hörte, wie der Fahrer den Gang wechselte, als er die Kurve erreichte, und dann wieder Gas gab. Sie spürte beinahe die Augen der Männer, stellte sich vor, wie sie die Gegend absuchten, die Bresche im Dschungel entdeckten und anhielten, um sie zu untersuchen. Sie war eine leichte Beute. Der Jeep kam näher, sie konnte seine Scheinwerfer sehen, und war beinahe sicher, daß sie sie entdeckt hatten.

Ungläubig sah sie zu, wie er vorbeifuhr. Sie wartete, bis er außer Hörweite war, ließ dann ihren Motor wieder an und fuhr

aus dem Dschungel heraus. Auf der lockeren Erde der Böschung drehten die Reifen eine Sekunde lang durch, doch dann griffen sie und beförderten den Jeep auf die Straße zurück.
Sie fuhr weiter und stellte sich vor, wie Frazers Leute die Straßen patrouillierten und gelegentlich Vorstöße in den Dschungel machten. Außer dem Jeep, dem sie gerade entwischt war, mußten noch weitere hinter ihr her sein.
Nach zwanzig Minuten erreichte sie eine Kreuzung, wo sich die Straße gabelte. Eine führte weiter durch den Dschungel, die andere hinunter in die Ebene und nach Halong Bay. Sie bog ab. Ein kleiner Triumph: Jetzt hatten sie zwei Straßen, die sie absuchen konnten.
Mit jeder zurückgelegten Meile wuchs das Gefühl der Freiheit, bis es schließlich in wilde Euphorie übersprang, die sie nicht mehr verlassen wollte. Jetzt war sie bereits mehr als eineinviertel Stunde unterwegs. Zu beiden Seiten der Straße lichtete sich der Wald. In der Ebene war es heller, und sie konnte weiter sehen. Die Straße dehnte sich leer vor ihr aus und zog sie unaufhaltsam vorwärts.
Gerade als sie sich erleichtert zurücklehnen wollte, entdeckte sie in weiter Ferne einen Lichtpunkt wie einen bösen Blick. Ihr Magen verkrampfte sich, als er immer größer und heller wurde. Jetzt hörte sie auch den Motor. Undeutlich erkannte sie einen Wagen, der auf sie zukam. Seine Insassen hatten sie noch nicht entdeckt, denn sie fuhr ohne Licht. Die Scheinwerfer des anderen Wagens wanden sich wie ein leuchtendes Band durch die Nacht und hüpften auf und ab, wenn er ein Schlagloch passierte. Es blieb höchstens noch eine Minute, bevor sie sie sehen würden.
Eine Minute zum Nachdenken. Es war halb drei morgens. Ein Jeep, der zu dieser Zeit durch die Landschaft dröhnte, konnte eigentlich nur einer von Frazers Wagen sein. Eva merkte, daß der Name in ihrem Geist nachhallte, als sei er noch immer lebendig. Seine Macht zu töten war nicht mit ihm gestorben. In jedem Fall mußte sie so handeln, als seien es seine Männer. Sie

hatte keine Zeit, es genauer rauszukriegen, keine zweite Chance. Sie wollte niemanden umbringen, das war ihr einziger Trost, aber es blieb ihr keine andere Wahl. Sie konnte sich nirgends verstecken. Die Reisfelder zu beiden Seiten würden den Jeep verschlucken.

Sie ließ den Wagen mit laufendem Motor auf der Straße stehen, sprang heraus und rannte, so schnell sie konnte, auf den näherkommenden Jeep zu. Noch dreißig Sekunden, bevor sie sie entdecken würden. Knapp bevor das Licht der Scheinwerfer sie erreichte, etwa dreihundert Meter entfernt, zog sie die Pistole aus dem Bund und sprang die Böschung hinunter ins Reisfeld. Sofort versank sie im Wasser und kämpfte um festen Boden unter den Füßen. Das Wasser reichte ihr bis zur Hüfte, so daß sie in ihrer Bewegungsfreiheit behindert war.

Sie wartete und zwang sich stillzuhalten, bis der Jeep nur noch zwanzig Meter entfernt war. In diesem Moment sprang sie die Böschung hinauf und lief auf die Straße, mitten hinein in den Strahl der Scheinwerfer. Jetzt war er nur noch zehn Meter entfernt und schoß genau auf sie zu. Sie hob die Pistole, zielte und feuerte vier Schüsse in den rechten Vorderreifen. Man hörte einen Schrei, als der Wagen heftig zur Seite geschleudert wurde. Eva warf sich nach links. Auf dem Fahrersitz erkannte sie die Silhouette von Le Mai, der verzweifelt mit dem Lenkrad kämpfte. Eva sah ihn für den Bruchteil einer Sekunde, dann schoß der Wagen die Böschung hinab, überschlug sich zwei Mal und versank kopfüber im Reisfeld. Sie hörte das häßliche Gurgeln des Wassers, das in den Wagen eindrang. Sie wandte sich ab. Das konnte keiner überlebt haben. Sie rannte zu ihrem Jeep zurück und stieg ein. Zwei Minuten lang beobachtete sie das Reisfeld noch, nur um sicherzugehen. Nichts bewegte sich. Dann löste sie mit zitternder Hand die Handbremse und fuhr an.

53

Andrew Stormont parkte in einer stillen Straße von Halong Bay und wartete. Es war halb vier morgens. Nichts war zu hören oder zu sehen, bloß hin und wieder eine Katze, die um den Wagen strich. Vereinzelte nächtliche Fußgänger waren längst nach Hause gegangen, um zu schlafen, und bis die Fischer mit ihren Booten rausfuhren, würde es noch ein paar Stunden dauern.

Stormont hatte sich in dem Wagen, den seine Männer ihm besorgt hatten, auf der Hauptstraße postiert, die zur Bucht führte. Bei ihrer Suche war ihnen Toms Helikopter aufgefallen, der laut normalem Flugplan eigentlich in Hanoi hätte stehen müssen. Sie fanden Tom betrunken in der Bar. Er wirkte gereizt und schuldbewußt. Mit Hilfe ihrer subtilen Befragungstechnik hatten sie herausbekommen, daß er Eva von Hanoi hergebracht hatte und sie vor Stunden mit einem Wagen weggefahren war.

Stormont konnte sich denken, was sie vorhatte. Er hatte sie verpaßt, wahrscheinlich für immer. Jetzt sah er, wie unausweichlich ihre Entscheidung gewesen war, und war entsetzt über seine eigene Dummheit. Er hatte sich für stark genug gehalten, um sie aufzuhalten. Wenn er daran dachte, wie arrogant er gewesen und wie sehr er versagt hatte, drehte sich ihm der Magen um. Aus reiner Blindheit hatte er ihr genau das ermöglicht, was sie sich so brennend gewünscht hatte.

Mit seiner Verantwortung mußte er jetzt allein fertig werden. Wider alle Logik wartete er. Er hatte gewußt, daß es keinen Zweck hätte, die Verfolgung aufzunehmen. Zu Frazers Lager zu fahren kam nicht in Frage. Er hatte einfach nicht genug

Männer für die unausweichliche Konfrontation und schon gar nicht die Genehmigung für ein solches Vorgehen. Jede direkt gegen Frazer gerichtete Aktion lag außerhalb seiner Befugnisse. Eva hatte ihre Wahl getroffen. Und es war zu spät, um sie jetzt noch zu hindern. Es blieb ihm nichts anderes übrig, als zu hoffen. Er würde warten, bis es hell würde, und dann nach Hanoi zurückkehren.

Plötzlich hörte er das Geräusch eines näherkommenden Motors und richtete sich auf. Er stieg aus und überprüfte die Pistole im Schulterhalfter, die Courtney ihm dagelassen hatte. Dann stellte er sich neben den Wagen und wartete. Das Dröhnen des Motors wurde lauter.

Mit ausgeschalteteten Scheinwerfern kam er näher, ein finsterer Schatten. Nach einer Weile konnte er die Umrisse eines Jeeps erkennen, der mit hoher Geschwindigkeit auf ihn zuraste, scheinbar ohne ihn zu bemerken.

Etwa zehn Meter vor ihm bremste er endlich ab, und der Fahrer stieg aus. Ungläubig sah Stormont, wie Eva auf ihn zukam: Sie sah aus, als hätte sie in Blut gebadet, schrecklich. Er wand sich innerlich. Dann sah er, wie sie nach der Pistole griff und auf ihn zielte. Ihr Blick war hart, erfüllt von glitzernder kalter Logik.

»Was soll die Pistole, Eva?«

Sie kam weiter langsam auf ihn zu. Sie sah ihn an und spürte, wie unausweichlich seine Anwesenheit war. Sie hatte das Gefühl zu ersticken und antwortete mit unterdrückter Wut: »Irgendwer hat meine Tarnung auffliegen lassen und verraten, daß ich heroinsüchtig war. Alle Einzelheiten waren in meinen medizinischen Unterlagen enthalten, damit war ich so gut wie geliefert. Nur drei Männer hatten diese Information – der Chief, du und Giles Aden.«

Stormont antwortete ruhig: »Ich war es nicht.«

»Du kannst mir viel erzählen. Ich hoffe, du hast recht, sonst müßte ich dich auch noch umlegen.«

Also hatte sie Frazer umgebracht. Stormonts Blick wanderte langsam, erschüttert über ihren Körper und blieb dann an ih-

rem Gesicht hängen. Alles, was sie hinter sich gelassen hatte, schien er zu sehen und zu verstehen.
Sinnlose Fragen schossen ihm durch den Kopf. »Glaubst du tatsächlich, daß ich ein Verräter sein könnte?« Und sie würde nicken. Sie wußte natürlich genauso gut wie er, daß er in der labyrinthischen Logik der Firma wahrscheinlich sogar irgendeinen sogenannten guten Grund dafür hätte finden können. Es gab keine Worte, hier kam er nur mit klarem Kopf weiter. Seine Arme hingen schlaff am Körper herab.
»Hat es nicht schon genug Tote gegeben, Eva? Bist du noch nicht fertig?«
In seinen Worten lag eine Sanftheit, die sie beinahe überwältigt hätte. Sie sah ihn an und versuchte, die Wahrheit aus einem Blick zu lesen, der in Unehrlichkeit geübt war. Sie wollte ihm so sehr glauben, aber genau dieses Bedürfnis machte sie zugleich mißtrauisch, diese Sehnsucht nach einem Funken Unschuld, nach dem nicht begangenen Verrat. Mehr als alles andere wünschte sie sich diese Geste des Vertrauens, damit nicht auch noch Stormont in ihrem Bewußtsein und in ihrem Leben zerstört werden mußte. Doch ihre Instinkte waren von Verrat und Tod verbogen; sie fragte sich sogar, ob sie sich selbst trauen konnte. Jedenfalls würde sie lieber durch die Hand eines offenen Feindes sterben, lieber Frazers als Stormonts Leuten zum Opfer fallen.
Sie sah ihm in die Augen – Augen, die auf sie zu warten schienen. Eine Sekunde dachte sie daran abzudrücken und zuzusehen, wie er umkippte. Aber das war unmöglich, und darin lag ihre Antwort. Langsam senkte sie die Pistole und ging auf ihn zu, bis sie nur noch eine Armeslänge voneinander entfernt waren.
Stormont hielt den Blick auf sie gerichtet und widerstand der Versuchung, sie zu berühren oder irgend etwas zu tun, was den zerbrechlichen Waffenstillstand hätte brechen können. Er öffnete die Wagentür.
»Wir fahren nach Hanoi zurück, und dann verlassen wir das Land.«

Sie setzte sich auf den Beifahrersitz. Stormont fuhr zum Helikopter und wies seine Leute über Funk an, sich dort mit ihm zu treffen. Rasch kletterten sie im Dunkeln hintereinander in den Helikopter. Der Pilot startete den Motor, der in der Stille der Nacht widerhallte, und flog sie über die nächtliche Landschaft zurück nach Hanoi.

Stormont versuchte, nicht mit Eva zu sprechen. Er wußte in groben Umrissen, was passiert war. Die Fragen konnten warten.

Eva betrachtete die Landschaft. Die endlosen Reisfelder und fernen Dschungel wirkten unwirklich, harmlos wie die Seiten eines Atlanten. Das plötzliche Ende der Gefahr störte ihre Orientierung. Sie lauschte dem Rattern der Rotorblätter, die sich über ihnen drehten. Sie waren genauso empfindlich wie ein Spinnennetz. Ein Vogel konnte den Helikopter zum Absturz bringen.

Kurz vor dem Morgengrauen landeten sie in Hanoi. Courtney brachte Stormont und Eva in die Botschaft.

Stormont nahm sie am Arm, als sie auf der Treppe stolperte; Erschöpfung, Austrocknung und Hunger zeitigten ihre Folgen. Er führte sie durch die schweigend daliegenden Gänge zu einer Tür, in die ein kleines Fenster eingelassen war. Durch die Scheibe fiel Licht. Stormont steckte den Schlüssel ins Schloß. Cassie saß auf einem schmalen Bett und starrte vor sich hin.

Als er die Tür öffnete, stand Cassie auf. Sie sah Eva an, die müde, aber aufrecht dastand. Haut und Kleider starrten vor Lehm und Blut. Eine Weile sahen sie sich nur an, dann kam Cassie auf Eva zu, umarmte sie und spürte zugleich, wie sich Evas Arme um sie schlossen.

Als sie sich voneinander lösten, sagte Stormont verlegen: »Ich besorge dir eine Dusche, Eva, und ein paar Kleider. Außerdem müssen wir euch neue Pässe ausstellen. Es ist sicherer, inkognito zu reisen.« Er wandte sich an Cassie. »Wir können später, wenn wir weg sind, jemanden zum Hotel schicken und Ihre Sachen abholen lassen.«

Während Eva duschte, kehrte Stormont zu Cassie zurück. »Wir fliegen so bald wie möglich. Zuerst nach Hongkong, und von dort werde ich ein Militärflugzeug organisieren. Morgen früh gegen sechs landen wir auf dem RAF Brize Norton. Wir werden uns im Flugzeug ziemlich ausführlich unterhalten müssen, und auch noch ein paar Tage danach, fürchte ich. Aber Sie möchten vielleicht jemand sehen, wenn Sie ankommen. Gibt es jemanden, den ich anrufen kann?«

Er sprach mit überraschender Zärtlichkeit. Es war fast so, als könne er sich jetzt, da Eva wieder da war, erlauben, freundlich zu sein.

Sie lächelte schwach und versuchte, sich vierundzwanzig Stunden später vorzustellen und was sie dann fühlen würde. Nach einer Weile sagte sie: »Ja, es gibt jemanden. Owen Quaid. Ich gebe Ihnen seine Nummer.«

Stormont schrieb sie auf und zog sich mit einem Notizblock und einem Telefon zurück. Zuerst rief er McKenzie in Hongkong an und bat ihn, ein Militärflugzeug zu besorgen. Dann Giles Aden.

Es war elf Uhr abends in London. Aden war zu Hause. Nach zweimaligem Klingeln hob er ab und meldete sich mit gewohnt selbstzufriedener Stimme.

»Giles, hier ist Andrew. Alles in Ordnung. Ich fliege heute abend zurück und komme morgen früh, Dienstag, gegen sechs Uhr in Brize Norton an. Könnten wir uns dort treffen?«

Um halb acht startete ihr Flugzeug nach Hongkong. Stormont und Eva saßen nebeneinander, Cassie eine Reihe davor. Solange sie in Vietnam waren, schien Stormont noch immer die Möglichkeit einer Gefahr zu fürchten.

Der Flug dauerte anderthalb Stunden. Am Flughafen von Kowloon erwartete sie eine Militärmaschine. Als der Morgen den Himmel vor ihnen aufbrach, starteten sie Richtung Westen.

Die Maschinen dröhnten rings um sie herum. Cassie saß wieder allein in der Reihe vor Stormont und Eva. Jetzt, da die unmittelbare Gefahr vorbei war, hatten sie Zeit zum Reden. Stormont warf Eva einen Blick zu.

»Du hast Frazer also getötet?«

»Und Ha Chin auch. Sie waren zusammen, im gleichen Zimmer. Ich hatte keine Wahl. Vorher hatte Frazer zweimal versucht, mich umzubringen. Einmal war er dabei, mir eine Überdosis Heroin zu verpassen, als plötzlich Cassie auftauchte und sich auf ihn stürzte. Die Spritze fiel zu Boden. Ich habe nur eine winzige Dosis abbekommen. Frazer sagte, es würde ihm schon was anderes einfallen, um uns loszuwerden. Es sollte aussehen wie ein Unfall. Heroin wäre eine gute Möglichkeit für mich allein gewesen. ›Einmal Junkie, immer Junkie‹, hat er zu mir gesagt.«

Stormont beobachtete sie beim Sprechen. Sie kämpfte um innere Ruhe und versuchte verzweifelt, ihre Stimme zu beherrschen.

»Also kam er auf die Idee, Cassie und mich zusammen zu erledigen. Er sagte, er habe einen Deal mit euch gemacht und würde uns gehen lassen. Er gab uns einen Jeep. Beim Wegfahren hörte ich eine der Wachen einen Witz über Minen machen. Zuerst habe ich ihn nicht verstanden, aber nach ungefähr zehn Meilen kam ich drauf, daß er den Jeep präpariert haben mußte. Wir sind gerade noch rechtzeitig rausgesprungen. Ich ließ den Motor laufen. Fünf Minuten später flog die Kiste in die Luft. Wir haben einen vorbeikommenden Bauern gebeten, uns bis nach Hanoi mitzunehmen. Ich habe Cassie im Hotel abgesetzt, das weißt du schon. Wir hatten verabredet, daß sie deine Männer belügen sollte – oder dich, falls du da sein solltest.« Sie hielt inne und sah ihm in die Augen. »Ich hatte das Gefühl, daß du dasein könntest.«

»Sie hat ihre Rolle gut gespielt und mich hingehalten, bis es zu spät war. Erst da ging mir auf, was du vielleicht vorhattest.«

»Es wundert mich wirklich, daß du so lange gebraucht hast. Hättest du mich gehindert?«

»Ich war überzeugt, daß du dabei umkommen würdest.

Glaubst du etwa, ich hätte es soweit kommen lassen, selbst wenn du es unbedingt wolltest?«
»Ich wollte nicht sterben. Aber denk an diesen Trip vor vier Jahren, in dem Transportflugzeug, als ich noch süchtig war. Was hätte mich davon abbringen können? Es war alles, wofür ich vier Jahre gelebt, wofür ich überlebt hatte. Ich konnte es doch nicht einfach im Sand verlaufen lassen und mitansehen, daß mein zukünftiges Leben eine Lüge blieb. Als Frazer mir die Nadel in den Arm stieß, war der Schmerz auf einen Schlag wieder da. Ich wäre daran zerbrochen. Also bin ich zurückgefahren und heil davongekommen, und jetzt bin ich hier.« Eine Weile sahen sie einander an.
»Ich tue alles, was ich kann, um dich da rauszuboxen, Eva.«
Sie wandte sich ab, erschöpft.
Stormont betrachtete ihren zusammengekuschelten Körper neben sich. Sie hatte geduscht und trug die Kleider, die Courtney ihr in der Botschaft besorgt hatte, doch im Geist sah er immer noch die Frau, die blutüberströmt durch die Dunkelheit auf seinen Jeep zugekommen war.
Leise stand er auf und setzte sich neben Cassie. Sie war wach und starrte vor sich hin. Er nahm ihre Hand, überrascht, wie einfach es war, sie zu berühren. Er hatte Eva so gern berühren wollen und es doch nicht gekonnt.
Cassie warf ihm einen Blick zu.
»Was werden Sie tun, wenn das hier vorbei ist?« fragte er.
»Keine Ahnung. Wie kann man nach so einer Erfahrung zu einem normalen Leben zurückkehren? Wie soll ich je wieder bei Case Reed arbeiten, mir den Kopf um Abschlüsse zerbrechen, mich engagieren, als hätte das alles eine Bedeutung?«
»Was hat denn Bedeutung?«
»Sagen Sie es mir. Sie leben damit.«
Unwillkürlich wandte er sich ab.
»Sie sehen, es geht nicht. Sie weichen nur aus. Was hat denn für Sie Bedeutung?«
Er sah sie wieder an. »Mein Job, meine Arbeit.«

»Ah ja, Ihre Arbeit. Ich hörte Frazer darüber reden, als er dabei war, Eva mit Heroin vollzupumpen. Er sagte, daß Sie Leute wie ihn eigentlich gar nicht aus dem Weg räumen wollen. Sie möchten nur wissen, was sie tun und mit wem. Sie lassen sie ruhig weitermachen, denn wenn Sie ihn aus dem Verkehr zögen, würde das Vakuum des Bösen schnell von jemand anderem gefüllt. So hat er es genannt.« Ihre Stimme war jetzt hart und voller Wut. »Was werden Sie mit Eva machen?«

Er sah ihr in die Augen und wandte den Blick ab.

»Wir werden das Lager räumen lassen. Frazers Männer werden verschwinden und nach Hongkong zurückgehen. Ich glaube nicht, daß je einer von ihnen zurückkommt. Das ist es ihnen nicht wert. Und Eva – was sie getan hat, geht nur ganz wenige Menschen etwas an. Bei der Rolle, die sie gespielt hat, war die Möglichkeit, daß es Opfer geben konnte, nicht auszuschließen. Sie wird nicht dafür bezahlen, wenn es das ist, was Sie meinen.«

»Das wäre ja wohl auch der Gipfel des Verrats, nicht? Aber nein, das meinte ich nicht. Ich habe nie geglaubt, daß man sie zur Rechenschaft ziehen würde, aber zu sagen, daß sie nicht bezahlen wird ... Wie soll sie denn weiterleben? Das meinte ich. Was werden Sie mit ihr machen?«

Er starrte vor sich hin, ohne zu antworten.

54

Das Flugzeug landete pünktlich in RAF Brize Norton und wurde von einem diensttuenden Officer in Empfang genommen. Dann glitt die Kabinentür zur Seite, und eine Treppe wurde herangerollt. Stormont verließ die Kabine als erster, dann kam Cassie und schließlich Eva. Zusammen gingen sie auf das Flughafengebäude zu.

Der Officer nahm Stormont beiseite und stellte sich vor.

»Mr. Aden wartet allein in Raum 2, Sir, wie vereinbart. Mr. Quaid ist in Raum 4. Und Raum 1 steht Ihnen zur Verfügung.«

»Danke. Wir treffen uns zuerst mit Quaid, aber nur kurz. Dann Aden. Übrigens hätte ich Sie gern in der Nähe.«

Der Mann warf ihm einen wissenden Blick zu, als ahne er, daß es Probleme geben könnte.

»Jawohl, Sir. Bitte hier entlang.«

Als sie Raum 1 erreicht hatten, fragte Stormont, an Cassie gewandt: »Fühlen Sie sich stark genug, um Quaid zu sehen?«

»Ich denke schon.«

Er sah, daß sie sich dermaßen zusammenriß, daß sie beinahe gar nichts mehr empfand.

Sie ging zur Tür voraus. »Bis dann, Eva.«

»Okay, bis bald, Cass.« Noch ein Abschied, der so beiläufig klang, als fehlten ihnen die richtigen Worte. Stormont öffnete ihr die Tür. Nach einem Schritt zögerte Cassie, machte dann noch einmal kehrt und ging zu Eva zurück.

»Ich habe vergessen, dir noch was zu erzählen. Ich habe meine Genius-Anteile verkauft, an einen Typen namens Aubrey Goldstein, und mit ihm vereinbart, daß er auch deine bekommt, falls du verkaufen willst. Der Preis, den ich ausgehandelt habe, würde dir ungefähr zwei Millionen siebenhunderttausend Pfund für deine zehn Prozent einbringen.« Sie drehte sich zu Stormont um.

»Goldstein ist der Mann, der in Hanoi in die Bar kam. Er war so scharf drauf, bei Genius einzusteigen, daß ich dachte, dann soll er auch bezahlen.« Sie zögerte einen Augenblick. »Ruf mich an, Eva, okay? Ich leite dann alles in die Wege.«

»Das hast du verhandelt, als ich ... weg war?«

»Es hat geholfen.«

Eva wirkte plötzlich unsicher.

»Die Diamantenanteile gehören dir, Eva, mach mit ihnen, was du willst, je eher, um so besser«, sagte Stormont.

»Ich ruf' dich an«, sagte Eva zu Cassie. »Und danke, Cass.« Sie wechselten einen letzten Blick, dann wandte Cassie sich ab und folgte Stormont den Gang hinab.

»In ein paar Stunden hole ich Sie ab«, erklärte Stormont ihr. »Wir müssen die ganze Sache noch mal durchgehen. Es kann ein paar Tage dauern. Wir fahren irgendwohin, wo es ruhiger ist. Quaid kann uns nicht begleiten, aber Sie werden ihn bald wiedersehen. Um eins möchte ich Sie bitten, Cassie, und zwar, daß Sie niemandem außer uns erzählen, was Ihnen und Eva passiert ist. Und mich dürfen Sie keinesfalls erwähnen. Sie wissen, warum ich Sie darum bitte und was auf dem Spiel steht.«

»Ich weiß es und werde mich dran halten.«

»Es ist schwer, Geheimnisse zu wahren, Cassie. Wenn Sie jemals darüber reden wollen, kommen Sie zu mir.«

»Danke. Vielleicht mach' ich das.«

Stormont öffnete eine Tür und ließ sie vorausgehen. Von draußen sah er, wie Quaid sie umarmte, ohne ihn zu bemerken. Dann ging er den Gang zurück zu Eva.

Er setzte sich wieder und betrachtete sie eine Zeitlang schweigend.

Das Gespräch dauerte zwei Stunden. Eva erzählte ihm sämtli-

che Einzelheiten der Operation. Stormont wirkte jetzt entspannter, aber Eva entging seine Traurigkeit nicht.
»Und was jetzt?« fragte er schließlich. »Wo willst du hin, wenn das hier vorbei ist?«
»Wo soll ich schon hin, ich kann nur weg. Ich habe erledigt, was ich mir vorgenommen hatte.«
»Jetzt kannst du ohne Angst vor Frazer leben.«
»Ich bin nicht sehr gut darin, einfach nur zu leben, ein normales Leben zu führen. Ich kann einfach nicht mit Leuten zusammensein. Ich gerate in Panik, wenn ich den ganzen Tag mit jemand verbringen muß, ohne die Möglichkeit, zu meinem Ich zu fliehen, mit mir allein zu sein. Deshalb traue ich mir selbst nicht. Vielleicht weil ich das Gefühl habe, daß die Düsterkeit wieder hochkommen könnte. Ich kann nichts ungeschehen machen, und ich kann auch nicht vergessen.«
Ihre Worte flogen hin und her, doch es waren nie die richtigen, nie die, die sie wirklich sagen wollte. Sie fragte sich, ob auch er sich zurückhielt. Wie lang würde das sinnlose Schweigen andauern? Noch einmal dreißig Jahre? Bis zum Tod? Und doch war er da, saß vor ihr. Sie brauchte nur den Arm auszustrecken und seine Hand zu berühren, ihn einfach nur zu berühren. Diese eine klare Geste würde alles offenbaren, nur eine Berührung, ein Blick. Aber sie brachte es nicht fertig.
Sie wußte, wenn sie auf einer einsamen Insel stranden würde, gäbe es niemand außer ihn, für den sie sich entscheiden würde – er bedeutete mehr als zehn andere. Wie einfach die Entscheidung war, wie offensichtlich. Und immer noch konnte sie die Hand nicht ausstrecken voller Angst vor diesem Geständnis und dem möglichen Verlust, wenn sie es tat.
Endlich brach er das Schweigen. »Du brauchst nicht mit Fremden zu leben, und du mußt auch kein normales Leben führen.«
Sie wartete und sah, wie er den Atem anhielt.
»Du könntest mit mir leben.« Er streckte die Hand aus und berührte ganz leicht ihren Arm. Dann ließ er die Hand dort

liegen. Ihr Blick wanderte von seiner Hand zu seinem Gesicht. Sie wartete noch immer.

»Doch zuerst solltest du jemanden sehen und dir eine Frage beantworten, die dich vielleicht noch beschäftigt.«

»Wen?«

»Giles Aden.«

»Denkst du, ich wäre mit dir hierher zurückgekehrt, wenn ich glaubte, daß du mich verraten hast?«

»Du hattest keinen Grund, mir zu glauben. Rein rechnerisch stand die Möglichkeit, daß ich es war, eins zu drei. Wahrscheinlich will ich es dir beweisen. Und außerdem soll Aden sich dir stellen.«

»Ja, du hast recht. Er soll mir in die Augen sehen.«

Was er auch sagte, sie brauchte keinen Beweis. Sie hatte beschlossen, ihm zu glauben, weil sie ihren Instinkten folgte, und denen traute sie mehr als einem rein äußerlichen Beweis, der sich so leicht hätte fälschen lassen können. Sie wußte, was er noch nicht wußte. Wenn sie in ihrem Labyrinth von Spiegeln nach einem fremden Beweis suchen müßte, würde sie nie aufhören, zwischen einzelnen Bruchstücken von Bildern hin und her zu jagen. Sie konnte sich nur auf ihren Glauben verlassen. Deshalb widersprach sie nicht, sondern lächelte ihm nur zu.

Er verließ den Raum. Als er mit Aden wiederkam, beobachtete er Eva sorgfältig. Wut flackerte in ihrem Gesicht auf, aber sie hatte sich überraschend gut im Griff. Er wandte sich an Aden.

»Ich hätte gern, daß Sie Eva erklären, was Sie mit ihren medizinischen Unterlagen und mit ihrer Legende gemacht haben.«

Eine Weile sagte Aden gar nichts. Er hielt Stormonts Blick stand, solange er konnte, und begriff, wie sinnlos es wäre, zu leugnen. Das war sein erster Impuls gewesen. Als er sah, daß es keine andere Möglichkeit gab als die Wahrheit, verzerrte sich sein Gesicht vor Ungeduld.

»Sie wissen offenbar dasselbe wie ich, also warum fragen Sie?«
»Eva hat eine Erklärung verdient, meinen Sie nicht?«
»Sie hatte es verdient zu sterben. Sie war nicht mehr in der Lage, ihre Arbeit zu tun, sie hätte die ganze Operation gegen Frazer und Ha Chin auffliegen lassen können.«
»Also haben Sie das für sie geregelt. Logisch.«
»Logik. Das ist alles, was Sie sehen, nicht wahr?« Er spuckte die Worte aus, erstickte fast an seiner Bitterkeit.
»Was gibt es denn sonst noch?«
Aden begegnete Stormonts Blick und sah schnell weg. Er schien vor ihren Augen in sich zusammenzusacken.
»Siehst du es denn nicht?« Beim Klang von Evas Stimme fuhren beide zusammen. »Er bewundert dich, und er verachtet mich. Wahrscheinlich hat er sein Leben lang davon geträumt, in den Außendienst zu gehen. Du warst das Mittel, und ich war das Hindernis. Du hast ihn fallenlassen, und ich war ihm im Weg.«
Stormont warf ihr einen Blick zu.
»Die emotionale Logik ist dir entgangen, nicht wahr?« Ihre Stimme wurde leiser, und dann sagte sie sanft: »Das ist immer so bei dir, bis es zu spät ist. Vielleicht lernst du jetzt.«
Während Stormont sie immer noch überwältigt vor Staunen ansah, begriff er, daß sie ihn immer wieder überraschen würde, und wie sehr er sie gerade dafür liebte. Er ging zu der offenen Tür und sprach mit dem Officer, der draußen wartete.
»Eskortieren Sie bitte diesen Mann zu einem sicheren Raum. Einen mit einem Schloß an der Tür.«
»Was haben Sie mit mir vor?« fragte Aden tonlos.
»Nicht viel. Sie ›werden gegangen‹.« Stormonts Stimme klang verächtlich. »Sie verlieren Ihre Pension. Alles in allem kommen Sie sehr günstig davon, wenn man bedenkt ...«
»Wenn man was bedenkt?«
»Was Eva tun könnte, wenn Sie wollte.«
Aden drehte sich zu Eva um. In ihrem Gesicht spiegelte sich

weder Haß noch Wut, sondern, und das war viel schlimmer, Mitleid.
»Gehen Sie, Aden. Ich werde Sie nicht anrühren. Sie werden mit sich und aus eigener Kraft leben müssen. Das reicht.«
Aden senkte den Kopf, er konnte sie nicht ansehen. Der diensthabende Officer nahm ihn am Arm und führte ihn fort.
Schließlich waren Stormont und Eva wieder allein. Eine Weile schwiegen beide. Dann fragte Stormont: »Also, kommst du nun mit mir?«
Eva lächelte, stand auf und trat zu ihm.
»Und was ist mit den Regeln, Agenten und ihre Leitoffiziere? Wir würden sie alle brechen. Ich möchte mich nicht mehr verstellen oder was verheimlichen oder hier abwarten, bis eine angemessene Zeit vergangen und alles wieder in Ordnung ist, falls das überhaupt sein kann.«
»Wird es für dich je in Ordnung sein? Würdest du es irgendwann wollen?«
»Vielleicht.«
»Und was machst du in der Zwischenzeit?«
Sie lächelte, und er sah einen Anflug von Glück in ihren Augen.
»Ich will irgendwohin, wo es heiß ist und blau, wo es Wasser und Sonne gibt und ich den ganzen Tag nichts anderes tun muß als Kokosmilch trinken. Irgendwohin, wo es ruhig und friedlich ist und wo mich niemand kennt.«

Linda Davies

Das Schlangennest

368 Seiten, gebunden mit Schutzumschlag

Als die junge und attraktive Börsenmaklerin Sarah vom Direktor der Bank of England um einen Geschäftstermin gebeten wird, ahnt sie nicht, was der wohlgenährte Bonvivant wirklich mit ihr vorhat. Und erst recht nicht, daß James Bartrop, Leiter des Rauschgiftdezernates beim britischen Geheimdienst, hinter der ganzen Sache steckt. Kurzentschlossen geht sie auf den Vorschlag ein, eine hochdotierte Stelle als Devisenhändlerin bei der größten Londoner Bank zu übernehmen und im Gegenzug über die dortigen dubios erscheinenden Geschäfte zu berichten. Gleich an ihrem ersten Arbeitstag im »Schlangennest« stolpert Sarah über die merkwürdigen Arbeitsmethoden ihres neuen Chefs Dante Scarpirato und ihres Kollegen Matthew Arnott: Geheime Telefonate mit dem Direktor der italienischen Zentralbank lassen auf Mafiakontakte schließen. Doch gleichzeitig fühlt sich Sarah zu dem undurchsichtigen Scarpirato unweigerlich hingezogen ... Als ihre enge Freundin und »Komplizin« Mosami ermordet wird, weiß Sarah, daß sie das nächste Opfer der skrupellosen Spekulanten sein kann. Von ihren Auftraggebern im Stich gelassen, beschließt die junge Frau, auf eigene Faust zu handeln, und entwickelt einen genialen Plan.

Peter Watson

Die ehrenwerte Familie

Roman

464 Seiten, gebunden mit Schutzumschlag

Vor einigen Jahren entdeckte Peter Watson in der London Library ein staubiges Buch, verfaßt von einem ehemaligen Angestellten der Pinkerton's Detektivagentur, über Sylvano Randozza, einen jungen sizilianischen Mafioso. Was er fand und las, inspirierte ihn, ließ ihn nicht los, nicht die Gestalt, nicht die Zeit, nicht die Gewalt gegen Ende des 19. Jahrhunderts. Eine wahre Geschichte.
Sie beginnt im Bergland Siziliens. Der 18jährige Silvio muß schon früh seinen Mut unter Beweis stellen, um den dortigen Mafiaboß Nino Grecco, auch »Steinbrecher« genannt, zu beeindrucken. Nach einer spektakulären Flucht nach Amerika finden beide, Nino und Silvio, in New Orleans einen Job bei dem allmächtigen Angelo Priola, der den Hafen und die Arbeitertrupps unter Kontrolle hält und mit dessen Tochter Anna-Maria Silvio eine leidenschaftliche Affäre beginnt. Zwar gibt es in seiner Heimat Annunziata, die seinen Weg des öfteren noch kreuzen wird, aber Silvio geht es vor allem um Macht, um Herrschaft. Als eine rivalisierende »Familie« den Priolas das Geschäft verderben will, bricht ein blutiger Bandenkrieg aus. Das ist Silvios Chance . . .

Kai Meyer

HEX

Roman

368 Seiten, gebunden mit Schutzumschlag

Berlin im Jahre 1926: Johannes Zacharias, ein ehemaliger Spion, wacht über das größte Geheimnis der Regierung.
Er leitet die Abteilung HEX, die sich mit ungeklärten Reichsangelegenheiten befaßt. Als am Nordpol ein deutsches Luftschiff mit einem unbekannten Flugkörper kollidiert, sind die Agenten von HEX gefordert. Sina Zweisam, die fähigste Ermittlerin, wird in das ewige Eis geschickt, um die gigantische Explosion und die seltsamen Lichtreflexionen zu untersuchen, die am Nordpol beobachtet wurden.
Daß die Mission mehr als heikel ist, erweist sich sofort nach der Landung. Nicht nur, daß Spannungen zwischen Dänen und Norwegern offen zutage treten und die Einheimischen ihr feindlich gegenübertreten, auch ein gefährlicher Killer hat sich an Sinas Fersen geheftet: Der Mann, der sich selbst »der Magier« nennt, versucht Sina mit allen Mitteln von ihren Ermittlungen abzubringen. Schon bald wird einer der Einheimischen tot aufgefunden. Zu allem Unglück erweist sich Sinas Partner als keine große Hilfe: Max von Poser glaubt nicht an übersinnliche Phänomene – bis ihm diese Überzeugung beinahe zum Verhängnis wird. Gemeinsam geraten sie auf die Spur einer Verschwörung, die nicht nur das Reich bedroht, sondern das Leben aller Menschen zerstören kann.